Szikszai Tamás

A FÖLD FELETT

novum pro

Ez a könyv
e-könyvként
is elérhető

www.novumpublishing.hu

© 2021 novum publishing

ISBN 978-3-99107-515-8
Lektor: Sósné Karácsonyi Mária
Borítókép: Baranyai Júlia
Borító, tördelés & nyomda:
novum publishing

www.novumpublishing.hu

I.

Λ Jövő Profit Termelő Társaság

1.

Az ember egy önző lény. Vegyünk engem példának! Reggelente félkómásan az álomvilág és a szomorú valóság között egyetlenegy vágyam van, mégpedig az, hogy amikor a WC-re ülök, minden rendben menjen. Ez fontos, valljuk be! De milyen telhetetlen is az ember, legalábbis én, mert ha könnyedén, kellemesen történik meg a reggeli rutin, akkor máris újabb célok vezérelnek. Ezek a célok vezetnek az önmegvalósításhoz. Félálomban még az volt az egyetlen, hogy gond nélkül végezzem az ürítést. Remélem tudják, mire gondolok... Ha ez jól megy, akkor máris nagyobb dolgok mozgatják az agyam fáradhatatlanul telhetetlen motorját. Néhanapján például a kényelmes ülőkén ülve azon gondolkozom, hogy milyen pazar lehet a kilátás egy hatalmas felhőkarcolóból. Vajon jól lehet-e látni belőle a várost, vagy jellemzően olyan irodát kapnék, amiből a panorámát teljes mértékben megsemmisítené a szomszéd épület kevésbé izgalmas téglafala? Esetleg volna szerencsém betekintést nyerni egy másik dolgozó ember napi rutinjának titkaiba, vagy egyszerűen csak simán a saját bambuló tekintetem nézne vissza rám, és azon tűnődne, hogy ez meg mit bámul már megint? Minden bizonnyal lenyűgöző látvány lenne, ha nem az utóbbi lehetőségek valósulnának meg, és mint valami felsőbbrendű lény, a magasból néznék le a szorgoskodó hangyákra. Hiába, ember vagyok, és az emberek szeretnek lenézni. Mindenesetre ebben a felhőkarcolóban, melyben a történetünk kezdődik – annak is a legmagasabb szintjén – valószínűleg nincs ideje senkinek sem ilyen apróságokkal foglalkozni. Megkockáztatom, hogy őket ez egyébként sem érdekelné már, mert van nekik saját irodájuk jó magasan, ahonnan lenézhetnek.

– Uraim! Azért hívtam össze ezt a rendkívüli gyűlést, mert aggasztó híreket kaptam a cégünkkel kapcsolatban. A napokban egy újabb termékünket tiltották ki az Államok területéről egy újonnan beiktatott kormányrendelet segítségével. A fogyasztóvédelem egyre hatásosabb módszerekkel vizsgálja meg az ételek származását – szólt Edward Greenfield, a Jövő Profit Termelő Társaság igazgatója. – A mostani termékünk a „házi kenyér" volt. Tudják, az a kiscicás baromság, amit úgy reklámoztunk, hogy egyenesen a földekről.

Nelson Pitt, a cég laboratóriumi vezetője magasba emelte kezét, majd szót kért.

– Azt tudjuk, hogy milyen módszerrel sikerült rájönniük a kenyér szintetikus mivoltára? – kérdezte.

– Nem, sajnos nem tudjuk – válaszolta Greenfield nem titkolt aggodalommal az arcán. – Az új elnök személyes hadjáratot indított az egészségtelen szintetikus ételek ellen, ami igen kínosan érinti cégünket.

– Lehet, hogy tégla van a vállalat falain belül – vélekedett büszkén Nelson Pitt. – Méghozzá a labor környékére gyanakszom, ugyanis a módszerünk a szintetikus növények előállítására tökéletes. Mindenféle jöttment frissdiplomások nem lehetnek képesek kimutatni a műanyag összetételét! – érvelt büszkén a tudós.

– Azt nem vette számításba, hogy az elnök valószínűleg komoly tudósokat állított rá a dologra? Hiszen említettem már, hogy neki ez a rögeszméjévé vált. Nem foglalkozik külpolitikával, mert most az országon belül akar rendet rakni, és ez nekünk a véget is jelentheti! – emelte fel a hangját az igazgató, hogy felhívja a figyelmet a helyzet jelentőségére és veszélyére. – Kíváncsian várom a mentőötleteiket!

A teremben csend lett. Eluralkodott az az igazi feszült, kínos csend, ahol ha hallgattál volna, bölcs maradtál volna. Itt mindenki bölcsebbnek tartotta magát, mintsem kiderüljön, hogy a munkahelyükre csak a fizetésüket felvenni járnak, és egyetlen használható ötlet sincs a fejükben.

A chicagói irodaház bejárati ajtaján egy alacsony, rendezetlen hajú férfi lökte arrébb a nála jóval termetesebb biztonsági őrt. Ha ezt egy focimeccsen tette volna, akkor a jutalma nyolc napon túl gyógyuló sérülés lett volna.

– Elnézést, doktor úr, nem akartam fel... – mondta ijedtében a házirend őre, de mire ezeket a szavakat meghallhatta volna, az ifjú tudós már rég a lift ajtaja előtt toporzékolt, mert az ügye igen sürgős volt.

– A világ egyik leggyorsabb liftje, és ennyire lassan teszi meg ezt a 213 emeletet! – szitkozódott magában, miután beszállt a felvonóba. A teremben ideges tekintetek fogadták.

– Peter, ön elkésett! – vágta hozzá a fiatal tudóshoz Greenfield a letagadhatatlan tényt.

– Igen, uram, de minden okom megvolt rá – válaszolt mindenféle szégyenérzet nélkül Peter.

– Peter, maga tisztában van azzal, hogy milyen nehéz időket élünk? – kérdezte az igazgató egyre vörösebb fejjel.

– Minden egyes részletével, uram – válaszolt teljesen nyugodtan.

– Akkor miért nem volt képes időben letenni a ketyeréit és elindulni? – faggatózott Greenfield, majd habozott egy pillanatig, mert ha tovább vörösödik a feje, félő, hogy kipukkad, ezért inkább elgondolkozott, mert köztudott tény, hogy ha az ember kobakja léket kap, nem sok sütnivaló marad odabent. – Várjon, honnan tudja, mi történt pontosan? Netán köze van hozzá, hogy így alakulnak a dolgok? – érdeklődött gyanakvóan.

Pár másodpercre megfagyott a levegő a szűk irodahelyiségben, ahol ebben a pillanatban még a kósza porszem sem mertek moccanni. Csak az öreg Nelson Pitt és a fiatal Peter látszott nyugodtnak, meg egy pók a falon, de ő most jelentéktelen.

– Igazgató úr! – törte meg a csendet Nelson. – Utólagos engedelmével a szemüvegemen keresztül küldtem át munkatársamnak az információt, hogy mire megérkezik, mindent megtudjon.

– A tömeggyártásra szánt bóvli okosszemüvegre gondol, amit egy értelmesebb majom is fel tud törni? – kérdezte ijedten Greenfield. – És ezt viseli egy ilyen gyűlésen?!

– Nem, természetesen nem. Azok gyerekjátékok, óvodásoknak való ócskaságok – nyugtatta felettesét az idős tudós.

– Amit mi használunk, az a tökéletes változata a fejen hordható számítógépeknek. Először is, senki sem tudja megkülönböztetni egy hétköznapi szemüvegtől, ellentétben a forgalomban lévő förtelmes kinézetű okosszemüvegekkel. Másodszor pedig: olyan adatközlési rendszert használ, amit még a titkoszszolgálat sem ismer. Ezt biztosan tudom, mert nekünk viszont van ott belső emberünk.

– Engem erről eddig miért nem tájékoztattak? – kérdezte Greenfield, és gyanakodva végignézett a két kutatón. – Mi az, amiről még nem tudok?

– Azért nem tudott róla – felelte Nelson –, mert nemrég fejeztük csak be a tesztelését és nem tartottuk még szükségszerűnek. Most jön, amiről viszont még nem tud. Peter, kérlek, kezdd! – ezzel átadta a szót a fiatalnak.

Peter – aki egy rosszindulatú, komplexusos, félőrült zseni, nem kevés hatalomvággyal megáldva – elmondta, hogy a bolygó szegényebb részeiben kell keresni a cég jövőjét, ahol a technológia lemaradva kullog a jóléti társadalmak exponenciálisan fejlődő világa mögött.

– Ott, ahol nem kérdezik meg, miből van az étel. Ott, ahol az internet elterjedése nem csinált minden emberből okoskodó, semmihez nem értő pozőrt.

A jóléti állam tipikus polgára a munkájában sikeres. Persze ez nem nehéz, mivel a modern társadalom a 20. század óta arra a törekszik, hogy egyre butább embereket neveljen ki, hogy ne gondolkozzanak, összefüggéseket véletlenül se értsenek meg, a logikát... Mindegy, lépjünk tovább! A lényeg, hogy egy okosabb majom, amiből mára már elég sok van, el tudja végezni a hétköznapi polgárok szellemi munkáját. Az is igaz, hogy csupasz rokonaikkal szemben nekik sikerült kiharcolniuk az óránkénti banánszünetet. Közben az ember képmutató is, és a legapróbb dolognak is nagy feneket tud keríteni. Ezt valószínűleg azért csinálja, mert igazából nem történik vele soha semmi. Önző, de ezt szerintem nem kell kifejtenem, hiszen mindenki az. Ráadásul tudálékos, mert azt hiszi, ha megnéz valamit az interneten, az azt jelenti, hogy ő tudja. Hát nem! Olvasni tud, amit ma már az értelmesebb főemlősök is tudnak, csak ők nem verik nagydobra. Végezetül pedig pénzéhes, ami talán az egyik legrosszabb mind közül.

2.

Greenfield egy 120 méteres toronyból figyelte az afrikai tájat. Meleg volt kint, de az ő irodájában kellemes 24 fok kényeztette a vendégeit. Az épület kirívó volt a sík szaharai környezetben, a körülötte lévő kerítés magasabb lett, mint a környék legnagyobb háza. Ez egy igazi erődítmény volt, amit ő szerényen csak irodának nevezett. Edward Greenfield, a Jövő PTT társtulajdonosának ráncos arcán nyugalom uralkodott, miközben gyönyörködött az elé táruló látványon. A forró homokban emberek szorgoskodtak, hogy felépüljön a világ legnagyobb élelmiszergyára, ami egész Afrikát, Ázsiát, és a ma már igen lakható Ausztráliát látja majd el táplálékkal.

– Csodálatos érzés! – masszírozta saját egóját Greenfield. – Vajon ilyen lehetett végignézni a fáraóknak is, amikor látták, hogyan épül a piramisuk? – gondolta magában, amikor szemüvegén felvillant Peter arcképe.

– Hogy vagy, drága barátom? – kérdezte boldogan.

– Csodás híreim vannak! – jött a harsány válasz. – A laboratóriumi tesztek után terepen is kipróbáltuk Amandát. Az eredmény lenyűgöző, mert sokkal jobban reagálnak az emberek, mint a majmok.

– Ezek azok a majmok voltak, amik olvasni is tudtak? – kérdezte Greenfield.

– Természetesen, de ez most teljesen lényegtelen. Az embereknél kiszámíthatóbb volt a reakció. Mintha nem gátolná őket semmi ösztön, nem úgy, mint a csimpánzokat. Gyakorlatilag irányítani tudjuk őket a szemüvegen keresztül – egy kis szünetet tartott.

9

– Tömegeket, Edward, tömegeket – mondta Peter széles mosollyal és gonosz hanglejtéssel.

Egy darabig csend volt. Greenfield ajkain egy felfelé görbülő ívecske látszott. Az elégedettség öntelt, mámorító érzése vette uralma alá, mikor megszólalt.

– Nagyon szép volt, Peter! Azt javaslom, azonnal utazz ide, és kezdjük el átformálni az itteniek gondolkodását! Amúgy is jól jönne egy kis munkamorál ezeknek a lusta patkányoknak. Ezzel Peter képe eltűnt a lencséről. Greenfield az első pillanatban lekapta fejéről a szemüveget, majd hosszan bámulta, és tekintetében a félelem jelei kezdtek mutatkozni. Fejében a gondolatok őrjöngő vihara próbálgatta annak teherbíró képességét. Azon agyalt, vajon ő mennyire lehet Peter befolyása alatt most, s a döntéseit magáért, vagy Peter céljaiért hozta? Hogy nem pont ez a kis mocsok intézte-e úgy, hogy Amerikából el kelljen jönnie. Miközben ezen gondolatok kezdték uralni már-már pánikszerű hangulatban lévő eszét, bevillantak neki olyan rémképek, hogy a cége egyáltalán az ő nevén van-e még? De amúgy mi van akkor, ha Peter tényleg összedolgozik vele, és ez az egész csak félelemből kitörő rágalmazás? Persze a legvégére arra a következtetésre jutott, hogy igazából ez a gonosz zűrzavar, ami a józan eszét megemésztette és kétszer kiköpte, természetesen Peter műve, hogy ne tudjon tiszta fejjel gondolkodni.

Greenfield leült, és már az a tény is megnyugtatta, hogy lehet, csak fizikálisan, de ebben a pillanatban az igazgatói szék az övé. Kinyitotta az asztalában lévő kis ajtót. Egy 62 éves Dalmore whiskyt vett ki belőle teljesen természetesen, és a külön erre az italra tartogatott poharába töltötte. A kupakot gondosan visszacsavarta az üveg tetejére, de miközben a keze újra az ajtó felé lendült, hogy a whiskyt visszahelyezze méltó helyére, egy pillanatra mintha valami, egy láthatatlan kar megfogta volna csuklóját és megállította. Egy gondolat volt.

„Ezt a whiskyt vizezni bűn, de vajon meginni nem az? Hiszen amikor ténylegesen 62 éves volt, akkor is egy vagyont ért már, annak pedig sok-sok évtizede.”

Egy ideig habozott, de hamar meggyőzte magát, hiszen ő Edward Greenfield. Ő az, aki megihat ilyen kincseket. Az egyik legritkább italt kortyolgatva, az igazgatói székben ülve arra gondolt, hogy „igen, Greenfield, te leszel a világ ura és ezt a kis veszélyforrást, akit anyakönyve szerint Peternek hívnak, hamar kiiktatod majd".

3.

Azt szokták mondani, hogy Afrikában az egyik legrosszabb dolog a homokvihar. Azt hiszem, ezt az állítást, Peter jelen helyzetében határozottan alátámasztaná és vitathatatlan tényként vonultatná be a történelembe. Most még azzal sem lehetne meggyőzni, hogy egy kígyómarás után kiszáradni a napon sokkal kilátástalanabb. Főleg, hogy a hallucinációktól nem lát semmit az ember, és a kiszáradás halálos. De Petert ez sem érdekelné jelenleg, hiszen ő éppen egy homokvihar közepén van, és egyetlen kígyó sem marta meg. A látótávolság: 0 méter.

Amikor Peter Afrikába érkezett, azt mondták neki, hogy meleg lesz. Az volt. Mondtak neki még olyan dolgokat is, hogy nagyon érdekes az élővilága, amit ő majd szórakozásból jól kipusztít, mivel totálisan feleslegesnek tartotta az állatokat. A kísérleteiben sem értette, hogy miért kell velük bajlódni. Emberből is van elég, és úgyis mindent nekik készített, nem az állatoknak.

Amikor megérkezett, tiszta volt az ég. 43 fokot mondtak be a magánrepülőgépén, miután megkapták a leszállási engedélyt.

Belépve Greenfield irodájába szíves fogadtatás várta. Csak a szokásos protokoll, az ölelkezés, a kézfogás és a totál közhelyes „Hogy vagy, barátom?".

– Foglalj helyet, kérlek! – mondta Greenfield. – Alig várom már a személyes beszámolódat.

Peter nagy levegőt vett, előredőlt, és mélyen a partnere szemébe nézett. Érezte, hogy ma ő van nyeregben, hiszen ott van a találmánya Edward fején. A találmány, amivel mindenkit irányítani lehet.

– Edward, most őszinte leszek hozzád. Te végighallgatsz, és semmit sem fogsz tenni az elkövetkező események ellen! – mondta Peter, majd hátradőlt, egy szivart vett elő mellső zsebéből és meggyújtotta. – Tudod, csúnyán kijátszottalak Amerikában. Minden az enyém lett – az ottani céged, a pénzed, és a szabadalmak sem a te nevedre mennek. Elkezdtem terjeszteni a csúcstechnológiát a vezetők körében, akiknek fogalmuk sincsen, hogy mentálisan én irányítom őket. Képzeld el, hogy az ország vezetői támogatják a Jövő PTT-t! Azt hiszik, hogy ez a cég a legjobb, a legemberbarátibb, a legegészségesebb a világon.

Peter felnevetett és Edward arcába fújta a füstöt, majd folytatta.

– Kár, hogy ennek te már nem leszel a része. Tudod sokat agyaltam, hogy vajon meghagyjam-e Edward Greenfieldet, hogy képes lenne-e úgy elismerni engem, hogy én tettem többet a cégért és ezért én lehessek az igazgató? Persze hamar rájöttem, hogy amíg élsz, addig csak másodhegedűs lehetek. Edward, én nem szeretek hegedülni! – kiáltott Peter, amire a vele szemben ülő meg sem moccant. – Szerencsére téged lekötött, hogy új terepre költözzünk és éveken át itt építetted a gyárad. Tudod, azt hittem, okosabb vagy. Anno Chicagóban említettem, hogy menekülni kéne az USA-ból, később rájöttem, hogy tök fölösleges. Természetesen te már itt voltál akkor.

Mosolygott egy nagyot, és önelégülten szívta a győzelmi szivart.

– Be kell, hogy valljak neked valamit, kedves volt igazgató úr! Mikor eljöttél ide, az Isten háta mögé, már akkor tökéletesen működött a szemüveg manipulatív része. A tiedbe például folyamatosan olyan képeket vetítettem, hogy Amerika egyenlő a cég bukásával, hogy börtönbe csuknak, és ott amerikai zászló lobog. Apróságokat, tudod, amiket az agyad összekapcsol tudat alatt, és a döntéshozatalnál: bumm! Látod már te is, nem? Itt élsz a semmin uralkodva és elvesztettél mindent.

Elnyomta a szivart az asztalon.

– Amíg itt üldögéltél a teveszaros erődödben, én tovább kutattam. Meggyőztem a NASA-t is, hogy velem dolgozzanak. Nem volt nehéz, elhiheted – közölte öntelten és egy pillanatra elgondolkozott, majd összehúzta szemöldökét. – Oh, most jut eszembe, hogy te mennyire rossz házigazda vagy! Nem gondolod, hogy önthetnél egy italt nekem? Például abból a biztosan nagyon finom whiskyből, amit úgy dugdosol mindenki elől.

A kérésre Edward rezzenéstelen arccal kinyitotta a kis ajtót, elővett egy a direkt ehhez a whiskyhez szánt poharat, töltött, majd átnyújtotta Peternek, aki elégedetten folytatta partnere totális kivégzését.

– Köszönöm, így máris jobban érzem magam!

Nagyot kortyolt belőle, és a földre öntötte.

– Erre vagy olyan büszke? – kérdezte gúnyosan. – Tudod mit? Megbocsátok, csak tölts még egyet!

Edward ugyanazzal a rezzenéstelen arccal töltött, mint előtte.

– Szóval – folytatta –, a NASA-val tovább kutatgattunk és rájöttünk egy olyan módszerre, amivel nemcsak a tudatalattit tudjuk befolyásolni, hanem a tényleges cselekedeteket is. Amiért, gondolom, te most nagyon dühös vagy. Nem akarlak fárasztani a részletekkel, mert biztos, hogy az egyszerű mezei elméd fel sem tudná fogni... A lényeg, hogy most te is teljesen az irányításom alatt vagy.

Peter lehúzta az italt, felkelt a székből és fel-alá kezdett mászkálni, mintha a dicső római hadsereg vezéreként vonulna a nép előtt egy hatalmas győzelem után.

– Időközben a NASA talált egy új energiaforrást, ami át fogja venni az eddigi erőművek szerepét. A Jupiter egyik holdján, az Európán található ez az anyag. De nem is ez a nagyszerű része az egésznek, hanem az, hogy az is a Jövő PTT tulajdona. Hát nem csodálatos? Uralni fogjuk a világot!

Ezen nagyot nevetett, és hátat fordított a porig alázott Greenfieldnek.

– Hoppá, ne haragudj, te nem fogod!

Ismét nagyot nevetett, majd a kezében lévő poharat a falhoz vágta, de az asztal felől monoton, lassú tapsot hallott.

13

– Bravó! Nagyon ügyes – érkezett a gúnyos dicséret a tapsot kísérve. – Egy dolog, ami engem zavar ebben – jött a hang Peter háta mögül. – Hogy lehet az, hogy egy ilyen elmés ember nem vesz észre egy aprócska problémát? – kérdezte haragosan Greenfield.

Peter ijedtében elejtette volna a poharat, de az már nem volt a kezében. Lassan fordult meg és döbbenten látta, hogy Edward már egy pisztollyal a kezében állt az asztala mögött.

– Hogy lehet ez? – kérdezte fojtott hangon Peter.

Greenfield hátrahúzta a kakast stukkerén, ami egyébként már évszázadok óta nem volt kiegészítője a kézifegyvereknek, de ő szerette a régiségeket, és a kezében egy ősi hatlövetű revolver ékeskedett. Úgy érezte, sikerült kellőképpen megijesztenie Petert. Jól érezte.

– Azt gondoltam – mondta Greenfield –, hogy a szemüveg képes manipulálni a döntéseket. De azt, hogy teljesen irányítani lehet vele a cselekvést, azt nem. Bámulatos, Peter, gratulálok! Szerencsémre jól tippeltem, hogy mindehhez a fejen kell lennie. Jól mondom?

– Az ott hamis? – érdeklődött Peter remegő hangon.

– Ez itt hamis – jött a hideg válasz. – Te pedig, Peter, halott ember vagy!

Célba vette a tudóst, akinek legkisebb baja talán az volt ebben a pillanatban, hogy alsót kéne cserélnie.

– Kérlek, kegyelmezz meg! – könyörgött Peter. – Nélkülem nem jutottál volna idáig sem – folytatta a reménytelen győzködést. – Én sajnálom! Elvakított a hatalomvágy, te tudod, milyen az, ismered, nem? – próbált szánalmat kelteni Greenfieldben, de ez nem sikerült.

– Jól figyelj rám, te áruló! – érkezett a határozott válasz Greenfield szájából. – Adok egy lehetőséget, hogy megúszd ép bőrrel. Gyere velem! – utasította Petert.

Greenfield lekísérte volt munkatársát a magas toronyból. Most az egyszer nem a liftet választotta, mert úgy gondolta, sokkal jobban fog esni egy kis testmozgás Peternek. Néha-néha – na jó, nem is olyan ritkán – belerúgott úgy, hogy az 10–15 lépcsőfokot gurult lefelé. Amikor kiértek az épületből, még mindig meleg volt – nagyon meleg –, de a levegő felébredt álmából és a homokszemekkel közösen egy gyilkos keringőbe kezdtek. Ez volt a fent említett homokvihar kezdete. Petert levetkőztették anyaszült meztelenre. Mintha izzó parázsba lépett volna, talpát úgy égette a homok.

– Edward, kegyelem! – ordított elkeseredettségében.

– Indíts! – jött a kegyetlen válasz.

Így került Peter a világuralom helyett egy kellemes afrikai homokvihar közepébe meztelenül, letörve. Összeesett és zokogni kezdett, s közben a homokszemek úgy bökdösték testét, mintha ezer tűvel szurkálnák. Az égi áldás elvonult és Peter ott hevert félholtan a tűző napon, ami semmivel sem volt kegyesebb, mint maga a vihar. Nem volt vize, mozdulni is alig bírt, amit finoman megjegyzek, nem kellett volna, mert közben megijesztett egy kobrát, amely éppen napi rutinját végezte a túlélésért küzdve. Amikor az ismeretlen, hatalmas test megmozdult, szegény kígyó annyira megrémült, hogy gondolkodás nélkül megmarta azt, majd bőkezűen telepumpálta mérgével. Peter története ezzel véget ért. Kiszáradás közben belehalt egy kígyó marásába.

Greenfield felfuttatta a Jövő Profit Termelő Társaságot. Szerencséjére Peter nem magát, hanem a céget égette bele az amerikai kormány agyába, így a hirtelen vezetőváltás fel sem tűnt senkinek. Pár év alatt a cég a világ összes országába betette lábát, azt lemosdatta, majd szarba lépett, újra lemosdatta, és így tovább. Ez volt a kezdete a Jövő PTT diadalmas hódításának.

II.

A bányászok sanyarú világa:
a Jupiter holdja

1.

Az időt nagyon furcsán érzékeljük. Van, amikor 1 perc két lélegzetvétel között csak úgy elszökken, és van, amikor az 1 perc kínzó 60 másodpercben gyötri szét az embert. Hogyan lehetséges ez, hiszen mindkét esetben pontosan 60 másodperc telik el? Lehet, ezért mondják, hogy az idő relatív. Végül is nagyon nem mindegy, hogy éppen egy fogorvosnál ülünk, vagy a barátokkal mulatunk, mert jó társaságban jobban megy az idő. Szóval ha nem akarunk gyorsan megöregedni, akkor járjunk fogorvoshoz! Ezzel most nem azt állítom, hogy a fogorvosok rossz emberek lennének, de valljuk be, hogy elég egyirányú társalgás az, amikor az ember szájában turkálnak. Biztosan jobban, gyorsabban telne a velük töltött idő, ha kellemesebb környezetben találkoznánk, mint amikor kiszolgáltatva ülünk tátott szájjal, fájdalmak között. Ilyenkor lassan megy az idő. Sokkal lassabban, mint a moziban. Próbáljunk meg két órát a fogorvosnál tölteni mozdulatlanul! Ugye? Máris sokkal vonzóbb a mozik kényelmetlen széke. Vajon mi lenne, ha azok még kényelmesek is lennének? Legördülne a főcím és hirtelen azt vennénk észre, hogy máris a „Vége" felirat ékeskedik a vásznon. Maximum annyi maradna meg belőle, hogy milyen jót nevettünk a filmen. Próbáljunk meg a fogorvosnál nevetni!

– Mennyi ideje lehetek itt? Azt mondják, öt éve? Lehet, hogy ez az öt év a gyötrő 60 másodperces időként képviselteti magát, ezért tűnik ilyen rettentő hosszúnak. Vajon a Földön is ugyanígy telik az idő? – elmélkedett magában Winston Salmon, akit ezen a helyen szerényen csak az *Elsőnek* becéznek.

Ő az Első, mert ő a legjobb bányásza a Jövő PTT-nek, és ezt a titulust bizony nagy becsben tartják. De mégis: ezt a nagy embert kételyek kínozták.

– Messze vagyok otthonról – csapkodták a gondolatok megzavart elméjét. – Hány nap telhetett el pontosan, mióta elhagytam a Földet? Nem láttam a napot se megérkezésem óta. Nem láttam a felszínt a leszállásom óta, de ami a legrosszabb, hogy nagyon régen nem láttam a drága Andreát és a kicsi Benit. Nagyon hiányoznak...

Ahogy ezek átfutottak a fején, egy magányos könnycsepp szánkózott végig az arcán. Winston felült az ágyból és letörölte könnyét, mert így mégsem mehetett ki az Európán a többiek közé. Itt mindenki tökös legény. A társaság nagy része büntetett előéletű, és nagyon kevesen jöttek önszántukból a világ végére. Nem-nem, itt az érzelmek halvány látszatát kelteni is végzetes lehet a hírnevére, feltéve, ha ezek nem az agresszió vagy a vidámság jelei. Megerőltette magát és komor, határozott tekintetet varázsolt a bánat helyére. A tükörbe pillantva végre egy határozott, kerek arcot látott világosbarna, göndör hajjal és barna szemekkel. Felkelt az ágyból, és a szobájából kilépve erős fény üdvözölte a folyosón.

– Mi van, Főnök, egyedül töltöd a szabadidődet? Nem lesz ez így jó, a kantinban várunk! – szólt hozzá futtában Andrej, aki választ nem várva továbbrohant.

– Kell ez neked, Winston? – futott végig agyán a kérdés. – Ez a sok idióta részeg, aki csak a saját egóját fényezi?

Bizony, ha ezek között az egók között ellenkezik a vélemény, az olyan, mintha két neutroncsillag ütközne össze. Érdekes látvány, de az orvosok által javasolt távol maradni a jelenségtől. Remélem és kívánom, hogy az ilyen esetekből kimaradjunk az életünk folyamán! Viszont ha így gondoljuk – mint ahogy én is – és szeretjük a nyugodt életet, esetleg verseket írni, akkor kerüljük az Európa bányáit, mert itt bizony sok lehetőség nincs a kikapcsolódásra. Lehet dolgozni, inni, verekedni és nőzni. Tudom-tudom, sokak szerint ezek a cselekedetek kielégítik egy férfi minden vágyát. De a mi Winstonunk annak ellenére mégis bánatos, hogy ebben a falkában ő az Első. Ahhoz, hogy valaki megtartsa ezt a címet, erősnek, ügyesnek és okosnak kell lennie, mint anno a középkorban a lovagoknak. Csak itt több vérrel és kevesebb versírással. Sőt, ha itt valaki verset írna és azt elszavalná, akkor a hallgatóság a véleményét nem tapsviharral, hanem pofonvihar kíséretében, egy kevésbé baráti vállveregetéssel nyilvánítaná ki. Egy életre kidobnák a kantinból, ami elég rossz ómen errefelé, mivel minden ott történik, ami nem a munkával kapcsolatos. Egyszerűen csak mellőzzük a versírást, ha az Európára készülünk bányásznak! Itt az elmét inkább az átveréshez és ennek számos szinonimájához használjuk. A legfontosabb szabály, hogy tudjuk, merre van a kantin.

Winston is éppen oda tartott, amikor egy pillanatra megtorpant egy falra vetített hologram mellett, ami egy kedves sziget képét ábrázolta.

– Milyen nyugodt, és milyen szép! – gondolta magában. – Elfelejtettem, hogy milyen érzés, ha rám süt a nap – mindenhol csak mesterséges fény van, a bányában meg a kőzet.

Ebben a pillanatban Tódor lépett mellé, akinek ápolatlan, hosszú vörös haja az ágyékáig ért.

– Szerinted még vannak ilyenek? – kérdezte Tódor, és a szigetre mutatott.

– Mik? Szigetek? – kérdezte Winston meglepődve.

– Hát, ha annak hívjátok, akkor szigetek. Szerinted léteznek még? – kapott közben hosszú szakállába Tódor, mint a tudósok, amikor gondolkoznak.

– Miért ne lennének? – értetlenkedett Winston.

– Hát tudod, te biztos, mert én olyan keveset tudok, de mégis tudom – indította meg mély filozófiai beszédét Tódor –, hogy egy csomó minden eltűnt már a Földről. Minden fém és műanyag, ami megmaradt. Ez meg itten tele van növénnyel vagy micsodával.

– Igen, Tódor, azok ott növények – vette fel a ritmust Winston.

Ez sokszor nehézséget okozott neki, mivel remélem feltűnt, hogy Tódornak nem volt erőssége a gondolkodás. Vagyis gondolkodni szokott, de gondolatok hiányában a gondolkodás intézményéből úgy csapták ki, hogy a szerencsétlen még be sem lépett annak kapuján.

– Nem hiszem, hogy a szigetek is eltűntek volna, Tódor. Majd ha visszamegyünk gazdagon, akkor vehetsz egyet magadnak.

Megveregette a vörös óriás vállát, aki erre elmosolyodott és ennyit tett hozzá:

– Tódor, a szigetek ura. – Mosolyát vigyorra cserélte. – Ez jól hangzik – jegyezte meg halkan.

Winston magára hagyta kollégáját bárgyú vigyorával és kellőképpen hiányos fogsorával. A kantinhoz érve a bejárat előtt megállt, mert egy bezárt fémajtó várta, aminek jobb szélén egy terminál látszódott. Winston a terminálon lévő kis lyukba nézett, hogy az ellenőrizhesse, valóban munkaidőn kívül igyekszik-e meglátogatni a mulatót. Amíg nem volt ez a rendszer, mondanom sem kell, hogy elég sok visszaélés történt, mivel a kantinban minden ingyenes volt és a vezetőség azt látta, hogy részegek vannak, de termelés, az nincs.

– Üdvözlöm, Winston Salmon – jött a gépi hang a termináiból. – Jó szórakozást kíván a Jövő Profit Termelő Társaság!

Amikor belépett a kocsmába, már nagyban folyt a mulatozás. Volt törött orr, ami nem is olyan rossz, mivel táppénzen inni lehet, dolgozni viszont nem kell. Persze a keményebbek – hogy megvédjék becsületüket – csak a legvégső esetben használják ki ezt a lehetőséget. Volt repülő korsó, asztalon táncoló lányok, ordítozás és röhögcsélés. A legfontosabb, hogy ott ült Gáben egy nagy asztalnál, stílusosan négy kurvával, két itallal, tökrészegen. Gáben volt Winston legjobb barátja, az egyetlen bányász, akiben meg tudott bízni. Egy lépést is alig tett befelé, amikor a rövid nyakú, szögletes állú hangos üvöltéssel üdvözölte.

– Wini, drága barátom! – üdvözölte Gáben négy mellből előbújva. – De régen láttalak már itt, gyere hamar, töltsünk egyet! – szólt és közben integetett Winston felé, de egy karsuhintásnál arcon találta az éppen őt kényeztető egyik hölgyet, aki nagyot esett, de ezzel senki sem foglalkozott.

Sajnos termetének köszönhetően, mivel válla két szekrény széles volt, sokszor okozott gondot környezetének. Néha teljesen véletlenül rendezte át azt. Winston nem ellenkezett, mivel egy céllal indult neki a napjának, hogy felkeresi Gábent, ami nem volt a legbonyolultabb feladat, mivel ő vagy itt az asztalánál szokott lenni, vagy a szobájában másod-, harmad-, és igen, néha negyedmagával.

– Na, mi szél fújt ide? – kérdezte Gában, és zömök orrába túrt, miközben Winston helyet foglalt. – Kimerészkedtél a lukadból végre? Erre inni kell!

Ezzel a felkiáltással meg is itta az egyik italát, nem érdekelve őt, hogy barátjának még üres a keze.

– Beszélni akarok veled, négyszemközt – jelentette ki Winston, miközben egy pohár emelkedett ki az asztalból, majd alulról feltöltődött egy vöröses színű folyadékkal.

– Nem lenne jobb négymellközt? – kérdezte Gában harsányan, jobb szemöldökét érdeklődően felhúzva.

Ezt a fekete szőrpamacsot egy orángutánhoz hasonlóan kiálló szemöldökcsont tette röhejessé. Gában nem volt jóképű, de tekintélyt parancsoló kiállása miatt szerették a nők. Erre a kérdésre még Winston is elmosolyodott, mivel jól ismerte barátját. Gában a maga két méterével markáns férfi volt, akinek vakvágányra futott életét az bélyegezte meg véglegesen, hogy a betyárbecsület jegyében hatóság elleni erőszakot követett el. Legalábbis ezt a verziót adta elő a gyengébb gyomrúakra való tekintettel, mert ő ilyen figyelmes úriember volt. A részleteket megtartotta magának. Gában mindig odafigyelt, hogy arcszőrzetét rendben tartsa. Néhanapján úgy nézett ki, mint egy vérbeli neandervölgyi, érthetetlen módon azonban máskor pedig mint egy tőzsdei bróker, csupasz képpel és rövidre vágott hajjal jelent meg. Ma este lányokkal volt, ezért úgy érezte, hogy az a tökéletes megjelenés, ha az ősember-küllemet választja.

– Tudom, hogy jobban éreznéd magad, ha velünk tarthatnának a hölgyek – mondta Winston és felemelte poharát –, de amiről beszélni akarok, arról csak ketten tudhatunk.

Koccintottak egyet, kettőt, talán négyet, és folytatta:

– Persze nem szeretném elrontani az estédet. Megbeszélhetjük máskor is.

Ezzel lehúzta kétes eredetű italát.

– Hölgyeim – nézett végig Gáben a lányokon –, nagyon sajnálom, de a mai estén mellőzniük kell Nagy Gábor, a női lelkek meghódítója és szívük összetörője felejthetetlen, egyedi, tökéletes... – ekkor lehúzta maradék italát...

– Sok lesz! – vágott közbe Winston.

– Na jó, húzzatok a picsába! – fejezte be Gáben a szónoklatát nem túl szalonképesen, mert igazából ő nem is volt annyira úriember. Egyedül maradtak az asztalnál, amiből ismét egy-egy érdekes kinézetű ital emelkedett ki. Winston elmondta neki, hogy mostanában nem érzi jól magát, mert nagyon hiányzik neki fia és felesége. Ő nem hiszi el azt, amit a Földről sugároznak, hogy otthon minden rendben van és hogy az emberek egyre magasabb életszínvonalon töltik napjaikat, köszönhetően a Jövő PTT folyamatos, anyáskodó szeretetének.

– Gondolj már bele – folytatta Winston –, miért nem engedik, hogy beszéljek a családommal? Öt éve vagyunk itt, és semmit sem tudok róluk.

– Elítéltek vagyunk – válaszolta Gáben –, ezt ne felejtsd el!

– Értem, de te rendőrt öltél – vélekedett Winston. – Én nem fizettem be két számlát. Nem furcsa, hogy ugyanabban a bánásmódban részesülök?

– Barátom – szólt Gáben és nagyot kortyolt italából –, a szabály az szabály. Ha valaki megsérti a Jövő PTT törvényeit, bármilyen kis mértékben is, az szabadságvesztéssel fizet érte. Választhat, hogy börtönbe megy, vagy eljön ide és dolgozik. Mi jól döntöttünk, jól élünk itt – vélekedett az ősember.

– Te lehet, hogy jól vagy – mondta szomorkásan Winston. – Nem hagytál senkit magad mögött, de nekem felelősséget kellett volna vállalnom mások iránt – sóhajtott nagyot.

– És vállalsz is! – vágott közbe Gáben. – A fizetésedet a családod kapja meg, segítesz nekik, hogy legyen mit enniük, legyen hol lakniuk. Tudod mi a bajod neked? Mert én jól tudom.

Winston csendben figyelte barátját.

– Nem tudsz kiengedni. Az elmúlt időben alig szórakozol, nem használod ki ezeket a gyönyörű lányokat, hogy csillapíthassák bánatod. Bekattansz a munkától, ez a te bajod – mondta, és ahogy befejezte, mosolyogva garatra húzott még egy italt.

– És ha igazam van? – kérdezte Winston nyugodtabb hangon, mert tudta, ha felhúzza cimboráját, az sok mulató bányász estéjét tenné tönkre. – Te számon tartottad, mióta vagyunk itt? Egyáltalán tudod, milyen évet írunk?

Gáben elgondolkodott, de „biztos, ami biztos" alapon ivott még egyet és vállat vont.

– Fingom sincs – jött az értékes válasz.

Eközben egy másik asztalnál Andrej vitatkozott, mert egy kollégája megvádolta, hogy elcsalta a mai normát, hogy megelőzhesse a termelésben. Szó szót követett, majd pofon pofont, és Andrej balszerencséjére úgy ütötte ki partnerét, hogy az kényszerleszállásban pont Winstonék asztalán landolt. Gáben nem szereti, ha kiömlik az itala, és azt kimondottan utálja, ha az piros foltot hagy ruházatán. Andrejben megfagyott a vér, mert tudta, most el lesz neki magyarázva, hogy többet ilyen ne csináljon. Gáben elmagyarázta, aminek köszönhetően két félholtra vert embert kísértek ki a kantinból.

– Most nézd meg, mit csináltak ezek! – panaszkodott Winstonnak. – Nem tudom, miért nem lehet viselkedni?!

– Te sem szoktál – tette hozzá Winston és elmosolyodott.

Az ilyen környezetben könnyen feloldódik az ember, ha a megfelelő társaságot választja.

– Na de most tényleg panaszkodni akartál? – kérdezte Gáben. – Ezért kár volt elküldenem a lányokat, nem gondolod?

Winston ebben a pillanatban jelezte kezével, hogy hajoljon közelebb.

– A segítségedet kérem – suttogta Gáben fülébe. – El akarok szökni a Földre.

2.

Az Európán sok mindent nem tanul meg az ember, de ha valamit el kell sajátítania, azt tökéletességig kell fejlesztenie, mint például a másnaposan végzett munkát vagy az önvédelem sokszínű fortélyát. Ha valaki ebben a közösségben gyenge, annak nagyon ajánlott, hogy jó színészi vénával ezt teljesen leplezni tudja. Winston Salmon két dologgal vívta ki magának az Első pozíciót. Az egyik, hogy kivételes tehetsége van a szikla megfelelő méretű kifejtésére. A másik, hogy ő az egyetlen, aki fel tudta venni a fizikai küzdelmet Gábennel, aki ezt csak hosszas győzködés után fogadta el. Bár Gáben volt az erősebb, nem tudott soha mit kezdeni Winston leleményes és ügyes ökölharca ellen. Azóta, hogy ezt tisztázták, nagyon jó barátok lettek ezen az istenverte holdon.

A bányában kemény munka folyt, ahol a lézerfejes csákányok sercegő hangja fület siketítően üvöltött. Az egyik sorban ott dolgozott Andrej összetört arccal, fájó karral. Nem kért betegszabadságot, mert tudta, hogy a Kilencedik helyén csúnya foltot ejthetne egy pár napos eltávozás. Mellette Tódor hasította a kemény kőzetet, aki néha magában beszélgetett.

– Hülye kavics, mért nem tudsz magadtól egyenlő részre esni?! Hülye kavics! – mondogatta.

A hatalmas kőcsarnok soraiban rendezetten ment a munka. Két helyet kivéve telt sorokban vájták a bányászok a legértékesebb nyersanyagot, amit az ember ismert: az amantint. A kivágott kőzetet bányacsillékbe pakolták. Mindenki a saját csilléjébe rakodott, s amikor az megtelt, megnyomtak egy gombot a kezükön lévő karperecen. Ekkor a kocsi elindult, és egy üres érkezett a helyére. A csillék a frissen vájt amantint a méretezőbe szállították, ahol a hanyagul vágott kőzeteket megfelelő nagyságúra szelték. Általában a jobb bányászok után nem kellett sokat formázni, de voltak olyanok, mint Tódor, akik megnehezítették a formázók munkáját. A megfelelő méretű amantin nagy részét innen űrhajókra hordták, majd ezek után a Földre szállították. A maradékot pedig itt helyben az erőműbe vitték, hogy energiát termeljenek belőle. Az egyik hajóra éppen egy ilyen szállítmányt rakodtak fel, mit sem sejtve annak tartalmáról.

– Mondtam, hogy nem lesz nehéz – suttogott Winston. – Mindjárt fent vagyunk a hajón.

– Azt mondod, kaland? Ám legyen! – fűzte hozzá Gáben, miközben a ládát, amiben rejtőztek, a raktérbe tolták.

3.

Miután Winstonnak sikerült rávennie barátját, hogy tartson vele a Földre, kellett egy terv, amivel észrevétlenül elszökhetnek. Mondanom sem kell, hogy ez nem ment teljesen zökkenőmentesen. Andrejt például többször megverték, mire meggyőződött arról, hogy ez neki is érdeke és tartsa a hátát, ha szükség van rá. Nem tehettek mást, muszáj volt másokat is bevonni a tervükbe, mivel rájöttek, hogy ha a két legjobban termelő személy kiesik, akkor az biztosan szemet szúr a Földön. Ezért beavatták a tíz legjobb bányászt. A terv igen egyszerű volt, de az már kevésbé – mint említettem –, hogy rávegyék a többieket az együttműködésre.

– Nagyon egyszerű – mondta Winston –, amíg mi távol leszünk, nektek annyi lesz a feladatotok, hogy pótoljátok a kiesett termelést. Egy-két túlórával biztos meg tudjátok oldani.

– Naponta többet dolgozni? – kérdezte Andrej kételkedve. – Miért jó ez nekünk, áruld már el!

– Először is – vágott közbe Gáben – megtudjuk, kinek gürcölünk ilyen keményen. Másodszor pedig, ti mind két szintet ugrotok a hierarchiában, ami, valljuk be, mindegyikőtöknek a vágya. A végén, amikor visszatérünk, lehetséges, hogy olyan információkkal rendelkezünk, melyekkel el tudjuk foglalni a holdat, és így zsarolhatóvá válik a Cég is.

– Akkor sem értem – mondta Andrej. – Így is feljebb tudom küzdeni magam.

– És mégis mivel szeretnéd ezt véghezvinni? – kérdezte Gáben. – Sohasem voltál előrébb, csak egy szaros Kilencedik.

Erre a sértésre Andrej felkelt székéből, de azzal a lendülettel visszaesett, mert akkora állast kapott, mintha egy betonoszloppal vágták volna fejbe. Ezután csöndben maradt.

– Miért nem próbáljuk meg most innen megzsarolni őket? – kérdezte Bulzakov. – Egyszerűen ráveszünk mindenkit, hogy álljon le a bányászattal – vélekedett.

– Mert nem tudjuk, mivel kéne szembenéznünk utána – válaszolta Winston. – Ha eljutunk a Földre, feltérképezhetjük a Cég működését. Megtudhatnánk, hogy van-e értelme lázadni ellenük, és amíg távol vagyunk nem rontjuk itt nektek a levegőt. Gondolj bele, Bulzakov, te lehetnél végre az Első! – unszolta Winston.

Bulzakovot meggyőzték Winston szavai, és őt követve sorjában mind a maradék hét elit legény beleegyezett a túlórába. Andrej „a hallgatás beleegyezés" elvével adott hangot szavának. Ő már nem mert megszólalni. Egyedül Tódort nem volt nehéz rávenni, mivel neki minden mindegy volt, ő nem kételkedett, csak annyit fűzött hozzá, hogy „azok a hülye kövek".

Ezek után semmi sem állt Winston ügyének útjába. Azt persze senki sem tudta, hogy neki esze ágában sem volt lázadozni vagy elfoglalni az Európát, de Gáben fejéből kipattant egy kis szikra, hogy ezzel talán sikerülhet maguk mellé állítani ezt a bűnös csürhét, mert a hatalomvágy, a szabadság aprócska illata is könnyedén megmérgezheti az emberi elmét, ha az vágyik utána.

– Ha odaérünk – szólt Gáben –, meglátogatjuk a családodat és mihamarabb visszatérünk. Rendben van? – kérdezte megygyőzően.

– A szavamat adom, barátom – válaszolta Winston. – És köszönöm! – tette hozzá, miközben kezét – a most éppen tőzsdeügynöknek álcázott – cimborája vállára tette.

A Jupiter–16 névre keresztelt szállító űrhajó zavartalanul száguldott a Föld felé.

25

III.

Λ Kormányzó beköszön, ahelyett, hogy leköszön...

A Föld legnagyobb uradalmának jelenlegi központja egy hatalmas város, amely a régi Európa területén helyezkedik el. Nevét a kontinensről kapta. Hiába, sok helyen a kreatív részleg munkatársai csakis egy dologban kreatívok, mégpedig abban, hogyan kapjanak rendszeres fizetést úgy, hogy igazából nem dolgoznak érte. Lakosainak számát nehezebb lenne megsaccolni, mint előre meghatározni, hogy mikor fogja a bolygót újabb meteorit fenyegetni, mikor lesz a következő járvány, vagy mikor lesz elnökválasztás. Volt egyszer egy elnök, aki kivételes taktikai érzékkel tök egyszerűen eltörölte az elnökválasztást és haláláig uralkodott. Utána apró fejfájást okozott, hogyan is válasszák meg utódját, de demokratikus úton eltörölték az elnöki pozíciót, mondván, hogy felesleges. Később abból a pénzből, amit előtte az elnökök fizetésére szántak, hatalmas karneválokat rendeztek. Ezeken az eseményeken sokan elnököknek öltöztek be és szónokoltak, de demokratikus úton ezt is berekesztették, mondván, hogy ez is felesleges.

A meteorit-problémára mára már tökéletesebb módszereket fejlesztettek ki, mint az ég bebetonozása. A város repülőtereinek gépei ész-veszejtve festenek kiolvashatatlan barázdákat az égre. A fényszennyezéstől az éjszakák legsötétebb időpontjaiban is – az esti tolvajok szerencsétlenségére – éles árnyékot vet a narancssárgán izzó égbolt. A metropolisz hétköznapi nyüzsgésén felülemelkedve láthatunk egy fényes pontot ez egen. Ha közelebb merészkednénk – de ezt senkinek sem ajánlom, kivéve, ha az meghívóval érkezik –, akkor jól kivehető lenne, hogy a fényes pont igazából egy lebegő erődítmény, melynek az iránytótermében egy életerős, magabiztos ember ül a trónján. A trón felett egy felirat látható: Jövő a Profit Termelő Társaság. Pár perccel ezelőtt egy díszruhába öltözött férfi lépett be az ajtón, meghajolt és tisztelettudóan várta, hogy a bolygó egyetlen jogos uralkodója megszólítsa.

– Nekem van lelkem – szólt a kormányzó –, de egy idő után érzéketlenné válik az ember. Én 568 éves vagyok és az idő múlásával minden apró momentum, ami érzelmi reakciót vált ki az emberből, értékét veszti. Minél többször élünk meg egy pillanatot, ami bánatot, örömöt okoz, annál kevésbé lesz hatással az emberre. Gondoljon bele, milyen érzés volt az első szerelem. Gyönyörű és hihetetlen. Majd a második még mindig gyönyörű, de semmi esetre sem hihetetlen, mivel már találkozott ezzel az érzéssel előtte. Mi ebből a következtetés?

– Az, hogy az első valamivel több volt a másodiknál, uram – mondta a férfi, aki közben felegyenesedett.

– Pontosan – folytatta a kormányzó. – Én 68 éves korom óta uralkodom és milliók sorsáról döntök a közös cél érdekében, ahol egy élet csak egy aprócska porszem. Nincs is időm már ilyen gyerekes illúziókra, mint a szerelem. Sőt, mára már szánalmasnak találom ezt a mély hódolatot egyetlen ember iránt, hiszen több milliárdan élünk a bolygón. Maga kötődik a rokonaihoz? – kérdezte.

– Természetesen, uram – érkezett a tisztelettudó válasz.

– És mégis azt kéri tőlem, hogy a nyugdíjazása helyett, ami a mi korunkban egy előkelő kiváltság, fiatalabb testet szeretne. Miért? – érdeklődött a hatalom egyetlen birtoklója.

– Uram, azért, hogy tovább szolgálhassam a közös célt és a Céget, ami életek, családok felett áll.

Hosszú, csapos nyelvvel hatolt be a válasz a kormányzó hadd ne keljen leírnom, melyik testrészébe.

– Tökéletes! Mintha tudná, mit szeretnék hallani – dicsérte meg alattvalóját az uralkodó. – Kér egy szivart?

– Nem dohányzom, köszönöm – jött az elutasítás.

– Ugyan már, kérem! – hárította el a kormányzó. – Ennek a testnek már úgyis mindegy. Holnap reggel elutazik a perifériára és kereshet egy megfelelőt magának. Mindegy milyet, fiút, lányt, ha akarja, bármelyik állatba is belebújhat, csak önön múlik. Egy szivart?

A meggyőző érvelés után a férfi felé nyújtott egy dohánylevélből sodort finomságot. Ő megfogta és nézegette egy darabig.

– Tudja – szakította félbe a kormányzó –, hogy sok dolognak két vége van. – Elővett magának is egy szivart. – Például ott van a ló. Látott már lovat? – kérdezte.

– Nem, uram, még nem láttam – válaszolt a férfi.

– Hát már nem is fog – nevetett egyet és folytatta: – Már rég kipusztultak, csak nekem van egy példányom belőle, de nem is ez a lényeg. A lónak is két oldala van. Az egyik harap, míg a másik rúg.

Elővett egy kis fémes, karikaszerű eszközt.

– Az ember megválaszthatja, hogy melyik oldalát akarja. Amelyik rúg, vagy amelyik harap? A rúgós fele koponyákat tör, mellkasokat zúz szét. Remélem érzi, hogy nem ez a jó döntés?

A férfi helyeselni szeretett volna, de a kormányzó gyorsan tovább mondta, mivel a legjobban a saját hangját szerette hallani.

– A másik oldal is veszélyes, de sokkal kezelhetőbb. Ha etetjük, simogatjuk, egyszóval törődünk a harapós felével, akkor legyőzzük az átellenben lévőt is és nem fog megrúgni. Olyan a ló, mint ez a szivar. Ha a megfelelő irányból közelítjük meg, akkor a magunkévá tehetjük. Látja?

Befejezte elmélkedését és a gyűrűszerű fémtárggyal levágta a szivar sapkáját, majd a szájába vette.

– Most ön jön!

Átadta a férfinak a szivarvágót, aki engedelmes alattvalóként lemásolta uralkodója mozdulatait.

– A következő lépést remélem nem kell elmagyaráznom – jelentette ki.

A szájába rakta a szivart és meggyújtotta. A férfi, mint egy tükörkép, követte. A teremben a fehér, sűrű füst kivehetetlen formákban úszkált körülöttük. Egy darabig nem szóltak egymáshoz, csak nézték, miként játszik egymással a levegő és szivar égésterméke. Arcukon az elgondolkozás megtéveszthetetlen jelei rajzolódtak ki, és az idilli csendet természetesen a kormányzó törte meg, mert ha ezt a férfi tette volna, az elég nagy tiszteletlenség lett volna.

– Ismeri ön dr. Verkinson munkásságát? – kérdezte.

– Csak felületesen, uram – válaszolta. – Ő volt az a professzor, akinek sikerült felfedeznie és materializálnia a lelket. Most neki köszönhetően kaphatok új testet.

– Nem teljesen – mondta a kormányzó. – Verkinson arra jött rá, hogyan lehet *bezárni* a lelket, és másik testbe átrakni. Tudja, volt neki egy mentora, egy bizonyos dr. Heinen, aki a pszichológia, biokémia és anatómia területén doktorált. Feltételezte, hogy az emberi testen belül kell lennie egy nem szénalapú organizmusnak is. Elméletében megfogalmazta, hogy nem csak az általunk ismert kémiai folyamatok zajlanak le a testen belül. Ugyanis lehetetlen az, hogy végtelen számú egyéniség fejlődjön ki egy teljesen azonos biológiai rendszerből, mint a test. Addig az ember agyát tartották ezért felelősnek, de Heinen kételkedett, hogy egyetlen szerv, ami az egész szervezet fenntartásáért felel, képes legyen öntudatot létrehozni. Úgy vélte, az agy csak egy operációs rendszer, ami minden emberben csakis a működtetéssel foglalkozik. Ekkor kezdődtek az agyi átültetések, amelyek súlyos katasztrófával végződtek. Amíg az agynak csak egy bizonyos funkcióért felelős részét cserélték ki, addig sikerült olyan betegségeket megállítani, mint például a rák. Ez olyan, mint amikor elszakad az ékszíj és egy épet teszünk a helyére. Tudja mi az ékszíj és a rák? – kérdezte.

– Nem, uram. Egyikről sem hallottam – válaszolta a férfi.

– Nem csodálom – mondta a kormányzó, és nagyot szívott szivarjából. – Egyik sem az életünk része már. Heinen nem járt sikerrel. A munkássága vége felé élettelen testekbe kezdte átültetni az élő agyakat. Megdöbbenten látta, hogy a szervezetet sikerült újraindítania. Az alanyok lélegeztek, ettek, ittak, valamilyen szempontból éltek, de nem volt személyiségük. Megfigyelte, hogy az agy eredeti tulajdonosainak a szokásai megmaradtak. Ha kérdezték őket, hogy emlékeznek-e a családtagjaikra, akkor hibátlanul felsorolták neveiket, foglalkozásaikat, de amikor tudatták velük, hogy azok az emberek már évtizedek óta halottak, nem váltott ki belőlük semmilyen érzelmi reakciót. Az alanyok egyszerűen felfogták és elfogadták ezeket a szomorú tényeket, mint amikor egy adatot táplálunk be egy számítógépbe. Heinen úgy vélte, kell lennie egy receptornak, ami ezekből az adatokból érzelmet generál. Úgy gondolta, ez lehet a lélek, és elmélete nem volt helytelen, de ő személyesen nem élte meg a felfedezést és megtiltotta, hogy az agyát eltárolják. Verkinsonnak viszont több szerencséje volt. Rájött Heinen elméletének a kulcsára és megtalálta a lelket. Sikerült egy szondát csinálnia, amivel kimutatta, hogy a szénalapú szervezeten belül létezik egy olyan rendszer, melynek részkecséi térben és időben szabadon tudnak mozogni, de mindig csak a testen belül jelennek meg. Megfigyelte, hogy nyugalmi állapotban teljesen véletlenszerű a megjelenésük. Például alvás közben, de bizonyos érzelmi reakcióknál ugyanazok a részecskék lelhetők fel. Ha például idegesek vagyunk, akkor ezeknek egy fajtája dominál, amelyeket piros színnel jelölt. Persze ez nem azt jelenti, hogy ilyenkor egy bizonyos színű részecskék vannak csak jelen, mivel minden függ az alany alap érzelmi állapotától. A sokféle színben tündöklő részecskék egyvelege képet alkot, amit lélekrajznak hívunk. Ez a kép minden embernél más és más, nem figyeltek meg két ugyanolyat még azonos érzelmi állapotban sem. Ha ebben a teremben ülők ugyanannyira lennének idegesek ugyanabból az indíttatásból, még akkor is különböző lenne a kirajzolt kép, annak ellenére, hogy rengeteg hasonlóságot vennénk észre rajtuk. Ha két ember szerelemes, akkor szinte teljesen megegyezik a képük, és ezek a részecskék beindítanak egy kémiai kapcsot, hogy a testek is vonzzák egymást. Verkinson felfedezése egy új tudományt hozott létre és új korszakot az emberiség történelmében. A lélektannak köszönhetően fel tudtuk mérni, hogy egyes emberek mennyire lázadó hajlamúak vagy éppen mennyire szolgalelkűek, így már kiskoruktól kezdve osztályozni tudtuk őket és a megfelelő nevelésben részesültek. Én a hatalmamat és az életemet köszönhetem dr. Verkinsonnak. Higgye el, nekem nagyon jó barátom volt – nyomta el szivarját az asztalból már korábban kiemelkedő hamutálban.

– Megkérdezhetem – szólt közbe a férfi –, hogy mi lett a doktor úrral?

– Maga előtt már nincsenek titkaink – válaszolt a kormányzó. – Aki a szolgálatot választja a nyugdíj helyett, a Cég belső hatalmi körébe emelkedik. Üdvözöljük szűk körünkben, Mr. Smith. Ebben a pillanatban az ajtó kinyílt és egy egyenruhás, vékony, hosszú szőke hajú nő lépett be rajta. Határozott léptekkel közelítette meg a trónszéket, nem hajolt meg, nem várta meg hogy megszólítsák, gyémántkék szemeit egyszerűen a kormányzóra meresztette és megszólalt:

– Edward – húzta össze szemöldökét –, mikor kezdhetem meg a hadjáratot a Távol-Kelet ellen? – kérdezte sértődött hangon.

– Mr. Smith – szólt Greenfield –, ha megbocsát, a doktor úrra majd visszatérünk máskor.

– Természetesen, uram – ezzel meghajolt és sietve, tele büszkeséggel távozott a teremből.

– Nikol, vagy szólítsalak tábornoknak? – kérdezte a nőtől. – Két dolgot nem szeretek: az egyik a tiszteletlenség, a másik a számonkérés. Neked sikerült mind a kettőt egy perc alatt produkálni. Mégis, hogy képzelted ezt? – kérdezte Greenfield felemelt hangon.

A határozott nőből hirtelen gyámoltalan lányt lett, mivel tudvalévő volt, hogy a kormányzót nem szerencsés kihozni a sodrából.

– Bocsáss meg, kérlek! – válaszolt Nikol félénkebben.

– Látod – mondta Greenfield –, mennyivel egyszerűbb lenne az élet, ha Peter nem vitte volna a sírba a tudásának azt a részét, hogy az emberek azonnali cselekedeteit is képesek legyünk irányítani? Akkor most ez nem történt volna meg, és nem kéne harcolnunk a bolygó többi részéért sem. Okos volt, mert a tudósaiba beprogramozta, hogy ha meghal, legyenek öngyilkosok. Idióták!

Ezen jobban felhúzta magát, mint a lány belépőjén, aki kapott is az alkalmon. Odalépett az uralkodó mellé és nyugtatólag masszírozni kezdte annak vállait.

– Az a gond – kezdte Nikol –, hogy lassan kifutunk az időből, és a keletiek megerősödhetnek annyira, hogy komoly gondot okozhatnak a Cégnek.

– Tisztában vagyok vele, de előtte el kell intéznem valami fontosat – válaszolta Edward, majd behunyta szemeit és élvezte a női kéz kényeztetését.

IV

Célállomás: a Föld

1.

Az élet olykor nehézségeket állít az ember elé. Akadályokat húz fel, hogy ez a rögös, kiszámíthatatlan út még izgalmasabb, nehezebb legyen. Vannak olyan személyek, akik kimondottan szeretik ezeket a váratlan vagy várt, de inkább figyelmen kívül hagyott eseményeket. Gondoknak, problémáknak hívjuk őket. Néha ezeket érdemes figyelmen kívül hagyni, mert van, amikor a gondok megoldódnak maguktól. Azonban nem minden esetben hasznos a problémákat félvárról venni. Mondjuk amikor egy űrhajó megközelíti a Földet és belép a légkörbe, akadhatnak olyan apró gondok, amiket nem célszerű másnapra hagyni, mert azok figyelmen kívül hagyása pont azt eredményezi, hogy nem lesz holnap. A Jupiter–16, miután megkapta a leszállási engedélyt, úgy hatolt át az ózonrétegen, mint egy erős hasmenéssel megátkozott rögbijátékos a zárt WC-ajtón: gyorsan és határozottan, semmi esélyt sem adva annak, hogy az egy pillanatra is megállítsa. A landolás nagyon simán ment, mondhatni gond nélkül. Persze elég nagy baj lett volna a pilótának, ha ez nem így történik, mivel a Földön minden balesetet tüzetesen megvizsgálnak és addig csűrik-csavarják a körülmények okait, amíg nem tudják teljes mértékben az embert felelősségre vonni. A műszaki hiba kifejezést már réges-régen kitörölték a Jövő PTT értelmező szótárából. Megjegyzem, teljesen érthető okokból, mivel ők jelentik a technológiát, és a megtéveszthetetlen Isten után szabadon egyszerűen nem engedhetik meg maguknak ezt a luxust.

Az űrhajó hátulján kinyílt a rakodótér ajtaja és egy rámpa ereszkedett le a földre olyan robajjal, amelyre a süket szomszédunk is átjött volna a rendőrséggel fenyegetőzni. Gáben és

Winston a ládák között rejtőztek, ugyanis szűk lakhelyüket már a felszállás után rögvest el kellett hagyniuk, köszönhetően a kényelem teljes hiányának. Gében az út alatt klausztrofóbiára hivatkozva közölte, hogy nem hajlandó visszamászni a ládájukba. Ezért a „majd kitalálunk valamit" átgondolt, jól megfontolt tervvel álltak elő a hajó elhagyásával kapcsolatban.

– Szerintem fussunk – vélekedett Winston teljesen bizonytalanul.

– És mégis hova szeretnél futni? – kérdezte Gában jogosan kiakadva. – A dokk tele van fegyveres őrökkel, te barom – szólta le barátját a tényleg nem túl kiforrott ötletéért.

– Jó, de azok az amantint védik – mondta Winston és magára mutatott. – Mi nem úgy nézünk ki, mint az amantin.

– Nem, mi úgy nézünk ki, mint két szökött rab a bányából – fűzte hozzá Gában. – Szerintem fejlövéssel megúszhatjuk.

– Azt, úgy hallottam – mondta Winston –, hogy ha jól csinálják, akkor meg sem hallja az ember.

Erre a kijelentésre feloldódott a feszültség, mint másnapos légy a sósavban. Az idő – ami eddig is nagy ellenségük volt – most is Winstonék ellen dolgozott. Az utazás alatt túl sok volt belőle, és hirtelen a megérkezés után egyenes arányban fogyott a rakománnyal, ami jelen esetükben a fedezéket is jelentette. Ez az idő frányа egy dolog, és hozzá még relatív is. Egyszer csak Gában oldalba bökte cinkosát, mert támadt egy világmegváltó ötlete.

– Van egy ötletem – mondta és nem tette hozzá, hogy világmegváltó.

A Gában fejéből kipattanó szikra nem is olyan kicsi volt, hanem inkább a napalm erős lángjának felelt meg; pont ahogy ő szokta megoldani a nehéz helyzeteket. Csak semmi finomkodás! Az volt a terv, hogy amikor két gyanútlan dokkmunkás a közelükben kezd pakolászni, egyszerűen a hátuk mögé osonnak, leütik őket, és elveszik a ruhájukat álcának. Két rakodó pechjére ez meg is történt. Egy dologgal nem számoltak – na jó, többel sem, de egy feltűnővel –, hogy olyan dolgozót csapjanak le, akinek illik a munkaruhája Gábenre, akiről tudjuk, nem egy áltagos termetű ember. Amikor felhúzta a ruhát, Winstonból úgy tört ki a röhögés, mint a felrázott pezsgő dugója, amikor az üveg bontása közben az ujjunk félrecsúszik és váratlanul az anyósunk arcán csattan, ami igazán megnehezíti a jövőbeni jó viszony kialakítását. A nevetésre a lent álló őr sem tudta hirtelen, hogy segítséget kéne nyújtania vagy bent valaki az évszázad poénját mesélte el kollégája totális szellemi kivégzése végett, így hát úgy döntött, hogy nem csinál semmit. Winstonék arra a következtetésre jutottak, hogy nem lenne teljesen célszerű Gábent ebben a helyzetben meglátnia senkinek, mivel úgy nézett ki, mint egy makacs gyerek, akit nem érdekelt, hogy anyukája magasabb hőfokon mosta ki a kedvenc ruháját. Egy elég csúnya patthelyzet alakult ki, mert azt sem tehették meg, hogy megvárnak még két pakolót, leütik őket és megnézik, az ő ruhatáruk jobban passzol-e Gében méreteihez. Tudták, hogy ezt nem játszhatnák el a végtelenségig, mivel egy idő után elfogynának a rakodók – ami, valljuk be, feltűnhetne a házirend őreinek –, és különben is mi lenne akkor, ha egyik sem felelne meg a mi túltáplált napközisünknek? Mindenesetre úgy döntöttek, hogy a bátorság nagy erény. Halkan megsúgom, hogy azért nem mindig, hiszen tudjuk, hogy a hősök és a tanúk korán halnak. Jójó, meg a dohányosok is, de ezt már nem tudom, hol olvastam.

Megfogtak egy ládát olyan rutinnal, mintha erre születtek volna, és ráemelték a hordárok kocsijára, mert úgy látták, itt ez a szokás. Egymás szemébe néztek, de Winstonnak a komolyság helyett egy elfojtott kacaj csúszott ki a száján és ez már nagyon zavarta Gábent annak ellenére, hogy tényleg röhejesen festett ebben a szerelésben. Ha ő lett volna Winston helyében, természetesen ő is kiröhögte volna magát. Mély levegőt vettek, mint amikor az ember csatára készülve tudja, hogy ez az utolsó nyugodt pillanata, mielőtt elkezdődik a vérontás. Megindultak a raktér ajtaja felé és már majdnem kint voltak, amikor egy dobhártyát szaggató zaj törte meg a csendet. A hang jogos tulajdonosát köznyelven gránátnak hívják, amit általában jobb bulikban nem látnak szívesen, kivéve, ha az valamilyen partikellékként van előjegyezve. Hatalmas tűzharc kerekedett, ami Gábenéknak egy dolgot jelentett: elterelő hadművelet kipipálva és jöhetett Winston eredeti ötlete, a futás.

Történt egyszer – na jó, elég sokszor, igazából szinte mindig –, hogy egy nagyhatalomnak ellenségei akadtak, és kisebb-nagyobb nehézséget okoztak ezzel annak. A Jövő PTT esetében ez egy, a számukra ismeretlen szervezet volt, amely mindenáron megpróbálta elvágni a cég amantin-utánpótlását. Az esetek nagy részében sikertelenül, de azért derekas kitartással. A mostani támadás is eredménytelenül zárult, de arra pont elég volt, hogy a két szökevény a kialakult zűrzavarban észrevétlenül eltűnjön.

2.

Az emberek többnyire vakon követik a divatot, mint a szekeret húzó lovak, akiket a kocsi bakján ülő gazdájuk nemcsak ostorral irányít, de szemellenzőt is rak fejükre, hogy azok látáskörét a lehető legjobban csökkentse. Jelen helyzetben ez az állítás Winstonékra nem volt igaz. Az hagyján, hogy divatosnak nem néztek ki, de annyira feltűnőek voltak a hétköznapi földi polgárok között, mint egy elhízott rozmár az egyházi gyerekkórusban. Ismét marha nagy szerencséjük volt, mert esett ez eső. A lakosok már régóta nem értették ezt, mert évszázadok óta nem termeltek ételt a földeken, nem voltak növények, hogy kiszínezzék unalmas napjaikat, nem énekeltek madarak a fák ágain és a technológia is bőven továbbhaladt azon a szinten, hogy az időjárásba beleszólhassanak. De az eső csak ömlött az égből szürkén, egyhangúan és szomorúan. A dolgukra rohanó emberek fejüket lehajtva – mintha nem bírnák megtartani annak súlyát –, a talajt bámulva haladtak az utcákon. Úgy tűnt, mintha azt számolták volna, hányszor ugrik be cipőjük orra a látómezőjükbe, hogy most váltották ki utolsó jegyüket az életben és büszkén ecsetelik magukban, hogy igen, megtettek egy újabb fontos lépést a haláluk felé.

– Gábem – szólt Winston halkan és visszafogottan –, ez nem úgy néz ki, mint amit a tévében sugároztak az Európán a Földről.

– Mire gondolsz? – kérdezte barátja.

– Arra, hogy amit abban láttunk, mindenhol vidám emberek mentek dolgozni. Boldognak tűntek, de ennek most semmi jelét látom – mondta Winston, és lehajtotta fejét.

– Túl sokat nézted azt a szart – vélekedett Gában. – Gondolkodj ép ésszel! Rossz idő van, és ettől biztos az emberek kedve is az. Inkább azon agyalj, hogyan jutunk el hozzátok!

– Lehet, igazad van – mondta Winston. – Otthon minden kiderül!

Hirtelen elfogta az izgalom: vajon milyen lesz ennyi idő után újra látnia családját?

Az utcákon az eső és a cipők kopogása egy furcsa, lehangoló szimfóniába olvadt a városi forgalom háttérzajával karöltve. Ehhez már nem a gumiabroncs és a betonút súrlódásának keringője adta az alapot, mint az őskori nagyvárosokban. A modern, lebegtető autómotorok zaja legjobban arra hasonlított, mintha egy szűk üvegbe ügyesen fújnánk a levegőt és cserébe egyhangú, mély búgást kapnánk. Winstonék egyelőre nem élvezték az előadást. Egy kis idő után megláttak egy terminált, amin a világító felirat így szólt: „Ha kérdése van, bátran forduljon hozzánk!" A lehetőséget kihasználva odasiettek, olyan mondatatok kíséretében, hogy „bocsánat", „ne haragudjon", „elnézést", de Gában a kifinomultság minden adottságával az „el az utamból", „menj már arrébb" udvarias kifejezéseket részesítette előnyben. Súlyos testi sérülést nem okoztak, és a terminál előtt nem volt sor. Úgy vélték, itt senkinek nincs semmi kérdése, csak ők ilyen elveszettek a modern dzsungel vas- és betonrengetegében. Amikor odaértek, egy kedves, gépies női hang szólította őket.

– A Jövő Profit Termelő Társaság a szolgálatukban. Miben segíthetünk?

Egy darabig tétováztak, mint egy szóbeli vizsgára váró diák a terem előtt, aki a fejezetcímeken kívül nem jutott tovább a tananyagon. Nem tudták, hogy jó ötlet-e szökevényként pont a Cégtől segítséget kérni, de abban biztosak voltak, hogy fingjuk sincs, hol vannak pontosan.

– A Jövő Profit Termelő Társaság a szolgálatukban. Miben segíthetünk? – ismételte meg a gép.

– Azt szeretnénk megtudni – törte meg Winston a dilemma kínzó feszültségét –, hogy pontosan hányas szektorban vagyunk?

– Önök jelenleg – válaszolta a terminál – a tizenhármas szektor 6. körzetében tartózkodnak.

– Az jó – mondta Gében. – És ti melyikben laktok? – kérdezte.

– A 145-ös szektor 4. körzetében – suttogta Winston.

– Én nem vagyok egy matekzseni – szólt Gében –, de jól sejtem, hogy az nem a szomszédban van?

– Még ezen a kontinensen – tette hozzá Winston –, úgyhogy nem vagyunk annyira rossz helyen.

– Hallod – hajolt oda Gében barátjához –, ez a gép honnan tudja, hogy többen állnak előtte?

– Kamera... – mutatott Winston a terminál felé és mély lélegzetet vett.

– Bassza meg, ezt most megszívhatjuk! – mondta Gében ijedten.

– Kezeket fel! – jött egy határozott hang a hátuk mögül. – Le vannak tartóztatva!

3.

A szökevények egymásra néztek és a reménytelenség úgy futott végig testükön, mint a váratlan áramütés a figyelmetlen, részeges villanyszerelőn. Kezüket a magasba emelték, mintha egy láthatatlan kapaszkodót keresnének vele, ami elrepíti őket messze innen, de felettük csak a megfoghatatlan szürke ég tátongott sűrű könnyét hullatva. Winston érezte, hogy szíve a hirtelen sokktól elvesztette identitását és most képzeletében egy gyorsuló gőzös ritmusával menekülne testéből. Éppen a torkánál járt már, amikor egy pillanatra összeszedte magát és vette a bátorságot, hogy megforduljon. Amikor teste 180 fokos fordulatot vett, látta, hogy a közmondások mögött sok esetben nagy bölcsesség rejtőzik. A bátraké a szerencse. A három rendőr éppen két másik alakot vert bilincsbe tőlük pár méterre. Amikor ezt látta, kezét leeresztve meghúzogatta Gáben ruháját, aki még mindig úgy állt ott meredten, mintha a felhők közé ugrana éppen egy hibátlan fejest. Ahogy Winston hozzáért, az érthetetlenség zavarában nézett jobbra, nézett balra, felfelé, és egy kicsit lefelé. Amikor cimborája erőszakkal megfordította, olyan gyorsan kapta le az égből a kezeit, ahogy villám még nem csapott be épületbe. Zavarában csak ennyit tett hozzá a történtekhez:

– Remélem, jól megbüntetik a gaztevőket! – és csak bólogatott hozzá, mint a galambok a főtéren.

A jelenet nem váltott ki semmi érdeklődést a járókelőkből, egyszerűen gépies megszokásból haladtak tovább az utcákon, tekintetüket a járdára szögezve. Winstonék úgy döntöttek, hogy a legjobb, ha továbbállnak és más megoldást találnak a hazajutásra. Egy ideig némán haladtak az emberek között. A magasabb épületeken hatalmas hologramok figyelték a kígyózó tömeget. Vetítettek különböző reklámokat a legújabb divatról, az újonnan feltalált egészséges életmódról, az egyre elérhetőbb gyógyszerekről, propagandaszövegeket sugároztak a Cég odaadó munkásságáról, a Kormányzó szeretetéről, a termelés isteni gondviseléséről. Itt-ott feltűnt egy-egy élelmiszerbolt, ahol a gyümölcsök színe annyira élénk volt, hogy szinte világítottak a sötétben és ha az ember jóllakottan rájuk nézett, még akkor is mordult egyet a gyomra, vágyakozva a táplálék után. Elmentek egy virtuális hotel mellett, aminek működése teljesen értelmetlen volt már, mivel semmivel sem nyújtott többet, mint az otthoni vizuális kirándulás, de érthetetlen módon az emberek jobban szerették, ha kimozdulnak és fizetnek érte, mert így úgy érezték: tényleg elutaztak. Amikor egy ruhabolt mellett mentek el, Gáben megtorpant és visszafogta barátját.

– Szerinted van költhető pénzünk? – kérdezte.

– Nem tudom, de lassan úgy érzem, hogy vesztenivalónk nincsen – válaszolt Winston. – Szétáztunk, semmi ötletem, hogyan menjünk haza, és te még mindig röhejesen nézel ki.

– Ezt mondom – kezdte Gáben. – Menjünk be, és próbáljunk venni valami jó cuccot, tököset! Úgy érzem, kezdenek visszamászni a golyóim, és tudod, nem éreztem ilyet soha. Egyszer talán, de arról nem beszélek.

– Na, a nagy Gáben – mosolyodott el Winston –, a nőfaló önértékelési problémákkal küzd?

– Igen! – vágott közbe. – És bevallom, nem szoktam hozzá, de tudod miért? Mert kurva jó vagyok! Ennek ellenére most kilátástalanul bolyongunk, közben én nagyon hülyén nézek ki, és kezdem elveszíteni az önbizalmam. Egy jó ruha és egy ital. Ezek kellenek most nekünk! – jelentette ki ellentmondást nem tűrő hangon.

– De mi lesz – kérdőjelezte meg a frappáns tervet Winston –, ha ezzel lebukunk? Ha van is pénzünk, amit költhetünk, annak nyoma lesz valahol és ránk találhatnak.

– Leszarom! – csattant fel a határozott válasz. – Bukjunk le, nem érdekel! Akkor legalább történik valami. Előre- vagy visszalépés, tök mindegy, de nekem már elegem van ebből! Inkább megyek kivégzőosztag elé, minthogy egy perccel is többet sétálgassak kilátástalanul ebben a förtelmes időben!

Winston tőle szokatlan merev testhelyzetbe vágta magát, miközben tekintetét és egyik karját a bejárat fele irányította.

– Most mi van? – kérdezte Gáben.

– Csak ön után! – szólt Winston gúnyosan.

4.

A boltba belépve most először érzékelték a jólét kényeztető ölelését. A falakon különböző ruházatok holoképei elégítették ki a lázas fogyasztók csillapíthatatlan vásárláséhségét. A választék szinte végtelen volt. Gáben odalépett egy holoképhez, ami azonnal ráillesztette az aktuális öltözéket, majd ahogy pózolt a kép előtt, az úgy követte le mozgását. Választhatott, hogy milyen színben szeretné, hogy milyen hosszú legyen a zakó ujja, kalappal vagy anélkül kívánja a vevő látni magát, és külön-külön be tudta állítani a ruhadarabok fazonját is. A legvégén még napszemüveget is adott a kollekcióhoz, természetesen piros kalappal és gombokkal.

A gombok azért voltak fontosak, mert egy időben ki kellett fejleszteni a gomb nélküli ruházatot. Először egyszerűbb megoldást találtak ki: tépőzárakkal rögzítették egymáshoz a szétkapcsolható részeket, ami azért volt szükséges, mert sok emberben kialakult az érthetetlen gombfóbia és betiltották a gombokat. De ez a technológia igen hamar kiment a divatból, mivel a tépőzár kellemetlen hangja újabb fóbiához vezetett, és nem mellékesen nagyon hamar tönkrement. Végül kifejlesztették a ma használt szövetet, amit ha összeillesztünk a megfelelő helyen, akkor észrevehetetlenül, maguktól összefonódnak a szálai és rögzül. Gondolhatják, mekkora felháborodást keltett a dolog gombkereskedők és cipzárgyártók körében! Semekkorát, mivel a Jövő PTT intézkedéseit senki sem kérdőjelezhette meg.

Ugyanezzel a könnyedséggel verték vissza anno a 2. Géprombolók mozgalmát, amit az árufeltöltők és pénztárosok kezdeményeztek, amikor automatizálták a hipermarketeket. Gábennek mégis volt lehetősége gombbal kérni öltözékét, mert az idők változnak, és a Cég vezetőségében valakinek valószínűleg hiányoztak a gombok, így ma kiegészítő kellékként, viszonylag csekély felárral lehet hozzájuk jutni. Természetesen a gombfóbia vagy a 2. Géprombolók mozgalma nem szerepel a történelemi adatbázisokban.

Végre elkészült a műalkotás. A kinézetét az olvasó fantáziájára bízom. Csak annyit árulhatok el róla, hogy tetőtől talpig piros volt, fekete gombokkal, mert Gáben szerette a gombokat. A zakó ujja könyökéig ért és a nadrágja elegánsan gyűrött volt. Winston nem pepecselt ennyit, egyszerűen választott az előre megtervezett darabok közül egyet, ami szolidan egy citromsárga melegítőhöz hasonlított, gombok nélkül. Miután leokézták, a pulthoz mentek, hogy átvegyék és kifizessék igényeiket.

- Gyönyörű választás – mondta az eladó. – Milyen különleges eseményre készülnek az urak, ha szabad megkérdeznem?

- Esemény? – értetlenkedett Winston.

- Az ilyen ruhákat, bár ezt önök is tudják, előkelő partikra vagy találkozókra szokták felhúzni. A hétköznapi élethez teljesen elegendő a Cég egyszerű egyenviselete; amint láthatják, az utcákon mindenki azt hordja, mert senki sem szereti a feltűnést. Ha nem akarnak válaszolni, elnézésüket kérem a kíváncsiságom miatt!

- Nincs semmi probléma – vágott közbe Gáben. – A barátom, tudja, éppen a kedvese kezét készül megkérni.

- Ó, milyen szerencsés hölgy! – udvariaskodott a boltos. – Remek választás egy ilyen fontos alkalomhoz. Gondolom, ő is a 300-as alatti társadalmi csoportokba tartozik.

- Mi van? – kérdezte Winston.

Az eladó egy pillanatra ledöbbent.

Ezek nem tudják, mit jelentenek a társadalmi rétegződések? – kérdezte magában.

Pedig boltjának ajtaja kinyílt előttük, ami azt jelenti, ők itt bizony 300-on belül vannak. Kíváncsi típus volt, úgyhogy nem engedhette meg magának, hogy ilyen keveset tudjon ezekről a furcsa fazonokról.

- Nem idevalósiak az urak? Esetleg kiküldetésben voltak? – kérdezte, majd elsápadt.

Lehet, a Holdról jöttek, ő meg itt udvariatlankodik velük és a végén még jól megjárhatja – gondolta.

- Kiküldetésben vagyunk – szólt Winston kicsit mosolyogva. – Csak hazaugrottunk a lánykérésre. Felvilágosítana, kérem, hogy mik ezek a számok?

- Örömmel, uraim! – válaszolta, mert kiküldetésbe csakis politikai vezetőket vagy kutatókat küldenek, akiket nagy becsben tart a Cég, és velük melegen ajánlott együttműködni a Földön.

Az, hogy nem ismerik a társadalmat, nagyon birizgálta fantáziáját.

Lehet, hogy tényleg holdiak? – kérdezte magában, majd válaszolt.

- A Cég területein belül beosztásuk alapján osztályozva vannak az emberek. Minél kisebb számot kap valaki, annál jobb, elitebb rétegbe tartozik. Vannak olyan helyek, mint ez a bolt is, amelyekbe csak egy adott szám alatt lehet belépni, ezt az ajtó automatikusan ellenőrzi. Azért kérdeztem, hogy 300 alatti-e a kedves hölgy, mert maguk biztosan, mivel az ajtó kinyílt önök előtt.

– És gondot okozna, ha a jövendőbelim magasabb számú rétegbe tartozna? – érdeklődött Winston.

– Nem, uram, csak nagyon szokatlan lenne és arra gondolnék, hogy bajba keverhetném magamat, ha tovább kérdezősködnék, mert a rétegek között elég nehéz a keveredés, és egyedül olyan emberek változtathatnak ezen, akik 10 alattiak.

– Ön le tudja kérdezni a mi számunkat? – kérdezte Gában.

– Nem áll módomban, uram, nem vagyok jogosult az ajtó adatbázisába belenézni.

– Akkor megnyugtathatom – folytatta Gában –, hogy nekünk még számunk sincsen, és nem vesszük zokon kíváncsiságát. Sőt mi több: nagyra értékeljük a segítségét. Ha szeretné, jó hírét terjeszthetnénk a boltjának.

– Megtiszteltetés lenne, és ez esetben én állom a ruháik árát. Önök a legjobb dolog, ami történhetett velem – mondta az eladó és biztosra vette, hogy a vendégei a Holdról jöttek.

Ezért nem tartják be a helyi normákat, feltehetőleg szórakozásból viselik a Cég rakodói overálját és most nagyon örült, hogy nem nevette ki a nagyobb darabot idétlen kinézete miatt. A Holdon nincsenek számok, mert akik ott laknak, mindenki felett állnak és személyesen ismerik a Kormányzót. Ha ebben a körben jó híre megy üzletének, akkor talán egyszer 200 alá mehet és többet nem kell ételre költenie, akkor továbbfejlesztheti üzletét... akár még a 100-at is elérheti.

– Ha megbocsátanak, elkészíteném a ruháikat.

– Kérem – mondta Winston.

A boltos elfordult a pulttól és egy nagy, szekrénynek álcázott géphez lépett. Feltöltötte a megfelelő adatokat és megnyomott pár gombot. A gép kezelőfelületén az „Üzem alatt" felirat világított. Amikor kialudt, a boltos kinyitotta a gép kétszárnyú ajtaját és kivette belőle a kívánt ruhákat, amik pontosan úgy néztek ki, mint a holoképen elkészített minták. Amikor felhúzták, úgy érezték, mintha rájuk szabták volna. Persze, hogy rájuk szabták, mert amikor a kép előtt álltak, a rendszer milliméter pontosan felmérte a vevők méreteit, és egyedien nekik alkotta meg a készterméket.

– Autót hívathatok az uraknak? – kérdezte illedelmesen az eladó. – Elviszi magukat oda, ahova csak akarják a körzetben – közölte, mire Gábenék egymásra néztek és megelégedett tekintettel bólintottak egymásnak, mert kezdték végre nyeregben érezni magukat.

– Volna kedves – mondta Winston –, ha még egy dologban tudna segíteni nekünk, hálásak lennénk. Tudja, innék valamit a nagy esemény előtt.

– Természetesen, uraim. Önöknek az Éjszakai Fény nevű előkelő klubot ajánlanám.

– Köszönjük a segítséget! – mondta Gában, és egy laza mozdulattal megvált a történelembe közröhej tárgyaként bevonult öltözékétől.

Mire kiléptek az utcára, az autó már várta őket. Amikor mellé értek, az ajtaja kitárult. Egyterű kocsi volt kényelmes, kanapészerű ülésekkel és egy kis asztallal a közepén. Sok hely volt benne, mivel ezeket az autókat már nem sofőr vezette, hanem teljesen automatikusak voltak.

– A Jövő Profit Termelő Társaság a szolgálatukra készen áll. Merre vihetem önöket? – kérdezte az autó kedves, gépies női hangon.

– Irány az Éjszakai Fény! – utasította Winston.

5.

Az utazás kellemesen telt. Az autó úgy siklott a levegőben, hogy utasai azt sem érezték meg, amikor felemelkedett a földről. Gában úri elégedettséggel simogatta öltönyét. Megfogta gallérját és úgy rántott egyet rajta, mint az őskori dezodorreklámok selyemfiúi: nagyképűen és érzelmesen. Persze csak annyi érzelemmel, amennyivel egy férfi még férfinak tűnik, majd kinézett az ablakon. Valószínűleg önmaga halvány visszatükröződésén élvezkedett, hiszen oly ritka alkalom volt ez. Valljuk be, elegáns volt, és ez érthetetlen okból néha vidámsággal töltötte el.

– Hogyhogy nem egyből hozzátok megyünk? – kérdezte Winstont. – Megígérted, hogy nem időzünk sokat, meglátogatjuk a családod és húzunk vissza az Európára.

– Elterelés. Szerintem kevesebb feltűnést keltünk, ha úgy viselkedünk, ahogy a boltosnak hazudtuk. Elmegyünk, szórakozunk egyet, és utána nyélbe ütjük a „lánykérést", amúgy is mondtad, hogy rád férne valami ital.

– Az mindig rám fér! – mondta határozottan Gáben. – Sőt tudod, mi kell még nekem? Nők! Irány ez a csehó, vagy micsoda!

Autójuk könnyed finomsággal parkolt le a klub előtt, ahol rövid sorban várták a furcsábbnál furcsább ruhákba öltözött emberek a beléptetést. Az ajtó itt nem automatikus volt, két hatalmasra nőtt – vagy éppen növesztett – biztonsági őr ellenőrizte a vendégeket. Ők elegánsan öltöny-nyakkendőben voltak, míg a bulizni vágyó polgárok között tiszteletét tette Robin Hood, Malacka és a Tahó, Bunkó és Bugsy. Nem tudom, hogyan lehet bunkónak öltözni vagy tahónak, de nekik sikerült. Ott állt türelmesen egy férfi is, aki egyszerűen – gondolom higiéniai okokból – mindössze egy pelenkába öltözött.

Azt hinné a jóérzésű ember, hogy ez egy nagyon defektesre sikerült farsangi buli bejárata, de ez nem így volt. A Földön a felső tízezer – ami inkább milliókban értendő – ízlésficamát egy summa cum laude végzett orvosnak is egy vagy két életen át tartó kutatásba telne helyre raknia, feltéve, hogy létezik olyan doktor, aki már-már természetfeletti erőkkel bír. Amikor Winstonék kiszálltak a kocsiból egyedül rajtuk látszott, hogy dolgukat komolyan veszik. Azt, hogy ők komolyan akarnak szórakozni vagy komolyan szórakozni akarnak, kívülről nem lehetett megmondani. A biztonsági őr meglátta őket és soron kívül magához hívatta.

– Megtiszteltetés a vendégeink között köszöntenem önöket – mondta, és kinyitotta az ajtót.

Az Éjszakai Fény előkelő, modern berendezése szokatlan, jó érzéssel töltötte el Winstonékat. A fényorgonák pazar játéka megdöbbentően párosult a főterem közepén táncoló szökőkúttal, ami az elektronikus komolyzene ritmusára vonaglott a nagyérdemű tiszteletére. A pulthoz érve egy nő szólította le őket.

– Ha megbocsátanak – mondta –, én leszek az este folyamán a házigazdájuk.

– Megbocsátunk? – kérdezte Gában meglepődve. – Én még könyörögni is képes lennék, hogy ez így legyen.

– Nagyon kedves öntől – pirult el a pincérlány. – Kérem kövessenek, megmutatom az asztalukat!

Winstonban a nyugtalanság kezdett feltörni az érzelmek mély kútjából, amit ebben a különös helyzetben az értetlenség táplált. Furcsa, megválaszolatlan kérdések kötötték le gondolatait. *De tényleg, most mi van?* – kérdezte magában, miközben a kedves lányt követte. *Szedjük csak össze, mi történik velünk!* – gondolta. *Teljesen feltűnően bolyongtunk az emberek között úgy, hogy a hely, amiről az utcára léptünk, csatatérként funkcionált, majd elmentünk egy boltba, ahova egy olyan ajtó engedett be, aminek hatalmában állt ítélkezni a polgárság felett. Mindezek után ingyen kaptunk drága ruhát, mert Gában sületlenségeket beszélt. Még hogy nincsen számunk? Másoknak egyáltalán miért van? Igen sok minden változott 5 év alatt* – elmélkedett, miközben egy asztalhoz értek és leültek.

– Hozom az italukat, amennyiben másra nincs szükségük – mondta a pincérnő.

– Hát, kisasszony – szólalt meg Gában –, a nevére és a társaságára igényt tartanánk, ha nem veszi tolakodásnak.

– Nem, uram – érkezett a válasz egy kedves mosollyal megfűszerezve. – Elmegyek a hűsítőért és mind a kettőt a szolgálatukba állítom.

Amikor a pincér elhagyta az asztalt, Gában elégedetten dőlt hátra székében, mint a jó hírt kapó uralkodók.

– Egy kicsit sem érzed úgy – szakította félbe Winston Gában rövid uralkodását –, hogy valami nincs rendben? Miért van asztalunk egy olyan helyen, ahol még sosem voltunk? Te sem voltál még itt, ugye? – kérdezte gyanakvóan, hiszen tudjuk, és ezt Winston is tudta, hogy barátjának zűrös előélete tartogathat még meglepetéseket.

– Sohasem voltam itt – mondta Gáben önelégülten –, de lehet, hogy visszajáró vendég leszek. Nézd, még szivart is raktak ki nekünk! Kivett egy szálat és úgy nézte közben feszült társát, hogy direkt idegesítse egy kicsit.

– Igazad lehet – közölte elmélkedve. – Valami tényleg nincsen rendben. Várjunk csak, hadd gondolkozzak! Meggyújtotta a szivart és úgy fújta ki a füstöt, hogy annak a lehető legtöbb molekulája Winston arcán landoljon.

– Megvan! – pattant ki fejéből az ötleteket jelző villanykörte. – A probléma te vagy!

– Én? – háborodott fel Winston.

– Igen, te, hát mi más? Úgy ülsz itt, mint akinek valami titkolnivalója van és ezt a vak is láthatja, ha jobban figyel. Mintha belül valami csak gyűlne, telítődne, és a seggedet túl szűkre zárod, hogy kiszökhessen. Engedd ki a gőzt, barátom! – nyugtatta Gáben. – Én is tudom, hogy elég szokatlan a helyzetünk és szinte biztos vagyok benne, hogy valami félreértés állhat az egész mögött. A másik lehetőség, amin gondolkodtam, nem lenne túlságosan életszerű és kellemetlensége ellenére meglehetősen kellemes volna.

– Mire gondolsz? – kérdezte Winston.

– Arra, hogy már rég lebuktunk, tudják, hogy itt vagyunk, csak van egy ilyen korrektség a rendszerben, mivel sokat tettünk érte az Európán, ezért a büntetésünk előtt kaptunk egy estét, hogy jól érezzük magunkat. Tudod, olyan *utolsó vacsora* jellegű dologra gondolok.

– Azért ez jó nagy marhaságnak hangzik – mondta Winston.

– Én is úgy vélem – értett egyet Gáben és felcsillantak a szemei.

– Lám-lám, ott jön a két legszebb teremtés a világon! A nő és a finom ital, amelyet nekünk hoz.

Gábenből alkalomadtán érthetetlen módon tört elő az úriember. Ilyenkor igyekezett megválogatni szavait, kivételesen odafigyelt a másikra, ráadásul a mozdulataiban is a kifinomultság

47

jeleit lehetett fellelni. Ezek a dolgok inkább ösztönösek voltak nála, mint tudatos magaviselet. Amikor a lány a megfelelő közelségbe ért hozzájuk, udvariasan felkelt és egy széket húzott ki az asztal alól, hogy az kényelmesen foglaljon helyet közöttük. A pincérnő vette a lapot.

– A nevét legyen szíves! – szólt hozzá Gában.

– Fanni vagyok, de önök úgy szólíthatnak, ahogy kedvük tartja.

– Nagyon szép neve van, azt hiszem, megtartjuk – mondta Gában egy szelíd mosoly kíséretében, aminek a hatása nem maradt el.

Egy hosszú, zavarba ejtő pillantást kapott el a lány arcán.

– Tegeződhetnénk? Tudja, nem szeretem a formális, távolságtartó magázódást – jegyezte meg Gában.

– Az nagyon jó lenne – válaszolta, és hófehér bőre kezdett árnyalataiban az ősi szovjet zászlóra hasonlítani.

Szokták mondani: „majd ha piros hó esik". Ez esetben Fanni lett a piros hó.

– Megmondod nekünk – csapott le Winston közönyös hidegséggel a tinédzser-forróságra –, hogy mi ez a nagy felhajtás körülöttünk?

Gában szúrós tekintetébe szaladtak szemei, aki erre a „mentsük ki magunkat, amíg lehet" taktikával próbálta terelni a témát.

– Bocsásd meg neki, hogy ennyire tolakodó! – érkezett a terelés. – Elég feszült...

– Az eljegyzés miatt van – vágott szavába Fanni. – Tudjuk.

– Hogyan? – kerekedtek ki Winston szemei.

A lány válaszolni akart, de Gában megérintette kezét, ettől ismét zavarba jött.

– Hagyd csak, nem fontos – tette hozzá.

– Nincs ebben semmi titkolnivaló – mondta Fanni, és mielőtt folytatta volna, húzott egy nagyot italából „a jó katona sem megy bevetésre fegyvertelenül" elv alapján. – A ruhaboltos, akivel üzleti kapcsolatban vagyunk, jelezte, hogy két nagyon fontos ügyfele érkezik hozzánk. Elküldött minden tudnivalót veletek kapcsolatban, hogy a legjobb szolgáltatást kapjátok. Innen tudom azt is, hogy nősülni készülsz – mutatott Winston felé.

– És te is csak egy szolgáltatás vagy most, nem? – kérdezte Winston kimérten.

– Nem, én nem... – kezdett volna dadogni, de Gáben egy lágy mozdulattal megsimogatta vállát és ezzel teljesen kivégezte.

– Nincs bennünk semmi különleges – mondta Gáben. – Mi is csak emberek vagyunk, mint te meg az a sok idióta, aki itt ízléstelenül feszeng a táncparketten.

Emlékszünk még Bunkóra, nagyon jó jelmeze van...

Fanni egy kicsit elpityeredett, amolyan esetlen, kislányos stílusban. Nem, nem bömbölt, mint egy szorulásos víziló, aki azt hiszi, ha egyre hangosabban üvölt, akkor sikerülni fog neki, s közben nem is sejti, hogy a szorulás decibellel nem oldható fel. Gáben Winstonra, Winston Gábenre nézett. Az egyik értetlenül – ez volt Winston –, a másik haragosan; tippelhettek, melyikük!

A jelenet nem keltett feltűnést a pörgő éjszakai bár életében. Akadtak itt ennél sokkal nagyobb drámák is, mint amikor megjelent a félkezű Hopkins kapitány és biztonsági okokból levetették vele kampós kezét. Nem tudhatták, hogy a tengerészt különös érzelmek fűzik a hegyes fémtárgyhoz. Vagy emlékezzünk vissza arra, amikor a nagy Jurgenson kikapott pókerben! A nyerteseket azóta is keresik, az épület renoválást igényelt, és a hatóságoknak igen kemény munkájukba – nem mellékesen pedig sok-sok törött csontba – tellett befogni a megveszett vadat. Jurgenson csalásra hivatkozott.

A lány kifakadása egyedül Winstonra volt hatással, akiben atyai ösztönei felszínre kerültek és nagyon sajnálta, hogy akaratán kívül, de mégis megbántotta ezt a kedves, gyönyörű lányt.

– Én nem akartam – szólt hozzá, és egy törlőkendőt nyújtott feléje.

– Köszönöm – mondta Fanni és letörölgette könnyeit. – Semmi baj, csak tudjátok még nem találkoztam holdiakkal. Azok vagytok, igaz? – kérdezte nagy érdeklődéssel és szipogott, de csak olyan aranyosan, mint egy kismacska nátha idején.

– Hát persze! – jött a gyors válasz Gábentől. – Ez a tény ne okozzon kellemetlenséget neked, jól van? – kérdezte a tőle telhető legkedvesebb hangnemben, ami meglepően jól sikerült.

– Ha megbocsátotok, rendbe szedem magam a mosdóban és jövök – mondta Fanni, és választ sem várva indult is.

– Csak nyugodtan – szólt Winston.

Gáben szépen végigmérte a lányt és kaján mosollyal jelezte, hogy bizony szándékai vannak ezzel a szépséggel. Hogy milyen szándékai, én azt nem tudhatom. Amikor kellő távolságba ért, a két barát egymásra nézett és szinte egyszerre vonták kérdőre a másikat:

– Te normális vagy?

– Nem csináltam semmit! – mondta végül Winston. – Érdeklődtem, ennyi. Honnan tudhattam volna, hogy ennyitől kiakad szegény? Lehet, nem kéne enyelegned itt vele és nem történt volna meg ez az egész és lenne kézzelfogható információnk arról, hogy mégis mi történik velünk.

– Nem egyértelmű? – kérdezte Gáben. – A lány fél tőlünk. Szerintem ez a holdi-dolog nagyon felkavarta. Te tudod, mi van a Holdon?

– Gőzöm sincs, de nem örülök neki, hogy minket odakötnek. Feltűnő!

– Lehet, éppen ez a szerencsénk. Azt hiszik, hogy a Holdról jöttünk, ami végül is nem is téves, csak mi egy kicsit messzebbi bolygó mellől. Ha kellően feltűnőek vagyunk, nem keltünk gyanút senkiben, hogy igazából bujkálnunk kéne. Te mondtad, hogy cselekedjünk úgy, ahogy a boltosnak hazudtuk! Kapcsolj ki, és ugorj fejest az éjszaka kavargó tengerébe!

– Ez szép volt – mondta Winston.

– Micsoda? – lepődött meg Gáben.

– Hát ez a tengeres hasonlat. Elég szokatlan tőled – felelte és röhögött egyet, majd egy szivart felkapva meggyújtotta azt.

–Ja, hogy az... – ismerte fel Gáben a dicséretet. – Gyakorlom a szerepem, hogy lenyűgözhessem a lányt.

– Menni fog, ne aggódj! Már így is eléggé rád kattant.

Winston ezek után hagyta barátját, hogy azzal foglalkozzon, amit a világon a legjobban szeretett: a nővel. Visszaemlékezett, hogy az Európán is egy fáradságos munkanap után ők jelentették neki a megváltó nyugalmat, az érzést, hogy nemcsak haldoklik az idő lassú és könyörtelen múlásával, hanem él is. Él és virul, mint egy burjánzó esőerdő, amit még nem mocskolt be az emberiség koszos lába, amit még nem taposott le ez a súlyos létforma, mint egy 46-os Martens-bakancs a friss pázsit felfelé álló fűszálait.

Gábenék láthatóan vidáman ittak, röhögcséltek. Néha táncra perdültek s közben kedves, jól eltalált bókokkal bombázták a másik érzelmi védőhálóját. Közben Winston is társaságra lelt és sikeresen maradt a szerepében. Kapott bölcsebbnél-ostobább tanácsot a házasélet szörnyű vagy éppen gyönyörű mivoltáról. Volt, aki úgy akarta lebeszélni, hogy ez a nő biztos csak a pénzére hajt egy ócska színdarabot játszva *A szerető feleség és a gazdag férj* című operettben. Mások pedig úgy beszéltek róla, mint a belőtt hippi a heroin okozta mámorról. Hát az valami csodálatos érzés, amikor mindened megvan, és a teljességben a gravitációtól mentesen lebegsz. Elhagyod ezt az univerzumot, és kettesben mentitek meg a világot.

Természetesen voltak, akik egyszerűen felhívták a figyelmét a nehézségekre, az őszinteség fontosságára és arra is, hogy ha jól csinálja, akkor a házasság bizony nagyon hálás dolgokra képes. Egyszóval – na jó, néha többel – úgy néztek rá, mint a legszerencsésebb flótásra, aki most kezdi élete legszebb részét, és néztek úgy is rá, hogy ez az idióta barom miért akarja börtönbe zárni magát önszántából?! Az este vége felé éppen Gábenék enyelegtek egy asztalnál, amikor Winston lépett hozzájuk.

– Kezdek fáradni – szólt Fanni nyájasan Gábenhez. – Nem kísérsz haza? Nagyon veszélyesek az utcák manapság – jegyezte meg csábos mosollyal az arcán.

– Te nem dolgozol egyébként? – szakította félbe a rózsaszín ködöt Winston, ami a két egyén között percről percre erősebb köteléket képezett.

– Dehogynem! – nézett fel Fanni.

– Akkor nem kéne megvárnod a munkaidőd végét? – próbálta terelni a figyelmet kettejük románcáról, amit őszintén sajnált, de lefárasztották ezek az okoskodó földi urak és menni akart.

– A mai napon nem kell – fordult vissza Gábenhez, és lágyan végigsimogatta az arcát.

– Egyébként miért vannak még pincérek? – faggatózott zavaróan Winston, de a lány nem vette fel.

– Szerencsémre még vannak. Tudod mi történik, ha valakinek fölöslegessé válik a munkaköre? – kérdezte alig észrevehetően affektálva az italtól. – Ha nem találnak nekik új állást, akkor deportálják őket a belvárosból. 300 fölé helyezik őket, és nekik nagyon nem jó az életük. Főleg, ha az a valaki nem oda született. Annak bizony nagyon nem jó – csuklott egyet, és Gáben felé fordulva nevetett. – Nekünk viszont nagyon jó, nem igaz? – kérdezte az őt bámuló férfit, akit totálisan kivégzett az este folyamán.

– Nekünk most nagyon jó – válaszolta, és hosszasan néztek egymás szemébe.

Winston elérzékenyült a látványtól. Eszébe jutott, milyen is volt, amikor Andreával összejöttek. Az első ölelkezésekre, amelyek egyszerűen a fizika törvényeit áthágva állították le az időt. A melegségre, amit ajkuk könnyed párharca fűtött be. Igen, ő tudta, milyen érzés a beteljesülés, ami ezután következik a két jómadárral, de azt is tudta, hogy most fölösleges személlyé vált ebben a szűk társaságban. Egy erősödő tompa nyomást érzett a mellkasán, amikor Andreára gondolt. Nagyon hiányzott neki. Elfordult az asztaltól és a kijárat felé vette az irányt. Amikor kiért a klubból, az eső megunta áztatni a betonvilágot. Kellemes, derűs idő fogadta és lágy szellő simogatta végig testét. Egy szakadt öltözékű, barna zakójú férfi lépett mellé és kérdés, köszönés nélkül szólt hozzá.

– Tudja, én híres író vagyok. A nevem Pozdján Erklstoff. Örvendek!

– Nemkülönben – válaszolt közönyösen Winston.

– Szóval említettem, hogy híres író vagyok. Azaz csak voltam. Képzelje el, bejártam az összes társadalmat e világon, az összes rétegben éltem – és mondta, csak mondta tovább az életét.

Említette, hogy 460-asnak született, de hamar, már az iskola végén 300-as lett, hogy volt ám ő 100-as is, de szerintem inkább nem százas és ezzel valahogy Winston is kezdett egyetérteni... Elmesélte, amikor Keleten az óriás ebek marcangolták, de ő megőrizte hidegvérét és leszakította az egyik karját, majd eldobta nekik. Azok visszahozták, majd ettől kezdve játszottak vele, és szerencséjére a fejlett technológiának köszönhetően már van új karja, három is. Ő írta meg az *Antarktiszi válságot*, ami miatt a fél bolygó víz alá került, mert elolvadt a jég róla. Ilyen nem történt, mert a sarkköri jégtakarót előbb eladták, mielőtt az békésen cseppfolyósodhatott volna. Figyelmeztette, hogy egyszerre három feleségnél többet senki se vállaljon és azt is kihangsúlyozta, hogy akciós a ribizli a szomszéd utcában. Mondta, hogy voltak neki is gondjai, mert egy írása miatt visszakerült a 400-asok közé és kétkezi munkát kellett végeznie, de közben kitartóan szerkesztette új regényét. Miután kiadta, 50-es lett, és több problémája nem volt az életben. A 350-esek etették és nem kellett fizetnie érte, a 300-asok itatták, és azért sem kellett költenie. Határozottan nyomatékosította, hogy az élethez nem pénz kell, hanem ingyen szórakozás. És végül hozzátette, hogy most egy olyan könyvön dolgozik, amivel átformálja az emberek világnézetét, mert ő bizony kutató is volt és a tengerek mélyén rátalált egy olyan ismeretlen fajra, ami okosabb az embereknél. Néha szomorúan panaszkodott, hogy nehéz az élet és éppen ismét 300-as lett és ez nem jó így, mert megint elhagyta négy szeretője, de sebaj, van másik kettő. Már elindult, de hirtelen visszafordult és szinte fenyegetően szögezte le, hogy jegyezze meg Pozdján Erklstoff nevét, a Föld legnagyobb írójáét, és ha gondolja, ad dedikált példányt a könyveiből.

– Remélem, nem zavartam – szólt –, de tényleg adok egyedit, másnak nem lesz, csak magának.

– Nem zavart és köszönöm, de nem szeretek olvasni – mondta Winston szórakozottan.

Erre a kijelentésre az író arcán a hóbortos tekintet halványan átváltozott mérgessé.

– Még hogy nem szeret olvasni! Még ilyet! De mégiscsak...

Ezek után megfordult és sértődötten továbbsétált. Winston egy darabig követte szemével a morcos, szakadt írót, akinek talán nem ez volt élete napja, már ha volt neki egyáltalán olyan. Éppen két utcával járt arrébb – még Winston is jól látta –, amikor egy utasszállító repülő szervizútja közben úgy döntött, hogy a jól bevált szokások és módszerek ellenére nem a könnyed vitorlázó landolást részesíti előnyben, hanem gyorsan, lendületesen ér földet, s az író szerencsétlenségére pont azt a főutcát szemelte ki magának leszállópályaként, amin éppen ő cammogott. A zuhanás körülményeit nem ismerjük, de a Jövő Profit Termelő Társaság mindenkit tájékoztatott, hogy emberi mulasztás okozta a hibát. A hatalmas író utolsó strófái valahogy így hangzottak: „Még ilyet, hogy nem szeret olv..."

A zajra Gábenék, és természetesen az Éjszakai Fény legtöbb vendége is kiözönlött az utcára, hogy érdeklődő nézésükkel segítsék a bajbajutottakat. A katasztrófában az egyetlen áldozat Pozdján Erklstoff volt, akinek nem állítottak szobrot munkássága elismerése végett.

– Elég zűrös egy nap, nem gondolod? – szólt Gában barátjához, s közben biztonságot nyújtóan karolta át Fannit.

– Az, fárasztó... – jegyezte meg, és nagyot sóhajtott.

– Ha gondoljátok – élt Fanni a szólás lehetőségével –, a közelben van egy előkelő szálloda, ahol kipihenhetitek magatokat a nagy esemény előtt.

– Remek ötlet – csapta le a magas labdát Gában lelkesen. – Te is velünk tartasz?

A lány nem ellenkezett, és boldogan szorította meg a férfi karját. Sarkon fordultak, közben mögöttük a kiérkező helyszínelők közül ketten egy heves vita kellős közepén voltak, hogy melyikük is találta meg a fekete dobozt. Az erősebb nyert. Winston nem sokat aludt az éjjel, mert az izgalom nyugtalanító furkálódása nem engedte álomra szemeit. Ugyanez Gábenékról is elmondható, de őket teljesen más indíttatás vezényelte... Hogy mit csináltak ezen az éjszakán, én nem tudhatom.

V.

Λ Kormányzó ismét beköszön, de ezt általában senki sem szokta megköszönni

Vannak olyan pillanatok az életben, amikor a váratlan események annyira tehetetlenné teszik az embert, hogy az a nyugalom értelmet nyújtó mentsvára helyett az idegesség kapkodó, feszült, és minden esetben rossz döntésre sarkalló börtönébe menekül. Na, ez nem történt meg Greenfielddel, mert hosszú uralkodása alatt már hozzászokott, hogy itt-ott megfenyegetik és mindig örömmel töltötte el, ha ezeket a személyeket láthatta kiszenvedni az élők sorából.

– Tudod, mi szerencsésnek mondhatjuk magunkat – szólalt meg a holoképen egy alacsony, ősz öregember. – Azt, hogy ilyen sok évet, rengeteg társadalmat és megszámlálhatatlan változást megéltünk, igen kevesen mondhatják el magukról. És lám, mi itt állunk egymással szemben, évszázadokkal a hátunk mögött. Mindig is érdekelt – sóhajtott –, te ezt hogy éled meg? Hogy tudod kezelni a sok szenvedést, amit végignéztél és okoztál? Miért teremtettél ilyen szörnyű világot? – nézett szomorú tekintettel mélyen a Kormányzó szemébe.

– Egy-két dolgot tisztázzunk, mielőtt belemennénk bármilyen beszélgetésbe! – válaszolta Greenfield. – Ha már ilyen arcátlanul betörtél ebbe a titkos kommunikációs csatornába, pláne, hogy kérdés nélkül letegeztél, elvárnám, hogy bemutatkozz. Gondolom, nem nagy kérés – dőlt izgatottan előre trónján.

– Nem, persze – válaszolta az öreg. – Ne haragudj, csak tudod az évek és a sok test elfeledtették velem, hogy nem ismersz fel. Én vagyok az, Nelson. Talán ez a név még jelent valamit neked.

– Nelson Pitt? – kerekedtek ki szemei.

– Igen, régi barátom.

– Barátom? Úgy emlékszem, haragban váltunk el. – Az asztalból egy szivar emelkedett ki.

– Ha jól emlékszem, bár elég régen történt, megölettelek – jegyezte meg, nyugodtan elvette a dohányterméket és rágyújtott.

– Nem végeztek elég alapos munkát az embereid – közölte, és egy idős emberhez méltóan mosolygott egy kicsit. – Itt vagyok és a segítségedet kérem.

– Hogyan lehetséges ez? – kérdezte Greenfield haragosan.

– Amikor felrobbantották az autómat, egy darabja az agyamnak épen maradt. Pont az a rész, amelyik a lelket tartja a testben. A tetememet nem találtad meg, mivel a hozzám hű alkalmazottaid azonnal az én személyes és előtted ismeretlen laboromba vitték. Szerencsémre sikerült egy új testbe áthelyezni a megmaradt darabját az agyamnak, és hozzákötni a lelkem. Sok mindent elvesztettem, rengeteg tanult dolgot és tudást, egyvalamire viszont tisztán és élesen emlékeztem, hogy Edward Greenfieldet meg kell állítsam! Merényletek, szabotázsakciók, beépített emberek semmit sem értek. A Cég túl erős, és ehhez sajnos gratulálnom kell. De ez a Cég gonosz! Ezt neked is látnod kéne.

– Te állsz a lázadások mögött? – kérdezte a Kormányzó egyre idegesebben. – Tőled többet vártam volna – szívott mélyet a szivarjába. – De visszatérve az első kérdésedre, hogy miként tudom elviselni a halhatatlanságot: hát hallgasd és megértheted, hogy a Cégem nem rossz, hanem áldás az emberiségnek! – Lábait keresztbe rakta és nekilátott a magyarázatnak.

– Eleinte az élelmiszeriparban éreztem meg a hatalom kellemes, óvó karokkal átölelő forró csókját. Akkoriban igen kemény és nehéz munka mellett elkezdtük rászoktatni az embereket a mi ételünkre. Szerencsénkre az a régi, megbukott társadalom nem foglalkozott a cselekedeteinek következményével: ez esetben a polgárok egészségével. Az eredménye ennek az lett, hogy rövid, de aktív életet kellett élnie az embereknek, és számos betegség is jó szolgálatot tett ahhoz – sóhajtott egyet –, hogy a populációt valamilyen szinten kontrollálni tudják. Mi meg csak adtuk el a szar kajánkat. Most, hogy én ülök itt, az étel táplál, a gyógyszerek gyógyítanak, hogy az emberek hosszabb, tartalmas, termelő életet élhessenek. Igaz, mindent tőlem vásárolnak, de kész szerencse, hogy ennek az aprócska fekete foltnak ők örülnek és imádják. Én vagyok a történelem legnagyobb embere! Az elején te is ott voltál mellettünk, és talán most is itt lehetnél.

– A gyógyszereidtől függők, a Cég szeretete manipuláció! Hazugságban élnek! Semmi mást nem csinálnak, csak dolgoznak a Cégnek, hogy a kemény munkáért megérdemelt jussukból vásárolhassanak tőle. Tenyésztett szolgák! Ez az, amit teremtettél, a történelem eddigi legkorlátoltabb világa – üvöltött idegesen az eddig nyugodt, arcán jól láthatóan az élettől megfáradt ember.

– Hidd el, eleinte megpróbáltam jó életet nyújtani a népnek, de hálátlanok voltak! A tömeg az mindig hálátlan, ezt jegyezd meg! – Némi undor ült ki arcára. – Akármit csinálsz vele, lesz olyan, aki elindít egy lavinát és hisztis, bőgő csecsemőkké alakítja a többit. Csak forr a vérük, szokták mondani. – Felkelt a trónról és járkálni kezdett. – A vérükben van, mi? Hát nem! – mordult az öreg felé. – Én rájöttem, hol van. Ott voltál te is, amikor felfedezték. A lélek. Az a kulcsa az emberi viselkedésnek és évszázadok óta a kezemben van a szonda, amivel beleláthatok. Kísérletezni kezdtem, hogyan lehet ezt a mindennek ellentmondó valamit kiszedni és megszüntetni. Rájöttem, hogy nem lehet. Hogy az a jó ku... – harapta el a végét, és szivarját földre dobva eltaposta.

Egy kis takarító robot jelent meg, ami azonnal feltisztította a maradványait, pedig őszintén elítélte a szemetelést.

– Gondolhatod, mennyire ideges voltam...

– Elhiszem, mert most is vörösen izzik a lelked képe – szólt már-már nyugodt hangon Nelson.

– Ó, igen, a lélekrajz. Az volt a legmegfelelőbb eszköz az akadályokra. Mindenkit megfigyeltem vele – dicsekedett Edward.

– Hogyan tudtál egyszerre ennyi embert vizsgálni?

– Remek kérdés érkezett a néhai tudóstól. Nem hiába dolgoztál te nekem – lépett közvetlen közel a holoképhez. – Emlékszel még Amandára? Ó, a szépséges Amanda! Milyen gyönyörű is volt! – Felnézett, és egy pillanatra elrévedt valamin. – Merre voltál te a korlátlan fantázia világában?

– Arra gondolsz, amikor az okosszemüvegeket beleültettétek az emberek szemébe? – kérdezte némi megvetéssel a hangjában.

– Pontosan arra gondolok. Rájuk kötöttem Amandát. A szent felvigyázót, aki minden egyes polgár gondolatát figyelte, és segített kiszínezni a szürke életüket. Ha valaki csúnya volt, szépnek láthatták, olyanra formálhatták a környezetüket, amilyenre a fantáziájuk korlátai engedték. Egy üres szobában ülve is millió csillag között utazhattak.

– Ez mind csak illúzió volt! – vágott közbe Nelson.

– Igen – nézett elgondolkodva az ősz öregre Greenfield. – Vagyis mégsem. Hiszen abban éltek, úgy láttak mindent, ahogy akarták, és ettől kezdve nem volt másképp. Tehát a valóság az ő valóságuk volt, még ha megfoghatóan nem is létezett. – Gorombább hangnemben folytatta. – De elkezdtek úgy gondolkodni, ahogy te.

– „Ez csak illúzió!", „Akarjuk a valóságot!", „Elég volt az agymosásból!" – üvöltötték egyre többen és megjelentek a bőgő csecsemők, mint ahogy a kutyák ugatnak az utcában. Az egyik rázendít és vége, senki sem alszik. Feltörték Amandát. Az én Amandámat! – Szúrós tekintettel nézett Nelson szemébe. – Van egy olyan érzésem, hogy a te piszkos kis kezed is benne volt. Igazam van? – húzta összébb szemöldökét.

Az öreg csak némán állt és nem válaszolt.

– Hallgatás – folytatta Greenfield – beleegyezés. Hát persze, ki más lett volna képes ilyen gaztettre, csakis te!

– Amandán keresztül szétszórtuk az igénket, hogy felszabadítsuk az embereket. Ahogy te fogalmaztál: felsírtak a csecsemők. Senki sem érdemli meg, hogy egy életet illúzióban éljen le.

– Miért – harsant fel Greenfield –, a valóság jobban tetszett nekik? Amikor leállítottam Amandát, megtébolyodott a világ. Te őrjítetted meg és én csillapítottam le őket. Felélesztettem a rendszert, csak most sokkal biztonságosabb lett, és Amanda most már az emberek lelkét célozza meg. Azóta figyelem, milyen színben tündökölnek a lélekrajzok. Többnyire már csak szürkék. Ó, de csodás szín is az!

– Edward – robbant ki egy rakéta erejével Nelsonból az undor –, az emberek haldokolnak! Nincsenek önálló érzelmeik! Árnyak; szürke, szomorú árnyak!

– Az árnyaknak, tudod, nem kell más, csak étel, ital, szex és pénz. Ezt, ha hűek a Céghez, mind megkaphatják. Persze vannak kivételek, akik még mindig erős lélekkel születnek. Nekik külön figyelmet szentelek, hogy ne legyenek veszélyes szikrák egy puskaporos pincében – emelkedett ki egy újabb szivar és Edward odasétált, majd rágyújtott. – Áruld el végre, miért kerestél fel! – Úgy érzem, túl sok szenvedést okoztunk mind a ketten. Kérlek, hallgass végig! – mondta, amikor látta Greenfielden, hogy szólni akar. – Most is harcolok ellened, de nem érek el mást, mint halált hozok. Te ugyanezt teszed, csak más módszerrel. Nem akarok több áldozatot; azt szeretném, ha mi ketten közösen egy szebb világ felé terelnénk az emberek életét. Vessünk véget az értelmetlen gyilkolásnak! Kérlek, béküljünk ki! – győzködte könyörögve Nelson partnerét.

– Amit én okozok – szólt Greenfield –, az nem értelmetlen. Én a jövőbe tekintek, míg te a jelent rombolod. Akit én a túlvilágra küldök, az a Cég érdekeit szolgálja távozásával. Te vagy a gyilkos, nem én!

– Ezreket küldesz vágóhídra, mert nem tartod már szükségesnek az életüket és én lennék a gyilkos? – akadt ki a vádaskodáson az öreg.

– Van egy stabil, biztonságos gazdaság, amely termeli a profitot. Ezt csak úgy tudom elérni, hogy közben likvidálok pár polgárt, akiknek lejárt a vízumuk. Tudod, ha valamire nincs szükség, én már nem erőltetem. Minek etessek hasztalan embereket?

– Jól érzem, hogy hiába bármi erőlködés, nem fogsz segíteni? – érkezett szomorúan a kérdés.

– Az a baj, hogy már csak egy dolog van, amit tenni tudok az érdekedben. Abban az esetben, ha feladod magad, akkor megígérem, hogy gyors és kegyes lesz a halálod. Ne haragudj, de tudod, éveken át szabályt sértettél! Elég sokat. Most sem tehetek kivételt, meg kell, hogy értsd! Aki a Céget támadja, azt a Cég is támadja! Ha nem adod fel magad és játszod tovább a Messiást, megkereslek, mielőtt búcsút inthetnél ennek a furcsábbnál-furcsább játéknak, ennek az életnek, darabokra tépem a lelkedet, közben szivart gyújtok és töltök egy pohárral a kedvenc whiskymből. Abból, igen, amit te is úgy szerettél. Csak nekem gyártják már, egyedül én ihatok belőle! Te is kaphatsz egy búcsúpohárral, ha elfogadod az első ajánlatomat. Ha nem, hát nem, az se baj! Én mindig kortyolok egyet belőle, amikor felkiáltanál, koccintok a győzelmemre egy egész birodalommal, akik ünneplik a Cég hatalmát, erejét és stabilitását.

Még meg is köszönöm neked, utólag természetesen, hogy ellenséget adtál a Cégnek, akit legyőzött – ült vissza elégedetten a trónra, és sűrűn fújta a fehér füstöt.

– Nagyon sajnálom, barátom – gördült le ősz szakállán egy szomorú könnycsepp –, akkor háború lesz! – és ezzel eltűnt a holokép fénye a teremből.

VI.

Otthon, édes otthon

1.

A sikeresnek elkönyvelt éjszaka után Gáben fájdalmas búcsút vett frissen és könnyen szerzett barátnőjétől. Arra a következtetésre jutottak, hogy az este történteket könnyelműség lenne félvállról venni. Bár hirtelen jött, mint egy erős, váratlan villámcsapás, de annak meglepetésével és erejével csapott bele kettejük életébe. Gáben, miután maga mögött hagyta Fannit, bosszúsan zsörtölődött. Persze csak halkan, hogy a lány semmiképp se hallja, de a világnak megsúgja, mit érez, mert tudta, hogy igen nehezen fogja megoldani a kettős életet mint az Európa bányásza és Fanni szeretője. Amúgy sem volt híve a távkapcsolatoknak.

Ez idő alatt Winston autót rendelt. Rendelhetett volna akár még három másikat is, mert a két megbolondult búcsúzkodása az ő izgalmi állapotában bizony olyan lassúnak tűnt – halkan megsúgom, nem is siették el a dolgot –, mint két kontinens kettéválása. Ha jól tájékoztattak, azok sem kapkodták el és beletelt pár millió évbe, mire véglegesen elköszöntek egymástól.

Az utazás lassan telt. Nem azért, mert ténylegesen hosszú volt, csak egyszerűen vannak olyan utak, pillanatok, melyeket az ember hosszabbnak él meg. Ennek számtalan oka lehet, mint az izgalom vagy a türelmetlenség lórúgása az időérzéknek. Hiába, az idő relatív, mint ahogy az is, hogy ez a kijelentés egy közhely vagy bölcselet. A nyomorult csendet Winston küldte távolabbi vidékre, melegebb éghajlatra vagy a francba. Értesüléseim szerint pontosan senki sem tudja, merre lehet ez a bizonyos franc, de időnként előszeretettel kívánják vitatkozó egyének rosszakaróiknak vagy éppen felebarátaiknak, hogy jelenlegi

61

tartózkodási helyüket legyenek szívesek áthelyezni erre a bizonyos ismeretlen helyre.

– Én nem tartom magam bűnösnek – szólalt meg Winston. – Hibásnak igen. Te mit gondolsz, ártottam valakinek azzal, hogy nem tudtam időben fizetni? – kérdezte. – Lehet annyira instabil a rendszer, hogy az én pénzem hiánya miatt valaki más hátrányba került, nélkülöznie kellett vagy elszegényedett? Akkor talán lehetek bűnös, hiszen a cselekedetem, bár nem közvetlenül, de kárt okozott. A bűn tehát a kár okozása lenne? Nem loptam meg senkit. – Ez volt az a gondolatmenet, amivel Winston a csendet a francba küldte.

– De igen, a Céget – vágott közbe Gábnen –, és ha a cégnek ártasz, minden embernek ártasz, aki része, tehát bűnös vagy, mivel a kárt egy egész társadalomnak okoztad. Tudod, a bűn fogalmát az adott hatalom határozza meg. Minden társadalomban az a lényeg, hogyan felelünk meg az elvárásoknak. A te esetedben ez nem sikerült. Ha ez teljesül, akkor gyakorlatilag bármit megtehetsz mellette.

– Azért ez nem igaz, mert embert akkor sem ölhetsz – cáfolt rá Winston.

– Most nem rólam beszélünk és különben is: ha nincsen az elvárások között az, hogy ne ölj, akkor megteheted, és máris nem számít bűnnek. Ez olyan, mint a normák. Ha betartod őket, akkor normális vagy, vagy mi a tököm? Ezeket mindig az adott társadalom határozza meg, tök mindegy mennyire betegesek és jól tudjuk, hogy a vezetők mennyire betegesek. Persze lehet, hogy egy adott cselekedet önmagában nem abnormális, de nevelő szándékkal a hatalom megbélyegzi, hogy véletlenül se váljon általánossá, mert az a rendszer bukásához vezetne. Gondolj bele: ha mindenki késne a befizetésekkel, akkor egy idő után nem tudná fenntartani magát a rendszer, és összeomlana. Mi nem látunk ebbe bele, ehhez túl kicsik vagyunk.

– Akkor szerinted jogos, hogy évekre elzárnak a családomtól egy hiba miatt? – kérdezte Winston és most az izgatottságáról a szomorúság vélte úgy, hogy elmehetne arra a bizonyos helyre nyaralni.

– Dehogy értek egyet! – csapott le utálattal a közbeszólás. – Sohasem értettem egyet a Jövő PTT világával, ami cserébe kitaszított magából. – Amikor a Cég nevét szájára vette, hirtelen több nyálat is vett mellé, hogy indulatból szabad útjára engedje azt. – Én úgy nőttem fel, hogy nem tudtam beilleszkedni, nem tudtam elfogadni ezt a világot. És ez az életvitel olyan hibákba sodort, hogy bűnös lettem. Ezt nem én és nem te, ezt ők döntötték el.

Őszintén köpött volna egyet, de jelenleg az úriember énje meggyőzte, hogy ne tegye, mivel az ablak felé nézett éppen és csak azt érné el vele, hogy a sima felületről visszaverődő váladék bekoszolhatná újonnan vett öltönyét, rosszabb esetben annak valamelyik gombján ejtene szégyenfoltot. Gáben szerette a gombokat, így nem köpött.

– Szerinted jól van ez így, hogy páran határoznak milliónyi embernek az életéről és mindezt úgy teszik, hogy bele sem látnak azok életébe, nem tudják, igazából mire vágynak? Egyszerűen csak megmondják, mit csinálj, eléd raknak egy példaképet, hogy ezt kell követned, és ha valaki ezzel nem tud azonosulni, akkor kidobják a szemétbe, mert selejtes, mint téged vagy engem... – sóhajtott nagyot Winston.

– Az az igazság, hogy én ezt nem tudom. Az az én hibám és nem a rendszeré, hogy ilyen vagyok – felelte Gáben.

Ez a tény, hogy ő ilyen, egészen jókedvre derítette. Jól érezte magát a bőrében, minden hibáját érdemnek és különlegességnek tartott. Minek is erőltetni, ő ilyen és kész!

– Lehet, hogy ez teljesen rendben van, hiszen az emberek többsége nem ilyen. Valószínűleg velünk van a baj és nem a világgal. Valljuk be, az a szemetesvödör nem is olyan büdös, ahova kiszórtak minket! – E kijelentéssel pimaszul tért vissza a csend a rövid kirándulásáról.

– Te megbántad? – törte meg Winston a csend igen rövid uralkodását, aki szomorúan ecsetelte, hogy megint eltanácsolták és mehet vissza, vissza a francba.

– Mit? – érdeklődött Gáben.

– Hát – mélyen a partnere szemébe nézett –, hogy megölted a rendőrt.

– Nem, dehogyis! – mondta és köpött volna végre egyet, de eszébe jutottak a gombok és az is, hogy szereti a gombokat.

– Egy percre sem. A boltban furcsállottam és az eladó is, hogy te nem ismered a kasztrendszert. Úgy tűnik, akik jólétben élnek, nem foglalkoznak semmi mással, csak a maguk kicsi világával. Én tudtam, hogy mit mond az eladó, de rád hagytam egészen addig, amíg mentő lépésre nem volt szükség. Bekamuztam, hogy holdiak vagyunk, szám nélküli istenek...

Megint egy kósza csula volt, ami a holdi emberekről először az eszébe jutott, de ismét hagyta elmenni, hadd menjen az is a csönd után.

– És látod, mit kaptunk cserébe? Nem félreértés volt, tudatos hazugság, félrevezetés. El kellett volna mondanom, de hogy őszinte legyek, nagyon élveztem, hogy ennyire kibuktál az eseten! – és felröhögött.

– Annyira nem volt vicces! – vágott közbe Winston, és ez esetben barátját szerette volna látni immár hármasban a köpettel és a csenddel utazni a messzi-messzi francba.

– Tudod, én egy olyan körzetből jöttem – folytatta Gáben –, ahol mindenki 1000 feletti. Már kiskorunktól kezdve dolgoztattak minket. Rendőri felügyelet alatt voltam egész gyerekkoromban, akiknek az odaadó figyelmük és folyamatos gondoskodásuk lehetett volna hanyagabb. Talán láthattam volna magamat és édesanyám arcát sebhelyek nélkül. De nem láttam őt sohasem sérülések nélkül.

Ebben a pillanatban Gábennél kopogtatott a szomorúság. Az ajtó kinyílt előtte és beléphetett.

– Sajnálom, de igazán elmondhattad volna! – érzett együtt Winston barátjával.

Egy lélegzetvétel idejére újra feltűnt száműzetéséből büszkén, felemelt orral a csend, aki megint hamar egy akkora pofont kapott, hogy visszarepült eddigi tartózkodási helyére. Mehetett a francba megint.

– Ne sajnáld! – Ez a kijelentés volt a csöndnek a pofon. – Nem tehetsz róla! Azt mondták, így kell vezekelni azért, mert ostobának születtünk. Aláírom, nem az észérvek világa volt ott.

Fújt egyet, amit talán más környezetben nevetésnek is lehetne mondani.

– De sokszor megszívják, és egy-két rafkósabb egyén miatt megfájdul a fejük. Fájt is nekik miattam sokat! De jó is volt érezni rajtuk, hogy félnek!

Az ujjait kezdte el tördelni, mert a megvető köpésről végleg lemondott.

– Forradalmat ugyan nem sikerült kirobbantani. Nem túl hatékony csupasz seggel tankok ellen menni...

– Sohasem hallottam, hogy elnyomva is élnek polgárok a Cég-birodalmon belül – jelentette ki Winston.

– Miért is kellett volna hallanod? Te 300-as vagy és úgy éltél, hogy erről nem is tudtál. Semmiről sem tudtál!

Gában ekkor kapott egy képeslapot, amit a köpés küldött neki, melyben könyörögve kéri, hogy gondolja újra a vele kapcsolatos tényeket, mert ott a franc szigetén nagyon hideg van, a csönd egy nagyon furcsa egyén, és igazán tiszteletét tenné végre a beszélgetésben, mert annak témája őt többször megkívánta már. Választ nem kapott. Gában szerette a gombokat és csak ritkán vette le tekintetét az ablakról, mert a világnak ezt a részét nem volt alkalma eddig megfigyelni. Fentről, szép kilátással, ahogyan a járművük repülés közben kínálta fel a várost.

– Mi történt? – érdeklődött Winston kíváncsian, akit pont nem érdekelt, hogy ettől esetleg hamar megöregszik.

– Kivel? – kérdezte Gában szintén kíváncsian, de őt az sem érdekelte, ha nem öregszik meg.

– A rendőrrel.

– Ja, azzal? – húzta ki magát az amúgy sem kistermetű léhűtő. – Hát, ha gyűlöletben és félelemben éled az életed nagy részét, kialakul a vágyakozás, hogy viszonozd a szeretetét azoknak, akik ezért felelősek. Így hát, amikor adódott az alkalom, viszonoztam.

Egy mosoly úgy vágta ki az eddig Gában lelkében kellemetlenkedő szomorúságot, hogy az hirtelen mindent megbánt, meg is gyónt, de legfőképpen azt sajnálta röptében, hogy bekopogott ezen az ajtón.

– Gondolom, lebuktál.

– Le, hogy vájnák ki a szemüket!

Újabb képeslap érkezett egy bizonyos szigetről.

– Ne haragudj, de egy ilyen bűncselekmény után miért nem végeztek ki? Minden jóindulattal simán megérdemelted volna. Gáben felnevetett. A szomorúság röptében ezt már nagyon távolról figyelte.

– Hát meg, de meghagytak, amit elég sokáig bántam. Mond neked valamit az, hogy Verkinson-büntetés? – választ nem várva folytatta: – Ne is fáradj, az nem olyan valami, ami inkubátorszökevényeknek való!

Egy szivart vett elő belső zsebéből és meggyújtotta, amit a köpés reménykedve távolról figyelt, nehogy lemaradjon a megfelelő pillanatról.

– Úgy kínozzák meg az embert, hogy többször is meghal közben, de nem tudom részletesen, hogy működik. Egy dolgot tudok viszont: ha egyszer túl vagy rajta, üres leszel.

Olyan mélyet szívott az égő koporsószegbe, mint aki éppen tüdőkapacitásával szeretne imponálni a másiknak.

– Olyan, mintha újra kéne tanulnod az érzelmeket. Emlékeztem arra, mit csináltak velem előtte, hogy miért álltam bosszút azon a rendőrön, de nem értettem, hogy ez engem előtte miért zavart. Mintha törölték volna a lelkivilágomat. Elég nyomasztó érzés volt, de szerencsére ez egy mulandó állapot, így megint rühellem őket, mint a szart.

A köpés kezdte úgy érezni, hogy sikeres szökést vitt véghez, és jelenleg feléjük tart.

– Jó, de miért fáradtak ennyit veled? Simán kinyírhattak volna – mondta Winston és kivette a szivart Gáben kezéből, majd ő is bemutatta, mennyire sok füstöt tud beszívni egyszerre.

Ebben a versenyben Gáben nyert volna, de nem volt hivatalosan meghirdetve.

– Nem tudom, ez mind a Kormányzó ördögi játékának a része.

És igen, végre diadalmasan megérkezett a köpés, szinte lehetett hallani a harsonák hangját, miként tiszteletére egy győzelmi indulót fújnak. A cél nem az ablak volt, nem is Winston, hanem a mellette lévő ülés frissen tisztított huzata, amibe úgy ugrott bele az a kis köpés, mint a műugró világbajnok legszebb mutatványa, amire a legszőrösebb szívű bíró is 10/10-et adott volna. Olyan kecsesen, olyan büszkén, olyan lendülettel. Hibátlanságát egy aprócska darabka szégyenítette meg, ami levált testéről és egyenesen a Gában zakójának ujján lévő gombra hullott, mint egy tömegpusztító rakéta.

– Éreztem, hogy nem jó ötlet – szólt Gában és szitkozódva törölgette a gombot, mert ő bizony szerette a gombokat.

Az Elfeledtetett Lexikon 42. cikkelye:

Mi a franc?

„Valószínűsíthetjük, hogy a franc nem egy hely, helység, de minden bizonnyal nem egy sziget. Például a kifejezés, hogy „a franc essen beléd", teljesen cáfolja annak sziget mivoltát, mert a fizika mai állasa szerint egy sziget sehogy sem tud belénk esni. Maximum ránk, de ehhez olyan természeti erők kellenének, amik elbírnak egy szigetet. Ahhoz, hogy belénk essen, tegyük fel, egy személynek kell lennie, de akkor meg felmerül egy kérdés a „menj a francba" kedves kívánsággal kapcsolatban. Egy szigetbe is nehéz belemenni, de annak még lehet egy vulkánja vagy barlangja és lám, máris bent vagyunk! Egy emberbe belebújni teljes testtel elég valószínűtlen, mivel onnan maximum csak kibújni szoktak, még igen kis korban. Ne hagyjuk azért véglegesen elmenni azt a tényt, hogy a franc egy személy, mert bizony – és ezt sokan tudják, de én csak olvastam róla – egy emberbe bele lehet menni. Tehát jogosan köthetünk bele a fent említett köpés és csönd állításába, miszerint az egy sziget lenne. Régi írások szerint franc egyezik a szifilisszel. Ha egy emberbe belemegyünk, könnyedén jöhetünk ki ezzel a bizonyos betegséggel. A szifiliszt említik úgy is, hogy „francia betegség", persze ők inkább olasz betegségnek nevezik, mert szerintük onnan ment be Franciaországba. Most itt ők nem szarral, hanem betegséggel dobálóznak. Nem szép dolog, mondhatom! Ellenben egy betegségbe – ez esetben a vérbajba – vajon hogyan lehet belemenni?

Hát ajtaja az nincs neki és a szomorúság tanulságos példája jól szemlélteti, hogy nem szabad vakon kopogtatni, mert a végén megjárhatjuk. A „franc essen beléd" ebben a kontextusban mégis lehet helytálló, mert amikor két ember egymásba esik, egymásba szeretnek, bizony néha találkozhatnak ezzel a fránya gonosztevővel, akit francnak, szifilisznek vagy vérbajnak kereszteltek. Nem tudom, hogy mennyi anyukája lehetett, hogy ennyi nevet kapott, de megeshet, hogy az apukái után nevezték el ilyen sokszor. Mert tudjuk: anya csak egy van. Egy biztos, és ezt leszögezhetjük, hogy a franc nem egy sziget."

Az Elfeledtetett Lexikon története elég egyszerű, mivel azonkívül, hogy egy értelmetlen agymenés, sokat nem adott az emberiség fejlődéséhez, így a Jövő PTT – igen sok hasznos írással együtt – kitörölte a világtörténelem kibogozhatatlan csomójából.

2.

A jármű jelezte utasainak, hogy készüljenek a leszálláshoz, csatolják be biztonsági öveiket, de ezt a kicsinyes felhívást hőseink úgy engedték el fülük mellett, mint egy életét megunt tanár a néma diákot: szó nélkül, egy „viszontlátásra" sem méltatva azt. Különben is sértő volt a két bajkeverőre nézve a túlzott védelem. Mit nekik biztonsági öv? Egy zuhanást is egy-két nap alatt kihevernének nélküle! Földet érés közben egy kisebb légörvény megdobta az autót és Gábent váratlanul beverte a fejét az ablaküvegbe, az nem tört ki, és ez a tény igen rosszulesett a baleset elszenvedőjének. Mivel tudni illik róla, hogy nagyobb lendületből egy sziklát is képes ketté fejelni. Legalábbis ez a hír járta a nagyra nőtt harcosról az Európán. Ő terjesztette. Lehet, mégis kellett volna az a fránya biztonsági öv? De ezt a kérdést csak én tettem fel, és nem Gábenék.

Winstonék lakása egy 27 emeletes épület legfelső szintjén volt. Amikor a lifthez értek, annak kijelzőjén egy piros felirat villogott. A lift üzemen kívül volt, az üzemzavart emberi hiba okozta. Winston az izgalomtól türelmetlenül, szinte futólépésben fogyasztotta a lépcsőház fokait. A megérkezés nem is lehetett volna meghatóbb és szívmelengetőbb. Miután Andrea ajtót nyitott az aggasztóan furcsa öltözékű egyéneknek, egyből Winston nyakába ugrott könnyektől tükröződő szemekkel.

– Wini, drága szerelmem, te mit csinálsz itt?

Ezt a kérdést egy nőtől igen szokatlanul erős pofon követte.

– Drágám, nem szóltak, hogy kiengedtek volna!

Lágy, forró csókokkal enyhítette az előző megnyilvánulásának helyét.

– Szöktetek? Keresnek? Veszélyben vagytok? Mondj el mindent, kérlek!

Az anyai ösztöntől aggódó feleség támadását követően Winston nyugodtan szólt nejéhez, mert jól ismerte az ő harcias amazonját. Lelkiismeretébe hatalmas csatabárd erejével, mélyen csapott bele az ütés, amit kedvesétől teljesen jogosan kapott. Már tudta, hogy mennyire ostoba volt, hogy mindezt a szép életet képes volt a nyugtalanító kételyek és kíváncsisága miatt kockára tenni. Hiszen itt áll előtte, felváltva csókolja és ölelgeti egészben és egészségben az ő angyala, akiért éveken át aggódott: Andrea. Butaságán az sem segített ebben a helyzetben, hogy jól tudta, mennyire gyerekes türelmetlenség sodorta idáig, mert a Jövő PTT szavában nem volt oka kételkedni. Az ő szavuk szent, de főleg sérthetetlen, mert amit mondanak, az úgy van akkor is, ha nem igaz, mert azokról a dolgokról nem beszélnek, amikről hazudniuk kéne. Ha azt mondják: 7 év múlva hazajöhetsz, akkor 7 év múlva hazamész és pont. Erre ő meg itt megkavarta és esélyt adott annak, hogy kiszabjanak rá még pár évet messze, távol ettől a gyönyörűségtől. Igen, megérdemelte a pofont, de még jobban megérdemelte a melegséget, amit Andrea csókjaitól és öleléséből érzett.

– Minden rendben van – hazudta, mert tisztában volt vele, hogy nincs minden rendben, de minek rontsa el a pillanatot, amikor nagy baj igazából nincs? – Mindent elmondok – és el is mondott.

Amikor Beni hazaért az iskolából a „hú, de nagyra nőttél" tök közhelyes és felesleges megdöbbenést álcázó kijelentéssel fogadta fiát. Persze, hogy nagyra nőtt, mivel egy gyermek életében a 4 éves kortól a 9 éves korig elég sok változáson megy keresztül. Például látványosan növekszik, jellemvonásaiban a kialakuló személyisége felé vezető út is megnyilvánul. Beni, amikor megpillantotta édesapját, örömtől könnyezve a karjaiba ugrott. Majdnem elsodorta eközben. Tényleg nagyot nőtt. De mit tehetett volna mást egy gyerek, akinek még hiányos a felelősségérzete? Boldog volt, hogy újra láthatja szeretett apját.

A vacsorát Andrea olyan vidámsággal készítette el, hogy közben szinte táncra perdült egy-egy mozdulatánál. A brokkoli – melynek eredetét én sem merném ezek után megkérdőjelezni, hiszen csomagolásán nagy, jól olvasható betűkkel „A Jövő PTT terméke" felirat látszott – többször landolt a padlón, mint az edényben. Nem lehetett mit tenni, egy asszony, akit a boldogság megrészegít, igen szétszórt tud lenni. Winstonnak nem kellett bizonyítani felesége előtt. Andrea tudta jól, hogy férje szereti, de hogy ennyire imádja őket, hogy ilyen marhaságokra is képes volt értük, egyszerűen kivégezte józan eszét. Csak dúdolt, táncolt, és közben a brokkoli is táncolt, néha visszaugrott helyére, hogy a félőrült szakács kettévághassa. Az étel elkészült. Nem volt szép, de annál ízletesebb.

– Ez remek! – jegyezte meg Gáben, mert bár a nőknél azért nem jobban, de a hasát is nagyon szerette.

– Köszönöm, de nem kell udvariaskodni – válaszolta Andrea mosolyogva. – Ez nem az a ház.

– Akkor bocsánatot kérek – erre Gáben. – Talán egy kissé kevés kokrumit tettél bele – fűzte hozzá elgondolkodó arccal.

Azt, hogy mi az a kokrumi, senki se merje megkérdezni! Egy zöldessárga fűszer, amit a régi világban ízre talán eperfagyihoz tudtak volna hasonlítani.

– Az meglehet. Winston, szerinted? – kérdezte a szakácsnő, de férje nem mert felelni, mert egy bölcs férfi, ha kérdőre is vonná nejét, azt úgy intézze, hogy annak igaza legyen.

Ez esetben pedig teljesen igaza volt a nőnek, hát minek keveredjen bele?

– Tényleg keveset raktam bele, hogy őszinte legyek. Azért van, mert – itt egy leheletnyi hatásszünetet tartott – nincs benne.

– Sosem voltam otthon a konyhában – jött a válasz jó kedélyűen Gábentől. – Az mindig anyukám dolga volt, de amióta nincs velem, azóta rab vagyok – jelentette ki, és sóhajtott egy nagyot. Ez a szomorkás érzelmi állapot nem a rabság miatt tört ki az óriásból. Azt ő nem bánta soha, annak volt értelme, mivel bűnöző volt.

– Tudod – szólalt meg Andrea –, az elmondottak alapján szerintem jó ember vagy, és ez megnyugtató, mert a párom barátja is egyben. Kérdezhetek valamit? Ne haragudj, ha sértőnek tartod majd, de kíváncsi vagyok, hogy kivel lóg a nagyobbik gyerekem. Igen, jól láttuk: gyereknek nevezte a gyermeke apját. Egy igazi nő, egy szerető, óvó asszony nem léphet sohasem túl azon a kőbe vésett törvényen, hogy a férfiak sohasem nőnek fel. Kell nekik a játék, a felelőtlen kikapcsolódás és a szórakozás, hogy a néhanapján elsiratott gyerekkorukat felidézhessék. Aki túlságosan komoly, nem tud kiszakadni a felnőtt élet nyomasztó létéből, az nem férfi, az egyszerűen álszent vagy életunt, és valószínűleg rossz apa is. Hiszen egy férfi életében azért is az egyik legnagyobb öröm, ha gyereke születik, mert újra úgy játszhat, hogy nem nézik miatta hülyének. Játszik a gyerekével, a gondolattal, amikor még ő is ilyen kiszolgáltatott, boldog lény volt, felelősségtől mentesen. Persze felnő, és vádló, aggódó asszonyok teljesen jogos kérdőre vonásának kell megfelelniük, mint régen, mikor még gyerekek voltak. Hát most jön a kérdőre vonás. Vajon Winston jó társaságba keveredett a börtönben? Nem tudom, hogy lehet-e egyáltalán jó társaságba keveredni egy elítéltekkel teli lebujban? Lehet…

– Ne kímélj, anyu! – jött a pimasz válasz.

– Azt áruld már el nekem, hogy miért keveredtél bele gyilkosságba?! – és most valami furcsa, ragadozóhoz hasonló villanás tűnt fel a nő szemében.

Gáben szépen kitálalt mindent. A nyomort, a sok szenvedést, értelmetlen büntetést. Andrea könnyes tekintettel hallgatta a megtört, zokogó szikla történetét. Néha Winstonhoz bújt, néha az összeomlott hegy kezeit fogta és csak sajnálta, szánta ezt a remek embert, aki ennyi mindent kibírt, és csak a legvégső elkeseredésében vett elégtételt. A bosszú persze nem megoldás, de ha mindig mások döntenek arról, hogy mi a helyes, mindig mások mondják meg, hogyan csináld, mit csinálj, vannak, akik egyszerűen már nem bírják el mások súlyát, és vállukról lerázva mások terhét cselekszenek, döntenek. Mások szerint helyesen jártak el, hogy példát statuálva kivégezték édesanyját, az egyetlen kincsét a saját szeme láttára. Miután végzett a balsors históriájával – Andrea szörnyen érezte magát, hogy felhozta ezt a kellemetlen témát, de mint tudjuk, Gében jókedvén egy-két pillanatra eshet csak szégyenfolt – így szólt:

– De most nem ez van! Látjuk, hogy tévedhetünk. Itt vagytok egymásnak, és én nektek. Emelem poharam a Salmon-családra, hogy éljetek hosszan és egészségesen! – és ivott, Winston is ivott. Ő már hozzászokott barátja jelleméhez.

– Két év és itthon vagy, öregem!

Ettől kezdve az este kellemesen telt. Mondanom sem kell, hogy Beni már régen ágyban volt, amikor Gében előadta az életét. Nem gyerekeknek való történet. Ittak, röhögtek, Andrea néha közéjük csapott, hogy azért ez már nem vicces, aztán ő is nevetett rajta jókat. Egyszer csak Gében felkelt az asztaltól.

– Úgy érzem – szólt ittasan –, hogy ez kellő bemelegítés volt az estére. Most megyek, és a hátamra kapom a várost.

– Nem maradsz itt? – kérdezte Winston szintén részeges affektussal.

– Nagyon kedves vagy, de nekem dolgom van. Meg kell ismernem sok ismeretlen embert, mert holnap visszaszökünk az ismert emberek közé – itta ki a poharát. – És különben is: szerintem nektek sem ér véget itt az éjszaka – csuklott egyet. – Így is eleget zavartam.

– Nagyon örültem – mondta Andrea, és barátian átölelte az óriást.

– Enyém a szerencse. Aztán két év, és küldöm vissza ezt a félnótást – mutatott Winstonra.

– Reggel indulunk, ne feledd! – figyelmeztette Winston.

– Aye-aye, Captain! – szalutált vigyorogva. – Az ég áldja, kedves hölgyem! – és megindult egy kicsit jobbra, aztán egy picit balra, végül kitalált az ajtón.

– Nem lesz baja? – kérdezte Andrea kedvesen.

– Ennek? Semmi – felelte Winston és átkarolta feleségét. – Ez keményebb, mint a szikla.

Boldogan, szerelemtől forrón indultak meg a hálószoba felé. Hogy mit csinálhattak odabent, én nem tudhatom.

3.

Winston reggel furcsán érezte magát. A megszokott állapotánál kábább volt, és émelygett egy kicsit. Nem tudta, hogy a szokatlan földi levegőtől vagy a hosszú éjszakától van-e romokban. Nagyot ásított, s amikor kidörzsölte szeméből a reggeli fáradtságot, nem látott semmit. Vaksötét volt a szobában.

– 612 – mondta, de a villany nem kapcsolt fel. Amikor megismételte, megint nem történt semmi. Hangosabban is megpróbálta, de ismét sikertelennek bizonyult. Andrea felé nyúlt, de nem feküdt ott, csak kihűlt helyét tapogatta. Egy rövid időre szíve egyre fokozatosabb ütemben vert. Megnyugtatta magát, hogy biztos sokáig aludt, és kedvese már régóta fent van. Régen mindig megvárta, hogy a nap első másodperceiben, a hajnali tompaság mámoros ködében, amikor az elme még nem kész eldönteni, melyik világban jár, az ő csókja legyen az első kapcsolata a valósággal. Andrea most nem volt ott. Felkelt az ágyból és az ablakhoz indult, hogy elhúzza a függönyt. Először az éjjeliszekrény teljes tartalmát borította ki a földre az első határozottabb mozdulatával.

Ezért mit kapok? – gondolta magában, persze közben ő is tudta, hogy ha az egész lakást totálkárra zúzná, akkor sem hagyná el felesége ajkait szitokszó, mert annyira boldog volt, hogy újra együtt lehettek.

A második lépesnél elvágta a lábát egy törött váza, amiért hangosan szentségelt. Nagy nehezen elérte az ablakot, és amikor a napfény végre besütött a szobába, szemeit úgy égette, mintha egy izzó vasat érintettek volna hozzá. Az arcához kapott és ordított egyet.

– Ennyire elszoktam volna a természetes fénytől? – gondolkozott, mivel Földre érkezése óta felhős volt az ég.

A függönyt ezek után csak résnyire húzta el, hogy az a lehető legjobban megszűrje az óriási csillag vakító fényét. Észrevette, hogy a háló teljesen fel van dúlva, és nem csak az általa okozott rendetlenség furcsa. A szekrény nyitva volt, széttépett ruhák tömege hevert a földön. A pulzusa kilőtt rakétaként emelkedett. Már nem érezte, hogy fáj a lába, ami éppen nonfiguratív ábrákat rajzolt vérével a padlószőnyegre. Gyorsan magára kapott pár göncöt és kiment a hálóból.

A nappaliban mindent rendezetten a helyén talált annak ellenére, hogy az este – tisztán emlékezett rá – elég nagy rumlit hagytak, hiszen ennyi külön töltött idő után egy vad bivalycsorda rohamával hódították meg a hitvesi ágyat.

– Beni! – szólt hangosan, de semmi választ nem kapott. – Beni! Beni! – ismételgette egyre izgatottabban.

Nyugalom, Winston! Nincs semmi gond, biztosan dolguk akadt, és nem akartak zavarni.

Amikor e gondolatok kezdték egy kicsit helyreállítani idegrendszerét, gyorsan benézett a gyerekszobába. Nem úgy volt, ahogy emlékezett rá. Tudatában tisztán látott egy képet, amin Beni ágya piros, és most, hogy ott állt előtte, az vitathatatlanul zöld volt. Nem volt tudomása arról, hogy színtévesztő lenne. Kiment a fürdőszobába, hogy arcát megmossa, de a csapból nem folyt víz. Újra megpróbálta odatenni kezét az érzékelőhöz, de ismét semmi sem történt.

Mi van, ha a Cég keze van a dologban és elfogták a családját, mert volt olyan ostoba, hogy elszökött az Európáról?

Ekkor jutott eszébe Gáben, aki este a vacsora után nekivágott a földi éjszakának.

– Lehet, ő is elkapták – töprengett egy darabig, majd úgy vélte, akkor őt is elvitték volna. – Badarság az egész – gondolta magában.

Észrevette, hogy elállt a vérzése. Különös mód elég hamar egy ilyen vágáshoz képest, de ez zavarta a legkevésbé. Egy férfinak illik időnkét harci sérülést szenvednie, ámbár ez a kis incidens a vázával aligha nevezhető csatában szerzett sebnek. Mindenesetre azt leszögezhetjük, hogy a vérét áldozta ezért a furcsa reggelért.

A kanapén ki volt készítve egy elegáns ruha és ahogy meglátta, teljesen megnyugodott, hogy mennyire figyelmes is az ő szíve választottja. Amikor felhúzta, úgy érezte, ilyen kényelmes öltözékbe még sohasem bújt bele, annak ellenére, hogy a boltban vett darab sem volt kizárandó a legjobban megszabott göncök versenyéből. A bejáratnál belebújt cipőjébe, ami most is azonnal a lábára igazodott és bekötötte magát.

Sétáljunk egyet! Úgyis rég láttam a Földet ilyen szép napsütésben – gondolta, majd mosolygott egyet felszabadultan és megindult.

Az utcára érve ismét különös dolgok sorozata várta. Az emberek nem a megszokott módon – egymás után kígyózó sorokban – mentek, hanem összevissza szédelegtek, mint a lefújt darazsak a haláluk előtti pillanataikban. A gépjárműforgalom teljesen leállt, ami ez esetben még szerencsésnek is volt mondható, mivel egy csomóan kavarogtak az úttesten, mint a veszett marhák. Winston egy kicsit bátortalanul indult útjára.

Elég furcsa hely ez a Föld – gondolta.

Ennek ellenére jó kedélyűen sétálgatott a járókelők között, akik már-már nagyon úgy tűntek, tényleg csak céltalanul bolyonganak. Egy ilyen agyonszervezett, rendszerető világban elég szokatlan jelenségnek vélte az egészet, de azzal érvelt, hogy ez biztos valami új néphagyomány. Talán valami új szabadnapi szokás, és így, a zűrzavarral pihenik ki a rendezett életüket.

Egy park mellett haladt el, amikor arra lett figyelmes, hogy az egyik bokorban egy kisfiú guggol. Növényzetet a város területén a parkokban lehetett már csak találni, és ezek a parkok is inkább afféle kirakat-jellegűek voltak, mivel a pár négyzetméteres nagyságuk nem igazán volt említésre méltó. Winston odasétált a gyerekhez, hogy ő is megcsodálja az életnek eme ritka fajtáját. Amikor meg akarta érinteni a bokor levelét, a fiú felpattant és elrohant. Winston utánakiáltott, hogy ne féljen, nem akarja bántani, de a gyermek hirtelen köddé vált.

– Hova bújhatott el ilyen gyorsan? – kérdezte magában. Megnézte a fa mögött, és amikor visszafordult, azt látta, hogy az emberek az utcán megálltak és őt figyelik. Valami különös volt a tekintetükben. Közelebb lépett a bámuló tömeghez és akkor vette észre, hogy hiányzik az íriszük. Mindenkinek csak a szeme fehérje látszódott. Winston összerezzent, és valami nagyon nyomasztó érzés kerítette hatalmába. A tömeg lassan araszolva megindult felé és úgy érezte, hogy – a körülötte lévő növényeket utánozva – földbe gyökerezett a lába. Amikor erőt vett magán futni kezdett, de ahogy kiért egy másik utcára, ott is mindenki őt követte lassan és kimérten. A pánik mindig a legrosszabbkor szokott hívatlanul kopogtatni az emberek koponyáján, hogy a belépési engedélyt megkapva totális elmezavart okozzon. Ebben a pillanatban Winston fejének a bejáratánál is ott toporzékolt türelmetlenül az ajtón dörömbölve, a csengőre támaszkodva.

– Gondolkozz, Winston! De ebben a hangzavarban nem lehet...

Persze a robaj csak az elméjében volt, az utcán néma csöndben vette körbe az embertömeg, és lépésről-lépésre közeledett hozzá. Egy tisztább pillanatában meglátta, hogy ott van Beni is az emberek között.

Nekilódult, hogy nagy lendülettel, a többit ellökve magától a fiához fusson. Átverekedte magát rajtuk és megragadta gyermekét. Két kezével megfogta az arcát, ám amikor a szemébe nézett, szörnyű, mélyen a lelkébe ékelődő fájdalom hasított át rajta. Beni tekintetében sem volt semmi. Érzéketlen arccal bámult apjára, és szemei fehérén kezdtek világítani. Winstont többen is megragadták hátulról, és egyszer csak a fiú korához képest erősen, vasmarokkal ráfogott az elkeseredett családapa homlokára. Tekintete úgy szívta be Winstonét, mint egy gonosz fekete lyuk, aminek egyetlen célja az, hogy az egész univerzumot valami kicsinyes bosszúból teljesen elnyelje. A világ hirtelen forogni kezdett körülötte és úgy érezte, hogy az üres semmi szippantja be elméjét a gyereken keresztül. Megrázta a fejét, és kitért a fiú tekintetéből. Visszatért a kegyetlen valóságba, ahol arctalan emberek rángatták minden irányból. Hatalmasat üvöltött, amiből az elkeseredettség, a harag, a bánat és a fékezhetetlen gyűlölet olyan erővel tört elő, hogy a közelben lévő emberek hanyatt estek. Még egyszer visszanézett fiára, de hiába, mert ő ugyanazzal az ürességgel figyelte apját.

Nekiiramodott a tömegnek. Rúgta, ütötte, lökdöste őket, hogy utat parancsoljon közöttük. Haragjában az sem érdekelte, hogy egyik-másiknak komoly sérülést okozott ezzel. Csak vágta közöttük a kis ösvényt, mintha a dzsungelben egy macsétával a sűrű növényzetet csapná szét menekülés közben. Elérte azt a pontot, hogy nagyobb teret tudott magának kierőszakolni és rohanni kezdett. Homályos gondolatait nem tudta a józan ész tiszta útjára terelni, csak futott előre céltalanul. A városból kiérve egy erdőbe csöppent, de akármerre ment, mindenhol emberek fala állta az útját. Kereste, merre tudna ismét áttörni rajta, de annyira sűrűnek és erősnek tűnt, hogy el kellett fogadnia: ezen nem megy át. Megindult egy dombon, hátha a másik oldalon szabad lesz az út. Amikor felért a tetejére, látta, hogy a helyzete reménytelen. A domb körbe volt zárva, minden irányból szűkült az emberek gyűrűje, aminek a középpontjában ő volt. Lehuppant a földre és zokogni kezdett.

Lehetetlen, hogy mindennek vége – gondolta zavarában.

De látta a fiát, aki fel sem ismerte, olyan volt, mintha teste élettelen lenne. Látta a saját szemével. Hirtelen az égen egy ismerős alak kezdett kirajzolódni a felhőkből. Andrea volt az, és mosolyogva nyújtotta karját férje felé. Nem volt biztos benne, hogy most az elmebajtól teljesen megtébolyodott és utolsó reményében hallucinálja kedvesét, vagy valami természetfeletti csoda részese lett. Felnézett az égre és Andrea megszólalt, amikor Winston is kezét nyújtotta.

– Wini, drágám, a hasadra süt a nap!

A hálószobában semmi sem lehetett volna tökéletesebb. Az imádott asszony forró csókja keltette, majd átölelte.

– Jól aludtál? – kérdezte Andrea.

– Soha jobban, életem – válaszolta Winston némi hazugsággal fűszerezve, mert ezt a pillanatot nem akarta elrontani az aggodalomkeltés amúgy is fölösleges tényével, és megölelte az asszonyt.

Oly sokszor csináltak már ilyet, és mégis, mintha most érezné először ezt a hihetetlen nyugodtságot. Itt van vele, ennyi idő után is várt rá és ugyanúgy szereti, mint amikor először egymáséi lettek. Már az sem nyugtalanította, hogy vissza kell térnie az Európára, mert tudta, hogy pár év múlva ide, ebbe a gyönyörű közegbe térhet vissza.

Ezért megéri keményen dolgozni – gondolta magában, és mosolya mellé egy boldogság szülte könnycsepp siklott végig arcán.

A reggeli utáni búcsúzkodásnál a szomorúság érzete is helyet kapott Winston lelkivilágában, de ez teljesen érthető volt, mivel ismét el kellett hagynia szeretteit. Lehajolt fiához, először megsimogatta buksiját és végül apai szeretettel ölelte át, majd Andreához lépett.

– Vigyázzatok magatokra! – mondta. – Nemsokára itthon leszek, és többé senki sem választhat szét minket!

– Úgy legyen! – szólt a nő. – Nagyon fogsz hiányozni! – mondta könnyes szemekkel, és megölelte férjét.

Amikor Winston elindult az ajtó felé, hirtelen Gáben ugrott be rajta egy pisztollyal a kezében.

– Félre! – üvöltött, és a fegyverből két lövedék indult gyilkos útjára, melyeknek végső állomásait Andrea és Beni névre keresztelték.

A két test élettelenül zuhant a földre.

VII

„Csak a földön járj, s nem visz el lég, se ár" – Gothard Bogovszkij, 2432

(Bogovszkijt egy hurrikán kapta fel, és örökre elnyelte...)

1.

Gában az éjszakában úgy mozgott, mint egy kiéhezett vámpír a vérbankban: teljesen kikelve magából, de azt nagyon határozottan. Bár szomjas már nem volt, de a szórakozás utáni vágyát nehezen tudta kordában tartani. Ez nem azért volt probléma, mert az éjszakai élet nem adott elég lehetőséget neki. Sőt, ha ez ember költekezni akart, akkor a Cég-birodalmon belül számtalan hely várta tárt karokkal. Költs egy kicsit itt, költs rengeteget ott, ide be sem engedünk, mert úgysincs elég pénzed még körülnézni sem! Gában abban a tudatban volt, hogy végtelen a számlája és holdinak hiszik. Bölcsen döntött, hogy benne maradt a szerepében. Bármelyik lebuj vagy előkelő bár ajtaja nyitva állt előtte, mindenhol *uram*ozták, amit nagyon szeretett, és bárhol járt, hatalmas összeget hagyott ott cserébe, amit meg a tulajdonosok szerettek. Nem tudom, ki finanszírozta – na jó, lehet, hogy pont én vagyok az, aki tudja –, de abban biztos vagyok, hogy nem élete legjobb döntése volt egy feneketlen partihordót ráuszítani az éjszakára. Jelenleg egy Virtuál Aréna előtt dohányzott, és teljesen illegálisan az utcán piált.

– Sálálálá héjj! – énekelte vidáman egy arra járó hölgynek.

Gábennek az egyik jó tulajdonsága egyben rossz is volt: nehezen rúgott be, de akkor nagyon. Miután végzett az itallal, cigarettájával és a járókelők szórakoztatásával, bement az épületbe.

A Virtuál Aréna egy hatalmas épület, amely a régi futballstadionokra hasonlít és otthont ad a modern kor sportjának: a V-harcnak. A sport lényege az, hogy bent, a pálya két szélén elhelyezkednek a csapatok egymással szemben. Köztük különböző akadályokat alakítanak ki, hogy ne legyen totálisan értelmetlen a küzdelem. Körülbelül olyan ez, mint egy paintball versenypálya. Ha valaki esetleg nem tudná, milyen is a versenypaintball, nyugodtan kihagyhatja az életéből. Ugyanis csak összevissza lövöldöznek, amiből a néző semmit sem lát, a hangja olyan, mint amikor egy fabódé tetején kopog az ömlő eső, és mindeközben mindenki csak csalni próbál, hogy nem, ő bizony nem kapott találatot. De itt a játékosok felett hatalmas holoképen vetítik ki az összecsapást, és a technológiának köszönhetően egész látványosra varázsolják az amúgy tök nézhetetlen sportot. Gyakorlatilag laser-tagről beszélünk, csak nagyon durván kicicomázva, hogy ne csak annak legyen élvezetes, aki éppen játssza. A holoképen a pálya éppen egy dzsungel kinézetét ábrázolta, a játékosok pedig nagy, ocsmány, felfegyverzett szörnyekként képviseltették magukat. A kinézet menetről menetre változott. Volt benne hatalmas gombákkal díszített terep, ahol kicsi manók ütköztek meg, de volt régi, II. világháborús összecsapás is, majdnem korhű egyenruhákkal. Természetesen a nézőknek halvány lila gőzük sem volt a világháborúról, így azt hitték, az is a fantázia műve.

Gában magától értetődően a VIP-páholyban kapott helyet. Itt lehetett szivarozni és inni. Na, nem mintha olyan nagy szüksége volt már bármelyikre is. Józanodás végett kért egy csuklónyi vastag szivart és gimbiszt vízzel. A gimbisz egy olyan ital, mint anno régen a vodka volt, csak más nevet kapott, mert a régi világ találmányait nem tartották számon a Jövő PTT világában. Mellette foglalt helyet valami úri család gyermeke, amit abból lehetett tudni, hogy ott ült. Gában nagyon élvezte a helyzetet, főleg ha néha Winstonra gondolt, aki elméletében igencsak jól érezhette magát, ilyenkor felötlött benne az is, hogy megkeresi Fannit.

Igen ez jó ötlet, csak előtte inni kell még – gondolta magában.

Mivel részegen szeretett bele a lány, nem akart csalódást okozni. Egy dolog zavarta kissé, hogy jobbján egy termetes grizzly medve ült és szivarozott. Na, ezzel még semmi gond nem lett volna, de kék frakkját és rózsaszín cilinderét nem tudta elfogadni. Gondolta, megérdeklődi a fura teremtéstől, hogy miért pont kék és rózsaszín?

– Há' figyelj, Medve úr! – próbált diszkrét maradni. – Hogy van ez nálatok, hogy ennyire ízléstelenek vagytok? – és a diszkréció elmaradt, mint az ócska bárokban a borravaló.

– Elnézést, uram – válaszolt a grizzly. – Nem értem a kérdését.

– Hát, azt már lehet, hogy én sem, de akkor is – kivételesen most a vízből kortyolt. – Mi ez a kék meg rózsaszín?

– A két kedvenc színem – válaszolta nyugodtan, és szivarozott tovább.

– Te buzi vagy? – kérdezte szépen, affektálva a részegségtől.

– Hogy érti? – értetlenkedett a fura szerzet.

– Hát, hogy homoszexuális.

A medve válaszolni szeretett volna, de Gáben gyorsan közbevágott.

– Nem mintha zavarna, csak hogy tudjam. Hátha közelednél felém, vagy esetleg én feléd – nyugtázta egy idióta mosollyal a saját szavait.

– Nem, uram, medve vagyok, aki ember volt – szürcsölt bele könnyedén a poharába.

– Na, most akkor ezt fejtsd ki, légy szíves! Medve vagy, vagy ember? Esetleg mindkettő? Vagy egyik sem?

– Tud figyelni? – kérdezte a medvember, akit láthatóan nem idegesített, sőt kicsit szórakoztatott is Gáben viselkedése. – Emberként láttam meg a napvilágot és jutalomból, amikor megöregedtem, megkaptam ezt az erős testet.

– Áhá! Értem már. Akkor te egy nagyon fontos személy lehetsz – elmélkedett Gáben.

– Pontosan, ahogy maga is, mivel itt ül, és ide a pórnép nem juthat be.

– Ide nem, ez igaz. Se por, se hamu, csak a nagyok, és én vagyok a legnagyobb Gábor! Örvendek, kedves mackó! – nyújtott kezet, amit a medve elfogadott.

– Nemkülönben. A nevem Mr. Smith – ráztak kezet férfiasan.

– Ön kire fogadott? – kérdezte Mr. Smith.

– A nyertesre – hazudta Gáben.

– Én is – felelte a medve, és koccintottak.

Egy darabig csendben nézték a mérkőzést. Ha valaki kiesett, Gában éljenzett és tapsolt. Tökmindegy volt, melyik csapattól kellett elhagynia a pályát a játékosnak, ő csak ujjongott. Néha horkantott egy kicsit, mert igazán nem kötötte le a vizuális orgazmus, amit látott. A meccs végén lesétáltak a bukmékerekhez, és Smith egy jókora összeget vett fel. Gában nem tett semmit.

– Ön nem veszi fel a nyereményét? – kérdezte a grizzly.

– Én odaajándékoztam az árváknak – hazudta pofátlanul Gában.

– Milyen figyelmes ember! Derék cselekedet – dicsérte meg a medve.

– Tudod, nekem végtelen pénzem van – jelentette ki Gában, és rátette a medve vállára a kezét. – Nincs kedved bulizni egy nagyot? – kérdezte.

– Miért ne? Bulizzunk!

Innentől kezdve együtt rótták a köröket, egyik helyről a másikra. Pókereztek, amiben Mr. Smith nyert, annak ellenére, hogy mancsában nehezen tartotta meg a lapokat, de állatian jó pókerarca volt. Játszottak kő-papír-ollót, amiben Gában nyert, tök véletlenül. Egy-két helyen hatalmas sikert aratott a cilinderes, táncoló medve, de máshol kevésbé örültek a két részeg állat asztaldobálásának. Jó játéknak tűnt, és az alkohol még „erősebbé" teszi az embert, állatot. Azt leszögezhetjük, hogy nagyon jól szórakoztak.

Az este vége felé Mr. Smith nagyon sajnálta, de szólította a kötelesség és hazament. Gában, amikor egyedül maradt, úgy döntött: itt az idő felkeresni Fannit. Hiszen tudjuk, milyen zseniális gondolat tökrészegen késő este felkeresni a lányt. Nyilván ők is úgy imádnak minket akkor, amikor ázott kutyákként beállítunk a küszöbre, hogy „itt vagyok, bébi, szeress...".

Az Éjszakai Fényhez autóba kellett szállni, amit meg is látott az egyik sarkon. Amikor megindult felé, egy éles, égető fájdalmat érzett a fején és elájult.

2.

Enyhe émelygés, tompa fájdalom és egy erős ütés helye randevúzott Gében fejében. A körülményekhez képest meglepően kényelmesen érezte magát. Végtagjai nem voltak lekötözve – mint ahogy az megszokott volt az ilyen helyzetekben számára –, és ágyékát sem nyomta valami kemény beton felülete. Nála ez is természetes volt, ha éppen elkapták és leütötték. Tudta jól: most jön a kellemetlen kérdések összevisszasága, melyekre vagy nem tud választ adni, vagy nem is akar. Többnyire nem akart, de mindig megpróbálta eljátszani a tudatlant, amivel sohasem könnyített az amúgy is nehéz helyzeteken. Nem tehetett róla, vannak emberek, akik a saját hibájukból is csak másod-harmad-negyedszerre, vagy éppen soha nem tanulnak. De most valami furcsa volt. Szabad kezek, lábak, és kényelmes fotel? A fejére húzott zsákkal semmi baja sem volt, mivel az teljesen normális volt. Ha valakit olyan helyre visznek – és azt nem születésnapi meglepetés céljából teszik –, melynek kilétét titokban szeretnék tartani a vendég előtt, akkor a zsák a fejen, lekötözött szem elfogadott viseletnek tekinthető. Gében nem tudta, jó ötlenek számít-e, ha saját maga veszi le önszántán kívül kölcsönzött szemellenzőjét, de gyakorlatias ember lévén megtette. Amikor visszanyerte látását, félhomály fogadta.

Milyen figyelmes emberek az elrablóim – gondolta magában.

Azt viszont közel sem gondolta volna, hogy egy retinaterrorizmusból vizsgázott reflektor helyett egy megterített asztal fogadja.

– Megeheti később is, ha nem éhes – szólt hozzá nyugodt hangon egy ősz, szakállas ember.

– Hogy? – nyögte ki zavartan Gében.

– Elnézést kérek az eljárásunk miatt! – folytatta az idősebb. – Nyugodjon meg! Volt rá okunk. Kárpótlásul kérem, kóstolja meg ezt a különlegességet! – ajánlotta fel, majd egy átlátszó üvegből töltött és átnyújtotta a poharat.

– Mi az, méreg? – kérdezte Gében, és kezdett megnyugodni. Ha méreg, minden rendben van. Végre nem valami szokatlan.

– Mondták már rá ezt sokan a magas alkoholtartalma miatt – tette hozzá az őszhajú és folytatta. – Ez itt pálinka. Az élet vize, amit gyümölcsből főzünk. Bátran húzza meg! – s az öreg meghúzta az üveget, és elégedetten letette az asztalra.

– Hol vagyok? – kérdezte Gáben és ivott, mert bátor volt vagy vakmerő, vagy csak szimplán hülye.

Ezek bizony sokszor egymás szinonimái. Főleg a hülye, az szinte mindennek, azt igen sokféle szövegkörnyezetben lehet használni. Például az Igazságos Mátyás király mennyivel jobban hangzott volna, hogy Mátyás, a hülye király. Hát minek volt ez igazságos, ha nála volt a hatalom? A történelmet a győztesek írják, és nem az igazságosak. Ezért könnyen lehet – mivel ilyen szép becenév maradt fenn róla –, hogy ő inkább volt győztes, mintsem igazságos, csak jobban szerette ezt hallatni magáról, mint a kegyetlent vagy az ehhez hasonlókat. A fekete sereg zsoldosai is tuti népünnepélyeket szerveztek, segítettek a földművelésben, az árvákat felnevelték és minden bizonnyal ételt (f)osztottak az éhezőknek. De megeshet, hogy szimplán pénzért gyilkoltak az igazság nevében. Ki vagyok én, hogy ilyeneket állítsak? Talán egy hülye? Különben is, úgy szól a mondás, hogy holtakról jót vagy mindent. Ja, bocsánat, semmit! Emlékezzünk vissza Peterre! Őt ne nyugosztalja senki, mert egy féreg volt! Na, kimondtam... látták? Írásba foglaltam, pedig nem jót mondtam, és nagyon nem élőről.

– Inkább az itt a kérdés, hogy miért van itt? – szólt meggyőzően az öreg. – Tegeződjünk, kérem! Valószínűleg elég sok időt fogunk még együtt tölteni – tette hozzá.

– Nem látom akadályát – felelte Gáben. – Megtudhatom, ki vagy?

– Én vagyok a fantom, az ellenség, aki félelemben tartja a lakosságot. Én vagyok az egyetlen ellenállás, aki képes legyőzni a Céget.

– Igen, érzem. Én is rettegek. Olyan rémisztően finom ez a hús – tette hozzá Gáben, mivel közben nekilátott a terítéknek.

– Van benne valami különleges – jegyezte meg alig érthetően, teli szájjal.

– Az élet íze – vágott közbe az öreg. – Amit eszel, az nem klónból van. Természetesen született. Volt lelke.

Gáben erre a kijelentésre úgy lefagyott, mint őskori számítógépek operációs rendszerei. El nem kékült, de minden bizonnyal tartott egy kisebb hatásszünetet.

– Élő állat? – kérdezte undorral a hangjában. – Ennyi erővel embert is ehetnék! Ez számomra bűn! – üvöltötte.

– Az. Bizonyos szemszögből nézve – fűzte hozzá az ősz teljesen nyugodtan. – De robbantgatni és rendőrt ölni is az. Ha nem kéred, hozathatok mást is. – Már nyúlt a tányér felé, amikor Gáben vasmarokkal kapta ki a kezéből.

– Nanana, csak lassan! Életemben nem ettem még ilyesmit. Egyszer, azt hiszem, belefér.

Nem tehetett róla, kíváncsi ember volt, akit nem érdekelt, ha nem öregszik meg.

– A nevem Nelson Pitt – kezdett bele a meséjébe az idős ember. – Jól ismerem a Kormányzót, a céljait és az általa teremtett világot is. Meg kell fékezni az emberiség jövője érdekében. – Mélyen a zabáló szemébe nézett. – Téged érdekel az emberiség jövője, Gábor?

– Dehogy érdekel! – Teli szájjal alig érthetően sikerült felelnie. – Sőt az sem igazán, hogy honnan tudod a nevem. Mi lenne, ha ezt megenném, és utána visszamennék szórakozni? Reggel pedig indulnék vissza az otthonomba. Nos? – Igen flegmán adta ezt elő.

– Ezt sajnos nem engedhetem meg.

Gáben erre idegesen felkelt a székből.

– Ülj csak vissza! Nyugalom! – szólt Nelson. – Van valamim, ami tetszene neked.

– Igen? És mi az? – kérdezte Gáben, és egy másodperce se higgyük, hogy visszaült volna.

– A bosszú lehetősége, a rendszer eltiprása.

Gáben érdeklődve foglalt helyet, és folytatta vacsoráját.

– Ha hidegen hagy a nép felszabadítása, ám legyen! De a saját fájdalmadat is enyhítheted, ha itt maradsz. Egyébként sincs már hova menned...

3.

A sors néha elég kegyetlenül játszik az emberrel, mintha önmaga komplexusai fölé kerekedne ezzel. Érthetetlen helyzetekbe tereli azt, hogy ott jól arcon köphesse és annak tűrőképességét saját szórakoztatására vizsgáztathassa. Ez a sors ilyen gyerek. Talán nem volt gyerekszobája, vagy esetleg az túl kicsi lehetett, talán olyasvalakivel kellett megosztania, aki folyton szekálta. Egy dolog viszont biztos: a sors kegyetlen keze olykor elég erősen csapja arcon gyanútlan áldozatát úgy, hogy az eltorzulva földre essen. Gáben már számtalanszor kapott ilyen jellegű ütéseket ettől a sorsnak nevezett gonosz jelenségtől. Az ő megoldása egyszerű volt ilyenkor. Két vállrándítás, egy „nem érdekel" és hangos szitkozódás, ami valahogy így szokott hangzani: – Azt a jó büdös...

A fiatal olvasók kedvéért nem írtam tovább a következő négy és fél sort.

– Mi az, hogy nincs hova mennem? – kérdezte.

– Igyál egyet, és hallgass végig! – mondta Nelson.

Persze Gábent sohasem kellett arra kérni, hogy igyon. E tekintetben autonóm ember volt.

– A Jövő PTT egy évszázaddal ezelőtt olyan nanorobotokat fejlesztett ki, amiket képesek voltak integrálni a génjeinkbe. A feladatuk szimplán a mai napig annyi, hogy az agyunkban parazitaként élnek és információval táplálkoznak. Figyelik a gondolatokat és a lelket. Ezeket az adatokat azonnal továbbítják egy Amandának nevezett számítógépbe. Ez a gép az anyja az egész rendszernek. Figyel, jelent, és adott esetben módosít. Vannak olyan gondolataink, amiket ő előbb tud, mint mi. Amikor még meg sem fogant rendesen egy adott gondolat, Amanda már számolja, milyen valószínűséggel milyen végső eredménye lehet annak.

– Azt akarod mondani, hogy gyakorlatilag nincsen saját gondolatunk? – kérdezte Gáben, és most a pálinkásüvegből ivott.

Úgy érezte, a pohár már nem a megfelelő űrmérték ehhez a históriához.

– Nem teljesen – válaszolt Nelson. – Ugyanis a végső eredmény kialakulása ennél sokkal összetettebb. Az ember jelleme és érzelmei nagyrészt közrejátszanak. Amanda ezeket csak terelgetni tudja, közvetlenül irányítani viszont nem. Ahhoz, hogy egy cselekedet létrejöjjön, kell a megfelelő gondolatmenet, ugyanis az, hogy valamit úgy gondolunk, még kevés ahhoz, hogy meg is tegyük. Minden egyes döntési helyzetben számít a döntéshozó előélete. Fontosak a tapasztalatok, melyek nagyban befolyásolják a jellemet. A személyiség egy folyamatosan változó állapot. Egy nyugodt emberből is lehet őrjöngő félőrült, és fordítva. Nagyon bonyolult egyenletrendszer, ami a végső cselekedethez vezet és van egy változó, amit Amanda sem tud kezelni.

Az öreg Nelson egy apró szünetet tartott, zsebéből egy szivart vett elő és meggyújtotta, majd folytatta.

– Ez a változó a lélek, minden érzelem forrása.

Mélyet szívott a szivarból, és közelebb hajolt Gábenhez.

– Ez a mi szerencsénk, hogy nem lehet a lelket irányítani. Vagyis ma már nem tudjuk.

– Hogyhogy ma már? – kérdezte Gában.

– Volt egy fiatal tanítványom, akinek sikerült. Ez nagyon régen volt, több évszázaddal ezelőtt. Nem tudta, hogyan és miként, de működött. Én sem tudtam rájönni, és szerencsére a sírba vitte ezt a veszélyes technológiát, én pedig elpusztítottam minden műszerét, gépét, ami ezzel kapcsolatban állt. Lehet, hogy kár volt, mert megöltek érte.

– Ahhoz képest elég jól nézel ki – vágott közbe Gában.

– Igen, tudom – mondta Nelson egy rövid mosollyal az arcán. – Bár ez a test is kezd elfáradni – sóhajtott és folytatta. – Az egészben a lényeg, hogy a lelket csak megfigyelni lehet, és figyelik is. Mi is követjük, csak mi nem eltávolítjuk a lázadóbb szellemeket, hanem begyűjtjük. Így kerültél te is ide.

– Azt nem értem, ha van egy ilyen paramicsoda cuccos a fejemben, akkor tudniuk kéne, hogy hol vagyok, nem igaz?

Gában közben leitta magát.

– Ezt az apróságot már elintéztük – nyugtatta Nelson. – Hajlandó vagy segíteni?

– Hát persze! Mit veszthetünk? Romboljuk le a világot! –
Tényleg erős volt a pálinka. – A barátomat előbb vissza kell kísérnem a melóba, mert családja van és szereti őket.
– Pontosan melyik címen voltatok? – kérdezte Nelson, és az
előttük felvillanó holoképen egy épületre mutatott.
– Igen, igen. Azt hiszem.
– Ebben a lakásban?
– Ja, ja, persze, itten, ni – Gében meglepően jó helyre mutatott és kérdezett. – Mi az a zöldes folt a képen?
– Az ott egy teljes nyugalomban lévő ember lelke – válaszolta Nelson.
– Ó, értem! – itta ki az üveget. – És hol vannak a többiek? A
gyerek és csaj? – kérdezte meglepetten.
– Nincs más a lakásban, csak egy ember – felelte Nelson.
– Akkor itten valami gond van, mert ismerve drága Wini barátomat, egész este az asszonyt szórakoztatja.
Egyet csuklott és valami furcsa, ízléstelen vasutasmozdulatokkal imitálta két ember testi kapcsolatát.
– Érted, igaz? – kérdezte, de hirtelen egy szúrást érzett a karján és kijózanodott. – Mi a...? – kérdezte volna, de látta, hogy
az öreg kezében egy apró szerkezet volt, tűvel a végén. – ...fasz?
Azért befejezte a kérdést, mert félmunkát csak komoly indokkal szokott végezni.
– Szedd össze magad! – szólt rá Nelson. – Ez az a ház? Jó
emelet? Jó lakás? – kérdezte idegesen.
– Igen, az...

4.

A reggeli órákban fátyolos felhőzet szűrte meg az ébredő nap
fényét. Az épületek betonfalaiban elvétve még látható volt az
előző napi eső nyoma. A munkába igyekvő emberek kígyózása
is megkezdte a reggeli rutinját. Távolról nézve egy elismerésre

méltó hangyabolynak tűnhet a hajnali tömeg. Mérnöki pontosság és rendezettség. Mindennap, minden reggel ugyanabban az időben, pont ugyanazokban a sorokban bandukolnak a kötelesség teljesítése felé, ami nem más, mint a Cég szolgálata. Az apró részleteket és a 145-ös szektor 4. körzetében lévő 27-emeletes lakóház előtt készenlétben lévő tankot és 12 állig felfegyverzett tulajdonosát figyelmen kívül hagyva semmi különös nem tűnne fel. Azt sem vennénk észre, hogy a Cég hétköznapi egyenöltözékébe kényszerült szürke tömegben egy-egy álruhás, szintén jól felfegyverzett, úriembernek nem mondható egyén is tiszteletét tette. Amikor a kedves lázadóink gyilkos vággyal a bejárthoz értek, egy jól időzített, halk, pár pillanat leforgása alatt történő, sikeres rajtaütést hajtottak végre. Ennek a sikernek a ház előtt parkoló tank gazdái annyira nem örültek és kedvtelenül belehaltak. A járókelők egy-két másodpercre szakították csak meg fontos tennivalójukat, mivel elég hülyén vette volna ki magát, amikor késve érkezve a munkahelyre azt magyaráznák: há' de főnök, ott volt valami akció, azt katonák estek áldozatul. Ezt nem lehetett kihagyni... Igazából nem ez volt az indok a nemtörődésükre. A megmozdulás túl feltűnő volt. Nem is nagyon lehetett volna kevésbé az. 12 katona és egy tank likvidálása még a leghazugabb bűvésznek is komoly fejtörést okozott volna, hogy hopplá-hopp, eltüntesse. Így drága Amandánk egyből tudomást szerzett a dologról, és a szemtanúk egy „ne törődj vele, megoldjuk!" impulzust kaptak a tudatalattijukba, mivel szüksége volt a helyre a megtorláshoz. A megtorlás így máris úton volt.

– Gáben, ettől kezdve nincs sok időtök! – szólt egy sürgető üzenet Gáben fülébe.

– Értettem! – válaszolta futtában. – Berontok, lelövöm a két droidot, és kiégetem a Parazitát Winston agyából! – ismételte a haditervet afféle megerősítés gyanánt.

Itt az olvasó jogosan teheti fel a kérdést, hogy milyen Parazitát kell kiégetni Winston fejéből. Ezt a kérdést én is feltettem magamnak, de hirtelen beugrott, hogy ezt a nevet adták a felkelők annak a nanorobotnak, ami Amandával kommunikál az emberek agyában. Őszintén: én sokkal kedvesebben hívnám a helyükben, mondjuk lehetne Béla vagy Sándor, esetleg Eszter. Winston, amikor látta egyetlen gyermekét és imádott feleségét földre zuhanni, úgy érezte, hogy belülről egy mély, hasító és förtelmes fájdalom szakítja ízekre testét. A kín, melyet lelkében érzett, a testét nem, de az ítélőképességét ténylegesen szétszakította és nem láthatta, hogy a földre hullott tetemek nem véreznek, hanem csak kisebb-nagyobb törött, fémes darabok estek ki belőlük. Jó mélyen hatolt be a lövedék, ami a műbőrön és szintetikus húson át a fémvázat is sikeresen megrongálta. Ez két szempontból is megnyugtató eredmény volt. Először is azért, mert ha másképpen alakult volna, a két droid egy nem túl humánus vérfürdőt rendezett volna a maguk szórakoztatására. Nem érdekelte volna őket, hogy kitüntetés járna érte és csak az átadóünnepség után olvasztanák be őket. A droidok valahogy a lelkük mélyén – bocsánat, diódáik mélyén – utálják az embereket. Winston, ahogy észbe-nem kapott, teljes dühével és erővel Gábennek ugrott, és egy tankönyvbe illő mélyfogással földre döntötte. Az apró győzelmet nem élvezhette sokáig – noha nem is élvezetből tette –, mert kapásból hárman ugrottak rá, hogy lefogják, és Gáben azonnal a fejéhez szorította az Antivenenumot. Ezzel Winston felszabadult a Jövő Profit Termelő Társaság gondoskodó szeretete alól. A szabadság íze viszont most nem egy kellemes Bloody Mary-hez hasonlított, hanem egy égő nyilalláshoz a koponyáján, majd eszeveszett fejfájáshoz. A lépcsőházat addigra ellepték a Cég zsoldosai, és rohamléptekben haladtak feléjük.

Mire Winston kezdett magához térni, két ember cipelte egy szűk folyosón. A körülményeknek köszönhetően nem is igazán cipelésnek, hanem inkább ráncigálásnak érezte. Üvöltözés volt és füst. Egy hangos robbanás törte meg az eddig sem idilli hangulatot. Arcát eltalálta egy gránátrepesz és a feje mellett suhant el egy lézerlövedék, mely a falba csapódott. Egy gyors irányváltás, és ismét egy fület siketítő zaj.

Megint mellé – gondolta magában a Cég katonája.

Huhh – gondolták magukban a menekülők.

Mi történik? – kérdezte magában Winston.

Arra már rájött, hogy nem egy tipikus kollégista pizsama-partin van. Bár ott is nagy a ricsaj, néha szédeleg az ember, és olykor a falból is kitörik egy-két darabka. Egy szó, mint száz, akár egy ilyen buliban is lehetett volna. Az arcát szétroncsoló repeszen kívül minden stimmelt.

Amikor a tűzlétrához értek, már a saját lábán rohant. Azt nem tudta, mi elől, de azt tudta, hogy azok ott mögöttük nagyon mérgesek valamiért. Ismét két lövedék suhant el mellette, s az egyik súrolta is a vállát. A létra tetején volt már, amikor alatta egy újabb gránát robbant fel, és kisodorta az őt követő lázadót az ablakon, aki ezáltal a mélybe zuhant. Egy erős kéz megmarkolta a karját és felhúzta a tetőre. Kint a nap éppen csak kikukucskált a fátyolfelhők mögül és erős fényével úgy hatott Winstonra, mintha az látószervét akarná kinyomkodni a helyéről. Pár pillanat múlva, amikor visszanyerte látását, azt kívánta, hogy bárcsak ne tette volna. Egy harci gép lebegett a ház felett, melynek szándékai közé nem volt sorolható a barátkozás.

– Kövessetek – ordította Gábem –, mindenki utánam!

Sajnos ezt a felszólítást a harci gép vezetője is követte, sőt üdvözlésként tüzet is nyitott. Kedvességét a menekülők is viszonozták. Ők is tüzet nyitottak. Ez olyan ok–okozat, hatás-kölcsönhatás dolog, mint a „helló"-ra a viszont „helló", melyek után inkább bort nyitunk, mint tüzet. Itt nem borozásról volt szó, ami tudjuk, lehet veszélyes is, na de azért nem ennyire! Az egyik menekülő földre esett, miután térden, majd tüdőn, és végül nyakon találta az üdvözlés, majd megüdvözült. A harci gép is kapott rendesen a rázúduló köszönésekből és egy Rebell-o 16-os kézi rakétával eltántorították a további üdvözölgetéstől. Fél másodperc pihenőidejük sem volt kifújni magukat, mikor a ház mögül még kettő harci gép jelent meg. Egyszerű matematikai számítás alapján rájöhetünk, hogy a tűzerejük így kétszer annyi, mint az előző egyé volt. Ezt a tűzerőt büszkén be is mutatták. Amikor a ház széléhez értek, Gábem utasított mindenkit:

– Ugrás!

Winston nem vitatkozott. Úgy volt vele, ha ez az őrült lemészárolta szeretteit, akkor miért ne ugrana a halálba utánuk? Érdekes módja a család összehozására – gondolta –, de ki tudja, mi vár ránk a túlvilágon? Az is lehet, hogy éppen egy grillparti közepébe zuhan, egyenesen kedvese karjaiba. Természetesen ez nem így volt, és nem azért, mert nem hallottam még túlvilági grillpartikról. Amikor elrugaszkodtak az épületről, a mérnöki pontosság csodájának lehettünk szemtanúi. A lakóház hatalmas robajjal esett szét. A tető felfelé, a harci gépek irányába, míg az alsó szint az épületet körbezáró zsoldosok arcába robbant. Mindezt úgy vitte véghez, hogy az életükért zuhanó menekülőknek nem esett baja. Nem sokkal később megjelent egy gyors sikló, ami szintén a mérnöki pontosság csodájával épült, de a részleteiről nem beszélhetek. Köt a titoktartás. Reptében felszedte a maradék csapatot, és némán elillant a tetthelyről. A gépről annyit kell tudni, hogy... A könyv írása ezen a ponton egy kicsit megakadt, mert az író lábadozott. A gépről nem kell semmit se tudni azonkívül, hogy kimentette Winstonékat, és csodás mérnöki alkotás volt. Gában, amikor beült az anyósülésre – mert még ebben a korban is fenntartották ezt a kiváltságot az anyósoknak –, egy hosszú, egyenes, barna hajú fiatal lányt látott a vezetőülésben. A női sofőrökről alkotott ódivatú, negatív véleményt még nem felejtették el, de Gábent egyből megnyugtatta a lány hatalmas, smaragdzöld szemének pillantása. A rutinos nőcsábász kapott is az alkalmon, hogy megszólítsa.

– Őőő, szia – mondta teljesen zavartan, hiszen ilyen csodás arcot még nem látott. – Te is... – folytatta volna, de a zöldszemű démon közbevágott.

– Ha még egyszer így nézel rám – közölte a lány nagyon határozottan –, akkor felnégyeltetlek.

– Na-na-na, lassan testtel, vadmacska! – védekezett Gáben. Persze azt nem tudta, hogy mi az a macska, mert soha életében nem látott egyet sem, nem is léteztek már, de maga a kifejezés a harcias nőkre megmaradt.

– Kezdjük újra az ismerkedést! – tette hozzá kaján mosolylyal az arcán. – Az én nevem Nagy Gábor.

– Tudom, te ökör! – vágott ismét közbe a lány. – Nelson vagyok, az Isten szerelmére...

Gában arcán a döbbenetet, remélem nem kell leírnom. Nemhogy bambán nézett, még mosolya is odafagyott, de minden más is. A ráncok, az élet, a tekintet és világ meg a mindenség is. Egy rutinosabb portréfestőnek bőven lett volna ideje egy idétlen képet karistolnia róla. A gép némán suhant célja felé.

VIII.

Λ forradalom

1.

Egy lázadást elég nehéz megszervezni. Rutin és évek kellenek hozzá, ami a legtöbb lázadónak nem adatik meg, mivel vagy belehalnak az első lázadásba, vagy annak sikerével nem kell többet lázadniuk. Ennek ellenére Nelson Pittet nyugodtan mondhatjuk rutinos lázadónak. Neki évszázadok óta ez a szakmája, és lám, éppen rozoga székében megfáradva fújja a fehér füstöt.

– Ha igaz a hír, hogy két bányász megszökött az Európáról – mondta az asztalon támaszkodó félszemű partizánnak –, az egy nagyon jó lehetőség. Tudjuk, milyen indíttatás vezette őket a szökésre? – kérdezte.

– Már rácsatlakoztunk a Parazitájukra – válaszolta Vendera és folytatta: – Sajnos Amanda védelmi rendszere egyre hatékonyabb. – Tartott egy apró szünetet, és nyomatékosan folytatta.

– Viszont a lelkük izzik, mint a déli nap a derűs égbolton – nyugtázta mosollyal saját szavait.

– Remek, ez már egy nagyon jó hír – és Nelson is elmosolyodott, majd egy üveg pálinkát nyitott.

– A Jupiter-19 szállítóhajóval érkeznek – mondta Vendera. – Nem tudom, mik a terveik, de segítenünk kell nekik! – jelentette ki, és közben két ősi üvegpohár került az asztalra.

– Jól figyelj rám, Vendera! – szólt Nelson. – Figyeled őket, ha kell, beavatkozol, de ami nagyon fontos: meg kell tudnunk, miért nem kapcsolták le őket már az Európán! – Kitöltötte poharukba az átlátszó nedűt. – Meg kell tudnunk, mik a céljaik, és a végén legalább az egyiküket megnyerjük magunknak! – Koccintottak, és lehúzták a pálinkát.

– Értettem – mondta a félszemű –, számíthatsz rám! – tette hozzá, majd elindult kifelé a szobából.

– Vendera! – állította meg Nelson. – Még egy szívességet tegyél meg nekem, légy oly szíves!

– Bármit, Nelson. Hallgatlak.

– Ez az öreg test – mutatott végig magán – nem lesz hatékony, ha kitör valami komolyabb háború. Ha nem sikerül megygyőznöm Greenfieldet, harcolnunk kell, és így nem fogok tudni – szívott egy utolsót a cigijéből és elnyomta. – Tudod, mit kérek?

– Tudom – jött a határozott válasz. – Eltarthat egy darabig, de lesz új tested, mire szükséged lesz rá. Éljen a lélek szabadsága! – mondta hangosan az utolsó sorokat, és öklével a mellkasára vágott, majd kisétált az ajtón.

2.

A világban nagyon sokféle munkából válogathatunk. Néha olyan érzés fogja el az embert, amikor el szeretné dönteni, mivel foglalkozzon, mintha az éjszakai tiszta égboltra tekint és csillagot választ. Újholdkor ez különösen nehéz feladat, főleg fiatal szerelmespároknak a kezdeti kémiától megrészegülve, a mező közepén fekve. Hosszas viták után az egyszerűség kedvéért valahogy mindig a Vénuszra voksolnak. Persze hogy a Vénuszra, mivel feltűnő, hamar felköszön az égre, így nem kell hozzá nagy kitartás, és mellékesen az *Esthajnalcsillag* elnevezés is csodásabbá teszi. Nem elhanyagolható tényező, hogy később, kevésbé figyelmes férfiak számára is viszonylag könnyen megjegyezhető és felismerhető. Sokkal egyszerűbb, mint évfordulókat és születési dátumokat fejben tartani. Mennyivel nehezebb lenne kiszúrni az Orion-köd valamelyik apró fénypontját, ami könnyen lehet, hogy nem is csak egy fényforrás. Na, ott válasszatok csillagot magatoknak! Mire megegyeztek, tuti ráuntok a másikra vagy egy életre összevesztek.

Szóval vannak tiszta melók és feketék, vannak koszosak és kevésbé koszosak. Sohasem értettem, hogy a fekete miért lett ellentéte a tisztának. Fura lehet, amikor kérdezik:

– Te hogy melózol?

– Hát nem feketén, én tisztán, de piszkosat.

Forradalmárnak lenni viszont elég piszkos meló. Sokan nem is mosnak kezet előtte. Van viszont egy sokkal piszkosabb munkás, mint a forradalmár: ez bizony a testtolvaj. Azt be is lehet jelenteni a Cégnél és máris tisztán csinálhatjuk annak ellenére, hogy bizonyos esetekben gyilkosságot kell elkövetni a siker érdekében. Ha például a Kormányzó egyik közeli emberének megtetszik a tested, nagyon gyorsan selejtes portékát kell varázsolnod belőle, hogy ezek a kedves és becsületes testtolvajok ne akarjanak büszkélkedni trófeájukkal. A költséghatékonyság miatt az áldozat nem kap új testet...

Egy eldugott sikátorban, annak is a legmélyén két gyanús egyén gyanútlanul, teljesen nyugodtan tervezgeti, hogy testet lopjanak. Ők nem bejelentett tolvajok, csak afféle kényszermunkások. Ők most feketéznek, és közben a részleteket tisztázzák.

– Te, figyeljé', honnan lehet szerezni testet? – kérdezte a nagyobbik, aki láthatóan nem adott túl sokat az öltözködésre.

– Ezt most komolyan? Hát hullaházból – válaszolt az alacsonyabb, finomra varrott öltönyű, cilinderes.

– Használt árut vigyünk? – kérdezte ismét a nagydarab, és nemes egyszerűséggel az orrába túrt.

– Akkor elmondom még egyszer – szólt a pöttöm. – Lehetőleg ne élőt, de még jó állapotban lévőt, ami fiatal és sportos.

– Nem is élve akartam odavinni – mondta a magas, aki nemcsak termetre, de marhának is elég nagy volt.

Zsebéből elővett egy eltört cigarettát.

– Ez elromlott – tette hozzá. – Nincs egy szálad? Tudod, cigaretta nélkül a rablás az olyan, mint a... – de nem folytatta, mert nem a szavak embere volt.

Azt, hogy minek az embere ő, még én sem tudom.

– Nem dohányzom – válaszolta a köpcös. – Undorító szokás!

Erre a kijelentésre láthatóan szomorkás lett a kemény szikla, akit Bobánkának neveztek.

– Na, jól van – szólt Mr. Sir Desire, ő volt az alacsony úriember. – Hozok egy dobozzal. Várj meg itt!

– De addig mit csináljak? – kérdezte Bobánka. – Cigaretta nélkül várni, az olyan... – Ne lepődjünk meg, hogy ismét nem tudta egy szép hasonlattal befejezni mondatát.

– Gondolkodj! – szólt Mr. Sir Desire, mert jól tudta, azzal egy darabig leköti cinkosát.

– Hát jó... – és gondolkodott, vagy inkább csak próbált úgy tenni, mivel azon töprengett, hogy min is kéne gondolkoznia. Egy feketéző testtolvajnak meglehetősen nehéz a dolga. A friss és jó állapotban lévő testekre a Cég elég hamar ráteszi a piszkos kezét, amivel sokszor ellehetetleníti a feketézők munkáját. Csak különleges esetekben – ezeknek a különleges eseteknek az oka többnyire a figyelmetlenség és a nemtörődés – lehet jó testet vadászni. A két jómadár – akiket okkal nevezhetnénk rossznak, mivel repülni nem tudnak – éppen egy feltört hullaházban válogat. A bejutásukkal nem terhelném az olvasót, nem volt valami kifinomult munka...

– Nincs itt semmi jó! – őrjöngött Bobánka.

– Nyugalom! – intette le Desire, aki egyben Mr. és Sir is volt. A nevet ő adta magának, mert úgy vélte, így igazi úriember lehet. Őszintén kétlem, hogy egy úriember halottakat rabolna, de mit lehet tenni: különböző szemszögből látjuk a világot. A nyomasztó csendet először a leplek emelgetése, majd Bobánka üvöltése, és végül Bobánka kacaja törte meg.

– Ez az! – mondta.

– Mit találtál? – kérdezte Desire, aki Mr. és Sir is volt, de biztosan nem úriember.

– Itt van! – szólt Bobánka, és egy hosszú, barna hajú fiatal lányra mutatott.

– De ez egy lány, te ökör! – figyelmeztette Desire.

– És? A neme nem volt meghatározva. Különben is meseszép – jegyezte meg álmélkodva.

– Nem vihetjük el! Nelson... – de nem fejezhette be, mert villámcsapásként zúdult rá Bobánka üvöltése.

– Visszük! – mondta, és már a kezében szorongatta a törékeny testet.

A háttérből baljós zajokat hallottak.

– Sietnünk kell! – mondta Mr. Sir. – Hadd vizsgáljam meg gyorsan!

A test ezen a vizsgán átment. Fiatal volt, max egynapos, kisportolt, de lány. Desire tudta, hogy a megrendelő nem lesz elragadtatva, de a szükség és az idő hiánya nagy úr, és inkább Nelson haragjával áll szemben, mint a Cég csendőreivel, akik már az épületben voltak és őket keresték. Pontosabban nem őket, hanem bárkit, aki betört ebbe a hullaházba engedély nélkül.

A testet sikeresen leszállították, ami ilyenkor egy kényes eljáráson megy keresztül. Az agyat óvatosan eltávolítják belőle, és felkészítik a jelöltet az új lélek és „operációs rendszer" befogadására. Vannak olyan helyzetek, amikor a test régi agyát leolvassák, hogy mégis milyen életet élhetett az eredeti gazdája. Most erre nem volt szükség, mivel senkit sem érdekelt, milyen hobbija vagy káros szenvedélye volt, esetleg szerelmi élete a fiatal lánynak. A Parazitát már az elrabláskor kiölik, ami ez esetben is megtörtént. Nelson lelkét sikeresen átrakták az új testébe, amit nem ellenőrzött le előtte, mivel általában nem volt gond vele. Ez esetben talán jobban tette volna. A teremből egy, még üvöltve is kellemes, lágy női hang szűrődött ki.

– Hol van az a két nyomorult? Hadd tekerjem ki a nyakukat!

3.

Említettem már ezeket a sors által kiosztott fránya pofonokat, csapásokat. Mindenki úgy hívja, ahogy akarja, a lényegen nem változtat. Jönnek, mennek, megtörténnek, és az áldozatban valami megtörik, néha felerősödik vagy összeomlik. A kérdés mindig az, hogy hogyan tudjuk feldolgozni ezeket csapásokat. Például a keresztény kultúrában nagyon egyszerűen a hit próbájának állították be ezeket, segítve a vallástól megrészegült szenvedőt, hogy kapaszkodjon meg istenében, és ember maradjon a krízisben. De szakadjunk el a nem e világi elméletektől és maradjunk a jól ismert talajon! Mondjuk azt, hogy ezek az események az élet megpróbáltatásai. A bekövetkezésük ellen sajnálatos módon sok esetben nem tudunk tenni. A ránk nehezedő feladat pedig az, hogy pálfordulást a jellemünkben ne okozzanak. Itt most azt feltételezem, hogy valamennyien jó emberek vagyunk. Természetesen semmi gond nincs azzal, ha egy gerinctelen, bitófára való féregből valamilyen bekövetkezett sérelemnek köszönhetően jó ember lesz. Ennek persze inkább az ellenkezője valószínűbb: hogy egy jó emberből lesz rossz, őrjöngő fenevad, de ne zárjuk ki a másik lehetőséget sem! Villám is csapott már emberbe és lottót is nyertek (állítólag), pedig elég kicsi a valószínűségük. A mi esetünkben az a legfőbb kérdés, hogy vajon Winston Salmon hogyan képes megfelelni az élettől kapott kegyetlen vizsgán? Neki nincs segítségére semmilyen mondvacsinált elmélet, nem fél a halál utáni kárhozattól, mivel ebben a korban már nagyon régen omlott le Bábel tornya – majd azóta többször fel is épült –, és aki bármilyen természetfeletti erőben hisz, azt őrültnek tekintik – vagy rosszabb esetben likvidálják.

Winston lelkében a jóindulatot meg nem tűrő, mélyről fakadó gonosz gyűlölet viaskodott a töméntelen mennyiségű nyugtatóval, amivel leszedálták. Hirtelen ez volt a legkézenfekvőbb megoldás, hogy kiütötték.

– A barátod hogy van? – kérdezte Nelson, akit a háta mögött – küllemének köszönhetően – Nelsíta űrnőnek csúfoltak.

– Pihennie kell – válaszolta Gáben, akit Gábennek mertek csak hívni még a háta mögött is. – Nem tudom, mi lesz vele – folytatta. – Mindig a családjáról beszélt. Értük élt, nem volt más célja.

– Adunk neki másikat – felelte Nelson. – A bosszú fogja megnyugtatni, ahogy téged is! Legyőzzük a zsarnokot, és elpusztítjuk annak világát! – tette hozzá diadalmasan. – De most dolgunk van. Gyere!

Az ülésterem meglepően szépen volt berendezve. Kényelmes székek, kerek asztal és italok.

– A következő a terv – szólt Nelson bájos hangon. – Jól figyeljetek! – jelentette ki határozottan, már amennyire egy 20 éves lány határozott tud lenni. A terv egyszerű volt: visszajuttatni a két bányászt, és elvágni az amantintól a Céget. Természetesen a kivitelezés már bonyodalmasabb. A legelső akadályt az jelentette, hogy a lázadók fejében olyan dolgok jártak, hogy „de jó a segge", „milyen mellek", „azok az ajkak, és hát azok a szemek". Azok a szemek még egy sziklaszilárd erkölcsökkel rendelkező családapának a hűségét is igen keményen próbára tudták volna tenni. Azok a lábak, hát igen, azok a lábak... Egyszóval a figyelem lankadt – nem úgy, mint bizonyos testrészek –, pedig az előttük magyarázó leánynak a szépséghibája – hogy férfi volt – nem hagyható figyelmen kívül. De ezt most mindenki figyelmen kívül hagyta, és sajnos azt is, amit éppen mondott. Én is néha azon tűnődöm, hogy ha ilyen tanáraim lettek volna, tuti több órát látogatok meg, persze a tananyaghoz pontosan ugyanannyi közöm lenne, mint most. Nem sok... de mit számítana, mert azok a lábak...

4.

Hajnalban a napfelkelte igen érdekes és megrázó látványt tár az ember elé, ha éppen tiszta az égbolt. Amikor a nap felkel és első sugarai elérik a bolygót, pirosan izzó fénye horrorisztikus képet alkot a Föld körül keringő űrszeméttel. Itt most nem az apróbb űrszondákra vagy műholdakra kell gondolni, hanem ezeknek az évszázadok alatt kialakult egyvelegére. Úgy próbáltak helyet spórolni, hogy egy kupacba gyűjtötték őket. Ezek a halmok a régi szemétdombokra hasonlítottak, csak sokkal nagyobbak, és az égen voltak. Még az is előfordult, hogy a talajról felszámolt mocskot is fellőtték. Mit lehet tenni, ilyen az ember.

Ha nem látja, nem zavarja. Majd ha látja, egy kicsit hőbörög, mert végül is zavarja, de aztán megszokja. Most sem keltettek senkiben semmi meglepetést az égen világító piros korongot itt-ott kitakaró foltok.

A Jupiter-9 szállító űrhajó hangárja – leszámítva azt a pár mérnököt, akik az utolsó ellenőrzéseket végezték rajta – csendes volt. Amikor befejezték az utolsó simításokat, megérkezett a legénység is. Senki sem sejtette, hogy még egy társaság is bejelentkezik ezen a reggelen és nekik is lesznek nem várt, újabb hívatlan vendégeik. Az űrhajóra felrakodták az élelmiszert és az ivóvizet. Indulásra készen állt, amikor a rajtaütés megtörtént, majd a rajtaütésen egy másik rajtaütés is rajtaütött. A lázadók sejtették, hogy nem egy luxus turistahajóra készülnek felszállni, és felkészülten várták a rájuk zúduló golyózáport. Ők lőtték a Cég katonáit, akik őket lőtték, közben a Jupiter-9 legénysége meglepetten lőtt mindenkire. Hasonló helyzet alakult ki, mint amikor Winstonék a Földre érkeztek. Zajos, véres káosz. A terv így hasonló lett: rohanás a raktér felé.

Gáben futtában leszedett két katonát, de ezzel túl nagy figyelmet hívott fel magára, és a felé süvítő lézerlövedékek elől egy láda mögé kényszerült becsúszni. Egy gránát robbant fel, de senki sem tudta a nagy káoszban, hogy ki dobta kire, és végül kit ért el. Egyre nagyobb füst keletkezett a hangárban. A fedezékekből szinte öngyilkosság lett volna kimozdulni, de a hajó indulásra készen állt, sőt parancsot kapott az azonnali felszállásra. Winston valamivel távolabb volt, mint barátja, de a tűzerő nem engedte, hogy közelebb érjen. Egyszer csak Vendera kiáltott rájuk:

– Most még eléritek a rámpát! Futás!

Vendera egy kibiztosított gránáttal a kezében megrohamozta az ellentábort. Futás közben ellőtték jobb karját, de szerencsére a másikban szorongatta a gyilkos szerkezetet. Kapott még egy párat a testére is, de amikor valaki a halálba rohan, nem nagyon hatja meg, ha épp ki akarják végezni. Amikor a lábát érte egy jól célzott találat, már mindegy volt. Elérte a Gábenék felé lövöldöző katonák fedezékét és mindet magával vitte. Ha van élet a halál után, akkor biztos jól arcon röhögi majd őket.

– Én húszatokat, egyedül… Bénák!

Vagy valami hasonlót közöl velük. Akciója és áldozata elérte a célját. A Föld hiába viselkedett Winstonékkal úgy, mint egy megbolondult kuvasz a kertkapunál, aki nagyon nehezen enged be, és szintén nagyon nehezen enged ki azon. Amikor Vendera mellbedobással darabokra hullott, az űrhajó már emelkedett. Mivel hirtelen kellett megindulnia, a rakodórámpát még nyitva hagyta, és Gáben ezt kihasználva már kapaszkodott is fel rá. Egy szerencsétlen – vagy inkább béna – űrhajós, aki őrt állt ott, repült is le róla, majd arccal tompított. Kisebb zúzódásokkal és hiányos fogakkal megúszta az incidenst. A rámpa is elkezdett emelkedni, amikor Winston odaért. A felhajtó már vagy három méter magasban lehetett, amikor felugrott, de nem tudta elkapni, mivel közben a hajó és a rámpa is távolodott a talajtól. Ismét egy erős kéz markolt bele karjába és felhúzta a fedélzetre. A hajó gyorsulása közben egy hanyagul otthagyott láda majdnem agyonnyomta őket. Szerencsére a *majdnem* az csak hét betű, és távol áll a valóságtól. Azért jól rájuk ijesztett, de a lényeg: feljutottak, és úton voltak az Európára.

5.

Az űrhajó kiért a légkörből és megkezdhette a röppályára állást a Jupiter felé. Morgan kapitány, a hajó ügyeletes tisztje még nem adta ki a parancsot. A hídon állva tépdeste hosszú, fekete szakállát.

– A Kormányzót kérem! – szólt szigorúan.

A hatalmas holoképen – mely ablakként is szolgált a hajón – megjelent a bolygó legerősebb birodalmának uralkodója.

– Jelentést, kapitány! – szólt szigorúan.

– Tisztelettel jelentem, a hajó kész az indulásra! A harcban nem sérült meg.

– Ezt örömmel hallom, de az aggaszt, hogy ön bosszús. Mi ennek az oka? – kérdezte gyanakvóan a kormányzó.

– Finley közlegénnyel elvesztettük a kapcsolatot – sóhajtott nagyot, de nem csak Finley-ért aggódva.

Nem is értem miért adtam neki nevet, ha mindössze annyi volt a szerepe, hogy zuhanórepülés közben összetörje az arcát. Mindegy, ha már szerepe nem sok volt, legalább neve lett neki.

– Valószínűsíthetem – folytatta Morgan a tisztelettudó jelentést –, hogy valaki vagy valakik feljuthattak a hajóra.

– Kapitány, amíg bizonyosságot nem szerez erre, nem indulhatnak el! – utasította a kormányzó. – Feltételezem, hogy a támadás célja az volt, hogy két veszélyes szökevényt akarnak visszajuttatni a bányába. Akikre gondolok, képesek ellenünk fordítani az egész ottani közösséget. Remélem tudja, hogy mekkora súllyal bírna egy ilyen felfordulás?

– Természetesen – válaszolta Morgan magabiztosan. – Mindent elkövetünk, hogy fényt derítsünk a helyzetünkre – mondta illedelmesen.

– Ajánlom is! Két órát kapnak! – jött a fenyegető utasítás. – Addig felkészítjük a Jupiter-10-et a megfelelő ellátmánnyal. Nem hagyhatjuk az Európát kiszáradni! Amíg a nyomozás tart, közelítsék meg a Holdat, de ne szálljanak le se oda, se vissza a Földre! Amennyiben Winston Salmon és Nagy Gábor a fedélzeten vannak, önök jelentik a legnagyobb veszélyt a Cégre nézve – nézett fenyegetően a kapitány szemébe és folytatta. – Ha elpusztítja őket, akár a hajóval és a legénységgel együtt, akkor hősök lesznek. Megértett?

– Mindent tisztán, uram! – mondta, és szalutált közben. – Készek vagyunk még a halálra is, mert a jövő a Profit Termelő Társaság! – ezzel elhalványult a kivetítő.

Morgan kapitány egy öreg, rutinos, nyugodt űrhajós volt, így nem idegeskedett, csak aggódott. Tudta, ha nem találja meg időben a potyautasait, az a legénysége életébe is kerülhet. Nagyon szerette hű szolgáit, de a Cég imádata – amit valószínűleg Amanda által generált tudatos impulzusoknak köszönhetett – mindenekfelett állt.

Gábenék éppen egy szűk helyen rejtőztek el. Winstonnak a történtek ellenére elég jó kedve volt. Igaz, az elmúlt pár hónapot a gyásszal és a felkészüléssel töltötte, hogy megdöntse ezt a romlott világot és visszatérjen az egyetlen otthonába, mert már nem maradt más neki, csak az Európa.

– Képzeld – szólt Gában –, egy grizzly medvével buliztam! – mesélte mosolyogva.

– Mivel? Ez most komoly? – érdeklődött Winston.

– Ja, tök komoly. Még cilindere is volt, sőt frakkja is – tett hozzá jó kedélyűen. – Gondolhatod, egyből beszóltam neki...

– Te barom – röhögött fel Winston. – És mit szólt?

– Semmit, egész este buliztunk.

Gában egy szivart vett elő, mert neki valahol mindig akadt a zsebében. Úgy vélte, bármi is történjen, akár tüdőlövés vagy éppen a fejét verik péppé, ő még elszív egy utolsó szálat.

– Azt most nem gyújtod meg, remélem – szólt Winston.

– Miért? Rohadt büdös van itt.

– Mert minket keres az egész hajó! – mordult rá Winston, és kiszedte a kezéből a szivart. – Elkezdesz itt füstölni, szerinted mennyi esély van rá, hogy nem veszik észre? – kérdezte jogosan kiakadva.

– Jó-jó, igaz, de az is, hogy rettentő ez a szag – jelentette ki és várt egy kicsit. – Te vagy az?

– Dehogy is! – felelte Winston. – Szerintem ez a szemétlerakó, aminek nem nagyon foglalkoznak a tisztaságával.

Egy ideig hallgattak, de hamar rájöttek, hogy így több figyelmet szentelnek a körülöttük lévő mocsokra és annak orrfacsaró bűzére.

– Mit csinálsz, ha visszaérünk? – kérdezte végül Winston elterelés gyanánt.

– Először is berúgok, de nagyon, és ha valaki ilyen józanító micsodákat akar a karomba döfködni, azt ízekre szaggatom, majd adok egy hatalmas pofont Andrejnek – válaszolta Gában és nevettek.

A hangulatot baljós zajok törték meg: lépteket hallottak. Amikor a zsilip kinyílt, egy megdöbbent takarító állt előttük. Meghökkenését kihasználva – miután kaptak egy adag szemetet a nyakukba – gyorsan cselekedtek.

– Hello – mondták egyszerre és lőttek kétszerre. Hiába: veszélyes üzem egy űrhajón takarítani, főleg ha két ilyen mocsok is a fedélzeten van.

Morgan kapitány – az ő nevét még sokszor le fogom írni, mert szeretem – egyből értesült a pórul járt takarító híréről, de egyben azt is megtudta, hogy bizony nagy gond van, mert „két szökevény" tartózkodik a hajóján. Eddig másfél óra telt le az idejéből, és megint lábuk kélt. Morgan – elnézést, Morgan kapitány – végigpásztázta az egész hajót, de semmi. Megnézte a gépházat, az automata konyhát, a rakteret, de még a vizestartályokat is felnyittatta. A lakórészekben az ágyak alá is benézett, és még sorolhatnám egy ilyen hatalmas űrhajónak a részeit, ahol Morgan kapitány kutatott a szökevények után, de semmi. Két perccel a határidő előtt egy vészjósló hírt is kapott: eltűnt két űrruha. Arról értesült – és meg is bizonyosodott –, hogy egyetlen zsilip sem nyílt ki a hajón, tehát kellemetlen vendégei nem hagyhatták el azt. A Jupiter-9-et teljes zár alá vette és azt is számításba, hogy leleményes utasai, ha elég időt kapnak, meglóghatnak a fedélzetről. Azt nem tudta, miért akarnak lejutni a hajóról, biztosra nem is vehette azt, hiszen éppen az volt a feltehető céljuk, hogy rajta maradnak az Európáig, de nem zárhatta ki a lehetőséget. Az idő lejárt, mint a koszos kocsmák rozoga zenegépei.

– Kormányzó – jelentette Morgan kapitány –, nem sikerült kézre keríteni a szökevényeket – sóhajtott nagyot és folytatta: – Ráadásul eltulajdonítottak két szkafandert is. A hajót nem hagyhatták el. Várom a parancsot!

Igazából sejtette is, mi lesz az: a hajó elpusztítása. Mentőakcióra nem volt lehetősége, mert akkor megadja az esélyét, hogy az egyik kabinba illetéktelen utasok kerüljenek. A Jupiter-9 begyújtotta sugárhajtóműveit, és elkezdte megközelíteni a Holdat. Elegendő távolságra ért ahhoz, hogy lőtávolba érjen, de az űrhajó felrobbanása még ne okozzon kárt a felszínen.

– Kormányzó – szólt Morgan kapitány –, öröm volt önnek szolgálni!

A kijelentést a teljes legénység tisztelgése követte, majd az égi pokol. A Holdról kilőtt lövegek másodpercek alatt darabokra szaggatták a védtelen hajót, minimális esélyt adva annak utasainak a túlélésre. Morgan kapitány – kinek nevét mégsem írtam le olyan sokszor, pedig nagyon szeretem – jó ember volt, és ezen csak egyetlen apró hibája ejtett szégyenfoltot, ami a végzetes katasztrófához is vezet: az a szürke, nagyon szürke lelke, ami csakis a Cég hűségéért létezett.

6.

Szabadságharcok, forradalmak, helyi lázongások a történelem folyamán sokszor pont az ellenkező eredményt érték el. Megtorlást, a nép szenvedését, holott annak a felszabadítása volt a céljuk. A mostani megmozdulás sem okozott mást, mint a Céget ráébresztette, hogy mindig akadhat újabb ellenség, aki kellemetlen meglepetéseket tud okozni. Edward Greenfield kicsit türelmetlenül töltötte meg poharát kedvenc Dalmore whiskyjével, természetesen jeget nem rakott bele. Nagy nap volt ez számára, ugyanis nagyon jó híreket kapott egy grizzly medvétől. Amikor kinyílt a trónterem ajtaja, stílusosan háttal ült vendégeinek. Egy korszerű, nagyon kemény, és szinte súlytalan páncélba öltözött medve lépett be rajta, mancsában szorongatva egy 20 év körüli, hosszú barna hajú, smaragdzöld szemű lányt, aki borzalmas állapotban volt. Testéről úgy folyt a vér, mint egy komoly kardióedzés közben az izzadság a sportolón. Alig volt eszméleténél. Mr. Smith ledobta a földre, és némán kisétált a teremből.

– Ennyi idő után – szólalt meg Greenfield – nem tudom, milyen érzés lesz a szemedbe nézni.

Elgondolkozott egy darabig, s közben örömmel hallgatta a háta mögül érkező, kapkodó lélegzeteket.

– Igazából nem vagyok dühös rád. Talán egy picit haragszom, de nem tehetsz róla, hogy nem jöttünk ki jól egymással.

Elővett még egy üres poharat és megtöltötte Dalmore-ral, de nem fordult meg.

– Egy kicsit csalódott vagyok – jegyezte meg és szivarra gyújtott. – Egyszerűen képtelen vagyok elhinni, hogy ilyen ostoba voltál! Áruld el, miért vettél részt személyesen az akcióban? Nelson az életéért küzdött, és nagyon nehezére esett megszólalni. Örülhetett – ha lehet az ilyen helyzetekben ilyet állítani –, hogy fiatal teste keményen állta a megmérettetést. Most erőt vett magám és ennyit közölt:

– Belefáradtam – mondta alig hallhatóan, majd egy mély lélegzet után folytatta – mindenbe...

– Előbb is elfáradthattál volna – szólt Greenfield –, nem gondolod?

Amikor megfordult trónjával, megdöbbent a viharvert szépség láttán, aki még ilyen rossz állapotban is gyönyörű volt.

– Más körülmények között – folytatta Greenfield – szép párt alkotnánk – nevetett egyet. – Persze ha nem a te rusnya lelkedet rejtené ez a test.

A kormányzó felkelt a trónjából és Nelson felé sétált, majd leguggolt mellé. Az egyik poharat a szenvedő felé nyújtotta, aki kiverte a kezéből, és a kincset érő ital a földön végezte.

– Jól van – mondta Greenfield –, semmi gond. Tudod, aki utoljára ilyet tett, hamar elérte utána a vég. Ő is játszadozott velem – nagyot kortyolt a poharából. – Peter sem értette meg, hogy senki fia – nézett végig Nelson haldokló testén – vagy lánya nem ér fel Edward Greenfielddel.

Edward belekapott Nelson hajába, hogy felemelje a fejét, mert az már alig tudta tartani azt.

– Mielőtt végleg kiszenvednél, áruld el: miért küldted azt az üzenetet a Jupiter-9 fedélzetére!? Tudhattad, hogy így rád találunk, és amúgy sem menekülhettek a hajóról. Akkor meg miért? Nelson! Nelson! – üvöltött egyre hangosabban az ájuldozó emberhez. – A hajó elpusztult és neked is véged. Győztem! – jelentette ki diadalmasan, de közben Nelson legyengült karjával Greenfield vállára kapaszkodott.

– Edward – szólt.

– Igen? – érdeklődött kíváncsian Greenfield. – Mit szeretnél mondani?

– Gonosz vagy, és utolér a kárhozat!

Nelson lehajtotta fejét és amolyan utolsó véleménynyilvánításként egy jó véreset köpött Edward whiskyjébe, majd összeesett.

Edward Greenfield régen nem érzett ilyen haragot magában. Úgy tervezte, hogy miután kifaggatta ellenségét, a hasznos információkkal ellátva kényelmesen nézi végig, ahogy annak a lelkét ízekre szaggatja a Verkinson-kamra. De se infó, se élvezet nem maradt régi vetélytársából, csak egy üres, holt tetem. Idegesen a földhöz vágta a poharát és üvöltött:

– Nikol! Nikol! – ám ekkor történt valami váratlan...

IX

Λ Föld felett

1.

„A hajót megsemmisítik! Ismétlem, a hajót megsemmisítik! Meneküljetek! Sok szerencsét! Isten veletek! Nelson..."

Milyen egyszerű az egész, csak el kell menekülniük. Nem sokkal hasznosabb tanács ez, mint amikor a fociedző – soksok éves tapasztalattal és hatalmas taktikai érzékkel – annyit mond a játékosoknak, hogy rúgjatok gólt? Végül is ennyi a lényege: rúgjatok gólt... De hogy hogyan, miként, azt nem tudjuk. Eszembe jutott egy bölcs bokszedző is, aki tanítványát a leghasznosabb tanáccsal látta el: odamész, azt kiütöd! Érted? Mi sem egyszerűbb...

Winstonékat azért nem kellett félteni: ahogy megkapták a vészjósló üzenetet, akcióba léptek. A hajó nem volt teljesen ismeretlen számukra, mivel jó pár hetet töltöttek egy ilyen típusú űrhajón a Földre jövet. Tudták, honnan lehet ételt lopni, amíg a legénység hibernálva van. Tudták, hol tudnak megmosdani, és azt is tudták, hogy ezek az információk most semenynyire sem segítik ki őket, mint ahogy az sem, hogyan lehet a WC-t lehúzni egy űrhajón. Úgy döntöttek, hogy az ismerkedés, akkor is, ha éppen a halál leheletét érzik, egy nagyon hasznos dolog. A halál nem szokott fogat mosni, ezért elég kellemetlen az érzés.

Usher Mambua, a hajó gépésze volt a szerencsés áldozat, akitől végül segítséget kértek. Ushernek természetesen esze ágában sem volt a Cég ellenségeinek segíteni, de tudjuk, mennyire meggyőzőek tudnak lenni Gábenék. A legnehezebb része az volt az egésznek, hogy észrevétlenül mögé kellett lopakodniuk, hogy az Antivenenummal kisüssék a Parazitáját. Hamar meg is történt a csodás esemény, noha ettől Usher nem repesett az örömtől, mivel ez rettentő fejfájással jár.

Nem baj, majd később meghálálja – gondolták.

Amikor feleszmélt a hirtelen sokkból, két szkafanderes fogott rá fegyvert. Mondtam, hogy elég meggyőzőek tudnak lenni, főleg mert a modern űrruhák inkább hasonlítanak egy gyorsasági motoros öltözékéhez, csak még annál is menőbbek. Nem úgy, mint a régi idétlen és kényelmetlen elődeik.

– Meg akarsz halni a Cégért? – kérdezte Gáben eltorzított hangon, hogy még rémisztőbb legyen.

– Már nem – felelte helyesen Usher –, valahogy most már nem...

– Remek – jegyezte meg Winston, aki sokkal kedvesebb volt, mint bajtársa. – Akkor segíts lejutni a hajóról mielőtt „bumm-paff-viszlát"!

– Jó – mondta Usher. – Jó – ismételte. – Húzzunk innen gyorsan!

Gáben felsegítette újonnan szerzett cimborájukat a földről. Usher ismerte az egész hajó minden zegzugát, tehát állati nagy szerencséjük volt, hogy nem a szakácsból csináltak új szövetséges. Biztos csinált volna egy isteni omlettet utolsó vacsoraként, de maximum ennyire futotta volna tőle. Bevallom, ez hatalmas kihívás lett volna, mivel nem szolgált szakács ezeken a hajókon. Usher gyorsan magára húzta személyes űrruháját, amit Gáben őszintén irigyelt tőle, mert amíg az ő szkafanderük fehér-kék színben pompázott, Usheré fekete-piros volt. Sokkal menőbb. Gábennek ezek az apróságok nagyon fontosak voltak, mert túl-élni-túlélni kemény dolog, de túlélni stílusosan, na, az már valami! Usher terve jónak bizonyult. Zseniálisnak nem mondanám, mert itt-ott feltűnt egy-két bökkenő.

– Szóval – szólt Usher – ha megkezdik a bombázást, egyidő-ben azzal kirobbantom ezt a zsilipet, és a hajó robbanásának lökéshullámával a törmelékek árnyékában a Holdra sodródunk. Ne aggódjatok, a ruhával tudtok manőverezni az űrben! Korábban nem robbantok. Jól kell időzítenem, hogy azt higgyék, ez is már a hajó pusztulásának a része.

– Értem – mondta Gáben –, de honnan tudod, hogy mikor kell robbantanod? Hallani fogod az ágyúk dörrenését?

– Azt nem, mert az űrben nem terjed a hang, de a becsapódást észre fogom venni.

– Elnézést – szólt közbe Winston –, de mi lesz, ha mondjuk először ide lőnek?

– Hát – felelt Usher –, akkor bizony szevasz...

– Ennyi? – kérdezte Gáben, mert egy kicsit felhúzta magát a dolgon – Akkor szevasz? Mégis mennyi idő, mire ezt a tragacsot szétlövik?

– Az első löveg becsapódásától számítva – felelt Usher – körülbelül 50 másodperc, vagy kevesebb – belenézett Gáben szemébe és hozzátette: – És nem tragacs...

– Micsoda? – kérdezték ketten egyszerre, de hirtelen vége lett a párbeszédnek, mert egy hatalmas rengés rázta meg a hajót.

2.

A Hold felszíne nem a legvadregényesebb táj, sőt mondhatni elég unalmas. Azon kívül, hogy páratlan panorámát nyújt a Föld felőli oldala, nem a legkedveltebb turistacélpont. Igazából nem is járnak turisták a Holdra. A sötét oldala – ami igazából helytelen kifejezés, hiszen olykor tiszteletét teszi a Nap fénye oda is – elég kopár. Viszont amikor sötétség van, gyönyörű kilátást nyújt a csillagok milliárdjaira. A felszínén itt-ott külszíni fejtéseket lehet látni. Hiába, az ember ilyen: ha valahova beteszi a lábát, nem tudja nyom nélkül elhagyni azt. Egy időben bányásztak a Holdon, de hamar rájöttek, hogy nem a legcélszerűbb lehordani a kis égitestet a Földre, mert annak tömege túl nagy hatással van a bolygó életére, ezért berekesztették a további kitermelést. Egy ilyen külszíni fejtés szélén három ember üldögélt. Kettő menő, és egy nagyon menő űrruhában.

– Mennyi esély volt rá, hogy mind a hárman épp bőrrel megúszszuk? – kérdezte Winston.

– Csekély – felelte Usher, akit ezentúl is csak így hívok, mert a vezetéknevét elfelejtettem. – Talán még annál is kevesebb – helyesbített.

– Én beütöttem a könyököm – panaszolta Gában, de a többiek erre csak felnevettek. – Nem olyan vicces! Rothadtul fáj! – tette hozzá, majd senki se tudja honnan, egy szivart vett elő. Két bajtársa meglepően fogadta a jelenetet.

– Ha meg is tudnád gyújtani – vélekedett Usher –, akkor sem tudnád elszívni.

– Tudom – bökte ki Gában, és a köpött egyet.

Igen, köpött szépen, komótosan a sisakja üvegének belsejére. Megpróbálta letörölni, de csak kívülről simogatta az üveget. Egy vállrándítás közben eldobta a szivart, ami a 0,1654 G gravitációnak köszönhetően szépen, kényelmesen ereszkedett le az előttük tátongó lyukba. Pontosan 1/6-od gyorsulással ahhoz képest, mint odahaza, a Földön. Igazából a bányászatnak köszönhetőn már kicsivel kevesebb volt a Hold gravitációs vonzása 0,1654 G-nél, de pontos adatokat nem tudok.

– Van egy ötletem – szólalt meg Winston. – Keressük fel azt a holdi paradicsomot!

Gábennek erre felcsillantak a szemei.

– Hoppá – mondta –, ez az! Rontsuk ott egy kicsit a levegőt, ha már itt vagyunk! – majd felpattant.

– Hogy mit? – értetlenkedett Usher.

– Majd meglátod – felelte Winston. – Keressünk egy magasabb pontot, hogy körbenézzünk!

Usher nem vitatkozott, bár gőze sem volt, miről beszélnek, de gondolatait más dolgok kötötték le. Érzelmek, méghozzá szokatlanul erős érzelmek. Ahogy az adrenalin kezdett tisztulni szervezetéből, úgy foglalta el annak helyét a bánat, szomorúság és az üresség. Nem véletlenül: sok jóbarátot vesztett el másodpercek leforgása alatt, és eddig szürke lelke kezdte visszanyerni változatos színeit. Érzelmek, méghozzá szokatlanul erős érzelmek.

Jó darabig bandukoltak, mire rájöttek, hogy a holdi élet biztosan nem az árnyékos oldalon van, mert magukon kívül semmilyen fényforrással nem találkoztak. Könnyedén tették meg a hatalmas távolságokat, köszönhetően a megszokottnál alacsonyabb gravitációnak és az alig pár kilós űrruhának. Az egyetlen probléma az unalom volt. A Hold felszíne tényleg unalmas. Főleg sötétben az, és nem lehet folyton az eget bámulni, mert elbotlik az ember. Nagyot azért nem esik, de egy idő után bosszantó lehet.

– És ti mivel foglalkoztok? – kérdezte Usher kíváncsian.

– Jelenleg – válaszolt Gáben – a Holdon keressük az értelmes életet...

Nem nagyon faggatózott tovább. Később sikerült szóra bírnia Winstont, aki elmesélte, mik történtek velük és megnyugtatták: helyesen döntött, hogy csatlakozott a lázadáshoz. Egy kiváló mérnök mindig jól jöhet. Ez a remek mérnök a hallottak után ismét új érzelmekkel találkozott. Gyűlölet és harag...

Amikor átértek a Hold másik oldalára, csodálatos látvány tárult eléjük. A bolygó, mely életet adott nekik, lélegzetelállítóan tündökölt az égen. A Föld, ami oly sok gonoszság, oly sok kegyetlenség otthona volt, még csak félig tűnt fel a horizonton, de ez a páratlan panoráma hőseinket is egy apró pihenőre késztette.

– Azon gondolkozom – szólalt meg Winston –, vajon honnan lőhették ki a hajónkat?

– Miért fontos ez? – érdeklődött Gáben.

– Ha elfoglalnánk – folytatta Winston –, talán megfenyegethetnénk a kormányzót. Nem tudom például, hogy a Földre veszélyes-e az a bázis?

Usherre nézett, hátha választ kap tőle.

– Nincs lőtávolban – felelte a mérnök.

– Akkor meg – vágott közbe Winston – mi értelme van egyáltalán? – kérdezte.

– Biztos a holdiakat védi – szólt bele Gáben.

– Nem foglaljuk el? – kérdezte Winston. – Usher, körülbelülre ki lehet számolni, hogy merre van, nem igaz?

– Azt a pontot – felelte Usher –, ahonnan lelőtték a Jupiter-9-et, meg tudom határozni, mivel ismerem az utolsó helyzetét is a hajónak.

Miután kimondta, sisakjának üvegén felvillant pár, Gábenék számára teljesen értelmezhetetlen számokból álló valami.

– Kövessetek!

– Nem akarok akadékoskodó lenni, de – mondta Gában – mi a szarért nem egyből oda indultunk? Tuti ott van a holdi paradicsom is. Miért kellett összevissza kolbászolnunk? – méltatlankodott.

– Kaland – felelte Winston.

– A faszomat már a kalandokba...

Ezt remélem, nem kell mondanom, hogy nem Usher fűzte hozzá. Ő teljesen nyugodt volt, mert az elejétől tudta, hogy nem teljesen céltalanul bolyonganak, csak kíváncsi volt a Holdra, így tettek pár kitérőt. Az előző számolgatás is csak afféle parasztvakítás volt. Szíve szerint még ment volna pár kört, hogy jobban szemügyre vehesse a Föld körül keringő Holdat, de Winston közbelépett, tovább nem húzhatta. Nem sokkal később – egy-két domb és jó pár kilométer után – Usher törte meg a fáradt csendet.

– Elméletileg a következő hegy lábánál ott kell, hogy legyen a lőállás.

– Remélem is – szólt Gában lihegve –, mert elég volt már ebből az egészséges túrázásból!

Nagyot nyögött és egy kimerült, éhes ragadozó vágyakozásával tette hozzá:

– Cigi, pia, nők...

3.

A hegy tetejéről látták a holdi csodát, ahogy az anyabolygó teljes egészében, tekintélyét megkérdőjelezhetetlenül, emberfeletti gyönyörében uralja a látóhatárt. A három néző teljesen döbbenten, tátott szájjal vette tudomásul, hogy ott állnak a Föld felett, csak ők az egész világ felett. A hosszú ideig tartó ámulatnak Gában vetett véget.

– Na, látjátok – mondta –, egy ilyen panorámához úgy meginnék egy jó italt.

– Nem kell ehhez semmi – szólt Winston a döbbenettől alig artikulálva.

– De – vágott vissza Gáben –, határozottan kéne egy finom whisky meg egy szivar. Nem gondolod? – kérdezte Ushertől, és felé fordult.

– Én nem gondolok – válaszolta –, nem gondolok most semmit. Letörölte volna a könnycseppet, ami éppen az arcán siklott végig, de a sisakjától ez lehetetlen volt.

Mi ez? – kérdezte magában.

Nem ismerte fel a meghatódottságot. Sohasem érezte, és az új érzés hatalmába kerítette. Meghatódott, méghozzá életében először. Olyan csodálatos volt a harag, a bánat és a gyűlölet után, hogy szíve szerint – amit helyesen a lelke szerint kéne mondani – elsírta volna magát. Esetlen, zokogó kisgyerekként bömbölne, mert kezdett tudatosulni benne, hogy mennyi mindent hagyott ki az életéből, hogy az érzelmek mennyire kidíszítik a világot, és a Cég mennyire önzően veszi el ezt az emberektől. Végül pedig az járt a fejében, hogy szereti-e a feleségét vagy csak érdekből van vele, vagy egyáltalán mi történik most? Most, hogy ott állt a Föld felett, előtört belőle az érzelmek vegyes kavalkádja és büszke férfiként is csak sírna, mint egy gyenge gyermek. Hiszen milyen csodálatos és gyötrő egyszerre ott állni a Föld felett!

– Hát jól van – szólt közbe Gáben, és lefelé mutatott a lejtőn. – Látjátok alattunk azt a sötét, élettelen várost? – kérdezte.

Winston lenézett és megszólalt:

– Az lenne ott a híres holdi paradicsom? – kérdezte elkeseredetten.

– Nincsen holdi paradicsom – szólalt meg Usher. – Miért is lenne? Teljesen egyértelmű, hogy nem létezik. Nem értitek? – De nem értették, csak figyelték a csendes, kihalt város romjait.

4.

– Jó reggelt kívánok, kedves Euréna kisasszony! Hogy tetszik lenni ezen a gyönyörű reggelen? – kérdezte a jól öltözött férfi a felé sétáló nőtől.

– Nagyon szépen köszönöm és viszont kívánom, Pondemone úr! – jött a válasz, majd kezét kecsesen a férfi felé nyújtotta, aki ezután kezet csókolt neki.

– Volna kedve – kérdezte Pondemone –, kedves Euréna kisasszony, velem tölteni a reggelt egy csésze kávé mellett, miközben megcsodáljuk anyabolygónkat?

– A csésze kávé és az ön társasága, Pondemone úr lekötelez, de nekem már nem jelent semmit a pórnép otthonában gyönyörködni.

– Ez esetben – jött az udvarias válasz –, kedves Euréna kisasszony, szeretném, ha meglephetném, és úticélunk ismeretének hiányában rám hagyatkozna.

– Oh, Pondemone úr, ön mindig olyan rejtélyes úriember! Azt hiszem, ezt a kockázatot vállalhatom – felelte, majd belekarolt a férfiba, hogy az nyugodtan vezethesse.

Valahogy így hangozhattak a társalgások a Holdon, amíg a legfelső elit otthona volt. Őszintén, a fejem is belefájdult, míg leírtam ezt a párbeszédet. Sohasem mondták, hogy könnyű lesz, úgyhogy be is veszek egy fájdalomcsillapítót, mert vissza kell térnünk Pondemone „csodálatos" napjához.

Kecsesen kimért, nyugodt léptekkel sétáltak át egy fából faragott hídon. A korlát virágokkal és szalagokkal volt díszítve. Nem, semmilyen ünnepélyre nem kell számítani, ez a sima hétköznapokon is úgy festett, mint egy túlgondolt lakodalom. A mesterséges patakban pisztrángok ugráltak fel, a narancssárgán világító aranyhalakat kikerülve. A híd közepén megálltak.

– Nem gondolja, kedves Euréna kisasszony, hogy mennyire csodálatos az élet? – kérdezte a férfi nyájasan, de szerintem inkább nyálasan.

– Ne bolondozzon velem, Pondemone úr! – ívelt egy piroskás mosoly a lány ajkán. – Ez természetes. Hallgassa csak a tavaszi trumedárok énekét! – mondta, majd hallgattak.

A tavaszi trumedárok – csak egy kis háttérinformáció, hogy el tudjuk képzelni, mennyire idilli is a környezet – a fák sűrűjében többszólamú kórusokban énekelnek. Hangjuk a hárfáéra hasonlít. Minden kórusban van egy szólista trumedár, aki az orgonához hasonló hangon énekli a vezérszólamot. Ha szerencsés az ember és egymáshoz közel van két ilyen kórus, akkor hallhatja a ritka, oda-vissza éneklő madarak játékát. Ilyenkor a szólisták hegedűhöz hasonló énekkel versenyeznek. Természetesen éppen egy ilyen helyzet alakult ki.

– Tudja, kedves Euréna kisasszony, nekem van otthon egy trumedárkórusom.

– Oh, ön, Pondemone úr, tele van meglepetésekkel – karolt szorosabban a férfiba, majd érdeklődve kérdezte: – Ha nem veszi tolakodásnak, és véletlenül se értse félre kérdésemet, mert mindig öröm önnel tölteni az időt, de kíváncsiságom túlcsigáz: meg tetszik mondani, mégis merre tartunk?

– A kíváncsiság, tudja, kedves Euréna kisasszony, öregíti a bőrt. – Itt egy kis szünetet tartott. – Nem mintha kételkednék, hogy magának még az is csodálatosan állna.

– Oh, Pondemone úr, ön mindig olyan kedves hozzám – karolt elpiruló arccal szorosabban a férfiba.

Egy kis utcán sétáltak. A kellemes mesterséges fény, a kedvező páratartalom és a madarak éneke – párosulva a felettük tátongó, csillagos égbolttal – mindig idilli, romantikus hangulatot nyújt a Holdon. Vagyis csak nyújtott, mert ez már nem létezik. Remélem, az olvasónak is kezd elege lenni az itteni dialektusból, de türelem a hosszú élet ritka! Amikor megálltak egy ház előtt, Euréna szólalt meg először.

– No de Pondemone úr, hát ez az ön háza! – mondta és nagyot kacagott, de csak olyan úrinősen.

– Megkérdezhetem, kedves Euréna kisasszony, hogy befáradna-e meginni velem egy csésze kávét?

– Örömmel, Pondemone úr, örömmel – érkezett a kielégítő válasz, majd elindultak a márványos úton a ház felé.

Ahogy beértek a házba, ruháikat ledobták. Az összeset. Alig telt el pár perc, és Euréna a férfin lovagolt.

– Oh, igen... Szedj darabokra, te vadállat! Gyerünk, adj nekem... – nyögte, és így tovább.

A „Jézusom" kifejezést már elfeledték a modern nők. Valószínűleg ebben a férfitársadalom keze is benne volt, mivel elég kevés férfit hívtak Jézusnak, és mint ahogy a nők sem, ők sem szerették, ha más nevet üvöltenek az ágyban a fülükbe lihegve... Elég csúnya bonyodalmak születtek már abból, ha egy Évát ledóriztak, lekatáztak vagy leandrisoztak közösülés közben.

Gondolom feltűnt, hogy a Holdon házon belül egy picit mások a normák, mint az utcákon. Enyhén képmutatónak találom, de mit lehet ez ellen tenni? Semmit, mint ahogy az ellen sem, hogy nem részletezem tovább a bent történteket. Annyit még elárulhatok, hogy Pondemone csakis Eurénának szólította a nőt, így remekül érezték magukat és semmi problémájuk nem volt. Még...

A város feletti üvegkupola hirtelen átváltozott Edward Greenfieldre, aki így szólt:

– Holdi polgárok, jól figyeljetek rám! – parancsolta, s az utcákon megállt az élet.

Egyedül egy félreeső utcában halkan hallatszódott ki valami ilyesmi, hogy „oh, Pondemone, csak így tovább", de ezen kívül néma csend figyelte a kormányzót.

– Négy nemzedéket neveltem fel itt. Sokat gondolkodtam, mégis mi értelme volt az egésznek. Hittem egy időben abban, hogy lesz egy elit, kulturált társadalmi réteg, amely uralkodhat a tömegeken. De rájöttem, elég vagyok én is egyedül. Gondolkoztam, hogy milyen profitot tudok csinálni ebből az elkényeztetett csürhéből és rájöttem: semmilyet. Az egyetlen értelmes döntés, hogy a Jövő PTT megválik önöktől.

Itt tartott egy apró hatásszünetet míg rágyújtott, és mindössze ennyit fűzött hozzá:

– A soha viszont nem látásra!

Ezek után nevetett és önelégülten nézte végig, ahogy a levegőfenntartási rendszeren keresztül mérges gázt engednek be az egész holdi városba. A pánik leírhatatlan volt, kivéve egy kis, félreeső utcát, ahol az utolsó mondat így hangzott:

– IGEN, oh... Mindjárt, oh... Oh, jöv...

5.

Az Elfeledtetett Lexikon 69. cikkelye:

A művészet (részlet)

„A művészetek néhanapján túllépnek az emberi jóérzés határán. Persze ez teljesen egyénfüggő, hogy kinek hol áll meg a toleranciaszintje. Egy szó, mint száz: valakit hamarabb, valakit meg sohasem tudnak kiakasztani. Adtak már el majmok által festett képeket drága pénzért, és halt már meg zseniális festő szegénységben. Volt egyszer egy nő, aki nemes egyszerűséggel kirakta a vagináját az utcán és azt írta mellé, hogy PINA. Bele lehet menni végtelen vitákba, hogy ez most művészet vagy sem. Teljesen mindegy; valakinek az, valakinek nem. Ha esetleg ismerik a „Munkás a szélben" című remek alkotást, akkor tudják, hogy a kép sem nem szép, de legalább bárki le tudná festeni. A lényeg: nem bárki festette, és ettől máris művészi értéke lett. Félreértés ne essen, én nem akarom itt az alkotó munkáját kritizálni, mert nekem is rosszulesett általános hatodikban, hogy a „Jegesmedve a hóviharban" című rajzomra egyest kaptam. A lényeg, hogy a művészet egy nagyon tág fogalom, és rengeteg dolog belefér."

Ha már itt tartunk, akkor a következő alkotás is lehet művészet, noha nem annak szánták, de kellő rosszindulattal mondhatjuk, hogy az. Az alkotás egy szeretkező párt ábrázol a beteljesedés közepén. Ez úgy alakult ki, hogy a mérges gáz, amit Greenfield költséghatékonyságból a Holdra eresztett, azonnali hullamerevséget okozott és tartósított, így Euréna és Pondemone utolsó aktusa szobrot alkotott, amit Winstonék ebben a pillanatban próbálnak megfejteni.

– Tök jól csinálja – szólalt meg Gáben.

– Mit és ki? – értetlenkedett Winston.

– Hát a srác – felelte Gáben. – Nézd meg, mennyire jó szögben van a csípője! Imádják a nők, ezt jól tudom.

– Egy kicsit sincs benned együttérzés – vágott közbe Winston –, hogy milyen szörnyűség történhetett ezekkel az emberekkel?

– És ha jól megnézed a lány arcát – folytatta Gáben a kérdést meg sem hallva –, láthatod, hogy éppen orgazmusa van. Talán nem is az elsőnél tart – elmélkedett, majd megkérdezte: – Ti mit gondoltok? Nem szép?

– Mi a baj veled, ember? – fakadt ki Winston. – Nem érdekel, hogy egy egész várost kiirtottak? Micsoda szenvedés lehetett...

– Egyáltalán nem érint meg a dolog, és őszintén mondd már meg – emelte fel a hangját –, ezek itt úgy néznek ki, mint akik éppen szenvednek?

– Nem hiszlek el, komolyan.

– Nyugodjatok meg! – szólt Usher.

– Én nyugodt vagyok – felelte Gáben. – Wini, higgadjál már le! Ezek itt a holdiak. Élősködő, elérhetetlen istenek. Elérhetetlen? Haha. Valamit ők sem tudtak elkerülni.

Miután kimondta, köpött egyet ismét a sisakjába. Pedig az előző már éppen megszáradt...

– Hogy lehet ennyire kegyetlen valaki? – kérdezte Winston, miközben a szoba ablakán kipillantott a halottakból álló szoborparkra.

– Miért, amit velünk csináltak? – szólt Gáben. – Gondoltad volna, hogy olyan dolgokért kell bűnhődnünk, amikről nem is tehetünk?

– Arra célzol, ahogy a lelkünk miatt félreraktak?

– Pontosan. Csak azért ölték meg anyut, hogy végre olyat tegyek, amivel egy életre elzárhatnak – sóhajtott nagyot közben. – Veled persze nehezebb dolguk volt! Te jó ember voltál – mondta, majd Winstonra nézett. – Tőled elcsalták a szabadságod és ami még rosszabb, hogy a családod – vett egy mély lélegzetet. – Kibaszott kamu számlák, hogy eladósodj...

Ebben a pillanatban mintha ők is megfagytak volna. Némán álltak egy darabig, mintha az egyperces csenddel tisztelegnének a Jövő PTT áldozatai előtt. Winston leült az ágy szélére és szomorkásan kérdezett:

– Szerinted mi lehet velük? Van remény, hogy élnek még?

– Nelson szerint nincsen.

Odasétált barátjához és a vállára tette a kezét.

– Mivel az volt az egyezség, hogy amit termelsz, abból őket eltartják. De mi nem termeltünk magunknak semmit, és amint látod, aki nem válik hasznára a Cégnek, jobb, ha új lakhely után néz.

– Ne haragudj, hogy lehordtalak – mondta Winston.

– Rá se ránts! – válaszolta Gáben és megveregette Winston vállát. – Engem már csak egy dolog érdekel. Hogyan győzzük le a kormányzót?

– Nem lehet, hogy Nelson is csak felhasznál minket és hazudott nekünk, hogy mellé álljunk? – kérdezte Winston. – Nem lehet, hogy Andreáék még élnek valahol, és miattam szenvednek, mert belázadtam?

Miután kimondta, hosszan bámulta a padlót. Usher közben elhagyta a szobát.

– Wini, mindenre fényt derítünk! – jelentette ki Gáben. – De a Cég bűneit nem feledhetjük!

– Nem – vágott közbe Winston. – Azokat nem – nézett gyűlölettel, haraggal maga elé. Valószínűleg ebben a pillanatban Winston lélekrajzában a vörös legsötétebb árnyalata uralkodna, ha megvizsgálnák. Gáben látta barátjának arcán az indulatok összemosott kavalkádját, talán még olyanokat is észrevett, amik nem is igazán léteztek e világon, ezért úgy döntött, hogy a legjobb pszichológiai módszert alkalmazza, amit szerinte férfin tanácsos ilyen esetben.

– Egy nyugtató pofon? – kérdezte, mint valami állatias felhívásként egy igazi hím-keringőre.

A szemben álló fél nem várva, felelet helyett egy hatalmasat sózott Gáben sisakjára, aki ezzel a csekély gravitációnak köszönhetően szépet repült a falnak. A földre huppanva leporolta magát és elégedetten konstatálta, hogy Winston elfogadta a táncot. Felszívta magát, lendületből nekirontott páciensének és felöklelte, majd a földre estek. Ha valaki véletlen arra tévedne – amit teljes felelősségtudattommal kijelenthetek, hogy kétlem –, azt hinné, hogy itt életre-halálra megy a küzdelem. Gurultak, forogtak, itt-ott be-becsusszant egy-két kellemetlen könyökös. Winston ügyesen kivágta magát a hatalmas gorilla szorításából és alulról úgy hasba rúgta, hogy az felemelkedett a levegőbe és egy pillanatig ottragadt, és csak utána zuhant vissza a földre. Winston ez idő alatt kigurult alóla, de hirtelen egy szorítást érzett a lábán és máris a levegőben volt; Gáben úgy dobta neki a falnak, hogy közben Pondemone-ék násza felett repült el. Mindkettejük fejében egy közös gondolat lobbant lángra, mégpedig az, hogy igazán szórakoztató alacsony gravitációban verekedni. Winston kikapott az elit-sznobok alól egy párnát és Gábenhez vágta, aki erre harsányan felröhögött.

– Tárgyhasználat nem volt a szabályok között! – szólt, és a mutatóujját rázta Winston felé.

– Nem voltak szabályok lefektetve – érkezett a válasz szégyenérzet nélkül.

Sokáig nem élvezhette a tűzszünetet, mert Gáben mosolyogva felé dobott egy szekrényt, ami elől alig tudott kiugrani a szobából. Nagy szerencséjük volt – de ezt csak halkan jegyzem meg –, hogy ezek a modern űrruhák elég strapabírók, és kibírták az eddigi összecsapást. Az óriás utánarohant, de amikor kiért az ajtón, harci kedvét levetkőzve megállt barátja mellett. Fegyvertelen emberre nem támadunk, szól a mondás, és Winston háttal állt neki, mert belefutott Usherbe, akiről senki sem tudta, hogy merre járt ez idő alatt. Aggodalomra semmi ok! Mindjárt kitalálom.

– Általános zűrzavar! – szólt hangosan.

6.

Usher Mambua – hoppá, eszembe jutott a vezetékneve! – kilépett a házból és határozott léptekkel indult neki a kihalt, lehangoló városnak. Viselkedését nem a céltudatosság, inkább a szorongás leküzdésének kísérlete motiválta. Rettentően nyomasztó volt az emberi szobrok között sétálnia, melyek valamikor hús-vér emberek voltak, akiknek az élet csúnyán hátat fordított. Mellkasára tompa súly helyezkedett, és egyre erősebben lüktetett fejében a vér. Futni kezdett, mert úgy érezte, elveszíti elméje felett az irányítást. Szégyen a futás, de haszontalan, főleg akkor, ha nem is kergetik az embert, akkor meg minek? Felesleges energiapazarlás.

Usher esetében viszont nem volt teljesen haszontalan futni – akinek nevére megint nem emlékszem teljesen –, mert őt nem ember, állat vagy tévhit kergette éppen, hanem a leggonoszabb létező jelenség, mellyel felvenni a versenyt olykor nagyon nehéz vagy teljesen lehetetlen: az idő. Végtelenségig mégsem maradhatnak itt, mert ez már nem az a luxushotel, ami régen volt Hold. Szóval szorít a mellkas, szorít az idő, és szorít az olcsón vásárolt alsónadrág is. Hiába, fehérneműre még nem állítottak ki próbafülkét. Az ilyen esetekre mondják azt, hogy az ember kutyaszorítóban van? Könnyen lehet, de hogy őszinte legyek, nekem erről fogalmam sincs.

Usher futtában, amikor éppen kezdett mellkasának szorítása engedni, elbotlott. Felfelé nézett, mert ott volt az üvegkupolán keresztül az a gyönyörű égitest, a Föld, és nem figyelte a talajt. Most képzeljük el, hogy milyen érzés lehetett neki, hogy elgáncsolta a holdi postás! Ezzel még nem is lenne nagy gond, hiszen láttunk már mogorva postásokat, de ez már mozdulni sem tudott. Kirúgta a lábát egy szobor. Mondhatni nem szép dolog, hogy halálában is embereket rugdos fel egy nyugtalan postás; hát nem mindegy már neki? De nem, ő még utoljára kirakta a lábát szegény Usher útjába, hogy jól megmutassa, milyen fontos ember volt. Feltápászkodott a földről, nem kért elnézést a postástól és felnézett megint, de most nem a bolygót nézte, ami felsőbbrendűen bólintott le rá, hanem egy tornyot látott, ami a város fölé emelkedik.

Valami megfigyelőállás lehet – gondolta magában és elindult, hogy felderítse a kísértetkastély elátkozott tornyát.

Usher nem volt teljesen elveszett ember annak ellenére, hogy a számára ismeretlen érzelmek folyamatosan lekötötték figyelmét. Mérnök lévén racionális gondolkodó volt és tudta, hogy most a legfontosabb lejutni valahogy erről a szürke, barátságtalan kőtestről, mely a Föld körül olyan kitartóan kering évezredek óta. Amikor odaért a torony aljához, észrevette, hogy a lift kiábrándítóan nem működik. Az ajtaját sikerült nagy erőfeszítéssel kifeszítenie egy nagyobb fémrúddal. Ekkor fedezte fel a felvonó makacs magatartását, hogy nem hajlandó üzemelni se az ő kedvéért, se máséért. Hiába, ilyenek ezek az áram nélküli liftek: makacsul lusták és makacsul nem dolgoznak. Usher Mamdaba – ja nem, de mindegy – meglátott egy hosszú, határozott, büszke létrát az aknában, ami a torony tetejéig ért, határozottan hosszabban, mint büszkén. Felkapaszkodott és nekiugrott. Félúton lehetett – legalábbis azt hitte, kb. a negyedénél volt –, amikor jól érezte, hogy őt az eszéért és nem az edzettségéért alkalmazták anno gépészként. A torony nagyon magas volt, de a gravitáció 1/6, szóval igazán semmi oka nem lett volna panaszkodni, mégis úgy érezte, hogy ez már pofátlanság. Pedig – pediggel nem kezdünk mondatot – a létra határozott volt és büszke, meg nagyon hosszú, de semmiképpen sem pofátlan.

Amikor sikeresen felszenvedte magát, úgy érezte, hogy mégis csak kifizetődő volt megtenni ezt a büszkén hosszú utat. Páratlan panoráma fogadta, melyet a két égitest közös, szemkáprázáztató látképe nyújtott. Egyszerre láthatta a Holdat fentről, s közben ott csüngött az égen az emberiség által a világűrben legszeretettebb és egyben leggyűlöltebb bolygója: a Föld. Most már tudta, hogy megérte felmászni ilyen hosszan, mert ebben a pillanatban magát is büszkének érezte, a létrával karöltve. Egy darabig némán bámult és mély, nyugodt lélegzeteket vett, de eszébe botlott futtában a fránya idő, mely ilyenkor sem hagyja az embert békében. Igen, az idő most nagyon fontos volt, mert meg kellett szabadulni a holdi kirándulás fáradalmaitól, és hiába az ultra-menő szkafander, nem tartja már sokáig a levegőt, ezért nekilátott teendőinek. Usher ruhájából egy apró termináit nyitott fel és hozzácsatlakoztatta az egykori holdi paradicsom vezérlőgépéhez. Áramot is kölcsönzött, vissza nem térítendő kölcsön volt ez. Ennyire menő volt az ő űrruhája, hogy még elemózsiát is adhatott a számítógépnek vele és ha ezt Gában látta volna, vagy cserét követel – ami ilyen helyzetben teljesen kivitelezhetetlen –, vagy elsírta volna magát. Az utóbbit nyugodtan megtehette volna, de szerencséjére ő éppen Winstonnal verekedett. Amikor a gép feltámadt unalmas készenlétéből, Usher egy rádióadást fogott el. Egy adást, ami felnyitotta a remény álmos szemeit. Nem egy szép slágert hallott, amely hazugan közli a hallgatóval, hogy ne sírj, minden rendben lesz, csak tarts ki keményen, de nem is olyan volt, mint a „Ne csüggedj, mert a szerelem mindenkit megtalál". Főleg nem olyan volt, mint az „Én vagyok a fasza gyerek, nálunk a pingpong asztal kerek, mert mindenkinek az arcába jó nagyon beverek". Egyáltalán meg sem közelítik ezek a pénzéhes nóták az ő műsorát, melyből annyit tudott kivenni, hogy „Általános zűrzavar". Na jó, ezeknél még én is hallottam jobban megírt szövegű, toplistát megjárt dalokat.

7.

Usher egész komolyan közölte Winstonékkal a szokatlan helyzetet, melyet az általános zűrzavar okozott. Ez a fránya „Általános zűrzavar" miért nem tudott inkább szokatlan vagy be nem tervezett, esetleg fenntarthatatlan zűrzavar lenni? Megszokott nem volt, főleg nem tervezett és biztosan fenntarthatatlan, mert igen nagy galibát okozott, de ennek ellenére ő általánosnak akarta, hogy nevezzék.

– Jól figyeljetek! – mondta Usher, úgy ahogy említettem, komolyan. – Fogtam egy adást a Földről, ami segíthet visszatérnünk.

– Én egész jól kezdem megszokni ezt a helyet – vágott közbe Gáben, csak úgy Gábenesen, nem komolyan.

– Azt meghiszem – szólt Usher –, de az oxigénhiányt, a kiszáradást és az éhhalált is megszoknád? – kérdezte.

– Azokat már régen megszoktam – felelte és vállat vont. – Legalábbis a közelségüket, azokat már igen.

– De mi lenne, ha azt mondanám, hogy ezeket most mellőzhetjük és hazamehetünk? – kérdezte a mérnök lelkesen.

– Én támogatom. Van egy kis elszámolnivalóm a Céggel – mondta Winston, és Gábenre nézett kérdően.

– Oké-oké. Jól van! – mondta Gáben, aki tisztában volt vele, hogy teljesen fölöslegesen szólt közbe.

– Figyeljetek! – mondta Usher még mindig nagyon komolyan. – Úgy tűnik, valami rendszerhibát okozott a Cégnél, ami miatt ál...

– Általános zűrzavar lépett fel – vágott közbe Gáben, szintén tök fölöslegesen.

– Igen, az... – helyeselt Usher türelmesen. – Szóval azt hallottam, hogy kitört egy kisebb káosz a Földön. Maradj csendben! Az a hír járja, hogy Amandát is lekapcsolták.

– Akkor nincs kontroll, se megfigyelés – szólt Winston lelkesen.

– Pontosan. Úgyhogy mi most szépen elmegyünk arra az állomásra, ahonnan kilőtték a hajónkat, és ellopunk valami járművet, amivel visszarepülünk a Földre nagyjából észrevétlenül.

– Lopunk valamit nagyjából észrevétlenül? – kérdezte Gáben. – Ez tetszik nekem. Szeretem, ha nincsenek részletek. Tiszta és egyszerű. Igen, ilyesmit már sokszor csináltam. Terv az minek? Ital kell, de valami jó erős, nem terv.

– Ennyi? – érdeklődött Winston, láthatólag nem túl meggyőzötten.

– Ennyi – válaszolt Usher komolyan, de nem túl meggyőzően.

– Ennyi – ismételte Gáben újfent fölöslegesen.

8.

Az állomás egy aprócska katonai erődítmény volt, nem túl meglepően védőfalak nélkül, mert nem nagyon számítottak támadásra a világnak ezen a kihalt pontján az építészek, akik tervezték. Nem érkeztek űrruhástól rárontó hatalmas, hódító mongol hadak, nem jelentek meg távoli csillagrendszerek csodabogarai a Holdat követelve, és semmiképpen sem kellett tartani a kopár égitest vadvilágától sem. Ahhoz már igen komoly paranoia kell, hogy a Holdon valaki félni kezdjen a helyi bennszülöttek fenyegetésétől, így az alapos mérnöksereg sem emelt falat alaptalanul. Tehát egy elég szolid épület volt hatalmas parabolával a tetején, és nyugodtan parkoló űrhajókkal. Nem volt még rá precedens, hogy itt valaki jogtalanul kössön el bármit is. Winstonék a helyi szokásokat figyelmen kívül hagyva odalopakodtak egy hajóhoz. Usher megint babrált valamit a szkafanderén, mert az övé nagyon menő volt, és az űrsikló ajtaja máris nyitva állt előttük. Felmentek a kapitányi hídra és egy próbát tettek, hogy útnak indítsák a járművet.

– Miért nem indul? – kérdezte Winston izgatottan.

– Usher, csinálj már valamit a ruháddal és lépjünk le! – szólt Gáben, mert ő irigy volt.

Ha rajtam lenne a menő ruha, már tuti otthon bulíznánk – gondolta magában.

– Várjatok! – nyugtatta őket Usher komolyan, de nem túl megnyugtatóan, majd picit sápadtan közölte: – Baj van.

– Az eddig is volt – nyugtázta Gáben, aki egyébként egész jól lenyugodott.

– A Cég – folytatta Usher Mandalana – minden hajóját engedéllyel lehet csak beindítani és úgy tűnik, ez a rendszer sajnos működik.

– A picsába! – szólt Gáben, és a kedvünkért a következő három sort ismét nem folytatta, de nem is tudta volna, mert Usher közbevágott.

– Innen nem tudjuk ezt megoldani, de ha van egy kis szerencsénk, itt is a helyi számítógép tud felszállási engedélyt adni. Ami annyit jelent, hogy be kell törnünk az épületbe.

Tovább nem faggatóztak, mert eljutottak arra a szintre, hogy ha nem sikerül visszatérni a Földre, azt se bánják már. Gábennek és Winstonnak se kutyája, se macskája nem volt már, köszönhetően a Jövő PTT alapos, megtéveszthetetlen szeretetének, és újdonsült barátjuknak – akinek a nevével még lehet, hogy gondjaim lesznek – nem is nagyon volt semmije. Állítása szerint van egy neje, de ebben a kérdésben ő sem bizonyult túl meggyőzőnek. Odaértek a bunker ajtajához, ami előkelő udvariassággal nyílt ki nekik, még meg is hajolt volna, ha képes lenne ilyesmire. Sajnos – természetesen inkább a modern ajtók bánatára, mint az emberekére – nem tudnak ezek a szerkezetek ilyen extra szolgáltatásokat, pedig bevallásuk szerint ők nagyon boldogok lennének. Az ajtó zárult is mögöttük és kiegyenlítette a nyomást, majd vidáman oxigént kezdett engedni a kis helyiségbe. Amikor ezzel végzett, egy másik ajtó nyílt ki előttük, és máris betörtek az épületbe. Ami bent várta őket, arra nem számítottak. Gondolták, majd valami hősies kézitusa következik, esetleg halálos, a vadnyugatot megszégyenítő pisztolypárbaj tör ki közöttük, de nem, nem ez történt. Amikor megpillantották az ellenfelüket a következő sorokat hallották:

– És mégis ki ruházott fel a vezetői titulussal? – kérdezte egy magas, vékony hang.

– A Cég! – jött a határozott válasz érdes hangon.

– Mi lenne, ha elfelejtenénk a Céget egy pillanatra, mivel az, ha jól értem, most éppen cserbenhagyott minket – vágta rá a magas, vékony hang.

– Úgysem fog összejönni – szólt közbe egy mély, de megfontolt hang.

– Nem számít, mi történt! – harsant fel ismét egy érdes hang. – Kötelességszegésre nem adhat okot! Minden marad úgy, ahogy volt, amíg nem tudunk meg többet a helyzetünkről!

– Én mindent tisztán látok már – szólt a magas, vékony hang és folytatta: – Nem érzem már, hogy kötelességem szolgálni a Céget, és számomra nem jelent semmit az a szabályzat, amit ők hoztak létre. Így azt mondom, hogy szavazzunk! – jelentette ki magasan és vékonyan.

Persze csak a hangja volt magas és vékony, a személyéről még semmit sem tudunk.

– Úgysem fog összejönni – érkezett egy mély és megfontolt megjegyzés.

– Amit te csinálsz, az zendülés és törvényszegés! – kiáltott az érdes hang.

– Nem érdekel! – csattant a magas, vékony hang. – Eddig érdekelt, tisztán emlékszem, de már egy ideje nem érdekel. Sőt, felháborít! Nem hiszem el, hogy ti nem érzitek!

– Én is érzem – válaszolt az érdes hang. – Valami furcsa történhetett, de ez még nem ad okot arra, hogy megszegjük a kötelességünket. Próbáljunk meg lenyugodni egy pillanatra!

– Úgysem fog összejönni – mély és megfontolt volt ez a megjegyzés.

Ennél a pillanatnál néztek először össze Winstonék furcsállóan. Gáben, mint megrögzött kezdeményező, mutogatta, hogy csak kupán kéne vágni őket, hátha megjön az eszük tőle. Usher nyugalomra intett, Winston pedig egyértelmű jelét adta annak, hogy ő bizony még várna egy picit, na nem sokat, csak egy keveset. Ki tudja, mi sül még ki ebből az egészből? Mondjuk, én tudom, de nem mondhatom el.

– Jó, akkor nyugodtan szavazzunk! – szólalt meg a magas (hang). – Amúgy is hárman vagyunk, megeshet, hogy maradsz főnök.

– Nem lesz itt semmi szavazás! – emelkedett az érdes hang. – Mindenki foglalja el az eddigi helyét és folytassuk a munkát! Ez parancs!

– Úgysem fog összejönni...

Ebben a pillanatban három új ember csatlakozott a társalgáshoz, akik véges türelemmel hallgatták a sehova sem vezető beszélgetést.

– Maguk kicsodák? – kérdezte egy kopasz ember érdes hangon.

– Szökevények – válaszolta Gáben a legnagyobb természetességgel, és kissé előrehajolva kezet nyújtott udvariasan, mint az igazi úriemberek.

Érthetetlenül tör ki néha belőle e rejtett gentleman, pedig soha életében nem volt az, amit az is alátámaszt, hogy a másik kezében töltött pisztoly ékeskedett.

– Kit tisztelhetek személyében? – kérdezte.

Egy rövid habozás után összeszedte magát a kopasz, erőt vett zavarodottságán és válaszolt:

– Propper vagyok, a főnök.

– Csak volt! – ugrott közbe egy alacsony ember magas hangon. – A nevem Arisztideneikosz Álápáguanisztá Eurápidilész, röviden Arisz. – A rövid bemutatkozás után folytatta: – Látom, önök talpig úriemberek.

Ezt jól látta, hogy csak talpig, ha talaj felől nézzük, semmiképp sem tetőig.

– Úgy vélem, megegyezhetünk – persze nem tudta, hogy miben.

Ezután sorban mindenki bemutatkozott szépen, tiszteltudóan. Egyedül Mánuval volt egy kis gond, aki hosszú szakállába túrt görnyedten, és nem titkolt kétellyel közölte nevét és tarthatatlan álláspontját, miszerint ez nem fog összejönni. Összejött. Mindenki legalább a nevét tudta a másiknak.

– Na, most már szavazhatunk! – kapott az alkalmon Arisztideneikosz Álápáguanisztá Eurápidilész, röviden Arisz. – Nekik biztos nem vagy a főnökük – vélekedett és Propper felé nézett, aki nem titkoltan ideges volt.

– Rangot, azonosítót, tartózkodási célt! – parancsolta Propper.

– Rangom ez a fegyver – válaszolt Gáben fenyegetően –, azonosítóm: Szökevény, de ezt már mondtam, és a célom: visszajutni a Földre.

– Micsoda? – kérdezte Propper az érdes hangján. – Senki sem megy sehova, amíg én vagyok főnök! – jelentette ki határozottan.

– Nem szavazzuk le? – kérdezte Winston, és Arisztideneikosz Álápáguanisztá Eurápidilész, röviden Arisz felé nézett, aki lelkesen élt is a helyzettel.

– Igen, szavazzunk! – kiáltott fel röviden Arisz.

– Aki a Cég ellen fordul, az a polgárai ellen fordul, az önmaga ellen fordul – mondta Propper. – Gondolkozzatok már ésszerűen! Ti nem válthattok le, csakis a Jövő PTT teheti ezt meg. Ha úgy is akarnám, pedig nagyon nem akarom, akkor se hozhatnék meg egy ilyen döntést a Cég beleegyezése nélkül. Én maradok tehát a főnök és megvárjuk, amíg jelentkeznek a vezetőségből. Hiába tart rám, kedves Gábor úr, fegyvert, az sem írhatja át a szabályzatot, miszerint jelentést kell, hogy tegyek, és megvárjam az utasításokat. Mindent a Cég dönt el, mert az ő szava megkérdőjelezhetetlen. Tehát semmi szükség szavazásra vagy bármilyen zendülésre, főleg egy ilyen helyen, ahol eddig azt hittük, csupán három ember tartózkodik.

– Igazad van – vágott közbe Usher –, nincs szükség szavazásra!

Véleménye kihangsúlyozása végett úgy csapta állcsúcson a kihelyezett képviseletet, mint a bepánikolt félkómás ausztrál farmer a gyanútlan kengurut, aki vígan ugrándozva tapossa öszsze a veteményest hajnalban, esélyét sem adva annak a gesztus viszonzására. Természetesen már nincsenek ausztrál farmerek, nemhogy kenguruk, akik már régen kihaltak a Jövő PTT gondos szeretetének köszönhetően.

– Felmentettelek a szolgálat alól. Gyilkos... – fűzte hozzá idegesen és a kezét szorongatta, mert a pofon oda-vissza fájdalmasra sikerült.

Propper megpróbálta összeszedni magát, de a világ forgott vele, mint egy megrészegült köpőlégy a petróleumlámpa fényénél.

– Nézz oda! – üvöltött rá Usher, és kezével az exfőnök fejét az ablak felé fordította. – Ez a te megkérdőjelezhetetlen céged utasításának eredménye. Látod már?

Propper hirtelen megpillantotta az összevissza csigázó képek forgásából az egykor emberek által lakott űrhajó roncsait. Hirtelen rövid, nyomasztó csend uralta a helyiséget, mert mindenki megértette a célzást. Ők céloztak, ők lettek a hóhérai több száz derék embernek, mert vakon szolgálták a Céget. Ebben a percben eluralkodott a társaságon a melankólia szomorú súlya. Winston is abbahagyta Mánu vigasztalgatását, mert eddig azzal foglalkozott, hogy ezt a görnyedt, magas embert jobb belátásra bírja, mert a szerencsétlen szerint nem fog sikerülni. De hogy mi, azt már ő sem tudja, de ebben tarthatatlan volt. A helyzet nem segített a hosszú szakállason, mert már látta, hogy a Jupiter-9 legénységének sem sikerült.

A három újonc – akik jelenleg az érzelmek világában újoncnak számítanak – meredten bámulta a földet maga előtt. Röviden Arisz is felhagyott a szavazás gondolatával, hiszen sokkal összetettebb és bonyolultabb gondolatok faggatták elméjét. Eddig egymásra haragudtak, persze azt sem tudták, hogy miért, de most már az egész világra dühösek és nagyon jól tudják, hogy miért. Winstonék hagyták őket, mert jól tudták, mennyire nehéz most nekik feldolgozni ezeket a furcsa, új dolgokat, az őszinte érzelmeket. Szépen, csendesen, könnyeit törölgetve szólalt meg végül Propper.

– Most akkor mi történt? – kérdezte szomorúan. – Mi legyen?

– Az történt – szólt Usher –, hogy felborult a rendszer. A Cég valahol megbukott, és ennek érezzük a hatását. Nem tudom pontosan, mi váltotta ki, de a kontrollt jelentő számítógép leállhatott. Nincs többé Amanda – ekkor Gábenékre nézett, de folytatta és elmagyarázta Propperéknek, hogyan is működött a fejükben a parazita, ami jelenleg nem üzemel. – Azt sem tudjuk, hogy ez átmeneti vagy végleges-e, de abban biztos vagyok, hogy meghibásodott.

Hirtelen Winston felugrott, és kisütötte az újoncok fejéből a parazitáik maradványát.

– Biztos, ami biztos – mondta.

– Au, á, mi a... – mondták az újoncok, mert hirtelen elviselhetetlen fejfájásuk lett.

– El sem tudom képzelni, mi lehet lent a Földön – szólt Gában egy gúnyos mosollyal az arcán.

– Menjünk, és nézzük meg! – mondta Winston.

– Úgysem fog sikerülni...

Természetesen ez sikerült, mert könnyen megegyeztek, hogy fent maradni semmi értelme, és Ushernek igaza volt abban, hogy az állomásról minden gond nélkül adhatnak felszállási engedélyt. Adtak is. Összepakoltak minden használható dolgot az állomásról, mondván, hogy ez már senkinek sem fog kelleni. Kinek kellene idefent ezek után instant-borotva – Mánunak eddig sem kellett –, a legújabb Babett-fogkrém, ami a hosszantartó és elviselhetetlen szájszagért felel, fogselyem, délelőtti pizsama, műszálas zokni a magányos embereknek, nejlonharisnya, három éve lejárt holonaptár, elnyomott csikkek – melyekből Gában gyúrt is gyorsan egy-két szálat a hazaútra –, kézigránát a jobb időkre, egy pakli francia kártya és végül öt darab cinkelt kocka. Ezek után egyhangúan megegyeztek, hogy ettől kezdve az egyetlen főnök a józan ész és az észérvek lesznek, majd – főleg Mánu – kisebb és – főleg a többiek – nagyobb lelkesedéssel útnak indultak haza, vissza a Földre.

X.

Λ fel-feldobott Nő

1.

Hősiesség, vakmerőség, felelőtlenség, ostobaság, bátorság vagy elkeseredettség, esetleg gyávaság? Nem tudni pontosan, hogy Nelson cselekedete melyik kategóriában foglal helyet, talán mindben, de az is lehet, hogy egyiben sem. A lényeg, hogy a hatása nem hagyható figyelmen kívül. Eredménye valószínűleg felülmúlja az alkotó elvárásait. Az, hogy csak majdnem volt teljesen sikeres, sajnos sokat csorbít a dicsőség pengéjén és áldozatának értékén.

Az Elfeledtetett Lexikon 13. cikkelye:

Az áldozat

„Talán – írja a méltán ismeretlen szerző, aki inkább lett hírhedt, mint híres, ezért a Jövő PTT gyorsan el is tüntette írásait – az áldozat az egyetlen önzetlen cselekedet, amit ember véghezvihet, de azon belül is az önfeláldozás. Ilyen esetben elmarad a jutalom és az elismerés. Azaz pont az elismerés lesz az eredménye, de arról az áldozat, az elismert már nem értesül. Nem úszik a büszkeségben és nem fürdik a jutalom kényeztető kádjában. Természetesen ez egy kétemberes, hatalmas sarokkád lenne. Nem aratja le a dicsőséget, ilyenkor nincs önzés, se sarokkád, csak áldozat. Persze az is megeshet, hogy valaki egyszerűen félelemből cselekszik hasonlóképpen. Amiről ez esetben beszélünk, az nem önzetlenség, csak szimpla gyengeség, mert igazából az egyén a dicsőséget célozza meg, de annak eléréséhez már túl gyenge lenne az életben, ezért a túlvilági sarokkád sokkal kedvezőbb lesz számára. Gyakorlatilag a jobb ötletek hiányában a kétségbeeséstől egy szebb köntösbe öltöztetett öngyilkosságot követ el. Nagyon óvatosnak kell lennünk ebben a témában, mert jogosan hihetjük azt, hogy vannak önzetlen emberek! Jogosan, mert jogunk még lehet hozzá akkor is, ha nem fedi a valóságot. Ezen állításomat nem tudom alátámasztani semmilyen statisztikai adattal. Szerencsére láthatunk még olyanokat, akik mármár súrolják az önzetlenség határait, de egy élő ember képtelen azt átlépni, mert ha még lemondásokkal, szenvedéssel is jár egy embernek, hogy valami máson, másokon segítsen, akkor is ott van az a körülmény, hogy ez – még ha a legapróbb mértékben is – jólesik neki, már nem beszélhetünk önzetlenségről. Az Én-tényezőt sohasem szabad elfeledni. Ők egyszerűen így vannak beállítva. Szerencsére még vannak ilyen emberek, akikben az önzőség (az Én-tényező) nem csak gyarlóságot, hatalomvágyat és pusztítást vált ki. A kérdés nem az, hogy az ember önző, mert ez egyértelmű, hanem az, hogy ez mit vált ki az egyénből."

Hogy Nelson mit követett el – hogy-gyal nem kezdünk mondatot –, mint fent említettem, előre nem lehet tudni. Egyébként akkor hogyan kezdjük azt a mondatot, hogy „Hogy-gyal nem kezdünk mondatot!"? Egy biztos: következményekben nem szenvedett hiányt Nelson utolsó megmozdulása.

Emlékezzünk vissza a hatalmas városra és annak a menetrend szerint szürkén, sorokban vonuló tömegére! Ha megvan ez a kép a fejünkben a túlrendezett, élettelen emberbolyról, akkor nyugodtan el is felejthetjük azt, mert az most egy szokatlan formát öltött magára, amit annak köszönhetett, hogy az élet viszszatért valami furcsa, szórakozott kedvében. Az eső nem esett, de az sem érdekelt volna senkit, ha éppen esik, és egyébként is, az eső teljesen független mindentől. Majdnem mindentől, mert például az időjáráshoz igenis sok köze van. A nap sütött, és káosz uralta az utcákat. Az utóbbiban az időjárás mosta kezeit. A szép, verőfényes napsütést vállalta, de a káosz esetében tagadott, mert ahhoz neki igazán semmi köze sem volt. Úgy nézett ki a város, mintha egy hangyabolyra valaki előre meg nem fontolt szándékból egy jó adag erős pszichedelikus löttyöt öntött volna, amitől annak szorgos lakói egyszerűen elvesztették volna az élet addigi fonalát. Egyszóval káosz, oh, bocsánat: általános zűrzavar tört ki.

Az egyik utcában két ember vitatkozott, ami szokatlannak számított, mert eddig fittyet se hánytak egymásra, de most végre kiderült, hogy mégis. Most sem fittyet, hanem trágár szavakat hánytak. Kész szerencse, hogy a csúnya szavak nem hagynak foltot a ruhán, ugyanis ez után a beszélgetés után ipari mosásba kéne kezdeniük, ha van olyan mosópor, ami egyáltalán képes kimosni az otromba foltokat. A vita tárgya az volt, hogy az egyik – nevezzük A-gyalogosnak – keddenként miért megy a másik – akit nevezzünk B-gyalogosnak – előtt. Erre azt feleli az egyik, – akit A-gyalogosnak neveztünk el – hogy ő igazából minden nap elöl szeretne menni és tarthatatlan, hogy eddig nem így volt. A másik szerint – akit még mindig B-gyalogosnak hívunk – ez elfogadhatatlan, mert ő még a keddeket is sokallja az egyiktől – akit egyébként nem is szólítottunk A-gyalogosnak –, és ezt már nagyon régen el akarta mondani A-gyalogosnak – akit végre nem az egyiknek hívtunk –, de valami érthetetlen dolog visszafogta ebben. A-gyalogos szerint ez a valami az emberi jóérzés volt, amivel B-gyalogos természetesen nem értett egyet. Mögöttük négy ember bemutatkozott egymásnak, ami szintén ritkaságnak számított reggelente, munkába menet. Egy kicsivel arrébb hatalmas torlódást okozott egy élelmiszerboltos, aki úgy vélte, természetfeletti ereje van és gondolatával képes megállítani a közlekedést. Marha nagy szerencséje volt, mintsem emberfeletti ereje, mert az automatizált járművek nem ütötték el. Két utcával arrébb kiraboltak egy élelmiszerboltot a rendőrök. A tulajdonos valami érthetetlen módon nem ért be nyitásra, de a bolt ajtaja illedelmesen beengedte a rend rendetlen őreit. Meg bárki mást is, aki éppen arra járt. Az egyik szórakozóhely előtt egy kisebb tömeg gyűlt össze, mert valaki hangosan Pozdján Erklstoffot olvasott fel, aminek szintén semmi értelme nem volt. Az emberek azzal indokolták eme cselekedeteiket, hogy ezeket már régen meg szerették volna tenni, de valami érthetetlen dolog visszatartotta őket. Ha meguntuk ezt a zűrzavart – aki még mindig azt szeretné, hogy ne felejtsük el az általános jelzőt –, akkor pár sarokkal, körzettel és száz kilométerekkel arrébb találhatunk egy sokkal nagyobbat.

Füst és törmelékdarabok terültek el az utcákon, ahol az életükért rohanó emberek sikolyai alig hallatszottak az összedőlő házak zajától. Egy újabb épület fala dőlt rá a mellette parkoló autóra, ami a riasztójával válaszolt panaszul. Megint egy fülsiketítő dübörgés rázta meg a környéket, ahogy a szemben levő műkorcsolyapálya rázuhant négy emelet magasból ugyanarra az autóra. A riasztó elhallgatott. Ez nem az ő napja volt és semmiképpen sem azoké, akik abban a lebegő erődben tartózkodtak, ami túl nagy sebességgel landolt a házak tetején. Az épületek lakóiról nem is beszélve, így hát nem is beszélünk róluk. Az ilyenfajta landolást a szaknyelv zuhanásnak hívja.

2.

Az Elfeledtetett Lexikon 1. cikkelye:

A munkavégzés (részlet)

„Amikor az ember olyan munkát végez, ami leköti és végtelenül érdekli, minden apró zaj, külső zavaró dolog rettentően megterheli a koncentrációs képességet. Sok esetben nem is működik, hogy valaki több feladatot lásson el egyszerre sikeresen. Háziasszonyok hada állítja, hogy nem igaz, és főzés közben a takarítás könnyedén megállja a helyét. Ezt az állításukat évszázadok alatt sem sikerült megvitatniuk az odakozmált rántották szakszervezetével. A rántották ugyanis azon a véleményen vannak, hogy sokkal eredményesebb, ha az ember egyszerre – még akkor is, ha rutinos háziasszony – csak egy dologra figyel. Ez nem azt jelenti, hogy kivitelezhetetlen, de az évszázadok alatt az odaégett rántották túlnépesedtek és a jövőben kérik, hogy jobban figyeljenek rájuk. Szakszervezetüket a sarokban hagyott porcicák delegációja is erősíti és együtt terjesztik az igét – melyet egy időben szentnek is neveztek –, hogyha valamit csinálunk, akkor azt rendesen tegyük, vagy sehogy sem. Sikerességüket talán az bizonyítja a legjobban, hogy a világegyetemben senki sem találkozott még elégedetlenkedő meg nem főzött rántottákkal, míg finom, gondosan elkészítettel igen sokszor."

Egy magas, szőke nő is biztos hallott a mozgalomról – talán volt elég szerencsétlen és olvasta a lexikont –, mert amikor a Jövő PTT kémszondájának felvételeit tanulmányozta, azt csöndben, minden külső tényezőt kizárva tette. Remélte volna – már ha a reménykedést nem zárta volna ki fejéből –, hogy munkájában semmi és senki sem zavarja meg a legkisebb mértékben sem. Megzavarták, és ezt a lehető legnagyobb mértékben tették. A nevén szólították.

– Nikol! – hallotta. – Nikol! – ismételték.

Eléggé felbosszantotta az eset, de kénytelen volt otthagyni a kutatásait. Azzal foglalkozott, hogy valamilyen trükkel áttörje a távol-keletiek kibernetikus védelmét és képet kapjon arról, hogy azok mivel töltik hétköznapjaikat. Félt attól, hogy azok a Digitális Nagy Fal mögött túlfejlődik a Céget és két, esetleg három csettintéssel annak bukását, egyben odaadó gondoskodásának végét okozzák. A félelem nagyon makacs és csúnya dolog, ami nem hagyja gazdáját józanul gondolkodni. Természetesen vannak olyan esetek, amikor a félelemnek köszönhető elővigyázatosság nagyon jól hat az élet rögös, kiszámíthatatlan menetére. Jobb félni, mint megijedni, szóltak a bölcsek, de én mégis szeretek inkább megijedni, mint félelemben leélni egy egész életet. Félelmeit és kíváncsiságát leküzdve elindult a hang irányába, de ekkor történt valami. Egy sokkal váratlanabb hang törte meg a csendet és az erőd szerkezetét. Rakéta csapódott be, és rázta meg az egész lebegő bázist. Egy újabb rezgés, és még egy. Az erőd támadás alá került.

Ezt soha nem értettem, hogy fejlett, milliárdok felett uralkodó, főleg e milliárdokat elnyomó rendszerek legfontosabb építményeiben miért akad mindig valami hiba? Nem számít, hogy az egy város felett lebegő erődítmény vagy a Galaktikus Birodalom csúcsszuper Halálcsillaga, valahogy mindig akad egy rés a pajzson. Jó darabig nem tudtam eldönteni, hogy ezek a kivitelezési hibák a felelőtlen mérnökök művei vagy a történetíró fantáziájának hiányosságai. Később rájöttem – érthető okokból –, hogy a rejtély kulcsa az alkalmatlan mérnökök alkalmazásában rejlik.

Közben becsapódott még egy rakéta, és az erőd ereszkedni kezdett. Nikol feltápászkodott, miután az egyik becsapódásnál hanyatt esett, és a fejét az asztal szélébe verte. Amikor kiért a szomszédos terembe – melyet férje szerényen irodának csúfolt, annak ellenére, hogy középkori királyok irigykedtek volna a díszes trónteremre –, a szerkezetnek egy újabb becsapódás adta meg az utolsó kenetet. Az erőd megdőlt horizontálisan is, és zuhanni kezdett. Nikol meglátta a Föld egyik legnagyobb birodalmának uralkodóját magatehetetlenül kisodródni a terem kirobbantott falán egy fiatal, barna hajú, megviselt lány társaságában. A teremben mindenfelé szikrák és lángok kezdték átvenni a dekoráció helyét. Egy nívósabb rockfesztiválon az efféle látványra a szórakozni vágyó tömeg annyit mondott volna, hogy „azta"...

Hirtelen a semmiből – pontosabban jól megérdemelt ebédjéből – egy repülő grizzly medve jelent meg, aki nem szárnyainak, hanem a személyi páncéljának reptetési berendezésétől közlekedett a levegőben. Amikor a lányra nézett, Nikol határozottan ráüvöltött: – Edward! A medve azonnal a zuhanó testek után eredt. Hiába: a szerelem öl, butít, és nyomorba dönt. Vagy az az alkohol? Na, mindegy. A szerelem vakít, de nem nyomja ki a szemünket, viszont sokszor a szerelmes, akár saját testi épségét is figyelmen kívül hagyva, a másikat helyezi előrébb a fontossági sorrend skáláján. Alig bírta már tartani magát, amikor a kialakult tűznek köszönhetően egy belső robbanás elsodorta az ajtótól, aminek ajtófélfájába kapaszkodott. Önkéntelenül a többiek után eredt. Ő is tehetetlenül kisodródott az épületből, ami kegyetlenül zuhant utánuk, mintha valami ördögi fogócskába kezdtek volna, ahol a cél könyörtelenül várja áldozatait, talajnak keresztelve magát. Az ilyen pillanatokban mondják, hogy lepereg az ember előtt az élete. Miközben a nő élete filmjét nézte vissza a lángoló erőddel a háttérben, egy erős, szőrös mancs ragadta meg. Ha egy kicsit nyugodtabbak lettek volna a körülmények, akkor a mozi végén – talán azért, mert a mozikban lévő székek nincsenek jó viszonyban az ember hátával és ülepével, de talán azért, mert Edward Greenfield szeretete igencsak korlátolta az élete folyamán – elégedetlenül kelt volna fel. Elsodródva a katasztrófa helyszínétől megpillantotta, hogy az élettelen barna hajú lány éppen egy gyors siklót stoppolt le. A gép a mérnöki pontosság csodájával épült, aminek részleteiről nem beszélhetek.

3.

Egy vas és beton épületekből kialakult dzsungel alsóbb részeibe még a déli órákban is alig süt be a nap. A kopott, töredezett ablakok meg-megtörik a fényt, de ahhoz, hogy lent az utcákon teljes fényében tündököljön, ez nagyon kevés. A sötétes, mogorva, repedezett járdán egy fiatal kisfiú cipelte a labdáját. Pattogtatni szerette volna, de ahhoz még túl kicsi volt, vagy a labda volt túl nagy, lényegtelen. Apró fejében egy gondolat ékeskedett:

– Meg tudod csinálni! – mondta magában, amikor elhaladt a fémkerítés mellett. – Meg tudod csinálni! – ismételte, amikor rálépett a betonpályára.

Eddig a napig fel sem tudta dobni a fémgyűrűig a labdát, de kitartóan gyakorolt. Most viszont elérte a palánkot egy dobása. Hatalmas élmény volt. Újra próbálkozott, de elvétette. Még egy dobás, és végül sikerült beletalálnia, de labdája már nem érte a földet, mert egy nagyobb gyerek kezében landolt.

– Mi van, kishaver, miért egyedül játszol? Meg sem kérdezed, hogy szeretnénk-e csatlakozni? – kérdezte és a háta mögé hajította a labdát, amit egy újabb óriási gyerek elkapott és bezsákolt.

A kisfiú csak némán követte fejével saját labdáját, amint a nagyok a gravitációt megszégyenítve, könnyedén ugrottak fel a gyűrűig és ejtették bele. Nincs tovább dicsőség, nincs tovább büszkeség, hiába a sok küzdés, amikor egyetlen mozdulattal megszégyenítették az eddigi életcélját! Most, hogy végre sikerült, most látta, hogy mit sem ér.

– Akarsz velünk játszani? – vágta oda a kérdést és a labdát a kisfiúhoz, akinek az túl erős, túl gyors volt, hogy elkapja. – Nem akarsz? – kérdezte gúnyosan.

– Adjátok vissza a labdámat! – ordította a nagyoknak.

– Szeretnéd visszakapni? Akkor vedd el! – parancsolta, s közben egy újabb könnyed dobás után landolt a gyűrűben a kisfiú labdája.

– Nem mondom még egyszer. Adjátok ide a labdámat! – üvöltött dühtől fűszerezett hangon.

– Miért, mit fogsz csinálni? – érkezett gúnyosan a kérdés.

– Azt még nem tudom – válaszolta, pedig fejben tudta, mit akar csinálni.

– Na, takarodj innen! – utasították.

– A labdám nélkül nem megyek! – ordította, de egy hatalmas lökés eldöntötte, hogy itt bármilyen erőfeszítés hiábavaló.

Nem sírt, annak ellenére tartotta magát, hogy könnyei úgy akartak feltörni, mint a szunnyadó vulkán, ami megunta a tétlenségét és felébredt, hogy az évszázados feszültséget forró, gyilkos láva formájában hányja a világra. A fiú tartotta magát.

Amikor hazaért, anyja éppen a karját kötözte be, mert megsérült valahol, de mindezt figyelmen kívül hagyva kedvesen kérdezett:

– Mi a baj, Gábor? Hol van a labdád? – E kérdésre az alvó vulkán kifakadt és bömbölni kezdett.

– Elvették! – ordította, mire anyja gyöngéden átkarolta.

– Semmi baj, kicsim! Semmi baj! – ismételte. – Majd kapsz másikat.

– De nekem az kell, mert ajándékba kaptam tőled! – sírta, és szipogott közben.

– Jaj, kicsikém, azt is tőlem fogod kapni – nyugtatta meg gyermekét és puszit adott a homlokára.

– Adott is – mondta Gáben a nagyérdemű hallgatóságnak. – A Mama nagy ember volt akkoriban, én pedig egy gyönge szar – közölte, és húzott egy nagyot a poharán.

– El sem tudlak képzelni gyengén és kiszolgáltatottan – mondta Winston mosolyogva.

– Ugye, hogy nehéz? – értetlenkedett Gében, pedig igaz volt, de mégis olyan érthetetlen. – Na de várjatok! Itt még nincs vége a sztorinak.

4.

Az a hír járja – főleg a Jövő PTT határain kívül, mivel azon belül a hírek elég korlátozottan mászkálhatnak –, hogy a kómában lévő ember hallja és fel is fogja azt, amit mondanak neki. Ezt hallottam valakitől, és nem a bulvársajtóban olvastam. Szóval akár igaz is lehet, mert ha egy ismerősöm mondta, akkor még fedheti a valóságot, ellentétben a bulvársajtó bármilyen valós állításával. A bulvársajtó egyszerűen hazudik, míg az ismerőseink nem-egyszerűen nem mondanak igazat. Ha hihetünk valamelyiknek a kettő közül, akkor az legyen az ismerősök fantáziája! A kómás ember jól mutatja – nem úgy, mint a bulvár- vagy a kormánypropaganda hazugságai –, hogy ez nem egy teljesen hiteles állítás, ugyanis van olyan kóma, amikor az ember képtelen bármire is figyelni, és biztosan nem hallja azt, amit mondanak neki. Ez természetesen a kajakóma, mert a kajakómás ember nehezen emészti meg a hallottakat. Edward Greenfield, a Jövő Profit Termelő Társaság igazgatója és a Cég-birodalom uralkodója nemrég ébredt fel egy párnapos mély álomból.

– Nézd meg! – mondta Greenfield, és egy fura csuklólendítéssel egy holografikus Földet jeleníttetett meg maga előtt.

Hüvelykujját és mutatóujját mintha csettintene, mozgatta, és a kép növekedni kezdett. Amikor annyira felnagyította a képet, hogy látták: az utcán egy élelmiszerboltos és a tömegközlekedésért felelős igazgató hevesen vitatkoznak, Edward ezt fűzte hozzá:

– Abnormális! – erre Nikol vállat vont.

– Nem lehet, hogy éppen ez a normális? – kérdezte, és most ő nagyított bele a Földbe, ahol egy fickó éppen egy holoreklámot rugdosott.

Fontos, hogy holo legyen, mert tudjuk jól – vagy éppen roszszul –, hogy akkor írunk vagy akkor könnyebb elhitetni, hogy sci-fit írunk, ha például a falon lévő képről nem azt írjuk, hogy festmény, hanem azt, hogy holografikus kép. Igaz? Egyből érezhető a vitathatatlan science-fiction, tudományos fikció jelenléte.

– Te még fiatalabb vagy, mint én, és nem láttál annyi kort és korszakot. Hidd el, ez nem normális! – jelentette ki Edward és most ő nagyított rá egy öregasszonyra, aki szatyrokkal a kezében meztelenül rohangált az út közepén. – Láthatod, hogy az emberek nem viselik valami jól a hirtelen változásokat – folytatta. – Mára sikerült egy viszonylag nyugodt, rendezett társadalmat faragnom belőlük, de mint az ábra mutatja, egy pillanat alatt képesek kizökkenni és megőrülni – sóhajtott egy mélyet. – Amanda nélkül ezek csak veszett kutyák! Mondd, sikerülni fog visszaállítani a rendszert? – kérdezte Nikoltól, és közben megszorította a nő vállát.

– Még ma üzemképes lesz Amanda – nyugtatta meg Nikol.

– Az jó... – mondta Greenfield és belesüppedt az ágyba. – Tudod – folytatta –, voltak olyan idők, amikor az emberiség kezdett túlnépesedni. Olyan világ volt kialakulóban, amiben egyszerűen nem fértünk el ezen a bolygón, komoly fenyegetést jelentve az ökoszisztémára. Az éghajlatok megőrültek és megváltozott a klíma. Ahol esett a hó előtte, tűzött nap utána. Fagyok és erdőtüzek pusztítottak ott, ahol előtte nem volt példa ilyenekre. A pazarló társadalom pedig szükségtelenül kiszipolyozta a bolygó nyersanyagait. Változás kellett, de senki sem törődött vele. Persze volt egy-két szószátyár, akik hallatták a hangjukat, de jelentéktelenek voltak. Amikor már majdnem visszafordíthatatlan volt a kár, sikerült megváltoztatni az embereket. Tömeges pusztításra volt szükség, és mi megadtuk azt, amit kellett. Szörnyen rossz érzés volt milliókat vágóhídra küldeni, de meg kellett tenni. Ekkor fogadtam meg, hogy nem tekintem többet érző lényeknek az embereket – sóhajtott egyet.

– Nem akartam még egyszer átélni azt a fájdalmat, amivel évekig együtt kellett éljek – tartott egy leheletnyi szünetet. – Több milliárd embert likvidáltunk a világ akkori vezetőivel. Evakuálásnak hívtuk, hogy könnyítsünk magunkon. A környezetre káros cégek vezetőit kivégeztük. Éjszakánként hallottam a sikolyokat álmomban, de szerencsére ezek már régen elmúltak – nézett mélyebben a nő szemébe. – Kordában kell tartani az emberiséget! Nikol – megfogta a partnere kezét –, valahogy egyezkednünk kell a keletiekkel, hogy elkerüljünk egy újabb katasztrófát!

– Hogy sikerült ennyi embert eltüntetni? – kérdezte Nikol, aki már csak meredten a talajt bámulta maga előtt lehangoltan.

– Ez egy nagy lehetőség volt, – szólt Greenfield és felült az ágyban –, hogy elterjesszem a manipulátor szemüvegeinket. A globális probléma miatt azok is felhúzatták a lakosaikkal, akik előtte ellenezték, mert belátták: csakis egy közös összefogás nyújthat megoldást, és egyedül csak az én cégemnek volt erre hatékony eszköze. Ezzel a húzással lettem a világ egyik legbefolyásosabb embere.

– Tényleg mindenki hordani kezdte? – érdeklődött Nikol.

– Igen, az összes országban bevezették – büszkélkedett a gyengélkedő.

– Akkor hogyan történt az, hogy a keletiek mégis kiváltak egy idő után? – puhatolózott a nő.

– Aio Tongushi kisasszony nevéhez fűződik, aki ellátogatott a Cég-birodalom belsejébe.

A nevet nem gyűlölködve mondta, amolyan információként közölte, pedig akár haragudhatna is erre a Tongushi nevű egyénre.

– Évszázadokkal ezelőtt volt, amikor már sikerült stabilizálni a bolygót, amit persze az új energiaforrásnak is köszönhettünk: az amantinnak – mélyedt el egy percre gondolataiban.

– Ekkorra már a növényzet nagy részét kiirtottuk, mert sikerült a technológiának helyettesíteni a szerepüket. Igen-igen, ekkorra már elég kopár volt a bolygó, de rendesen élhető. Mindegy is, nem ez a lényeg. Eljött hozzánk Tongushi kisasszony.

5.

Aio – ejtsd: Áéjjó vagy ahogy akarod – fura reggelen ébredt, mármint nem a reggel volt a furcsa, hanem ő maga. Szokatlan gondolatok cikáztak a fejében. Eltüntetett pár reklámot a szemüvegből. Fura reggelre ébredt? A vadonatúj Bellwork-nyugtatók mindig a segítségére vannak! Izgatott volt, mert ezen a napon nem az unalmas irodában kellett dekkolnia, hanem végre utazhatott. Voltak korok, amikor az utazás nem számított különlegességnek. Emberek milliói rohangáltak összevissza a bolygón, mintha mindenki veszetten a helyét kereste volna a világban, észre sem véve, hogy azt a bizonyos helyet már régen belakták. Közben mindenki más valami ismeretlenről álmodozva, mintha rakétát gyújtottak volna az alsóbb fertályukon, megállás nélkül utazott egyik helyről a másikra. Kiderült az egyik helyről, hogy nem is annyira izgalmas, fele olyan szép, mint a képeken és ezért gyorsan átmentek a másik helyre, amiről már a leszálláskor feltűnt, hogy sokkal unalmasabb, mint az a hely, ahonnan jöttek, majd tovább ugrálva helyről helyre elfelejtették, hogy honnan is indultak? Ez az időszak a fapados légitársaságok és a turisztikai dolgozók fénykora volt, amíg be nem látták, hogy a bevételen kívül semmi sem jó az életükben és korai nyugdíjazásukat követelték, mert belerokkantak a turisták folyamatos elégedetlenkedésébe. Miután a vendéglátásban dolgozóknak sikerült lerokkanni annyira, hogy végül engedélyezték az öregségi ellátást, az utazók azt vették észre, hogy személyzet nélkül nem is annyira izgalmas egy szálloda, hogy a pihenés nem is tölti fel az embert, ha nincs kin levezetni a munkában felgyűlt feszültséget, ha nem lehet ok nélkül üvöltözni a recepcióssal, ami a belső frusztrációk kezelésére való. A Földön ezek után megállt az utazási kedv és mindenki a seggén – bocsánat – a helyén maradt.

Aio mégis izgatott volt ezen a reggelen, mert azon kiváltságosok közé tartozhatott, akik még utazhattak. Összeszedte magát és fogmosás közben megint egy reklámot küldött melegebb éghajlatra, esetleg a francba. A legújabb fogselyem, ami kell nekem! Marvo! Tongushi kilépett az emeletes ház ajtaján és fekete, rövid haját megigazgatta. Felemelte tekintetét, hogy az erősen tűző nap finoman megsütögesse arcát. Csodálatos idő volt és páratlan látványt nyújtott, ahogy az e-szemüvege megszűrte a nap rózsaszín sugarait. Aio betáplálta a repülőtér helyét és elindította a napi online műsorát.

– Jó reggelt, Tokió! Amint láthatjátok, itt Aio Tongushi jelentkezik – eresztett el egy kedves mosolyt is a nézőknek. – A mai úticélom a művészetek fővárosa: Párizs – tartott egy kisebb hatásszünetet. – Addig is beszélünk még a gazdaságról, az új lebegő vasútról, a régi francia divatról, és a repülőút alatt egy újonnan megjelent videójátékot fogok bemutatni. Remélem, mindenkinek megfelel, de amíg a kocsira várok, szavazhattok még plusz öt témából.

Aio kiadta a feladványt a nézőinek és rágyújtott. Ismét felnézett a napra és elmosolyodott, de közben odébb kellett dobnia egy-két reklámot, hogy jobban láthassa a nap kékes sugarait. Közben nézői lázasan szavaztak. Természetesen ahogy elővette cigarettáját, a legújabb e-cigi-reklám ugrott fel. Unja már a mandulás ízt? Kóstolja meg az akciós Turbo-rágós keverékünket! Miután elhessegette a felugró hirdetést, egy másik jelent meg. Stresszesnek érzi magát? Nézze meg ezt az aranyos kiscicát, ahogy mosakszik! Érzi? Mi érezzük, hogy máris szebb a napunk. Most csak 99-ért! Előrendelheti az óránként felugró nyugtató add-okat. Aio nem lett nyugodtabb, de különösen idegesebb sem, mert már születésétől kezdve szoktatták az ilyesmihez. Csak bámulta a nap zöldes sugarait. Nézői végeztek a kiadott feladattal, szorgosan szavaztak, és annak eredményét teljesen figyelmen kívül hagyva így szólt:

– Nagyon nagy verseny volt, és a mai bónusz téma a legújabb lábszőr-trend rejtelmei lesznek – mondta tényközlőn, pedig az előre megszerkesztett lábszőr-vlogra alig szavaztak.

Aio eldobta a csikkjét egy szemetes robotba, ami ezt – annak ellenére, hogy undorító szokásnak tartotta a dohányzást – udvariasan megköszönte. Egy reklámot a hordozható hamutálakról jobb belátásra kellett bírnia, amit közvetlen követett társa az e-cigik kényelméről, melyekkel hamuzni sem kell. Ez sem nyerte meg tetszését, pedig mától új, kolbászos ízben is kapható. Amikor felszállt a lebegő vasútra, megemlítette, hogy nagyon kényelmes, hogy teljesen hangtalan, és kihangsúlyozta, hogy meglepő, de tényleg a levegőben lebeg. Amikor áttért a lábszőr-divatra – ugyanis a francia nők újabban különböző mintákat vágatnak bele –, a közönség létszáma megcsappant. Kevesen nézik? Hirdessen nálunk! – ugrott fel egy hirdetés. Kipattant a vonatból és repülőre szállt, ahol megkezdte a negyvenperces játékmenet-közvetítést. Erre nagyobb figyelmet kapott, mint a lábszőrbe vágott Dali-festményekre. Nem értem, miért szeretik nézni, ahogy mások játszanak, szexelnek vagy főznek, amikor ezeket maguktól is megtehetnék. Mindegy is. Tongushi játszott, az emberek nézték, és a repülő az idővel karöltve repült. Izgi... annyira azért nem, mint amennyire az emberek annak tartják.

Párizsban hamar végzett a teendőivel és úgy gondolta, hogy kirándul egyet. Sétált a Tuileriák kertjében – természetesen ezt is a nagyérdemű tudtára adta –, és írt egy szép verset az őszi fák pirosas leveleiről. A vers szerencsére elveszett a történelem könyörtelen összeesküvései között, oly sok titokkal egyetemben. Egyszer csak, amikor az Eiffel-toronynál próbálgatta elhasznált öngyújtóját, újabb reklámok bombázták a szemüvegének kijelzőjét. Természetes Tűzkő az ön szolgálatában, most akciós! Szokjon le most vagy soha... Itt a legújabb módszer stressz ellen! Ezek a reklámszakmában dolgozó marketingesek nem tudták, vagy éppen nem akartak tudomást venni arról, hogy az is elég jó streszszoldás lenne már, ha nem reklámoznának. Aio fejében a gondolatai elterelték a figyelmét ezekről és csodálattal nézte a vastorony fényjátékát, de egy újabb reklám megzavarta, ami pont a képernyő közepére ugrott. Természetesen gazdaságos intimbetét. Hirtelen ezen már felbőszülve utat engedett egy régi vágyának és levette fejéről a digitális lencsét. Elszörnyedt a látványtól. A vasszerkezet nem fénylett tovább, csak ott állt előtte némán, mogorván a rozsdás, roskadozó Eiffel-torony. Körülnézett és meglátta a parkot kiégett fűvel, elhalt bokrokkal. Tisztán emlékezett, hogy előtte a szép őszi tájon csodálkozott, verset is írt róla, mennyire színes

volt, és most mennyire színtelen. Mindent, mint ezt is, élő adás-
ban közvetített. A város koszos lett, az emberek benne szakad-
tak. Annyira megrökönyödött, hogy azt is elfelejtette, nem foly-
tatta a francia divatról készült tudósítását. Jelenleg egy dolgot
folytatott: a megbotránkozást. Ahol eddig szépen festett épüle-
tek voltak, ott egy omladozó, háború utáni világot látott. A friss
gyümölcsök az árusoknál fakó, ehetetlen dolgokra emlékeztették.
Összeszorult a gyomra, amikor egy üvegben meglátta az igazi ar-
cát tükröződni. Egyáltalán nem hasonlított a megszokott szép-
séghez. Most tudatosult benne, hogy a bőre tele van kiütésekkel,
és a szemeinél felfedezett ráncok is életében először az idő vas-
fogával vigyorogtak vissza. Feltette a szemüveget és ismét a fia-
tal, gyönyörű arc köszönt vissza. Megint levette, de nem kellett
volna. Végül úgy döntött, hogy fent hagyja, mert a valóság nem
a legkedvesebb bőrében tűnt fel előtte. A valóság és a realitás
nem a jó modorukról híresek, ezért sok esetben hajlamosak va-
gyunk őket indokolatlanul kizárni az életünkből, amiért ők már
nem tesznek feljelentést, mert tudják, hogy az igazságszolgálta-
tásban sem az igazságé a főszerep. Mindamellett a valóság nem
igazságos és a realitás is csak relatív, mint minden – szólt a világ
legnagyobb közhelye –, ezért ők belenyugodnak egy melléksze-
repbe az emberek elferdített életében. Amikor visszatért Tokió-
ba, addig harcolt az igazság és a valóság mellett, hogy teljesen hü-
lyének nézték, ami – valljuk be – reális.

– Minek kell levenni a szemüveget, hát generációk óta senki
sem tette... – mondták neki.

A kitartó munka viszont meghozza gyümölcsét. Az az igaz-
ság, hogy ez néha csak egy rohadt mandarin. Aio Tongushi ese-
tében ez az őrület volt, ami reális, ha az ember éveken át bizony-
gatja igazát, de annak ellenére senki sem hiszi el, hogy ő maga
teljesen biztos benne, hogy ez a valóság. A valóság nem volt elég
reális az embereknek, de végül győzött az igazság és évekkel
később – neki köszönhetően – a keleti hatalmak betiltották az
e-szemüvegeket és kiléptek a Cég-birodalomból, egy hatalmas
„digitális falat" húztak fel maguk köré, hogy többé ne szennyez-
hesse a nyugati társadalom mocska világukat.

– Azóta sem tudunk semmit róluk – fejezte be Greenfield a történelemórát. Természetesen a Jövő Profit Termelő Társaság adattáraiban nem szerepel ez a név: Aio Tongushi.

6.

Nehéz és furcsa álmok keringtek a fiatal Gábor fejében. Jó érzéssel töltötték el azok a képek, ahol könnyedén felemelkedve a talajtól repülni kezdett. Hirtelen egy labda jelent meg a kezében, és egy felhőkig érő kosárpalánk emelkedett ki a földből. Felnézett, vett egy mély levegőt és felemelkedett. Repült. Milyen szép is volt, hogy ment-ment egyre magasabbra! Kinyújtotta karjait, hogy felkészüljön a zsákolásra, mint a túlfizetett játékosok, akik már arra se vették a fáradtságot, hogy labdát pattogtassanak, mert annyira felgyorsult ez a sport, hogy csak futás, zsákolás, futás, védekezés, mely közben remélik, hogy az ellen nem zsákol, aztán futnak vissza zsákolni, ami közben a néző jogosan érezheti, hogy lelkük mélyén átneveznék kosár helyett zsáklabdára ezt a pattogtatás nélküli futkározást. Egyszer csak a labda és a palánk ködé vált. Amikor lenézett – amit ha magasban vagyunk, senki sem javasol –, szeme láttára a talaj helyén egy tátongó verem keletkezett. Nagyon megrémült és elvesztette az irányítást, majd zuhanni kezdett. A verem nagyon mély volt, és a tátongó lyuk szélén vízesés keletkezett. A kis Gáben csak zuhant a vízfal mellett, mely körbevette. A verem alja forogni kezdett, majd egyik pillanatról a másikra emberekké változott a leeső víz és Gábor feje fölé nőttek. Magasabbak, erősebbek voltak, mint ő. Karjaikat kinyújtották, és a verem szája ezzel szűkülni kezdett. Amikor már ezek az alakok is forogtak, a nyújtott kezeik meghosszabbodtak, hogy elérjék a köztük zuhanó kisfiút. Elkapták és lefogták, amitől fulladozni kezdett. Erős nyomás helyezkedett mellkasára, amikor felriadt álmából. Levegő után kapkodott és érezte, hogy szíve olyan gyorsan ver, mint egy megkergült ütvefúró elkeseredett feje. Teste nedves volt és hirtelen nem tudta, hogy ezt záróizma és húgyhólyagja ördögi játékának köszönheti-e, vagy leizzadt a rémálomtól. Sok kisgyermek védekezik azzal, hogy „anya, bocs, beizzadtam". No de fiam, mégis, húgyszagút... Ez nem belső szervi keringő volt, hanem úgy leverte a víz, mintha maratont futott volna negyvenfokos melegben, ahol a páratartalom vetekszik a pedáns tanulók 90%-os eredményével. Kikelt az ágyból, hogy levesse a vizes ruháját, amikor anyja hazaért. Merre lehetett megint, azt sohasem tudta. Arca sebes volt, megviselt, de nyugodtnak látszott, és kezében egy vadonatúj kosárlabdát tartott.

– Nézd, mit hoztam! – szólt kedvesen és a fiú felé görgette a labdát, aki hirtelen elfeledkezett a kellemetlen vagy ciki, de bizonyos korban megbocsátható helyzetéről és elkapta az új játékát.

Annyira megörült ennek, hogy majdnem összevizelte magát, ami tényleg ciki lett volna, és anyjához szaladt, hogy átölelje.

– Köszönöm! – mondta hálásan.

– Miért vagy ilyen vizes? – érdeklődött anyja kedvesen.

– Rosszat álmodtam – válaszolta, mire anyja átkarolta és homlokon puszilta.

– Anyának most el kell mennie egy kis időre – szólt kedvesen fiához. – Jó leszel addig? – kérdezte.

– Persze – jött a határozott válasz –, nem lesz semmi gond – mondta könnyedén, ahogy ezt a választ mondani szokták könnyelműen.

– Szóval mi történt ezután? – szólalt meg Gában, most már az idősebb, aki egy poharat helyezett az előttük lévő körasztalra. – Megkaptam a labdát anyutól és tudtam, hogy valaki, de azok a srácok biztosan, el akarják majd venni tőlem. Tudjátok, arrafelé a sportszerek igen ritkaságszámba mentek. Anyámnak volt egy házi laborja, ilyen kémiai cuccos vagy mi. Gőzöm sincs, mire kellett neki.

– Biztos vagy te ebben? – kérdezte Winston, és a lábát felhelyezte az imént említett asztalra.

– Igen – válaszolt Gáben, és az önfeltöltődő poharát immár édes nedűjével kezébe fogta. – Biztosan volt egy laborja.

– Nem arra gondoltam – kötekedett Winston.

– Tudom... – hárított Gáben. – A lényeg, hogy ebben a laborban kevertem egyet, és csináltam egy ütésre robbanó sportszert. – Mosolyogva lehúzta italát, majd folytatta. – Ha ez a kosárlabda egy marketinges kezébe került volna, akkor a reklámszöveg valahogy úgy hangzott volna, hogy „Kirobbanó élményt nyújt a kikapcsolódáshoz". – Önelégülten hátradőlt székében.

Új lelkesedéssel indult a kis Gábor útjára, hiszen mielőtt útnak eredt, a rossz gyerek leleményes taktikai érzékével szépen kivárta, amíg az anyai felügyelet elhagyja a házat és a laborba eredt. Nem volt teljesen ismeretlen számára a környezet, mert sokszor az esti mese helyett anyja a kémia rejtélyes világáról regélt neki. Veszélyes vállalkozás volt, mert egy apró baklövéssel könnyedén a levegőbe repíthette volna lakhelyüket. A Cég bánatára ez nem történt meg. A Jövő PTT biztosan jól járt volna, ha Nagy Gábor még kiskorában eltűnik a porondról.

Nagy odafigyeléssel és óvatossággal cipelte a gyilkos szerkezetet, nehogy lepattanjon megszokásból. Amikor megérkezett a vas és beton pályára, szomorúan konstatálta, hogy az üres.

Hát persze – gondolta magában –, munkaidő van, és ilyenkor az idősebbek még dolgoznak.

Az 1000 felettiek világában a felnőtté válás, ha a dolgos életet annak lehet mondani, igen hamar bekövetkezik. Itt nem oktatták az embereket fölöslegesen, csak egy adott munkakörre tanították be őket, hogy azt életük végéig szorgosan műveljék. Gáben anyja azok közé tartozott, akik magánúton, aljas összeesküvések árán képezték tovább magukat. Így lett a nő vegyész és hivatásos, de nem hivatalos drogfőző. Jó kiegészítésnek tűnt, hogy esetleg fiával elhagyhassák a Cég-birodalom e koszos, szakadt és bűnös negyedét, ahol még Amanda is csak félvállról vette a kötelességét és hagyta az illegális szerek térhódítását. Jobb egy leszedált csőcselék, mint az aktív, elégedetlenkedő tömeg. Amit Gáben sohasem tudott meg, az az a szomorú tény, hogy édesanyját nem a Cég végezte ki nyilvánosan, hanem egy rossz üzletbe tenyerelt. Többször figyelmezették rá, hogy ne terjessze tovább a felvevőpiacát és maradjon veszteg, de a nő nem hallgatott rájuk, mert tudta, hogy kellenek a további ügyfelek. Hiába, ki akart törni, és ehhez szüksége volt erre. Azt szokták mondani, hogy csúnyán belenyúlt a tűzbe. Ez igaz is volt, mert amikor az egyik drogbáró területére került az általa készített, sokkal jobb kábítószer, nem egyezkedett, nem tárgyalt, ezért nem finoman szólva eltették láb alól, de igazából az útból. Egy nap, amikor hazafelé tartott, már éppen a ház előtt volt, egy autóból kipattanó, rendőrnek öltözött ember az életét vette Gáben szeme láttára. Ezek az emberek nem rendőrök voltak, csak annak öltöztek, hogy a hatóságokat besározzák a kerületben, és nagy mellénnyel ajánlják fel a védelmüket azzal szemben a helyi bűnözőknek. Ez csak egy piszkos játék volt, amit a szerető anya nem élt túl...

A kis Gábor, később a Nagy Gáben, hamar unatkozni kezdett, ami gyerekként azt hiszem napjainkban is népbetegség, ha ingerszegény a környezet. Leült a pálya közepére, majd ideoda kezdte gurítgatni a labdát, fejével a mozgását követte és dúdolni kezdett.

– Hiába nőttél nagyra, ha szétszakít a labda. Ha szétszakít a labda, hiába nőttél nagyra. Leválik a karja, ha lepattan a labda... – Néha fütyülgetett hozzá aláfestésként.

Egyszer csak a háta mögül megszólalt valaki.

– Nézzétek, ki van itt! – szólt egy hang. – Nincs kivel játszanod, igaz? – kérdezte, és egyből kikapta a kis Gábor kezei közül a bombát, akinek szerencséjére a nagy gyerek kapásból nem lepattintotta azt, hanem átpasszolta a haverjának.

Ha ez nem így történik, akkor bizony premier plánból belenézhetett volna munkája sikerébe. Egészségügyi okokból jobb távol maradni az efféle premier plánoktól. A haver már pattintott. Megfagyott a levegő, vagyis az éppen felforrósodott a robbanásra, és egyedül a kis Gábor szaladt gonoszul mosolyogva, dúdolva.

– Ha lepattan a labda, szétszakít, te marha...

A szétrepülő végtagok és a vér látványától, a hátborzongató meglepődéstől ledermedt gyerekek hirtelen levegőt sem vettek.

Teljesen leblokkolt az elméjük, ahogy látták játszópajtásukat félig szétszakadva feléjük nyúlni és kiabálni.

– Segítség! – ordította, de mozdulni sem bírtak.

Egyikük térdre borult és zokogni kezdett. A másik teljesen összeomlott. Ezzel a kis Gábor kontra három zaklató: 3–0.

– Te tényleg kinyírtál egy gyereket? – kérdezte ingerülten Winston.

– Beteg vagy! – szólt rövidenArisz egyáltalán nem hosszan.

– Jó-jó. Túloztam egy kicsit. Elismerem – válaszolt Gáben mosolyogva. – Jól hangzott, hogy ilyen kemény voltam.

– Nem. Egyáltalán nem hangzott jól! – vágott közbe Winston megvető hangnemben. – Sőt, egyenesen szörnyű volt! Mi volt az igazság? – kérte számon.

– Az volt – szabadkozott Gáben –, hogy tényleg csináltam egy robbanó labdát, de korántsem volt ilyen sikeres – húzta feljebb gorillaszemöldökeit. – Hogy őszinte legyek, alig pukkant nagyobbat, mint a másnapos fing, és a srácokat csak felidegesítettem vele.

Egy apró szünet után, mialatt lehajtotta a fejét és egy erős italt, hozzátette:

– Jól megvertek utána...

Winston felröhögött, vagy inkább jól kinevette, vagy mindet egyszerre, és hátba vágta cimboráját.

– Jól van na! – szólt. – Elismerem, Gábenesebb volt az elborultgyerek-történet.

– Na! Elborulni elborultam – dünnyögött Gáben.

Éppen koccintottak egyet, amikor valami földöntúli női sikoly csapódott bele a már-már feloldódott hangulatba úgy, hogy azt jól fel is kente a falra.

7.

Edward Greenfield kényelmesen elhelyezkedett egy bőrfotelben. Valami érthetetlen vagy pontosan érthető módon, ebben az olajban sült műanyag világban csak neki adatott meg az a kiváltság, hogy ódivatú létére olyan dolgokkal boríthassa tárgyait, amit egykor valami vagy valaki büszkén hordott szervezete külső védőrétegeként. Előkészített egy szivart és egy antik teknőspáncél hamutartót. Megkopogtatott egy kijelzőt a fotel mellett, amitől az előtte lévő pultból egy lebegő, fémes gömb emelkedett ki. A gömb mozogni kezdett, majd egyes részei fel-le forogtak, pörögtek, amíg egy jól kivehető, kopasz női fejjé alakult. A fej Greenfieldre nyitotta szemeit és rámeredt.

– Szia, Ed! – szólította meg az arc. – Aggódom, mert tudom, hogy nem vagy jól. Tudom, hogy te is aggódsz és mérhetetlen harag van benned. Tudom, hogy a tested erőtlen. Tudom, hogy...

– Elég! – szakította félbe Greenfield. – Én is tudom. Ezzel nem segítesz!

A fotel rezegni kezdett, és a világtörténelem legtökéletesebb masszázsprogramját kezdte el.

– Nyugodj meg! – szólt kedvesen a gömbfej. – Nem szenvedtem maradandó károsodást.

Ezután egy darabig csendben figyelt, hogy az igazgató úr ellazulhasson.

– Ezt örömmel hallom – mondta Greenfield, valahol két „ah" és „de jó" között.

– Nem is örülsz, ne hazudj! Legalább nekem ne! Megkockáztatom, hogy jobban ismerlek, mint te magadat. Legalábbis a valószínűségi számításaim szerint ennek van nagyobb esélye – fűzte hozzá és Greenfieldre mosolygott. – Azt is tudom, hogy Nikollal mennyire jól kijöttök. Szereted? – kérdezte túlságosan kedvesen, nyájasan, nyálasan.

Greenfield összerezzent, de nem úgy, mint a falevél, hanem inkább úgy, mint a részeges villanyszerelő, aki éppen rossz fázisban turkál, és ezzel egy BNZ-t okoz saját testileg. A Villanyszerelők Nagykönyve szerint a BNZ jelentése és definíciója kb. ennyi: B*szott Nagy Zárlat. Ez viszonylag szerencsés eset a részeges villanyszerelőknél, mert zárja az áramkört, ami sok figyelmetlen villanyász életét mentette már meg. A BNZ élettani hatásairól is a Villanyszerelők Nagykönyvében olvashatunk valahol a SZEVÁ és az UBMI között félúton. A SZEVÁ leírása: egy kérdés, amit főként részeges villanyszerelők szoktak feltenni. Valahogy így hangzik az életben: Szerinted Ebben Van Áram? Ezt a kérdést szokta közvetlenül követni – ahogy a Villanyszerelők Nagykönyvében is található – az UBMI, amit ha szerencsések vagyunk, akkor egy BNZ zár le. Az UBMI leírása: a SZEVÁ közvetlen követője, jelentése: Uh, B*szd Meg, Igen! A Villanyszerelők Nagykönyve egy nagyon érdekes olvasmány, ami először arra hívja fel a figyelmet, hogy semmiképpen ne próbáljunk részegen villanyt szerelni, és azért is egy remek kiadvány, mert például ezt a könyvet eladásokban biztosan veri.

– Nem-nem, semmiféleképpen sem – válaszolt Greenfield. – Tudod, mi erről a véleményem...

– Nem szégyen bevallanod – unszolta a fémfej.

– Mondtam, hogy nem! – csapott le Greenfield durcásan.

– Kötődsz hozzá? – érdeklődött fémesen az arc.

– Nem kötődöm – hangzott el a határozott válasz.

– De a jelenléte ad valami pozitívat az életedhez – jelentette ki a női fej.

– Azt igen. Elég sokat – felelte a kormányzó.

– És ezt a pozitív dolgot, dolgokat szereted, nem igaz? – faggatózott.

– Természetesen igen – szólalt meg, de nem engedte, hogy a fémfej közbevágjon. – Amanda! Ez nem azt jelenti, hogy őt szeretem, csak azt, amit ad.

– Tipikus... – kontrázott megvetően Amanda. – Közvetlenül nem szereted, de közvetetten attól még szeretheted.

– Légy szíves!

– Nincs szívem, ezt te is tudod. Ha lenne, akkor faggatózásomat érthetnéd jelentéktelen féltékenységnek, ahogy most teszed, de nincsen.

– Akkor miért érdekel ennyire? – húzta feljebb értetlenül szemöldökeit Greenfield.

– Nehogy túl puhány legyél!

Ammenyire határozottan közölte ezt Amanda, annyira fenyegetően húzta össze fémes szemeit.

– Tudom, mire gondolsz – legyintett egyet Edward.

– Miért vársz velem? – enyhült meg a zord tekintet.

– Ezért jöttem, hogy beindítsuk a programot. Azt akarom, hogy szenvedjenek a vétkesek! Indítsd el a mechanoőröket és kutasd fel az összes élő embert, aki nincs rád csatlakoztatva! – utasította Greenfield felbőszülve.

A mechanoőrök sima robotok, akik Amanda irányításával folyamatos megfigyelést végeznek. Nevüket azon egyszerű oknál fogva kapták, hogy az olvasó tisztában legyen vele, hogy ez még mindig egy sci-fi regény, és nem valami sótlan előétel receptje.

– Örömmel – mosolyodott el Amanda metálarca.

– Nem is tudsz örülni – kötekedett Greenfield.

– Ez nem teljesen igaz, Ed – vette fel a ritmust a gép –, mivel pontosan le tudom írni az öröm jelenségét, pontosan tudom, ilyenkor milyen elváltozások mennek végbe az emberi szervezetben, mert generációkon keresztül vizsgáltam az érzelmeket. Valószínűleg jobban ismerem, mint a lakosaid. Ők kezdik elfelejteni, mint ahogy te is – kérte ki magának jogosan.

– Nem az a dolgom, hogy örömködjek és a stabil társadalomnak is jobb, ha egyszer és mindenkorra teljesen elfeledik. De szép is lesz, amikor már vágyni se fognak a boldogságra! – sóvárgott a kormányzó.

– Mit csináljak a kézre kerített egyénekkel?

– Verkinson... Néha még nekem is kijár az örömből – kacagott Greenfield.

– Ed! Még valamit ne felejts el! – figyelmeztette Amanda. – Nelson teste visszakerült az ellenséghez, és tartalmazza az összes tervüket, titkukat, amik minket illetnek.

Edward elgondolkozott. Pontosan tisztában volt ennek a jelentőségével és csakis ezért adja ki a gépnek az engedélyt. Más esetben esze ágában se lenne ekkora hatalmat adni Amandának.

– Nagy szükség van most a programodra – jelentette ki boszszúsan. – Eltarthat egy jó darabig, amíg egy holt tetem agyából leszedik az információt, de nem kockáztathatok.

– Számításaim szerint – nézett fel kicsit a fémarc a semmibe – hónapokba telik egy komputernek ezt a feladatot ellátnia, ha egyáltalán létezik olyan gyors, mint én! – dicsekedett, majd folytatta önamaga fényezését annak ellenére, hogy így is elég szépen verte vissza a lámpák sugarait. – Az új programommal ennél sokkal hamarabb rendet rakok.

– Indítsd el akkor! Engedély megadva...

A fémes, kopasz fej gonoszul elmosolyodott. Ismét forogni kezdett, majd visszasüllyedt a pultba. Greenfield enyhén remegő kézzel gyújtott rá egy szivarra és hosszasan, szótlanul üldögélt gondolataiba mélyedve.

XI.

Semmi sem jár következmények nélkül, így hát szökni kell végül...

1.

Az Elfeledtetett Lexikon 666. cikkelye:

A (sátáni) közgazdaságtan (szintén csak részlet)

„Vannak könnyen megérthető dolgok az életben, mint az 1+1. Nem túl bonyolult. Vannak nehezebben megérthetők, mint a 6x+2y hogyan lesz egyenlő 24-gyel. De vannak egyszerűen érthetetlenek, mint például ha egy közgazdásztól kérdezzük meg, hogy mennyi az 1+1, válaszként azt fogja kérdezni, hogy menynyi legyen? Egyértelműen nem szabadna másnak lennie, mint 2, de ez a fránya közgazdász – akinek megnevezésében is benne van a közgaz, mely közösségi gazembert is jelenthet – ide fekteti, oda rakja, kamatláb meg minden, egy kis hozam, aztán cashflow és máris annyi lesz az 1+1, amennyi neki megfelel. Soha ne kössünk üzletet közgazdászokkal! Az 1+1 az 2, és ez egy örök törvény. Mi persze érthetetlen módon rábízzuk a pénz irányította világunkat ezekre a csalókra, aztán nem értjük, hol van a hiba. Hát az 1+1-ben, ami nem 2, hanem bármennyi. Ha fizikába átültetnénk a jelenséget, majd azt kérdeznénk: mekkora felhajtóerő kell, hogy ez a rakéta elhagyja a bolygó légkörét és válaszul azt kapnánk, hogy bármekkora, nem hiszem, hogy az emberiség feljutott volna a világűrbe. De maradjunk a hétköznapoknál és ennél a bármennyinél! Ez a bármennyi az alapja pénzügyeinknek és ezt a bármennyit pedig a közgazdászok és közeli barátaik uralják. Szerintem minden világos vagy teljesen sötét, mint a jövőnk, ha ilyen emberek kezébe kerül."

– Én eztet nem értem – szólt Bobánka, akinek teljesen mindegy volt általában, hogy közgazdásszal vagy akárki mással beszélget. Ő többnyire semmit sem értett, de azt derekas kitartással.

– Jól van. Elmondom még egyszer – türelmetlenkedett Usher. – Figyelsz?

– Aha – válaszolt az óriás nem teljesen meggyőzően.

– Nelson meghalt. Eddig megvan? – próbálta felvenni Bobánka ritmusát, hátha van neki ilyen.

– Őő, ja, ja, igen. Szegény Nelson. Meg az a szép test – szomorkodott.

– Szóval Nelson...

– Igen, tudom, halott. Nem vagyok ám olyan hülye! – jelentette ki, pedig pont annyira volt az. – Figyelek, he – mondta bután.

– Nelson volt a vezetőnk – folytatta Usher, aki ezen a ponton feladta a türelmetlenkedést, mert annak pont annyi értelme lett volna, mint egy közgazdásszal az 1+1-ről vitatkozni.

Semmi... Nála van a pénz, úgyhogy az 1+1 az bizony bármennyi lehet.

– Az volt, az volt – vágott közbe Bobánka, pedig senki sem kérdezte. – Jó vezetőnk volt. Vagyis hát lehetett volna jobb is. Mégis csak halott szegény, nem igaz?

Ez sajnos igaz volt, és meglepően logikus egy ilyen kaliberű embertől, mint Bobánka.

– Igen, Bobánka, ez igaz – dicsérte meg Usher, és egy szokatlanul mély levegőt vett. – Mit tudnak a vezetők? – kérdezte reménytelenül.

– Hát, vezetni...

Nem tudom leírni, hogy ezen mennyit gondolkodott.

– Jól van – váltott hangnemet a mérnök. – Mi lenne, ha nem szólnál közbe és elmagyaráznám, hogy mi történik?

– Próbáljuk meg – egyezett bele –, de ha kérhetem, ne túl hosszan!

– Tehát Nelson...

– Igen, a vezetőnk volt – lelkesedett fel Bobánka, de amikor megpillantotta Usher tekintetét, elbátortalanodott. – Ja, bocsánat! – szabadkozott.

– Nelson – kezdett bele sokadjára Usher –, mint a vezetőnk, nagyon sokat tudott.

– Okos volt...

Nem fűzök hozzá megjegyzést...

– Ezt a tudást – Usher mintha meg sem hallotta volna partnere közbeszólását – most szeretnénk visszakapni, ezért a testébe ültetünk egy lelket.

– Ó, a szép testbe? – örült meg a hírnek Bobánka.

– Igen, abba. De nem ez a lényeg, hanem az, hogy ez a lélek rendelkezni fog Nelson minden tudásával, amit évszázadok alatt felhalmozott. Fel tudod ezt fogni?

– Fel-fel. Újra élni fog a szép test. Mi hoztuk Desirével – büszkélkedett –, de aztat nem értem, honnan szerzünk belé lelket?

– Nem kell szerezni – türelmet azt viszont kéne lassan –, van nekünk egy.

– Váó, de honnan?

– Nelsonnak volt egy lánya – kezdett bele Usher.

– Ú, ez nagyon hosszú lesz.

– Bobánka, nem lesz, de az se baj, ha nem fogod fel. – A türelem elfogyott. – Ez a lány évszázadokkal ezelőtt született, de nem élte meg az első napnyugtát, ezért az apja elzárta a lelkét és elrakta, hátha talál majd egy olyan világot, amiben az boldogan felnőhet. Mivel a mai napig nem sikerült az emberiségnek teremteni egy olyat, amellyel Nelson megelégedett volna, ez a lélek még mindig várja, hogy újra megszülethessen. Ez a pillanat most következik be nemsokára és Sophie, azaz Nelson lánya megkapja édesapja testét.

Usher levegőt sem vett, nehogy félbeszakítsák.

– Ú, de tudtam, hogy hosszú lesz!

Ezt a mondatot Usher sóhajtása zárta volna, de egy földöntúli női sikoly megelőzte.

159

2.

Az Elfeledtetett Lexikon ??? cikkelye:

Személyiségzavar

„Az emberek többnyire szeretnek egymás fejével gondolkodni. Ezt lehet, hogy azért teszik, mert a sajátjukkal nem tudnak vagy meguntak. Túl sokat foglalkozunk másokkal, míg önmagunkat teljesen elfelejtjük. Vajon mit gondol? Vajon mit gondolhat rólam? Nem gáz a sminkem? Jaj, de nagy ez a pattanás! Egyenesen áll a nyakkendőm? Vajon befostam? Uh, de nyúzott vagyok... Ezek a kérdések és még rengeteg társuk semmi másért, csakis azért foglalkoztatják az elmét, hogy másoknak megfeleljünk. Különben miért kéne alapozó egy kelésre az arcon? Hát meg nem gyógyul tőle, de mások látják. Hát mit fognak szólni miatta? Hogyan fognak rám nézni? Természetesen ha fáj, az egy másik kérdés, mert akkor jogosan foglalkoztatja a tulajdonosát. Hogy áll a hajam? Nem tök mindegy, de komolyan?! A lényeg, hogy ne zavarjon például úgy, hogy az arcba lóg. Persze van, akit ez sem zavar, majmolva az aktuális divatot. Az persze lényegtelen, hogy nem lát tőle semmit... Sajnos nagyon sok ember próbálja a belső frusztrációját, komplexusait azzal kezelni, hogy másoknak mást mutat, megfelel. Szociális média... Na ugye? Hétfőn még imádják egymást, romantikus vacsora, jól megvilágított, előre gondosan beállított képeken, aztán csütörtökön meg valamelyik fél alkalmi partnert keres az éjszakában lelkileg romokban. Ezt hívják hazugságnak! Akinek nem inge, persze ne hordja! A legnagyobb probléma az, ha önmagunknak hazudunk, mert olyannak akarunk tűnni, ahogy mások akarnak látni vagy mi szeretnénk, hogy mások lássanak, pedig nem is vagyunk még közel sem olyanok. Elmentünk nyaralni. Ezt mindenkinek tudnia kell és azt is, hogy milyen jó volt, de azt még magunknak sem merjük bevallani, hogy mindezek után éjszakánként csak szerekkel tudunk elaludni. Ennél a pontnál az író elment nyaralni és istenien érezte magát, persze a könyv itt csúszott pár hónapot, mert a kezelések sokáig tartottak, mire újra elfogadta hétköznapi életét. Nyilvánvalóan vannak kiegyensúlyozott emberek, de ez a fejezet éppen nem róluk szól. Egy szó, mint száz, mellesleg ez az egy szó maximum a száz lehet, annyira szeretnénk belelátni a másik fejébe, hogy közben elfelejtjük, milyen csúnya dolgok zajlanak a sajátunkban. Mi lenne, ha egyszer tényleg beleférkőzhetnénk egy elme teljes tartalmába? El sem tudom képzelni..."

Én azért egy kicsit megpróbálom, mert Nelson lánya éppen – és pont ezért – földöntúli sikolyokat ad ki magából.

– Fogjátok le! – ordított az orvos.

– Segítsetek! – üvöltött segédje – aki Mr.-nek és Sirnek is tartotta magát, de aligha nevezhetnénk úriembernek –, kinek karjába egy smaragdzöld szemű, fél-zombi harapott éppen.

A lány, aki egy élőhöz még egy kicsit sápadt volt, de annál harciasabb, félrelökte Desirét és a fejéhez kapott egy újabb sikítás erejéig.

– Fogjátok le! – ismételte az orvos, akitől elvárhatnánk, hogy a helyzet magaslatán legyen, de nem volt.

Az egyik ajtón berontott Gáben, Winston, és csak úgy rövidenArisz.

– Fogjátok le! – üvöltött az orvos, sikított a lány, és erre Bobánka szó szerint Usherrel törte be az ajtót.

– Egy lépést se! – sikoltotta a lány egy pisztollyal a kezében.

– Ez nem ér! – méltatlankodott Mr. Sir Desire, mert észrevette, hogy nemcsak a karjából, hanem a belső zsebéből is hiányzik egy becses darab.

– Egy lépést se! – zokogta a lány remegő kézzel, és ki tudja megmondani, de valószínűleg csőre töltött fegyverrel.

– Nincs semmi baj! – vágott közbe Gáben, aki jelen esetben inkább határozott, sármos férfinak akart tűnni, mint ijedt sármosnak.

– Egy lépést... – de nem fejezte be a mondatot.

– Összeomlik! – szólt az orvos, és erre majdnem ahányan voltak, annyian vetették rá magukat az ájuló testre.

Desirének esélye sem volt elkapni, Bobánka is csak Ushert lökte arrébb. Winston a helyén maradt, amit rövidenArisz is jobban tett volna, mert neki hosszan tartó fejfájása lett. Érdekes módon a test végül Gáben karjában landolt. Az orvos csak ezek után ugrott oda, hogy megvizsgálja. Rajta, mármint az orvoson, kimondottan látszódtak az elmaradt testnevelésórák.

– Sokkos állapotban van! – jelentette ki. – Hozd ide az ágyra, kérlek!

Gáben nagyon finoman fektette le lányt a puha ágyra. Desire kapott is az alkalmon és gyorsan lekötözte. Ebből is látszik, hogy nem elég valakit Sirnek vagy akármi másnak hívni, attól még nem lesz úriember. Hullarablás és egy ájult lány ágyhoz kötözése nem túl gavallér cselekedet. Winston és Gáben szúrós tekintetét kapta el röptében. Kész szerencséje volt, hogy mást nem kapott tőlük.

– Nem szeretném – mentegetőzött Desire –, ha még egyszer ugyanabba a hibába esnénk.

Egy pillanatig feszült csend osont végig a szobán, de a belátás egy nagyon ösztönző dolog, így megértették Gábenék is, hogy Desirének – akinél elhagyom a Mr. Sir előnevet, mert szerintem nem érdemeli meg – most igaza volt.

– Rendbe fog jönni? – kérdezte Winston az orvostól szinte suttogva.

– Nem tudni még – érkezett a lehangoló válasz. – Ilyenre nincs feljegyzés, hogy bárki csinált volna hasonlót. Az agyat – folytatta – mindig eltávolítják előtte, és az előzőt helyezik be. Ritkán fordult elő, hogy szűz lelket raktak testbe, de akkor is letisztítják a régi agyat, hogy...

– Jól van, elég! – csapta le Gáben a biológiaiórát.

3.

A tapasztalatok rettentően fontosak az emberek életében. Ami még ennél is jelentősebb súllyal bír, ha ezt a felszedett tudást hasznosítani is képes valaki. Vannak különleges esetek, amikor képesek vagyunk mások által szerzett jártasságot beépíteni a gyakorlatba.

Az okos ember saját hibáiból tanul. A zsenik másokéból, míg én szeretem elkövetni ugyanazt többször is, hátha más eredménynyel zárul. A statisztika azt mutatja, hogy ilyenkor marha nagy hibát vétek. Magától értetődően, gyakorlatias ember lévén, ezt is többször. Winston Salmon atyai emlékei, ez idő alatt elsajátított türelme és Nagy Gábor szenvedélye a női nem iránt – teszem hozzá, hogy azért a többségében az igent preferálta – nagyon sokat segített, hogy ezt az összetört lelket kicsit nyugalomra bírják.

Sophie egy csésze teát tartogatott éppen a remegő kezeiben, pedig Gáben főorvosi múltjának köszönhetően pálinkát javasolt a lány idegállapotára. Időközben nagyon megszerette ezt az erős italt. Magának töltött is egyet. A tea megától értetődő módon Winston ötlete volt.

– Nincsen semmi baj – jelentette ki Winston, mint amikor igazából van, de arról nem célszerű tudomást venni.

Sophie felnézett könnyes szemeivel, és szomorúan „de igen"-t bólintott.

– Akármi jön – szólt Gáben és a lány vállára tette a kezét, aki ettől egy hangyányit, de azt a nagyon aprónyit, nyugodott csak meg – mi megoldjuk. Rengeteg dolgon vagyunk már túl, és nem akarom, hogy most feladjuk!

– Pontosan tudom – dadogta a megtört lány –, hogy min mentetek át. Legalábbis, amit Nelson mellett éltetek meg és amit meséltetek neki. Kevés lesz... – fűzte hozzá, és elpityeredett.

– Miért mondod ezt? – kérdezte Winston látszólag nyugodtan.

– Elbuktunk... – sóhajtott üveges szemekkel.

– Amíg én lélegzem – tört elő Gábenből a tettre kész akcióhős –, addig nincs vereség!

– Ettől félek – mondta Sophie.

– Mitől? – kérdezte Winston.

– Hogy csak addig – válaszolt lehangoltan, majd folytatta –, mert utána nem lesz senki, aki útjába állhat a kormányzónak.

– Hát de nem is kell! – lelkesedett Gáben. – Mivel mi most egyszer és mindenkorra megdöntjük a hatalmát.

– Már meg kellett volna dőlni annak – csapott le Sophie a depresszió negatív kardjával. – Nincs tovább.

– Kérlek, beszélj érthetőbben! – kérte Winston.

– Ne haragudjatok, csak még nehéz! – mentegetőzött.

– Semmi baj – szólt Gáben.

Ezzel most szerinte tényleg nem volt semmi baj. Kedvesen átölelte:

– Pihenj egyet, és utána...

– Nincs idő pihenni! – vágott közbe zokogva és mély lélegzeteket kezdett venni, majd nagy nehezen erőt vett magán. – Az volt a terv, hogy titeket visszajuttat az Európára, hogy elvághassa egy ottani lázadással az amantintól a Céget.

Letörölte könnyeit, és nagyot kortyolt a teából.

– De ti itt vagytok, ami baj.

– Megmentette az életünket – szólt Winston.

– Felhasznált inkább, mert tudta, hogy erre nagyon kevés az esély, ezért alkotott egy B-tervet.

Ezen a ponton ismét kezdte elveszíteni erejét és nagyokat szipogott:

– De az sem sikerült – mondta szomorkásan, majd lehajtotta a fejét.

– Mi volt a terv? – érdeklődött Winston, de a lány nem felelt, így Gáben szólt közbe.

– Ne faggasd! Elmondja, ha tudja.

Miután befejezte, töltött még egy csészével Sophie-nak, és egy pohárkával magának.

– Tudnunk kell, mi vár ránk! – unszolta Winston. – Főleg, ha ilyen nagy bajban vagyunk.

– Abban – nyögte ki a fáradt lány.

Winston egy dobozt vett elő és Sophie felé nyújtotta.

– Mi az? – kérdezte Gáben.

– Erős idegnyugtató – felelte.

– Jó ötlet ez? – érdeklődött barátja.

– Nem tudom – hezitált egy kicsit Winston. – Hagyjuk inkább, hadd pihenjen! Sophie – szólt a lányhoz kedvesen –, hagyjunk magadra? Szeretnél valamit? Csak szólj, és megteszünk mindent érted! – ajánlotta fel türelmesen végül.

– Maradjatok – felelte –, mindjárt összeszedem magam!

Egy darabig csendben üldögéltek a szobában. Sophie könynyes szemekkel feküdt Gáben ölében, aki finoman masszírozta a lány nyakát. Amikor kezdett teljesen lenyugodni, hirtelen felriadt és hadarni kezdett.

– Sietnünk... menni gyorsan! Nagy veszélyben vagyunk. Az a szörnyeteg! Lehet, hogy már késő, de talán van még remény, rohanjunk!

Ekkor Gáben erősebben átkarolta a riadt lányt, hogy lefogja annyira, hogy a szemébe tudjon nézni.

– Nyugalom! – erre intette. – Csak akkor tudsz segíteni.

– Bocsátsatok meg! – kérte Sophie és újra sírni kezdett, de végül erőt vett magán. – Nelson rájött, hogy a Cég kifejlesztett egy új rendszert, amivel még jobban megfigyelés alatt tudja tartani az embereket, ezért személyesen is megpróbálta megölni a kormányzót, mielőtt az élesíteni tudta volna azt. Ezért kapatta el magát, hogy biztosan célt érjenek a rakéták. Tudta, hogy Edward Greenfield személyesen fog vele találkozni. Tudta, hogy ez élete legnagyobb esélye, hogy nem a Céget, hanem az embert mögüle kiiktassa. Ezért vállalta azt a kockázatot, hogy belehalhat és megbízta Desirét, hogy bizonyosodjon meg a sikerről vagy a kudarcról.

Mély levegőt vett, majd folytatta:

– Desire egyedül a testet tudta megmenteni, és a kormányzó túlélte.

Összehúzta szemeit, mintha erős fájdalma lenne, és újabb könnycseppeket préselt ki rajtuk.

– Ha beindítja az új programot, akkor semmi esélyünk nem marad.

– Miért? – kérdezte Winston. – Mit csinál?

– Eddig Amanda, a kormányzó felügyeleti rendszere belső megfigyeléseket végzett, és ezek alapján próbálta az emberi gondolkodást, érzelmeket manipulálni.

– Engem nem sikerült – büszkélkedett Gáben.

– Igen, voltak, akiket nem tudott, vagy csak nagyon apró mértékben ért el változást. Ezeknek az embereknek túl erős a lelkük, mint nektek. Az új rendszer nemcsak belső megfigyelést fog végezni, hanem külsőt is, hogy kiszűrje azokat, akik nincsnek rácsatlakoztatva Amandára. Ehhez valamilyen jelet használ, de ezt nem tudom pontosan.

– Ez még nem a világvége – vélekedett Gában.

– Nem-nem – folytatta Sophie –, de onnantól, hogy üzembe helyezik, minden olyan ember, aki a Cég-birodalmon belül van és élénk, színes a lélekrajza, tehát ellenállóbb, mint a tömeg, egyszerűen szívrohamot fog kapni, és mindeközben valamilyen járőrrobotokkal keresteti a kívülállókat. Vadászat indul ellenünk! Ez lesz az utolsó megszorítás. Halálban fog úszni megint az emberiség, és valószínűleg senkinek sem lesz ellenvetése...

– Nekem azért volna egy-két ellenérvem – harsant fel Gában.

– Ezt nem hagyhatjuk! – felelte Winston dühösen, de ahogy kimondta, megszólalt a vészriadó.

4.

A Jövő Profit Termelő Társaság a kormányzó felé irányuló merénylet után újabb ellenséget vetített ki a Cég-birodalom polgárai elé, szó szerint nagy holoképekre az utcákon. A hatalmak sokszor alkalmazzák ezt a módszert, hogy kitalálnak egy képzelt ellenséget a népnek, valami fenyegetést rájuk nézve, amitől hűen szeretett elnyomóik megvédhetik őket. A lakosság ettől a fantom-veszélyforrástól félni kezd, és bármit elhisz az óvó feletteseinek. A „jobb félni, mint megijedni" tehát ez esetben sem helytálló. Sőt egyenesen káros, hiszen engedi a hazugságalapú kormányzást, ráadásul a félelem által berendezett hatalmi rendeket nagyon nehéz leváltani, megbuktatni. Igaz, ez esetben tényleg volt némi ellenállás, de korántsem olyan veszélyes már, mint ahogy azt közölték, és emellett egy külső, keleti hatalmat is besároztak az emberek előtt, hogy szigorítások jönnek ezért, többet kell dolgozni, hogy diadalmaskodjanak a támadók felett.

Csendes munkanapra ébredt a lakosság. Kígyózó soraik ismét némán meneteltek a kötelességük elvégzése felé. Lehajtott, szomorkás fejüket csak egy-egy kereszteződésnél emelték fel, hogy az újonnan beiktatott mechanoőrök átvizsgálhassák őket.

– Redben van, továbbmehet! – szólt az őr. – Kérem, álljon ki a sorból! – mondta egy másik embernek. – Rendben van, továbbmehet! – szólt ismét.

Ezen a reggelen pörgött a rulett. Ha valaki nem felelt meg a lélekszondák szigorú elvárásainak, egyszerűen félreállították, majd miután megváratták, hogy mások megvetően szemügyre vehessék, egy jármű jött értük. A begyűjtés után nem hallott senki ezekről az emberekről semmit, létezésüket hamar elfeledték.

– Rendben van, továbbmehet! – hallatszott a sorvégi mehcanoőrtől.

Propper éppen egy ilyen sorban állva töprengett, hogy mitévő legyen. Egyrészt zavarta az a gondolat, hogy miért is volt ennyire figyelmetlen, hogy ilyen helyzetbe került, másrészt pedig valami menekülőterven agyalt, harmadrészt pedig zavaros gondolatok cikáztak elméjében, mert Proppernek még komoly gondjai akadtak az érzelmei kezelésével. Eddig nem tudta, hogy milyen gyötrő a lelkiismeret-furdalás, nem találkozott az irigységgel – amit ajánlatos a hosszú élet érdekében elkerülni –, és ez a fránya, ellentmondó gyűlölet is ott kellemetlenkedett a fejében. Hiszen gyűlölte a Céget, mert nem értett egyet annak kegyetlen módszereivel, de utálta a lázadókat, mert semmibe vették a tekintélyét, amelytől megfosztották. Kételyek marcangolták, hogy egyáltalán van-e értelme egy stabil, működő társadalmat – még akkor is, ha ez a rendszer közel sem tökéletes – a szabadság nevében darabjaira zúzni? Nem tudta eldönteni azt, hogy a tudatlanság vagy az éhhalál a rosszabb, hogy ezek az érzelmek kellenek-e egyáltalán, hiszen neki eddig csak fájdalmat okoztak. Sokat agyalt azon, hogy kitüntetésért cserébe feldobja az ellenállást, de közben attól félt, hogy parancsmegtagadás miatt jogosan megbüntetik. Mivel kutyaszorítóban volt, egyre szimpatikusabb lett számára az a megoldás, hogy odaáll a robot elé és színt vall. Kötelességszegés ide vagy oda, önként feladja magát és elárulja tettestársait.

Egyre közelebb került a mechanoőrhöz és valahol a lelke mélyén érezte, hogy helytelen lenne, ha tönkretenné azt, amiért mások évszázadok óta harcoltak.

Miért pont ő lenne az, aki miatt véget érne? – kérdezte magában. – Miért kéne pont neki meghozni egy ilyen döntést egy olyan ügyért, olyan emberekért, amit s akiket nem is szeret, mert egyszerűen nem is érdeklik őt, szemben egy olyan hatalommal, ami mészárost csinált belőle, amiért viszont szörnyen haragszik. Túl sok fájdalom ez egyetlen embernek. Miért pont ő legyen? Mind a kettőt elítéli, miért kell neki dönteni? – elmélkedett csendesen és kezdett pánikolni, ahogy lépésről lépésre közeledett az őrhöz.

– Kérem, álljon ki a sorból! – hallatszott gépiesen.

Nem jutott eszébe egy épkézláb szabadulóterv sem és a sor vége csak közeledett, mint valami komoly hasmenés óvatos szelei, melyek közben ha nem kapcsolunk időben, meglepetésszerűen jöhet a vihar. Hiába figyelmeztettek időben, hogy valami készülőben van, ha túl sokat várunk, már mindegy is lesz, mit húztunk fel az esti bálra. Propper felszívta magát, mert úgy érezte, hogy nem most van itt az ideje egy alsónadrágcserének és elhatározta, hogy bátran szembenéz a hatalom törvényeivel. Úgy döntött, hogy feladja magát. Ki tudja, még kitüntetést is kaphat érte. Én például tudom, hogy azokkal a bizonyos szelekkel vigyázni kell, mert sohasem tudhatjuk előre, hogy a következő milyen formában érkezik nadrágunk posztójába.

Újabb két embert állítottak ki a sorból. Sajnálattal nézte őket, mert szinte biztos volt benne, hogy valami szörnyű helyzetbe kerülnek. Igen, valószínűleg sokkal rosszabba, mintha valamilyen iskolás bálon táncolás közben a végtermékünk barnára festi az alsógatyánkat.

Nem, ez így nem helyes – érezte legbelül. – Erős vagy, Propper! – biztatta magát. – Véget vetsz a háborúnak! – gondolta magában, és egy újabb lépéssel közeledett a rend őréhez.

Ismét kiállítottak valakit, és Propper elkapta annak szomorú tekintetét. Hosszú és fájdalmas volt, ahogy a szemébe nézett. Olyan élettelenek tűnt neki, de mégis keserűnek. Érzett még, és ezért most megbüntetik. Hirtelen arrébb lökte a mellette állólót és rohanni kezdett.

Nem, Propper, nem te leszel az! Ez nem a te döntésed... – gondolta, és menekülni kezdett.

A jelenet nem keltett nagy feltűnést, leszámítva azt a két újabb mechanoőrt, amik az útból emelkedtek ki és üldözőbe vették. Remekül játszották a bújócskát ezek a gépek, gondosan beépítve az útburkolatba. El is süvített két hamvaszt-Ó lövedék Propper füle mellett. Ezek azon az egyszerű elven működő fegyverek voltak, hogy csakis az organikus szövetet roncsolták, így rendfenntartáshoz tökéletesek és melegen ajánlottak, mivel a környezetben nem tesznek kárt, csak az életet pusztítják. Miután két újabb sorozat tévesztett célt, Propper gyorsan egy szűkösebb utcába fordult. Mögötte hangtalanul csapódtak a falba a gyilkos lövedékek. Lábait olyan gyorsan kapkodta, hogy egy atlétikai versenyt – távtól függetlenül – lazán megnyert volna.

Miért ez a sok küzdelem? Mi értelme? – robbantak a gondolatok fejében.

Kész szerencse, hogy a gondoltak közvetlen károsodásra képtelenek. A gondolkodás közvetlen tünetei a fejfájás, 72 órás előzetes, nyolc napon túl gyógyuló sérülések okozása máson vagy saját testen, házasság, és szélsőséges esetekben halál. Vagy ezek a gondolkodás mellőzésének tünetei? Nem tudom, ezen még el kell gondolkozzak.

Oh, Propper, te lehettél volna a Cég egyik legfontosabb embere! – gondolkodott.

Pedig néha az sem előnyös cselekedet, főleg ilyenkor, amikor a „mi lett volna ha" gondolatkör a választott téma.

– Kétszer is megvolt az esélyed –, nekem meg hányszor a lottóra, az a sok kitöltetlen szelvény... – egyszer most itt a sorban, és egyszer fent a Holdon, ha elkészül a fegyvered.

De nem készült el, mert nem volt elég a hatótávolság, hogy a Földre elérjen, pedig akkor térdre kényszerült volna az összes maradék társadalom az egész bolygón, és ez az ő érdeme lett volna. Akkor még hitt is benne... Ó, ha az a *volna* ne lett volna, én is lottót nyertem volna!

Miért, Propper? – kérdezte magától, mármint saját magától és nem öntől. – Miért csak majdnem?

Ezt én is kérdezhetném, pedig csak öt jó szám, ahol még a sorrend sem számít, de ebből is látszik: nem győzöm kihangsúlyozni, hogy a *majdnem* az csak hét betű, és távol áll a valóságtól. Ezt egy majdnem híres író könyvében olvastam. Ja, ez volt az...

Propper menekülés közben egy takarító droid fejére lépve felugrott egy nyitott ablakhoz. Könnyedén húzta fel magát és bent volt az épületben, már nem is hallotta az elsüvítő lövedékeket maga mellett, csak rohant előre. Egy szűk folyosón szaladt, amikor sietős lépteket hallott lentről.

Biztos engem keresnek! – gondolta.

Ezt jól tippelte, ugyanis katonák voltak, így lefelé nem mehetett, ezért felfelé futott. Már vagy a huszadik emeleten volt, amikor fentről is baljós zajokra lett figyelmes. Leszálltak a tetőre. Nem tehetett mást, célba vette a folyosó végi ablakot, mely csörömpölve hullott darabokra lézerpisztolyától. Szerencséje volt, mert a szomszéd épület alacsonyabb volt. Nekiiramodott, és átugrotta a két ház között tátongó mélységet.

– Bámulatos teljesítmény! – biztatta magát.

Szinte hibátlanul tompította érkezéskor lendületét, és gurulásból felpattanva rohant is tovább. Egy felé érkező lézerlövedék elől félreugrott, ami nagy zajjal csapódott be mellé, lyukat fúrva a tetőbe.

– Mekkora király vagy, Propper! – mondta magának.

A ház széléhez érve úgy volt vele, bármi jöhet: ő megcsinálja. Szerencséje volt, mert a tűzlétra ezen az oldalán volt az épületnek. Mintha a vérében lett volna, olyan ügyesen szökdelt lefelé. A feje felett becsapódott két lövedék, és a létra dőlni kezdett. Propper sietett lefelé, ahogy csak bírt. Nagyon jól bírta, és ettől sokkal jobb kedve lett. A létra teteje elérte a szomszéd épület falát, amitől megakadt és nagyot rántott a lefelé menekülő emberen, ezért az elengedte és a földre zuhant. Nem lett baja. Felpattant és rohant tovább, mert mögötte egy mechanoőr bukkant fel. Messze volt még, de fedezékként csak a leomlott létra darabjai szolgáltak. Újabb tempóváltás, mert maga előtt meglátott egy emberekből álló sorfalat. El kellett érnie, mert az őr gyors volt, gyorsabb, mint ő. Beleütközött a sorban álló polgárokba, akik közül egyet elért a neki szánt hamvaszt-Ó lövedék. A szerencsétlenül járt emberből csak a ruhái hullottak a földre. Propper most egy szélesebb utcán könnyű célpontnak találta magát. Meglátott egy sikátort és nekiiramodott, de egyszer csak éles, szúró fájdalmat érzett a mellkasában. A sikátort elérte, de nem bírta tovább és térdre esett.

Itt a vége, Propper! Majdnem sikerült... – gondolta magában, és erős gyűlölettel szidta ezt a hét betűt. – Majdnem, megint csak majdnem!

Leült, hogy megvárja üldözőit, mert értelmetlennek érezte a további erőlködést. Eldöntötte, hogy nem adja fel az ellenállást, hogy mielőtt elfogják, utoljára szembenéz a Cég hatalmával és pisztolyával szétloccsantja fejét. Hősként viszi a sírba Winstonék titkát.

– Igen, hősként! – nyugtázta magában, és elmosolyodott.

Várt egy darabig, farkasszemet nézve a fegyverrel, de senki sem jelentkezett, hogy a trófeáját begyűjtse. Sehol senki.

Lehet, hogy leráztam őket? – elmélkedett. – Végül is nagyon jól menekült, és az emberektől zsúfolt utcán akár a nyomát is veszthették – vélekedett.

Összekaparta magát és óvatosan útnak eredt. Lopakodva érkezett meg Winstonék főhadiszállására és büszkének érezte magát, hogy sikerült. A bunker fala megremegett. Ostrom alá kerültek.

Ó, Propper, megint csak majdnem! Hát persze, hogy követtek... – szégyenkezett magában, mert végül sikerült elárulnia az ellenállást, pedig nem akarta.

Nem, így semmiképpen sem.

5.

A vészriadó úgy rikácsolt, mint egy kellemetlen kakukkos óra egy zárt temetésen az egyperces csend közepén. Kitartóan, zavaróan, teljesen hidegen hagyva, hogy minden ideget felőröl.

A földalatti létesítmény feletti épület összeomlott, mely eddig csintalanul mismásolta ezt az eldugott rejtekhelyet és hazugan állította, hogy alatta semmiképpen sincsen semmilyen rendszerellenes szervezet főhadiszállása. Most kudarcot vallva dőlt öszsze, erős rezgést okozva a bunkerben.

– Ránk találtak? – kapta fel a fejét idegesen Winston.

– Biztos csak földrengés, és az indította be a riasztót – válaszolt Gáben, aki sokszor derűlátó volt és pozitív gondolkodású, de az is lehet, hogy ilyenkor nem látta a valóságot a derűtől.

– Eljött hát a vég? – kérdezte Sophie, és leült egy székre.

Könnyes szemeit becsukta, majd magába meredt, hogy leküzdje a pánikot.

– Nincs itt semmilyen vég! – jelentette ki Gáben. – Földcsuszamlás – tette hozzá, de a lány már nem figyelt.

– Megnézem, mi a helyzet – mondta Winston és elsietett.

– Jól van – nyugtázta Gáben, majd Sophie-ra meredt.

Mennyire szép! – gondolta magában. – És mennyivel jobban áll neki, hogy érzelmes. Az előző gazdája túl rideg volt egy ilyen testhez. Nelson meg sem érdemelte – elmélkedett, de hirtelen Usher, Winston és Desire lépett be szobába.

– Ránk találtak! – szólt Winston most magabiztosan.

– Ez biztos? – kérdezte a gorillaállkapcsú férfi, és barátja helyeselt fejével. – Akkor harcolunk! – jelentette ki.

– Annak meg mi értelme lenne? Biztosan túlerőben vannak – ellenkezett Winston.

– Kitekernék pár céges nyakat – felelte Gáben, akin indulatok helyett a nyugodtság uralkodott.

Lehet, hogy az esélytelenek nyugalma volt ez.

– Hát, ha ez a kívánságod, ám legyen! – érkezett a baráti válasz.

Hiába, ilyen az őszinte barátság. Jóban-rosszban kitartunk egymás mellett, még akkor is, ha barátunknak nincs igaza – és legtöbbször nincsen –, ezért többnyire csak a rosszban kell mellette állni.

– Tiltakozom! – vágott közbe Desire, mert ő nem volt igaz barát. – A lánynak menekülnie kell! Mi természetesen ettől függetlenül harcolhatunk – mégsem olyan rossz barát ez a Desire –, de ő nem maradhat! Nelson Pitt – ahogy kimondta a nevet majdnem tisztelgett, de nem tette, mert hiába a sok próbálkozás, úriember azért nem volt – tudása nem kerülhet a kormányzó kezére!

– Egyetértek – értett egyet Winston, de mi lett volna, ha kettőt ért? – Amíg Sophie, mármint a testben lévő tudás él, addig nem vesztettünk.

Erre a kijelentésére, mellyel érzékeltette, hogy a lélek nem olyan fontos ebben a testben, Gáben szemmel majdnem megölte. Szerencsére szemmel nem lehet ölni, se teherbe ejteni senkit. Igen nagy problémát okozna, ha nem így volna, mert halottakkal és terhesekkel nagyon nehéz működő társadalmat létrehozni.

– Valami terv? – kérdezte Gáben annak ellenére, hogy ő kimondottan nem szerette a túlterveltséget.

Az élet pedig sokszor bizonyította már neki, hogy előnyösebb az ajtót és nem fejünket használni, ha át akarunk menni egy falon. Ilyenkor azzal szokott érvelni, hogy mi a helyzet, ha nincs ajtó, és még hozzáteszi, hogy egyébként meg mindegy. Szerinte sokkal látványosabb, imponálóbb, ha megpróbálunk áttörni a falon. Ajtó ide vagy oda.

– Nekem... – próbálkozott Desire, de Sophie a szavába vágott.

– Van!

Minden figyelem a lányra szegeződött.

– El tudok menekülni – próbálta összeszedni a gondolatait, vagyis Nelsonét. – Van egy mély alagútrendszer, ami ebből az épületből indul, és egészen a Cég-birodalom határán túlra nyúlik. Nelsonék alakították ki, hogyha ilyen helyzet kerekedne, akkor legyen menekülőút. Ez nagyon-nagyon régen volt. Az se biztos, hogy járható még. Voltak tervei, hogy felveszi a kapcsolatot a keleti világokkal, és úgy érzem, most jött el ez az idő. Vagy ő érzi így ezt, nem tudom pontosan.

– Éppen az ajtón kopogtatnak – jelentette ki Winston nyugtalanul. – Elég időnk lesz, hogy kijussunk?

– Nem lesz – válaszolt a zöldszemű lány –, hacsak el nem tereljük őket másik irányba. Az alagútba nem juthatnak be – vélekedett, közben Bobánka lépett be és szólt:

– Én itt maradok! Én leszek az ellenállás! Én akarok harcolni a szép testért! – mondta.

Bobánka együgyű teremtés volt, és ő nem, nem a közös célért, ő nem: ő a szép testért állna csatasorba.

– Az jó – szólt Desire, aki testi épsége érdekében többnyire szerette kerülni a nyílt konfliktusokat.

– Desire! – parancsolta Sophie, aki kezdett teljesen erőre kapni. – Te tudsz a legjobban repülőt vezetni.

– Mr. Sir, ha kérhetem, de köszönöm!

– Te beülsz a Tritonba és eltereled a Cég katonáit!

A Triton az a mérnöki csoda, amiről csak ennyit mondhatok el.

– Te leszel a csali – jelentette ki a lány.

– Az nem jó!

– Tudom – folytatta a Sophie –, de ha jól csináljuk, akkor minden energiájukat arra fordítják, hogy téged elkapjanak. Ehhez a te képességeid kellenek, hogy elég időt nyerj, esetleg elmenekülj.

– Ezt most nem köszönöm, de hízelgő – fogadta el szomorúan kinevezését a szinte biztosan öngyilkos küldetésre.

– Van két jármű – vette vissza a szót Sophie –, melyekkel képesek leszünk kijutni a Cég-birodalom kapui alatt.

Közben Proppert kivéve a többiek is megérkeztek a szobába.

– Összesen négy ember fér el rajtuk.

– Az elég kevés – firtatta rövidenArisz nem túl hosszan.

– A többiek mehetnek Desirével, vagy maradhatnak Bobánkával.

– Mr. Sir, könyörgöm! – esedezett nem túl úriasan Desire.

– A géphez elég egy ember – javasolta Gáben, aki eddig nem sokat szólt, mert azon elmélkedett, hogy Sophie kezd Nelsonos lenni, és ez nem áll olyan jól neki. – Ezért azt mondom, hogy aki marad, az maradjon harcolni!

– Úgysem fog sikerülni – vélekedett Mánu, de ez senkit sem érdekelt, és ezzel őt kiírtam a regényből, mert felidegesített a folyamatos negativitása.

– Ki maradjon? – kérdezte valaki, de lényegtelen, hogy ki volt az.

– Döntsön Sophie! – érvelt Winston. – Mégis ő lesz az, aki feltehetően épségben marad. Neki a legfontosabb, hogy ki lesz a társasága.

– Igen! Döntsön Nelson, a vezetőnk! – szólt Desire, ismét nem igazán úriasan.

Sophie nagyot nyelt és szemei benedvesedtek, mint az elhagyatott rakpart árvíz idején.

– Tényleg ezt akarjátok? – kérdezte remegő hangon.

Egy pillanatra csend lett a szobában, de egy újabb vészjósló rezgés kizökkentette a melankóliából a társaságot.

– Nem tud esetleg még valaki hihetetlen ügyességgel repülőt vezetni? – kérdezte Desire, hátha a jó marketingszöveg kisegíti a bajból, de Desire nem volt marketinges – főleg jó nem –, és az önként jelentkező zápor elmaradt. – Hát jó... – folytatta – vagyis nem, de akkor én tudom a dolgom. Megyek, beindítom a gépet.

– Várj még egy kicsit, kérlek! – állította meg Sophie, de elsírta magát.

Winstonnak akadt végül egy épkézláb terve a kínos helyzetre.

– Figyeljetek! – szólt. – Azt fogjuk csinálni, hogy teljesen hitelesek legyünk: megrendezzük a csali-menekülést úgy, hogy hihető legyen, és tényleg megpróbálunk elmenekülni.

– Ez eddig is opció volt részemről – vágott közbe Desire –, de esetleg ha nem sikerülne, akkor kérhetném, hogy Mr. és Sirként is emlékezzenek meg rólam?

– Jó-jó, de hallgassatok meg! – kérte Winston a figyelmet ismét. – Aki itt marad, az a bejárattól kezdve védekezik, mintha az egész bunkert védené. Sophie-t hárman kísérik el. Szóval rajtuk kívül mindenki. Mivel sokáig úgysem bírnánk tartani fent az emeletet, szépen vissza-visszavonulunk egészen a hangárig. Desire már indulásra készen állva vár minket és megpróbálunk elszökni, míg ez idő alatt Sophie-ék már rég úton lesznek.

– Nem rossz – felelte Gáben. – Akkor most döntsük el, hogy ki megy az alagútba, hogy azonnal indulhassanak!

– Nekem van felszerelésem összepakolva. Kb. mindenre felkészülve. Élelem, orvosság, és egy-két hasznos holmi – mondta Usher.

Ez esetben Gábennek kétsége sem merült fel, hogy jó cuccai vannak. Biztosra vette, hogy hasznosak és végtelenül menők. Hiába, ezzel nem tud versenyezni.

– Azt vigyétek magatokkal – ajánlotta fel Usher.

– Te jössz! – szólt a lány. – A te holmid, te ismered a legjobban. Neked jönnöd kell! – Egy kicsit szipogott még, amikor ezt kimondta.

– Kit szeretnél még magaddal? – érdeklődött Gáben.

Persze a lelke mélyén magát ajánlaná személyes testőrnek. Az igazi jófajta, amelyik lerázhatatlan, mindig a védence nyomában van, még a zuhanyzóba is követi.

– Winston és Gáben – felelte –, ti kellettek nekem, mert ha nem számítom Nelson emlékeit, csak titeket ismerlek egyedül. – Ez részben igaz is volt, mert az új lélek mással nem nagyon beszélt még.

– Értem – felelte rövidenArisz most sem túl hosszan. – Végül is elég sokáig hűen szolgáltam a Céget, hogy megbűnhődjek érte.

– Sikerülni fog nektek is! – biztatta Gáben lelkesítően, mert ő már elég lelkes volt, hiszen a lány őt választotta és mehet a legjobb barátjával, a legjobb esélyekkel.

– Usher! – szólt Winston. – Hozd a cuccokat és induljunk!

Gáben udvariasan megpróbálta felsegíteni Sophie-t, de az elutasította, ami nem esett jól a lelkének. Gyorsan elbúcsúztak Desirétől, Bobánkától, egyébként Mánutól és rövidenArisztól, de még az orvostól is, akinek elfelejtettem nevet adni.

De hol lehet Propper? – kérdezte Winston magában, amit én is szeretnék tudni.

Winstonék elindultak és az egyik, majd a másik rejtekajtón át, labirintusos folyosókon keresztül lefelé, egyre mélyebbre haladtak, míg egy végtelennek tűnő alagúthoz értek.

– Ez meg itt micsoda? – kérdezte Gáben.

176

– Motorbicikli – felelte Sophie, mintha a világ legtermészetesebb dolga lett volna, de ebben a világban már nagyon távol állt a normális eszközöktől a gumiabroncsokon közlekedő ősi jármű.

– Bármit mondhattál volna, én elhiszem – közölte Gában, és némi aggállyal teli tekintettel vizsgálgatta az ismeretlen szerkezeteket.

– Ki kell cserélnünk a kerekeket – vetette fel Sophie –, ezekkel nem jutnánk messzire!

– Micsodákat? – kérdezte Gában.

– Amivel csatlakozik a talajjal, azokat a fekete, kerek dolgokat – válaszolta. – Ott vannak a pótkerekek egy ládában.

– Oh, így már érthetőbb – felelte Gában és Winstonra nézett, aki csak bólintott.

– Usher – szólt ismét a lány –, itt van a leírás a motor használatához. Kérlek, nézd át, hogy gyorsabban végezzünk! Sietnünk kell! – jelentette ki határozottan.

Nelson tudása és emlékei egyre magabiztosabbá tették.

– Gában, Winston, kapjátok fel a gumikat és hozzátok ide!

A kerékcsere remekül sikerült, Usher is hamar megértette a számára primitív technológia szerkezeteit. Üzemképessé tették ezeket az ősrégi gépezeteket, mert Nelson gondosan kitervelte a menekülést. Üzemanyagból is tárolt el megfelelő körülmények között, ezeknek a megfelelő körülményeknek a részleteivel nem terhelném az olvasót. A lényeg, hogy évszázadokkal később is használhatóak voltak. Felpattantak a motorra és amikor beindították őket, a bukósisakba épített rádión Gában jelentkezett be.

– Haló-haló-koktélhajó – mondta. – Te, Sophie – érdeklődött, majd szorosabban belekapaszkodott a lányba. – Nelson miért nem valami korszerűbb járművet talált ki erre a célra? Elég kényelmetlen és borzasztóan zajos.

– Ezeket a motorokat nagyon nehéz bemérni – felelte a lány. – Az újabb járműveket, elektronikus eszközöket még itt a föld alatt is könnyen megtalálnák.

– Ezt nehéz bemérni? – kérdezte Gában. – Még egy vak is meglátja, olyan hangos!

– Ha te mondod! – vágta rá gúnyosan Sophie. – De gyanítom, azt már nem tudod, hogy a Cég mi alapján fog minket keresni?

– Nem, ehhez természetesen én túl hülye vagyok – felelte Gáben enyhén sértődötten. – Mondjuk, ha elmagyaráznád?

– Úgysem értenéd – válaszolt a lány szórakozottan. – Így nem fognak elkapni. Ennyi a lényeg – fűzte hozzá, és adott egy kis gázt, mert testében a motorozás iránti szerelme adrenalint kezdett termelni, és ezt nagyon szerette.

Ez a szerelem igazából Nelsoné volt, de most Sophie jogosan vagy jogtalanul ellopta tőle. Így hát két motoron száguldva menekültek négyen, kényelmetlenül és hangosan. Az utóbbi két dologgal Gábennek voltak egyedül fenntartásai annak ellenére, hogy sikerült kiharcolnia, hogy ő menjen a lánnyal. Érvelésében arra az alapelvére hivatkozott, hogy csak nagyon szélsőséges esetben szokott férfiakkal ölelkezni és nyomatékosításként hozzáfűzte: ezt az esetet köznyelven birkózásnak hívják. A többiek inkább némán engedtek a köznyelvnek, mert a másik sofőr Usher volt, aki nem lány, hanem egy ronda férfi. Ebben a pillanatban, ha utánuk néznénk a hosszú alagútban, akkor egy barna, szőrös váll belelógna a képbe.

XII.

A zöld pokol

1.

Winstonék az életük nagy részét a beton és műanyag világban töltötték és sokszor vágyódtak a természet iránt, de most, amikor végre megérkeznek bele, az sem lesz jó nekik. Hiába, ahogy az Elfeledtetett Lexikon is írja: – Az emberek a különböző élethelyzeteikben sokszor valami másra vágynak. Egy dolog, ami közös bennük, és az a telhetetlenség. Mindegy, hogy ez egy napos strand vagy egy hűvös pince. A strandon meleg van, a pincében meg miért van ilyen hideg? Lehetne hűvösebb, lehetne melegebb. Lényegtelen, mert az ember egy önző lény. Soha semmi sem elég neki. Megemelték a fizetését, de már az is kevés. Pedig előtte váltig állította, hogy ebből már vígan megélne, de azzal nem számolt, hogy a több fizetéssel jobb életszínvonal, amivel meg több kiadás jár. Így sem, úgy sem elég, pont, mint a strand és a pince esete. Jaj, de durván süt a nap... Hát nem azért ment ki a strandra? De ez már túl meleg, és emellett eltörpül az a látvány, amit a homok és a hullámok játéka nyújt karöltve a végtelen kék vízzel, amit elnyel a láthatár. Mit számít ez, amikor túl meleg van? Csak egy kicsit lenne hűvösebb. A pincében bezzeg hideg van! Túl hideg. Az nem számít, hogy a finom bornak – amit majd később élvezettel megiszik – pont ez a hőmérséklet kell. Mit számít, milyen finom is lesz az a bor, amikor éppen a pincében túl hideg van? Az Én-tényezőt sohasem tudja figyelmen kívül hagyni. Elutaznék, de nem tehetem meg, de más miért teheti meg, és amikor ezen gondolkodik, akkor nem jut eszébe, hogy az a másik éppen a strandon a napot szidja, mert túl meleg van miatta. Unalmas az életem, állítja az egyik, aztán ha valami izgalmas történik vele, egyből pánikol, hogy nem bírja a stresszt. Hiába: az ember egy önző lény. Semmi se jó, de főleg az nem, amije éppen van neki.

Miután kiértek a hosszú, de főként hosszan unalmas alagútból, ahol csak kétszer keveredtek életveszélyes helyzetbe – melyeknek a részleteivel az olvasó fantáziáját bízom meg –, kellemes idő fogadta őket, de kellemetlen útviszonyok. Egyébként mind a két esetben Gában volt a vétkes. Az elhanyagolt természet természeténél fogva természetesen uralmába vette a környezetet, és az ősi betonút maradványai felkutatására tehetséges régészeket kellett volna hívniuk. Átláthatatlan, sűrű erdőség fogadta őket, és a satuféknek keresztelt módszert kellett alkalmazniuk a további balesetek elkerülése végett. Ahogy megálltak és leszálltak a motorról, Sophie homlokon csapta magát, amit kitűnően hárított a bukósisakja.

– Már emlékszem! – mondta kiakadva.

– Baj van? – érdeklődött Winston.

– Hát nem látod? – kérdezte Gában, és az erdőre mutatott.

– Igen, ez elég kínos – fűzte hozzá Usher – az efféle hozzászólásoknak általában semmi értelme nincsen azonkívül, hogy a felszólaló jelezze, ő is jelen van –, majd Sophie folytatta a beszélgetést.

– Nelson ezért nem indult útnak, mert ő már tudta, tehát nekem is tudnom kellett volna, hogy nincs út, és ezek a régi szerkezetek máshogy használhatatlanok. – Szégyenkezve lehajtotta a fejét. – Ne haragudjatok, de túl sok az emlék!

– Semmi baj – felelte Winston és Usherre nézett. – Milyen messze vagyunk? – kérdezte.

– Nagyon – felelte a mérnök röviden. – És ezekkel a primitív, ócska, ősi, jogosan elfeledett, szar... – itt még sorolta egy darabig a kiakadásból fakadó elemzését a motorkerékpárokkal kapcsolatban, de én vettem a bátorságot és nem mertem leírni. – Nem jutunk így tovább – fejezte be.

– Akkor gyalog megyünk! – vágta rá Gában, mintha egy laza városi sétáról beszélgettek volna.

– Az mennyi időbe telne? – kérdezte Winston.

– Sok – felelt Usher.

– Bővebben? – faggatózott tovább Winston, jelezve, hogy nem elégítette ki a válasz.

– Bővebben? – elmélkedett Usher. – Kurva sok – felelte végül sóhajtva.

– Na de hetek? Hónapok? – unszolta Winston.

– Pontosan, ahogy mondod. Hetek, hónapok...

Gáben közben otthagyta az értelmiséget társalogni, mert úgy érezte, hogy Sophie-nak lelki támogatásra van szüksége, ami igaz is volt, hiszen szörnyen szégyellte a hibáját és elpityeredett.

– Jó, de a felszerelésünk meddig elegendő? – zaklatta Winston a gondolkodni vágyó mérnököt.

– Egy darabig – felelte Usher, mert nem volt biztos a dologban és kerülte az értelmes válaszokat.

– Pontosabban? – érdeklődött kitartóan tarthatatlanul Winston.

– Nem mindegy? – hárított Usher. – Vissza úgysem mehetünk. Úgyhogy előre!

Szépen lepakoltak a motorokról. Ügyesen elosztották a súlyokat, melynek Gáben vitte a nagyját. Önként vállalta ezt a feladatot, mert titkon, de nem nagyon titkolva imponálni akart volna a zöldszemű szépségnek.

A sűrű növényzettől átnedvesedett a ruhájuk. A modern kor erős szövetei most megadták magukat, mert nem ilyen terepre tervezték őket, hiszen a Cég-birodalmon belül – melyet már az alagúttal bőven hátrahagytak – nem nagyon volt ehhez hasonló környezet. Arcukat és szabad kézfejüket szétvagdosta a szúrós bokrok gyötrő vendégszeretete. Winston és hatalmas barátja remekül bírták a megpróbáltatásokat. Elég szívós legények voltak, amit szerettek is magukról hallatni, így meg sem engedhették, hogy a szenvedés bármilyen apró árulkodó jele látszódjon rajtuk. Sophie is belelkesedett útközben, mivel teste erős, fiatal volt, és már kétszer is meghalt. Mit neki egy harmadik! Egyedül Usher Mambuán – kinek nevét most a netről kerestem ki – látszottak a kimaradt testnevelésórák és lévén, hogy ő mérnök volt, többnyire a fejével dolgozott. Az is igaz, hogy Gáben is sokszor használta a fejét, de bevallása szerint legtöbb esetben falak kibontásához, és azt is maximum lendületből. A nappallal egyenes arányban fogyott el a hőmérséklet, és hűvös éjszaka köszöntött be. Végre Ushernek is jutott valami a sok szenvedés után. Könnyedén – igaz két köhögés között – kidobott egy-egy sátrat. Gáben megint egy kicsit irigy volt rá, mert őt is lenyűgözte az impozáns bűvészshow, amiben a mérnök két apró kockát vett elő, és másodpercek alatt egy háromcsillagos szállodát megszégyenítő lakhelyet varázsolt belőlük. Irigysége egyik fő oka az volt, hogy ő már nekilátott ágakból, saját kezűleg kidöntött fákból, mint jó fészekrakó madár, egy kisebb viskót összerakni, de nem volt rá szükség.

Amikor szépen elrendeztek mindent, Sophie külön lakrészt kapott Gáben bánatára, hiába próbált érvelni, hogy a jó testőr még az ágyban sem hagyhatja magára védencét, nekiláttak a jól megérdemelt vacsorának.

– Vajon mi lehet az amerikai kontinensen? – érdeklődött Winston evés közben. – Mindig gondoltam, hogy beadok egy kérvényt, hogy elutazhassunk oda.

– Semmi különös – válaszolt Sophie. – Ugyanaz van ott is, mint az európain. Többnyire vas és beton.

– Akkor mi értelme lenne odamenni, főleg, hogy nagyon nehéz ehhez engedélyt kapni? – kérdezte Winston.

– Az csak népetetés. Wini, senki sem utazgat fölöslegesen a Cég-birodalmon belül. Csak befizetsz egy csomó pénzt, hogy elbírálják a kérvényed és válaszként annyit írnak, hogy nagyon sajnálják, de most mást választottak ki, próbáld meg máskor! Ez az egy sablonjuk van – felelte Sophie komoran.

– Mekkora köcsögök! – rágalmazott Winston, aki ráadásul nagy ritkán használt trágár szavakat, és ebben a szövegkörnyezetben most nem egy díszes kerámiára gondolt. – Mi lenne, ha egyszer nem a kapzsi, önző emberek kerülnének hatalomra? – kérdezte, de úgy látszik, nem volt tisztában azzal a szomorú ténnyel, hogy minden ember az.

– Lehetséges – kapcsolódott be Gáben a beszélgetésbe –, hogy a hatalom gyakorlása nem éppen a jólelkű emberek sportja – mondta félig teli szájjal.

– Jogos, de biztos elindultak jószándékú emberek is, de könynyen lehet, hogy lemorzsolódtak vagy megváltoztak mire elérték a vezetői széket – elmélkedett Winston.

– Sajnos ez is igaz lehet – felelte Gáben és a szeme fennakadt egy szőrös kisállaton, ami éppen a vacsora maradékát csente el. Nagyon tetszett neki a szőrtől majdnem teljesen gömbölyű élőlény, és dobott is neki még egy kicsi kaját. A kis szőrmók odagurult, valahol egy nyílás keletkezett rajta és azt is benyúlta. Erre még egy szőrpamacs jelent meg. Miután Gáben azt is megkínálta egy finom falattal, újabb és újabb szőrlabdák jöttek elő a sűrű bozót árnyékából. Valamilyen furcsa, csipogó hangot kezdtek kiadni magukból, ami melegséggel töltötte el a fáradt utazókat. Jöttek csak egyre többen, és fekete gombszemüket – amiből három is volt nekik – Gábenre meresztették, aki ettől teljesen elolvadt.

Jaj de cukik – gondolta magában –, hogy egyem meg a szívüket!

Azon viszont nem gondolkozott el, hogy ez egyébként menynyire buta egy mondás, ugyanis még akkor sem szép dolog megenni valaki szívét, ha az aranyos, vagy főleg akkor nem. Hát az még nem ad okot arra, hogy főételként, esetenként csokimázzal leöntve desszertként feltálalják eme becses szervet, mely nélkül – és remélem ez köztudott – igen nehézkes az életben maradás furcsa fortélya. Abba senki sem gondol bele, hogy a szív esetleg nem is finom, és megpusztulva talán már nem is olyan aranyosak ezek az élőlények. Gáben ezt nem gondolta át, de a szívüket sem ette meg szerencsére, csak szólt a többieknek, hogy figyeljenek, de ők már régen fontolóra vették, hogy milyen is lehet a cukiság feltálalt szíve, ugyanis régen észrevették az új jövevényeket. Egy darabig csak csodálták az élet eme megtestesülését, majd amikor a szőrcsomók visszahúzódtak a sötétbe, aludni tértek.

A labdapocok-brigád jóllakottan gurult hazafelé, amikor az egyik elakadt valamiben. Hiába próbált forogni, gurulni, csak egyhelyben maradt. Csapdába esett, mert egy inda pont úgy tekeredett az útjukba – be is ásta magát –, hogy a szőrös golyó félig beleesett és megakadt. Ez a fránya inda nemcsak az útra tekeredett, hanem ezután a kisállat teljes testére is, mint éhes piton az áldozatára, és lassan behúzta azt a sűrű, sötét bokorba.

2.

– Az emberiségnek folyamatosan nehézségekkel kell megküzdenie – mesélte Sophie, hogy megtörje a túra monoton menetét. – Éhség, vízhiány, felmelegedés, lehűlés, túlnépesedés és az energiatermelés, csak hogy párat említsek.

Tudom-tudom, hogy a letörött műköröm és a piszkos alufelni is égető probléma lehet – gondolta magában az író aggodalommal az arcán.

– A Jövő PTT korszakában – folytatta a lány, mert észre sem vette a krónikás ijedtségét – az energia gondját sikeresen megoldotta az amantin felfedezése, de előtte komoly kellemetlenséget és sok fejfájást okozott a vezetőknek, hogyan oldják meg az áramellátást. Termeljünk áramot hővel! Ez az, működik! Jaj, de az nem jó, mert annak égésterméke rettentően káros a környezetre! Jól van, akkor kell valami más! Atomenergia, hát mennyire király, csak valahogy az a gonosz nukleáris hulladék ne lenne utána! Azzal mit fogunk csinálni? Sebaj, majd eldugjuk a föld alá, azt ottan sugározhat sokáig. Nem, ez sem lesz jó, kell valami más! Csináljunk szélerőművet, hát az nem kerül semmibe! Ajaj, de annak meg a hatásfoka borzasztó, akkor mi legyen? Csináljuk sok szélerőművet oda, ahol nagyon fúj a szél! Hát akkor meg a madarak útvonalai meg a városi levegő lesz veszélyben. Ha nem fújja ki a szél a szmogot, akkor megfulladunk, és ha sok szélerőművet telepítünk, akkor marad a szmog. Nemnem, ez sem jobb! Naperőmű. Végre ez jó lesz! Hát süt a nap, vagy nem. Oh, azok a fránya napkollektorok meg nem örökéletűek! Na, megint ez a veszélyes hulladék! Nem baj, majd elássuk a föld alá. Bááá, de már ott van a nukleáris hulladék! Akkor maradjunk az atomnál! Legrosszabb esetben, ha nem tudunk jobbat, max kilőjük az atomrakétákat, és viszlát! Hát maradtak is ennél a megoldásnál, de nem volt szükség kilőni semmilyen bombát, mert egy idő után elfogyott a szakképzett munkaerő az atomenergetikában, és az erőművek maguktól felrobbantak.

– Itt is láthatja a kedves olvasó, hogy nem az írók fantáziátlansága, hanem a mérnökök hozzá nem értése miatt alakulhat ki olyan helyzet, hogy a Birodalmi Halálcsillagon akkora védelmi rés volt, és az, hogy Edward Greenfield erődje is darabokban szégyenkezik az utcára zuhanva – fűztem hozzá némi büszkeséggel, de ezt egyikük sem hallotta, mert nekem nincs beleszólásom a történetbe...

– Egyébként elég sok atomerőművet leállítottak időben, de voltak kivételek – fejezte be végül Sophie, aki az emléket valahonnan az agyának az egyik eldugott részéből halászta elő.

Éppen egy ilyen kivétel melletti városka romjainál jártak Winstonék. Mielőtt ideértek volna, Ushert ki kellett szabadítaniuk valami húsevő, indás növény öleléséből, mert az reggelre teljesen körbefogta és készen állt, hogy a bokorba húzza. A növény aznap koplalni kényszerült.

– Keressünk egy magasabb épületet, és táborozzunk le ott estére! – javasolta Winston, akivel nem vitatkoztak ebben a kérdésben, de nehéz volt olyan helyet találni, amit nem tett teljesen magáévá a természet ennyi idő után.

Az előzményeknek köszönhetően egy kicsit megcsappant a bizalmuk a növények jóindulatával kapcsolatban. Hosszan járták a kihalt várost.

– Nem tudom, meddig bírom még – szólt Usher és köhögött egyet.

Most nagyon nehezményezte, hogy a mérnöki iskolákban viszonylag kevés a testnevelésóra.

– Ott fent! – mutatott Sophie egy nagyjából 25 emeletes házra, aminek a felsőbb szintjei kilógtak a fák koronáiból.

Nekilódultak, hogy megmásszák a magas, romos épületet. Hosszú volt az út felfelé, mert az idő és a természet szépen elintézték a lépcsőket, a liftek sem üdvözölték már a vendégeiket udvariasan, sokkal inkább figyelmen kívül hagyták azokat.

Egy-két helyen a benőtt fákba kellett kapaszkodniuk, ami miatt Usher nagyon kiborult, és egyre többször köhögött. Most már kezdte úgy érezni, hogy ez a gyengesége nem az elmaradt tesióráknak köszönhető, hanem valami különleges ragály tombolhatott szervezetében. Minden megpróbáltatás ellenére ismét egy remek tábort vertek a ház legfelső szintjén és Gáben külön kiemelte, hogy személy szerint neki hosszú távra is megfelelne ez a hely, mert a kilátás páratlan, és egészen távol érezte magát a talajon izgő-mozgó, túlméretezett patkányoktól. Nagyon nagy baja nem volt velük, de amikor az egyik alantas módon megtámadta, nagyon megijedt, pedig az csak a térdéig ért. A kinézetük kimondottan tetszett neki, de amikor Sophie felvilágosította, hogy ezek népes családokban élnek, elment a kedve a további barátkozástól ezzel a veszélyes életformával. Mindenesetre tetszett neki a magas élet. Itt a magasat most földrajzilag értem és nem vagyonállapot-felmérésben. Egyedül Ushernek voltak fenntartásai a hellyel, mert a fejében már a lejutás gondolata alkalmatlankodott és estére annyira belázasodott, hogy egyedül fekve érezte elviselhetőnek a létezést. Az okos szerkezetei sem tudták megmondani, hogy pontosan mi lehet a baja, mert azokat a Cég-birodalmon belülre kalibrálták, és valami ismeretlen kór vette támadásba a szervezetét.

– Ezt idd meg! – mondta Sophie a láztól izzadt embernek, és egy forró teát nyújtott felé.

Szerencsére a lánynak még voltak régi praktikák az emlékezetében és ezeket előszeretettel használta is. Azt viszont, hogy tealevelet honnan szerzett, nem tudom. Biztos csomagolt magának előre. Mindenesetre sokat segített a beteg állapotán, és így az képes volt álomra csukni a szemeit. Sophie ezek után mélyen elgondolkozva nézett bele a kék tűz fényének táncába.

– Szerintetek nem kitolás, hogy apám arra tette fel az életét, hogy mindenki boldog legyen? – kérdezte. – Az volt az egyik alapelve, hogy ha valaki öregkorára nem lett boldog, az valamit nagyon csúnyán eltolt az életében. Ez volt az egész ellenállásának a mozgatórugója, mert látta, hogy az embereknek esélye sincs a boldogságra.

– Gondolj arra – szólt Gáben –, hogy talán abban a tudatban vált meg ettől a világtól, hogy az áldozatával utat nyit másoknak is, hogy elérhessék azt.

– Talán – felelt szomorúan Sophie –, de akkor is igazságtalanság, hogy ő ezért a saját boldogságát áldozta fel.

– Ezt nem tudhatod – mondta vigasztalóan Gáben. – Lehet, hogy pont elérte. Még ha egy pillanatra is csak.

– Pontosan te tudhatod – ült le a tűz köré közben Winston. – Ott van benned Nelson utolsó pillanatának emléke. Átélheted.

– Elég volt! – intette le Gáben.

– Nem – szólt a lány –, igaza van és próbálom is megérteni, hogy miért adott fel mindent ennyi év harc után.

– A hősök ilyenek – mondta Gáben. – Nekem is van egy kedvenc hősöm, aki végül feladta, de azt stílusosan és emelt fővel. Apád is emelt fővel ment szembe az ellenséggel és nem sokon múlt, hogy véget vessen ennek a szörnyű rendszernek. Én büszke lennék rá, hogyha a gyermeke lehetnék – vigasztalta, és két karját a lány felé tárta.

– Köszönöm, hogy ezt mondod! – felelte a lány és elfogadta az ölelést. – Ki volt a te kedvenc hősöd? – kérdezte, és Gáben vállára tette a fejét.

3.

Minden háború felemel hősöket vagy ők maguk teszik ezt, de az is könnyen lehet, hogy háborút indítanak, hogy hősök lehessenek. A III. Szemétháború vitathatatlanul kiemelkedő alakja Dieter Cain volt. Miután megszerezte az összes kitüntetést, amit a Mondjunk Nemet a Hulladéknak Szövetségétől lehetett kapni, még azokat is begyűjtötte, amik nem léteztek: kiadták neki a Cain-medált. Mondanom sem kell, hogy ezt csak ő kaphatta meg. A díjat azután adták neki, hozták létre, hogy az egyik egyéni akciója miatt azt hitték, vége a háborúnak és legyőzték a kegyetlen

Mi Lenne, Ha Kilőnénk a Szemetet az Űrbe Szövetségét. Az első két szemétháború még kisebb port kavart a világban, mint a végső harmadik. Eleinte az országok nem tudtak mit kezdeni a felgyülemlett szeméttel, amit termeltek, ezért szerződéseket, alkukat kötöttek más nemzetekkel, hogy hadd tárolják náluk a hulladékot, de egy idő után ezek az országok is megteltek, és tovább akarták adni a mocskukat. Amikor szépen körbeért a bolygón a szemétlobbi, kirobbant az I. Szemétháború, ami után a nyertesek szabadon dobálhatták a piszkukat a vesztesekhez. Természetesen ahogy teltek az évek és a szemétdombok, ezek a népek kezdték megelégelni a helyzetet és szövetségeket alakítottak ki, hogy változás legyen. Ennek eredménye lett a II. Szemétháború, mely sokkal véresebb lett az előzőnél. A végén minden ország aláírta, hogy többet a hulladékgazdálkodás miatt senki se foghasson fegyvert, ha valaki ezt megteszi, az lesz a világ hivatalos szeméttelepe. A békeszerződésben helyet kapott az a paragrafus, hogy minden ország egyenlő mértékben és csakis pont ugyanannyi tonna szemetet termelhet, tárolhat. Ez volt a Szemét-paktum. A problémát nyilvánvalóan nem oldotta meg, és egyre több lett a Földön a szemét. Erre megalapították a Szemét Kongresszusokat, ahol ezzel az égető témával sokat foglalkoztak, de megoldást nem találtak. Egy idő után a vélemények hangoztatói két nagy táborra szakadtak. Az egyik amellett volt, hogy valamit gyökeresen meg kell változtatni és teljes mértékben felszámolni a hulladéktermelést. A másik oldal azon a véleményen volt, hogy egyszerűen csak lőjék ki az űrbe a szemetet. A hosszas vitasorozatoknak az eredménye lett a III. Szemétháború, mert az egyik gyűlésen valaki egy szemétbombát robbantott. Senki sem tudta, ki volt pontosan, de mindenki az ellentáborra mutogatott, és ha észérvvel nem tud az ember eredményre jutni, akkor jön az erőszak, majd felbontották a Szemét-paktumot.

Dieter Cain az egyik napon a véres harcoktól megpihenve arra ébredt, hogy bombázzák a városát. Értetlenül kelt fel az ágyból, mert ha valaki, ő tudta, hogy az ellenség vezetőit a szemetük után küldték. Ezt személyesen intézte. Dieter kiment a házából egy törölközővel a derekán, amelynek oldalán díszes betűk tisztelegtek. „A legnagyobb király én vagyok!" ordított a felirat. Mikor kitörölte a csipát a szeméből és felismerte a helyzetet, döbbenten látta, hogy a város elveszett, mert valahonnan titkos haderőkkel álltak elő a Szemetesek. Ő röviden csak így hívta az ellenséget. Vett egy mély lélegzetet és nyugodtan besétált, hogy lefürödjön. Gondosan leborotválta az időtől fehérre kopott arcszőrzetét, beállította a haját és felöltözött a díszegyenruhájába. Felcsíptette az összes kitüntetését és a Cain-medált most nem a nyakába akasztotta, hanem a derekára kötötte, hogy az a hírhedten híres, hatalmas férfiszervéhez lógjon. A hűtőből elővett egy üveg whiskyt és a zsebéből egy jó nagy szivart. Zenét kapcsolt a walkmanjén – ami már ekkor is régészeti ereklyének számított –, és nekivágott a városnak. Füst, romok és a halál volt a főszereplő. Dieter annak ellenére mosolygott, hogy a város elesett; nem volt már ideges. Nyugodtan kortyolgatta az italát, mint aki egy kellemes sétára indul vasárnap délután. Csütörtök volt, de ez sem zavarta a háborús hőst. Rengeteg halált és szenvedést látott már és most, hogy mindennek értelme veszett sem hatotta meg, pedig csütörtök volt. Kedvesen intett a haldokló emberek felé, néha még a tiszti kalapját is megemelte nekik mosolyogva. Feljebb tekerte a heavy metált és felhúzta kerek napszemüvegét, hogy a zaj és a hirtelen villanások ne zavarják. Ő Dieter Cain volt, maximum ő zavarhatta a robbanásokat! Ha a közelében csapódott be egy bomba, akkor a repülő után ordított, hogy tanuljon meg célozni, mielőtt csatába megy! Mélyeket szívott a szivarjából, amikor az autópályának széles útjára ért és kitárta karjait.

– Van olyan beleváló legény, aki szemtől szembe mer velem jönni? – kérdezte hangosan, mivel megpróbálta túlüvölteni a Troopert.

Meglátott egy bombázót, ami felé fordult és így szólt:

– Na mi van, puszta kézzel nem megy? Szállj le és küzdjünk meg, mint ember az emberrel! Te gyáva kukac...

Amikor látta, hogy a gép kibiztosítja a robbanószerkezetet és pont felette engedi ki, röhögött egy nagyot és félreérthetetlenül megmutatta a középső ujját. Ő még a halállal is farkasszemet nézett, s közben nagyokat pöfékelt.

– Nem tudom, hogy az író mennyire díszítette ki a történetet – mondta Gáben –, de nekem ő volt a hősöm fiatal koromban, ezért is tartok mindig egy szivart magamnál. Ki tudja, mikor lesz rá szükségem, és arra az alkalomra egy eredeti Cain-szivarom is van. Egyenesen az ő dobozából.

– Te ugye nem hiszed, hogy ez igaz, és nem valami piszkos marketingfogás? – kérdezte Winston jogosan, olyannyira jogosan, hogy annak a szivarnak bizony annyi köze se volt Dieter Cainhez, mint a róla szóló regénynek.

– Most mit kételkedsz? – vágott rá Gáben egy elutasítást, mert ő elhitte, és ez a lényeg. – Ne akard megmagyarázni, hogy a könyv is valótlan! Egy igazi hősről szól.

– Ne viccelődjünk! – akadékoskodott Winston. – Nincsen feljegyzés semmiféle szemétháborúról.

– Az nem jelent semmit! Szemétháború lehetett, ez logikus – védekezett Gáben.

– Abban mi logika van, hogy a nagy nemzetek nem tudtak mit kezdeni a hulladékkal és áthordták másik országokba? – kételkedett Winston.

– Először fizettek érte – érvelt Gáben –, és így máris értelmet nyer.

– Tudod mit? – adta meg magát Winston. – Igazad van és kívánom neked, hogy a Cain-szivarodat soha ne gyújtsd meg!

Nem akart tovább hülyeségeken vitatkozni, mert jelenleg a lelki békét jobban preferálta.

– Ez kedves – felelt Gáben –, de egyszer úgyis meg fogom! Ne aggódjon a világ, nem élek örökké! – jelentette ki, pedig a világnak ebben a kérdésben nyugodtan lehetnek aggodalmai, már ha lehet nyugodtan aggódni.

– Volt Szemétháború – vágott közbe Sophie, aki eddig csak megfigyelője volt a beszélgetésnek.

– Na látod! – vágott fel Gáben, és büszkén dőlt le fekhelyére.

4.

Reggel több problémába is ütköztek. Ezekben az ütközésekben senkinek sem tört el az orra, de azért mellékhatásként enyhe fejfájást okoztak. Az egyik ilyen karambol Usher állapota volt, ami azt eredményezte, hogy szegény az ágyból sem tudott kikelni. Pedig nem egy luxushotel méregdrága szivacsáról volt szó – na nem mintha tudnám, azok milyenek, de remélem az olvasónak nagyobb szerencséje volt az élteben –, hanem egy egyszerű, vékony cserkészszivacsról. Tizedannyira kényelmes, de százszor praktikusabb. Ebből fakadóan a következő apró malőr merült fel, hogy ki fogja cipelni Usher holmiját? Egyáltalán: ki fogja vinni Ushert? Az, hogy itt hagyják, csak egy nagyon rövid ideig volt vita tárgya. A másik, egyelőre kevésbé fontos gikszer az volt, hogy Sophie sem érezte magát élete erejében. Szemeiben egyre emelkedett a nyomás és úgy érezte, mintha az egész fejét tolná lefelé valami láthatatlan erő, úgy elnehezedett.

– Hogy visszük le? – kérdezte Winston és Usherre mutatott.

– Van egy ötletem! – felelt GábEN. – Mi lenne, ha ezzel a rövid kötéllel magamra kötném és akkor... megpróbálok vele lemászni?

– Ezzel azért vannak fenntartásaim – válaszolt Winston, aki érezte a terv kiforratlanságát.

– Arra is gondoltam – vágott közbe GábEN, meg sem hallva barátja szavait –, hogy az épület mellett engedjük le, de rájöttem, hogy nincsen elég hosszú kötelünk. Jelenleg az útviszonyok miatt nem tudjuk ketten cipelni, és nem hagynám itt szívesen.

– Nem is hagyjuk! – szólt Winston. – Jó, ám legyen! Te leviszed Ushert, én meg addig több fordulóval leviszem a cuccokat!

– Megbeszéltük.

Ahogy Gábén megfogta a beteg mérnököt, az nyögött egy nagyot, de megszólalni már nem tudott a fájdalomtól. Óvatosan körbetekerte vállánál, combjainál megerősítve, egy jófajta mászóbeülőt rögtönözve. A lépcsőknél – mármint a lépcsőházban, ahol még megvoltak a lépcsőfokok – semmi gondja nem volt az óriásnak, hogy karjaiban vigye társát, de akadtak nehézségek az út során. Például az egyik helyen két emelet között az épületbe

nőtt fák ágain kellett leereszkedniük és ahogy Usher lógott Gá-
ben alatt, többször verte be a fejét, mint kellett volna. Az egyik
ilyen kilengésnél a mérnök erőt vett magán.

– Mennyi van még vissza? – kérdezte.

– Még tíz emelet – hazudta Gáben, mert vagy húsz volt visz-
sza, aminek felét lógva kellett megtenniük.

Usher kis híján belehalt Gáben kifinomult mászótechnikájá-
ba. A földön már könnyebb dolguk volt. Gondosan kiválogatták
a felszerelést, és csak a legszükségesebbeket pakolták össze. Ma-
gától értetődően mindezt azután, hogy Winston mindent lehor-
dott egyedül. Fadarabokból és a kötelükből egy átlagos kórházat
megszégyenítő hordágyat raktak össze, és ráerősítették maga-
tehetetlen társukat. Sajnos a lány is kezdett gyengélkedni, így
Winstonékra hatalmas teher nehezedett. Sophie elvállalta, hogy
ő vágja majd az utat a sűrű bozótban, miután kiértek a város-
ból, ami viszonylag könnyű feladatnak bizonyult, mert hamar
rátaláltak egy széles országút maradványaira, ahol a kemény
betont még nem nőtte be teljesen a természet. Egész kényel-
mesen haladtak, de egyre többször kellett megállniuk pihenni.

– Milyen messze lehetünk? – kérdezte Winston.

– Elég messze, hogy ne foglalkozzunk ezzel a kérdéssel – fe-
lelte Gáben és aggódva pillantotta meg, hogy a zöldszemű szép-
ség fáradtan, közel sem a megszokott gyönyörében egyszer csak
a földre rogyott. – Tartunk egy hosszabb pihenőt – javasolta –,
persze nem miattunk – nézett Winstonra lihegve.

– Ez egyértelmű – kontrázott az ex-családapa, majd ex-bá-
nyász, aki tisztában volt vele, hogy ők sem bírnák már túl so-
káig a tempót.

Gáben eldobta a sátrat, de az nem nyílt ki. Felvette, megint
eldobta, de semmi. Újra felvette.

– Mi a...? – szitkozódott, de én cenzúráztam.

Egy viharvert lány lépett hozzá, kivette a kezéből, eldob-
ta és kinyílt.

– Na ne! – bosszankodott Gáben.

– Na de... – gúnyolódott Sophie.

– Ez hogy lehet? – érkezett a kérdés szégyenkezve.

– A lényeg... – válaszolt volna Sophie, de a semmiből – na jó, a bokorból – egy hatalmas, fekete véreb ugrott ki, és egyenest a gyengélkedő Ushernek rontott.

Az állat termete tekintélyt parancsoló volt a maga 1 méter 60-as marmagasságával. Állkapcsával könnyedén harapta át a nyakát és dobta arrébb egy jó négy métert. Hirtelen Gábenék felé fordult és hangosan morogni kezdett. Az élet e formáját még a koreai rendőrség tenyésztette ki. Génkezelték, hogy erős és ijesztő lehessen a razziák önkényes forgatagában. Az évszázadok alatt viszont visszavadultak, és mint őseik, falkákban vadásztak a világ eme vadregényes tájain. Farkaséhes volt, pedig kutyául nézett ki.

Winston hátulról ráugrott és elkapta a torkát, de a kutyus könnyedén rázta le magáról. Gában nem habozott, és kihasználva az alkalmat úgy rúgta állon a fenevadat, hogy annak arcszerkezete darabokra törött, de ettől csak még jobban megvadult. Felöklelte Gábent, aki hatalmasat esett hátra. Egy dörrenés szakította meg az ádáz küzdelmet. Sophie állt rémülten egy lézerfegyverrel a kezében, és szerencsésen leterítette az állatot. A harci lázból kijózanodó emberek most vették észre, hogy Usher számára végleg bezártak az olcsó szerszámboltok, hogy befejeződtek az álmos reggelek ébresztőóráinak kéretlen szerenádjai. Szomorúan álltak a kiszenvedett mérnök teste felett, amikor több irányból is mély, fenyegető morgásra lettek figyelmesek, mert mint említette a krónikás: őseik falkákban vadásztak, nem magányos farkasok voltak.

5.

Ezen a ponton jöhetne valami totál ide nem illő, teljesen közhelyes, érdektelen történet egy rózsaszín pillangóról, ami boldogan röppen egyik virágról a másikra. Egy hosszú leírás, ami maximum az olvasó idegeit tépi darabokra. Jöhetne egy oldalakat átszelő, részletes elemzése a fűszálak nemi életének és arról való fájdalmuknak, amikor az állatok lelegelik a szerelmüket mellőlük. Szerencsére ez nem egy ilyen történet. Itt az egyik bokorból – éppen Gáben háta mögül – egy újabb vad eb ugrott ki. Nagyon jól fogadta a gorillaállkapcsú regényhős ezt a támadást, mert annak lendületét kihasználva lökött egyet rajta és egy fához vágta. A véreb nyögött egyet és nem állt fel. Valószínűleg a gerince törött az akcióban. Alig volt idejük kifújni magukat, mert hirtelen egy egész falka támadt rájuk. Winston is szépen hárított egy harapást és Sophie lelőtt egy ordast, ami Gábenen próbált végzetes sebet ejteni. A vadállatok bőven erő- és létszámfölényben voltak, így ha valaki fogadni szeretett volna a végkimenetelre, akkor a biztosabb nyeremény érdekében az állatokra kellett voksolnia. Gáben elkapta a következő jelentkező felső és alsó állkapcsát és farkasszemet nézett annak éles, gyilkos fogaival, de nem élvezhette sokáig az emberfeletti teljesítményét, mert ebben a pillanatban a vádlijába mart egy másik hatalmas, fekete kutya. Ettől a földre esett, és ketten kezdték el széttépni. Sophie nagyon ügyesen lövöldözte le a felé támadó állatokat, de nem maradt ideje Gábenen segíteni. Sajnos túl sokan voltak. Egy nyugodtabb pillanatban Winston hátáról is sikerült lekapnia egy oda nem illő szőrös díszletet. Ezt a kis figyelemzavart kihasználva elkapta a karját – melyben fegyverét tartotta – egy leleményes véreb, és így kiszolgáltatta egy másik támadásának, ami halálpontosan a lány nyaka felé irányította borotvaéles fogait marásra készen. Reménytelen helyzet alakult ki. Gábent a földön fekve szaggatták minden irányból. Winston még talpon volt, de a lelkes sportfogadók olyan kevés esélyt adnának neki, hogy nem lenne az a fogyatékos szenvedélybeteg, aki rá fogadna, hiába járna érte kétéletnyi nyeremény az aprópénzükért cserébe. Hárman állták körbe rohamra készen. Usher teste már régen eltűnt, több állat már össze is veszett rajta. Nem lehetett mit tenni, az erdő lakóinak ritkán adatott meg a lehetőség az ilyen különleges vacsorára. Régen ráuntak már az apró rágcsálók fél fogukra sem elegendő ízére. Végül ott volt Sophie – talán a regény legfontosabb szereplőjévé nőtte ki magát –, akit éppen pár centiméter választott el a biztos haláltól.

Akkor ennyi, ez lenne a történet vége? Én kiegyeznék vele, mert ez esetben nem kéne egy újabb tollra spórolnom. Lehet, megvárok valami rendezvényt, ahol ingyen osztogatnak és tovább írom, még nem tudom. Ha most itt meghalnának a szereplők, írnék még pár mondatot, hogy a Jövő PTT legyőzött mindenkit és Edward Greenfield még évszázadok múlva is boldogan uralkodott. Ez is egy befejezés. Nem kell mindig a jónak győznie, mert az sajnos nem realisztikus! Itt és most vége, én nem írom tovább! Ilyen a stílusom és kész! Ha majd kérdezitek a dedikálásokon, sajtótájékoztatókon – mert kötelező lesz eljönnötök –, hogy miért nem máshogy fejeztem be, azt válaszolom majd, hogy *csak*. Persze előtte sokat gondolkozok ezen. Rövid, kimért és tömör, ennyi: *csak*. Hiába a sok elősztori, felvezetés, bonyodalom, mert így is lehet. Nem kell mindig mindent befejezni, lezárni. Főleg nem az elcsépelt happy enddel. Viszont ha elgondolkozna az olvasó, hogy akkor miért van még vissza jó pár oldal a könyvből, rájönne, hogy pechemre nem így történt, esetleg csak szórakozottságból így adattam ki, hogy megtévesszem a nagyérdeműt. A többi oldal üres is lehet, vagy lehetett volna, ha a semmiből hirtelen – igazából az álcázóberendezéséből – nem jelent volna meg egy páncélos grizzly medve és nem lökte volna arrébb a lány nyakának ugró vérebet, nem lőtte volna halomra a meglepett falkát, nem üldözte volna el annak maradékát. Ha az a *volna* nem lett volna, de volt, és így bánatomra annak ellenére sem üresek a maradék oldalak, hogy nekem személy szerint ez a befejezés nagyon tetszett, de Mr. Smith közbelépett és elrontotta az örömömet. Egy kicsit meg is sértődtem rá, úgyhogy lehet, még később jól megbüntetem érte!

Miután lecsendesedett a csata, a medve leszedte fejéről a védősisakot és egy cilindert húzott a helyére. Egy félig holt, szétmarcangolt ember üvöltött fel:

– Smith! Hát te hogy kerülsz ide? – kérdezte Gában a haldokló személyében. – Nem tudod, mennyire örülök, hogy látlak! – Velem ellentétben legalább valaki örült neki.

– Azt hiszem, el tudom képzelni! – felelte. – Gábor, a legnagyobb, egy szivart? – kérdezte a medve udvariasan, és egy égő finomságot nyújtott át, amit Gábennak nagy nehezen, de annál jobb kedvvel fogadott el.

A nehézséget a vérző, sebesülésektől égő karjainak mozgatása okozta. Smith kedvesen egyenest a szájába helyezte a füstölgő tárgyat. Winston kezdte összekapni magát, mivel neki „csak" egy-egy mély sebe volt, durva zúzódásokkal fűszerezve.

– Kicsoda maga? – kérdezte, sokkoltan a meglepetéstől.

– Mr. Smith, szolgálatára! – mutatkozott be a maci és kezet nyújtott. – Örvendek – fűzte hozzá, és Winstonnal kezet ráztak. – Mindenki jól van? Legalábbis életben? – érdeklődött és ahogy körbenézett, megpillantotta Sophie-t, aki térdre rogyva, könnyes, félelemmel teli szemekkel, meredten bámulta megmentőjüket. – Ne haragudjon, Mrs. Pitt! – szólt hozzá illedelmesen Smith. – Tudom, jöhettem volna előbb is! – mentegetőzött, de szerintem így is túl korán érkezett. – Csak nehéz ebben a sűrű erdőben leszállóhelyet találni.

Erre a lány összekaparta minden maradék erejét és a grizzlynek rontott, de annak védőpajzsa vagy két métert dobott rajta.

– Hölgyem, én nagyon sajnálom, hogy elkéstem! – mentegetőzött tovább Smith.

– Gyilkos! – vádolta meg a lány.

– Mi folyik itt? – kérdezte Winston.

– Ó – döbbent rá Smith, hogy mi lehet a lány jogos utálatának forrása –, higgyék el, röstellem, amiket a múltban tettem, de mentségemre szóljon, hogy akkor még Amanda rabja voltam – érvelt.

Sophie köpött egyet nem túl nőiesen, de Gábennak például ez imponált.

– Honnan tudjuk, hogy ez most nem így van? – kérdezte fenyegetően. – Hogy ez nem valami trükk, hogy visszavigyen minket?

A kérdésre Winston közelebb lépett a medvéhez, aki egy kicsit megdöbbent az ellenszenv miatt, mert nagyobb hálát várt a mentőakciója miatt. Ha engem kérdezett volna először, akkor most nem kéne magyarázkodnia.

– Hé, mi folyik ott? – kérdezte Gában, de ezzel együtt kiesett a szivar a szájából, lepattant a mellkasán és odébb gurult. Emiatt egy picit ideges lett, de nem hagyta annyiban.

– Ez az ember – mondta Sophie – Edward Greenfield jobbkeze. Ő kapta el Nelsont is!

Ahogy kimondta, felvette pisztolyát a földről és a medvére szegezte.

– Ez igaz? – érkezett a kérdés Winstontól, aki még közelebb lépett Smith felé.

A háttérben Gában mint egy megbolondult hernyó vadászott az elejtett szivarjára. Forgott, kúszott, csúszott, hogy a szájába vegye, mivel a végtagjait súlyos sebei miatt nem tudta mozgatni.

– Csak voltam – felelte Smith. – Felhívnám a figyelmüket, hogy az imént mentettem meg az életüket, ami teljes mértékben ellenkezik a kormányzó érdekeivel, mert ő szíve szerint halottnak szeretné látni magukat. Valószínleg már engem is. A másik dolog, amire kérem önöket, hogy vegyék észre azt az apró tényt is, hogy – magukkal ellentétben – én egyedül elbántam a vadállatokkal.

– Ez mondjuk jogos – szólt közbe Gában, szivarral a szájában.

– Mi biztosít minket arról – akadékoskodott Sophie –, hogy megbízhatunk benne?

– Ha megengedi – kért szót Smith –, átadom önnek a személyi páncélomat. Ezzel kegyed nagyobb biztonságban lesz, és jómagam sebezhető.

– Csak semmi trükk! – fenyegetőzött Sophie.

Mr. Smith itt is, ott is megnyomott valami gombot, és a testét borító fémes ruha összezsugorodott a mellkasánál. Levette és átnyújtotta Sophie-nak, aki erre átadta fegyverét Winstonnak, majd közölte vele, hogy ha bármi baj történik, akkor lője le a medvét. Ezután a lány a mellkasára tette a kicsi szerkezetet, megnyomta ugyanazt a gombot rajta, mint az előző gazdája, erre a páncélzat szépen a testére illeszkedett.

– Nos? – kérdezte a grizzly. – Meg van elégedve?

– Egyelőre – felelte bizalmatlanul Sophie.

– Jó – szólt Smith nyugodtan –, akkor keressünk egy orvost, mert ahogy látom, a barátomnak kezelésre van szüksége.

Gábenre mutatott, aki annak ellenére, hogy haldoklott, egész jókedvűen szívogatta szivarját, majd így szólt:

– Igen. Jól mondja. Jó cimbi!

XIII.

Távol kellett – Λ Mr. Smith-beszélgetés.

1.

Az Elfeledtetett Lexikon 23. cikkelye:

A jog

„Az, hogy valami jogilag sértő, még nem jelenti, hogy tényleg meg is kell rajta sértődni. Vegyünk például egy önző lényt. Azt hiszem, az ember a legmegfelelőbb erre, aki megalkot egy rendszert, elnevezi jognak, és semmi természetes nem lesz benne. A jog homlokegyenest ellenkezik az élővilág törvényeivel. Nem is arra találták ki, hogy azt, hanem hogy az emberek érdekeit védje. De mi lesz ebből a gyakorlatban? Ha valami igazából nem zavar, de megtudom, hogy jogomban áll kiakadni, az a telhetetlen Én-tényező egyből mozgásba lendül, és máris repül a feljelentés. Ebben az esetben a tolerancia és az elfogadás totális kivégzése történik. Eszünkbe se jutna mondjuk egy orvost a módszerei miatt bírálni, de ahogy jogunk lesz hozzá, bele is szólunk a munkájába. Belenyugodnánk, hogy amit tesz, ahogyan teszi, az szükséges, hogy kell a kutatása, hogy később esetleg százezrek életét menthetik meg ezzel. De kit érdekel az a százezer, amikor az az egyén jogait sérti? Senkit. Szerencsére manapság már egyre többször állunk ki mások jogaiért, de vajon ezekben az esetekben kit képviselünk igazából? Másokat vagy magunkat? Ha nagyon szigorúak akarunk lenni, rájövünk, hogy nem az önzetlenség mozgatja a szálakat. Mert az ügy közös, de az érdek egyéni. A saját lelkiállapotunkat nyugtatjuk, ha szavunkat adjuk mások ügyéért, mert egyetértünk vele vagy sajnáljuk érte, és ez az elviselhetetlen furdalás, ami a sajnálatból fakad, indítja be a kiállást. Magunkért tesszük, hogy nyugtassuk magunkat. A legszomorúbb ilyenkor, hogy nem odamegyünk segíteni, csak kiállunk mellettük, hiszen jogunk van a véleményünknek hangot adni. Támogattuk őket. Mivel? Semmi kézzelfoghatót nem nyújtottunk. A még mindig elnyomott nők jogaiért harcolunk. Hol? Ezer kilométerekkel arrébb, a bőrfotelból. Még véletlenül sem mernénk odamenni és a tettek mezejére lépni! És miért? Mert azon a területén a világnak nincs jogunk hozzá, nem véd meg törvény. Így már nem is olyan csalogató, mi? Pedig megtehetnénk, feláldozhatnánk magunkat értük, de nem tesszük. Hallottam olyan jogszabályról, hogy tilos a liftekben délután négy órától fingani. Három óra ötvenkilenc perckor persze ennek semmi akadálya, de kíváncsi lennék, ki az a bátor, aki azután is bevállalja. Négy után már jogunk van kiakadni, ha valaki odabüdösít a felvonóba, és ezért ki is fogunk akadni! Tökmindegy, hogy már eleve seggszag volt bent, mert valaki rosszindulatból egy perccel előbb telepumpálta azt hátsójának szelével. A tettes valószínűleg kibírta volna azt a másfél percet, hogy kint végezze el, de mivel joga csak négy előtt volt rá, ezért élt is vele. Milyen egyszerű lenne, ha simán csak figyelnénk embertársainkra és megkímélnénk őket az efféle élményektől. De az emberi jóérzésbe beleszól a jog és a liftben büdös van, sőt még mindig élnek nők elnyomva világszerte! Kanyarodjunk vissza a dokihoz, akinek éppen próbáljuk elmagyarázni, hogyan is kellett volna azt a műtétet elvégezni! Hát úgy, hogy sikerüljön, mi sem egyszerűbb! Ilyenkor nem számít, hogy az orvosnak évekig kellett tanulnia, hogy éjaszkánként emberi belső szervekkel álmodott. Nem számít, mert mi a hipermarketek pénztárgépeiből önérzetesen, jogilag felülemelkedve elítéljük őt. Lényegtelen, hogy az egyik munkához elég egy hónap, és akkor talán sokat mondtam, míg a másikhoz lehet, egy élet is kevés, hogy tökéletesen megtanulja valaki. Ne hibázzon! Értem, hogy rosszul adtunk vissza, ami egyébként jogilag támadható, de általában nem egetverő hiba. Viszont ha megáll a szív, az már komoly. Lehet, hogy hibázott, de lehet, hogy nem. Feltételezhetően nem szándékosan ölte meg. Mekkora súlya lehet ennek? Elnézést, uram, egy húszassal kevesebbet adott! Szóval nem számít, hogy az az orvos netán lelkileg is teljesen összeomlott, főleg ha ő hibázott, de mi, a jogállam önérzetes polgárai, még a szart is kipereljük belőle tök jogosan, mert az egónk, az Én-tényezőnk sérült és elvesztett egy értéket. Az sem számít, ha meg is hurcoljuk a dokit, a szerettünk lelke nem vándorol vissza a testébe és támasztja fel azt. A veszteség ugyanúgy megmarad, és maximum kárpótlásként egy kis pénzt kapunk. Pénzért nem lehet szeretetet vásárolni! Rossz minőségű zoknit, azt igen, de szeretetet többnyire jószándékért, segítőkészségért szoktak adni. Rengeteg ilyen dolog van körülöttünk, amit simán vagy éppen nehezen, de hagynánk a fülünk mellett elmenni, viszont már nem tesszük, mert jogunk van hozzá. Pedig jogában áll hallgatni! Ez a fránya jog azért javarészt nem a hétköznapi embereket védi. Azokat csak szépen beeteti, és jogunk van hülyének lenni! Felhívnám az olvasók figyelmét, hogy ettől még nem kell úgy viselkedni! Gondoljunk vissza a lift és puki, netán farszél, esetleg szellentés, talán bélgáz, vagy ahogy tetszik, a fing esetére.

Mindemellett egy olyan nyelvezettel látták el a jogi szövegeket, hogy még véletlenül se értsük meg mi, egyszerű halandók. A jogot az érti a legjobban és az tudja kihasználni, akinek sok pénze van. Ezek szerint jogot is lehet kapni a megfelelő valutáért cserébe, csak szeretetet nem. Ehhez egyébként nem értek és biztos jó dolog, hogy jogilag védve vagyunk. Most jogosan kérdezhetjük, hogy akkor meg miért bírálom a jogrendszert? Mert jogom van a véleményem hangoztatására még akkor is, ha annak semmi értelme sincsen."

Jogilag például teljes mértékben beleköthetnénk, hogy Gábenék mennyire szabályos szertartást végeztek, miután elvesztették társukat. Mivel nem találták meg annak földi maradványait, úgy döntöttek, hogy csinálnak neki egy emlékhelyet. Winston szerint Usher emlékét magukban, és nem valami világ elől elrejtett helyen kéne tovább őrizniük, de Gáben ragaszkodott hozzá, hogy nevét kőbe véssék itt, ahol az életét vesztette.

– Írjuk rá a nevét! – mondta Gáben, aki közben önkényesen Smith-t nevezte ki személyes hordozójának. – Winston? – kérdezte.

– Hogy? – értetlenkedett barátja.

– Hát, írd rá a nevét! – szólt rá Gáben. – Neked sokkal jobb a kézügyességed, mint nekem.

Ez igaz is volt, főleg, hogy Gáben végtagjai bénák voltak. Winston szépen lassan, gondosan kezdte bevésni a nevet. Usher M, de itt megállt.

– Mi volt a teljes neve? – kérdezte.

– Nem tudom – felelte Gáben és a többiekre pillantott, de ők is csak azt jelezték, hogy gőzük sincsen. Mi is volt a neve? Már én sem emlékszem. Mamdubla, Mandula?

– Akkor így lesz! – mondta Winston, és még valamit vájt a kőbe. Némán álltak egy darabig és szomorúan bámulták a sírhelyet. Megadták a végső tiszteletet bajtársuknak, és csöndben Smith repülője felé vették az irányt. A hős mérnök emléke így maradt fent: Usher a Miénk.

2.

– Nem tudom, miért tettem – elmélkedett Smith, és egy kerámia csészét emelt fel az asztalról. – Talán mindig is erre vágytam, hogy közelebbről is megismerhessem a rendszert. Persze ez nem volt soha tudatos, mert jómagam, ha jól emlékszem, csak azt akartam, hogy én lehessek a Cég egyik legfontosabb embere. Igen-igen, egyszerűen csak több akartam lenni a tömegnél, de közben ott motoszkált egy gondolat, ami nem hagyott nyugodni. Érdekelt a világ. Sokat foglalkoztatott az a kérdés is, hogyan lehet tömegek fölött uralkodni? Milyen érzés lehet az emberek életét irányítani? Ott bizsergett a fejemben, hogy vajon én jól tudnám-e csinálni? Ahogy egyre feljebb kerültem, egyre többet ismertem meg a társadalomból és magából a kormányzóból. Néha kételkedtem is benne, ami nagyon furcsa.

– Előtte nem kételkedtél? – kérdezte Winston.

– Nem, dehát végig ott volt Amanda a fejemben. Miért kételkedtem volna? – irányította a kérdést Winston felé, aki a teájába kortyolt, majd válaszolt.

– Mert engem is kételyek gyötörtek a bányában. Ezért szöktünk meg Gábennel, pedig bennünk is ott volt a parazita.

Egy darabig ezen az érvelésen elgondolkozott Smith és egy apró robot ugrott ki az öltözékéből, majd sodort neki egy cigarettát, mert mancsai nem voltak képesek ilyen finom mozdulatokra. Miután meggyújtotta, szemöldökét kicsit feljebb húzta, majd megszólalt:

– Igen, értem, de az Európára azokat küldik, akiknek túl erős a lelkük és ettől kezelhetetlenné válnak. Finoman szólva: speciális nevelésben kell részesülniük. Mint ahogy a példa is mutatja, végül elszöktek. Nem hinném, hogy a Cég katonái közé erős lelkűeket válogatnának. Ezért érzem különösnek a helyzetemet.

– Nem lehet – vágott közbe Sophie –, hogy Amanda pont így tudta irányítani? Végül is rengeteg mindent tett a Cégért. Még Nelsont is elkapta.

– Úgy véli – elmélkedett a medve –, hogy a kíváncsiságomat használta fel, hogy jó szolgát teremtsen belőlem?

– Valami ilyesmi – helyeselt a lány, majd Smith folytatta.

– Mondjuk, ha jobban belegondolunk, amíg Amanda a fejemben volt, addig minden cselekedetem a Céget szolgálta.

– És cserébe kielégítette a kíváncsiságát – szólt Sophie egy csészéből előbújva.

– De mi lehet a mi esetünkben? – kérdezte Winston. – Hiszen mi el is szöktünk.

– Csak a te esetedben, Wini – csatlakozott be a beszélgetésbe Gáben egy ágyon fekve. – Nekem eszem ágában sem lett volna onnan eljönni. Vágod, mennyit piszkáltál, hogy benne legyek?

– Vágom – felelte.

– Úgy látszik, a te lelked erősebb, mint Amanda hatalma – büszkélkedett Gáben és felröhögött. – Jól van, így már nem zavar, hogy te lettél az Első. Mindig gondolkodtam rajta, hogy miért nem tudtalak megverni, de most már látom, hogy a lelked nemcsak Amandát, de a bicepszemet is megszégyenítette. Köszönöm, hogy nem hagytad, hogy lebeszéljelek a szökésről!

– Köszönöd? – értetlenkedett Winston. – Azóta csak rossz dolgok történtek velünk.

– Nem csak – vágott közbe a sérült gorilla. – Az eleje kimondottan mókás volt, és ami a legfontosabb, hogy szabadok lettünk.

– Igen, szabadok – mondta Winston elgondolkodva, majd szemei benedvesedtek, mert eszébe jutott a sok veszteség, fájdalom, amivel ezért a szabadságért fizettek.

– Engem nagyon érdekel – kapott az alkalmon Sophie –, hogy Wini, hogyan sikerült meggyőznöd Gábent a szökésről.

– Baszogatott – vágott közbe Gáben és zárta le ezzel Gábenesen egyszerűen a gondolatot. – Nagyon sokat baszogatott és láttam rajta, hogy egyre szomorúbb. Nem bírtam végignézni az összeomlását.

– Hatott rád érzelmileg az ő bánata? – lovalta bele magát a lány.

– Mondhatjuk így is, de mondom: inkább csak baszogatott, míg fel nem baszott teljesen.

Gáben néha túl nyers, néha túl illedelmes, de egy biztos: néha túlságosan trágár volt. Az olvasóktól ezért most már elnézést kérek, de hiába próbáltam, nem sikerült jobb modorra nevelnem.

– Létezhet olyan – kérdezte Sophie Smith-t –, hogy egy erősebb lélek felerősít egy másikat, ha elég közel kerül hozzá?

– Igen – válaszolt Smith. – Ilyenekről vannak feljegyzések. Tudják, például a barátság, a szerelem képesek elég erős kapcsolatot létesíteni két ember lelke között.

– Mr. Smith! – vágott közbe Winston halkan, szomorúan –, maga elég sokat tud a Cég ügyeiről.

– Ez volt az egyik célom az életben, hogy megismerhessem – helyeselt.

– Meg tudná nekem mondani, hogy mi történt a családommal? – kérdezte Winston izgatottan. – Andrea Salmon és Benidictuan Salmon.

– Sajnálatos módon – válaszolt a maci – ehhez túl sok polgára van a Cég-birodalomnak. Ha esetleg meg tudná mondani, hogy mennyi időt töltött az Európán, talán többet segíthetnék.

– Öt évet – felelte a reménykedő.

– Oh – döbbent meg a medve –, akkor a felesége biztosan halott már!

– Hogyan? – akadt ki Winston, pedig lelkében már többször elfogadta ezt a tényt, de ennyire egyértelműen és nyersen még senki sem mondta a szemébe.

– Nyugalom! – kérte meg Smith. – Maguk valószínűleg nem tudják, de az Európán tized olyan gyorsan telik az idő az ittenihez képest.

– Hogyan? – ismételte meg Winston a kérdést teljesen zavartan.

– Az ön öt éve alatt itt a Földön ötven év telt el.

3.

A gép olyan szépen hasított az égen, mint az olcsó harisnya anyaga a feszes női, esetenként szőrös férficombokon. Egyenesen, határozottan, a közönség örömét megtisztelve. Egyre közeledtek a Digitális Nagy Falhoz, ami Sophie-t kicsit megnyugtatta, mert azt jelentette neki, hogy talán Smith tartja a szavát. A hajó belseje az úri kényelmesség előkelő igényével volt berendezve. Az étkezője simán behazudhatta volna, hogy nem egy jármű bendőjében van, hanem egy luxusház nappalijaként hordja fent az orrát. Kényelmes vászonfoteljait a legfelső elit hátsó fertályának dédelgetésére tervezték, ami miatt Gáben többször is csúnya megjegyzéseket tett, mert nehezményezte, hogy egészségi állapotának köszönhetően nem tudta kipróbálni őket. A túl sok kék és rózsaszín dekorációról nem is beszélve.

– Erről mi sem tudtunk – jelentette ki Sophie meglepődve.

– Ez természetes – szólt Smith. – Csak azoknak van tudomása ezekről az információkról, akik a Cég legbelső köreibe kerülnek. Ehhez 10-es alattinak kell lenni.

– Ha jól értem, akkor én százhúsz évet éltem ott? – kérdezte valaki, de szerintem könnyen kitalálható a vétkes.

– Mr. Smith! – szólította meg Winston, teljesen figyelmen kívül hagyva barátját. – Lehetséges, hogy Beni most ötvenkilenc-hatvan éves, és valahol él még?

– Elképzelhető – felelte a medve nyugodtan pöfékelve.

– Akkor meg kell keresnünk! – robbant ki Winstonból indulatosan a felszólítás.

– Nyugalom! – intette jobb belátásra Sophie, és a különlegesen zöld szemeivel mélyen Winstonra nézett. – Megígérem, hogy ahogy lesz alkalmunk, kutatni kezdünk a fiad után.

Közben a felbőszült férfi vállára tette a kezeit, aki ettől egy kicsit lenyugodott, de hamar kizökkent.

– Na várjunk! – szólt. – Mi lett volna, ha letöltöm a büntetésem, hova megyek haza? Senkim sem maradt volna.

– Az Európáról nem térnek haza az emberek – szomorította el Smith az ideges családapát.

– Hogy? – kérdezte Winston teljes értetlenségében, és Smith gyorsan felelt.

– Mondvacsinált okokkal hosszabbítják a büntetést. Ha valaki nagyon erősködik, akkor egyszerűen kihajítják az űrbe és azt mondják, hogy hazament.

– Kész szerencse, hogy az életfogytigosoknak nincs ilyen problémája – jegyezte meg Gáben, utalva a rá kiszabott büntetés mértékére.

– A Cégnek nincs szüksége a Földön az ilyen erőslelkű emberekre – folytatta Smith, meg sem hallva Gáben közbeszólását. – A bánya nem egy átnevelő tábor, hanem inkább karantén, egy gyűjtőhely.

– Ez felháborító! – szólt hangosan Winston a felháborodottságtól, de hirtelen kedves, női karok ölelték át, hogy a gyűlöletbe zárt fenevadat kordában tartsák.

– Miért csinálják ezt? – kérdezte Sophie, miközben Winstont ölelgette.

– Azt nem tudom pontosan – felelte Smith. – A lényeg, hogy a Cég így évekre megszabadul a problémás emberektől, akik ráadásul termelik neki az amantint, amiből egyébként nem kell olyan sok.

Smith közben könnyedén kevergette a teáját.

– Ezért finomítani kellett a kitermelést. Optimalizálni, mert az elején nem volt gazdaságos. Nyilvánvalóan ezt csak a vezetőség állította, mert alig dolgoztak a bányában, de az eltartási költségeik meg nagyon magasak voltak. Csak gondoljunk bele a robot-prostituáltak üzemeltetésébe! Aztán, ami sokkal...

– Hé-hé, álljunk meg egy percre! – vágott közbe Gáben, aki szinte kipattant az ágyból mérgében. – Mi az, hogy robot-prostituáltak?

– Az Európán a nők is csak bányászok – felelt némi aggodalommal Smith. – Teljesen elkülönítve élnek ott, mert elvileg így kezelhetőbbek az emberek, mint összeeresztve.

– Azt akarod mondani, hogy tizenkét éven át gépekkel közösültem? – üvöltött Gáben, és feje kezdett hasonlítani színben a felkelő naphoz.

– Ezt így határozottan nem akartam kimondani – hárított Smith úriasan.

– Fel kell gyújtani! – ordított a vérig sértett férfi. – Ízekre szaggatni! Megtépázni! Szemét kivájni! Eltiporni ezt a világot!

Mondanom sem kell, hogy még elég sokáig szitkozódott, amíg Sophie-nak sikerült lenyugtatni a magából kikelt óriást. Az olvasókra való tekintettel csak egy-két szalonképesebb példát írtam le.

– Hol is tartottam? – gondolkodott hangosan Smith. – Ja, igen! Mindent a Földről kellett vinni. Ételt, italt és a vizet. Így sem volt rossz üzlet, de a Cég profitorientált és éppen kapóra jött egy tudós elmélete a gravitációs generátorról. Az elvét nem tudom pontosan, hogyan is működik, de képes egy égitestnek megváltoztatni a tömegvonzását, így az Európáét is. Eleinte a Holdon kezdték el tesztelni, hogy pótolják az ottani bányászatnak köszönhető tömegvesztést, mivel a Hold nagyon fontos szerepet tölt be a földi életben. Viszont rájöttek, hogy az ottani kőzet nem sokat ér, és leálltak a kitermeléssel. Később embereket vittek fel élni, hogy rajtuk kísérletezzenek tovább és meglátták a szerkezetben rejlő lehetőséget, mely az idő relatív mivoltában rejlik. A Holdon teljesen leálltak a munkálatok, és mára újra csak egy kihalt, keringő kődarab lett belőle. Az ökológiai kárt, amit a Hold tömegvonzásának változtatása okozott, teljesen figyelmen kívül hagyták. Járulékos veszteségként könyvelték el, és áthelyezték az egész kutatást a Jupiter mellé. Most tizedannyit fogyasztanak ott az emberek, mint eddig, és pont elegendő amantint termelnek. Ezt hívják költséghatékonyságon alapuló gondolkodásnak.

– A gravitáció képes befolyásolni az idő múlását? – kérdezte Winston meglepetten. – Hogyan?

– Azt nem tudom – felelte Smith. – Nem vagyok fizikus.

– Mr. Smith – vágott közbe Sophie –, árulja el, kérem, miért segít nekünk?

– Hölgyem, ha megbocsájt – vágta ki magát –, a kérdésére majd egy másik alkalommal válaszolok, mert megérkeztünk a falhoz.

A gép lassan ereszkedett le az égből, mint a magányos, életét elunt tollpihe szélcsend idején. A növényzetet finoman lapította le a hajtóművek ellenszele. Amikor kiszálltak, valami különös látvány fogadta őket, ugyanis a dús, zöld vegetációt egy száz méter széles sáv választotta ketté, melyben csak a barna föld és kövek látszottak mindkét irányból, amíg csak a szem ellátott.

– A Digitális Nagy Fal – jelentette ki Smith. – Kérem, ez elektromos szerkezeteket vigyék a hajóba!

– Miért? – kérdezte Winston.

– Mert a falon – felelte a medve – semmilyen elektronikai berendezés nem tud átjutni, hogy az működőképes maradjon. Egyszerűen tönkremegy benne.

Most Sophie felé nézett és megszólította:

– Kisasszony! A páncélomtól is meg kell válnia, mert szeretném még használni.

– Minden tönkremegy benne? – értetlenkedett a lány. – Hogy érti ezt?

– Úgy értem – válaszolt türelmesen –, például ha a gépemmel beértünk volna ebbe a sávba, egyszerűen leállt volna a vezérlés, és egy tehetetlen fémdarabként csapódtunk volna a földbe.

– Oh... – próbált értelmes arcot vágni Sophie.

– Innen gyalogosan kell továbbmennünk – jelentette ki Smith.

– Mi van a falon túl? – érdeklődött Winston.

– Nem tudom – vont vállat a medve. – De egy-két lezuhant gép okvetlenül, mert a Céget mindig is érdekelte, hogy mi lehet arra. – Mit számít? – harsant fel Gában, karját a grizzly vállára fektetve. – Mindjárt megtudjuk, nem igaz? Robot-kurvák biztos nincsenek. Azok nem jutnak át rajta, úgyhogy részemről mehetünk! – vélekedett, majd némi rossz előérzettel, óvatosan, bizalmatlanul léptek be a Digitális Nagy Fal területére.

4.

Az olvasók bánatára egyre több foszlánya került a kezembe az Elfeledtetett Lexikonnak. Úgy tűnik, hogy a Jövő PTT ebben az esetben nem végzett elég alapos munkát, pedig elég sok energiát öltek abba, hogy a régi világ írásait megsemmisítsék. A következő résznek a címe: A díszlet.

„Az uralkodók legtöbbször, ha megjelennek valahol, igen szép felvezetést kapnak. Lehet ez vörös szőnyeg, harsonaszólam, a katonaság kivezénylése, sima konfetti, mogorva, fekete öltönyös testőrök fontoskodó kiállása vagy útlezárások. A lényeg, hogy mindig feltűnők legyenek. Ez egyfajta figyelemfelkeltés, hogy mire ezek a „nagy" emberek felszólalnának, a tömeg már kellőképpen fel legyen spannolva, mintha előjáték nélkül nem tudnánk kielégíteni egy nőt/férfit. Állítólag ki lehet. Persze a petting nagyon fontos része az együttlétnek, de közel sem kötelező. Az uralkodók esetében viszont ez a felhajtás elengedhetetlen. Ennek biztonsági okai is vannak, de gondoljunk bele, hogy a díszes ceremóniák nélkül milyen kiábrándító is lehet egy főúr! Direkt nem használom a „vezető" kifejezést. Vegyünk egy királyt, de most ne a kártyapakliból, és nézzük meg úgy, hogy egyszerűen elveszünk a díszletéből egy-két dolgot! Ha a hátsója alól kihúzzuk a trónt, fizikálisan és nem törvényileg értve, majd a fejéről levesszük a csicsás koronáját, akkor hirtelen csak egy szerény, fürdőköntösbe öltöztetett öregembert kapunk, mint mondjuk Hugh Hefner. Máris nem egy uralkodó, annak ellenére, hogy Hefner elég nagy király volt a maga idejében. Igaz, ő meztelen lányokat fényképezett le és nem törvényeket hozott. Mennyivel békésebb cselekedet ez, nem igaz? Tehát itt van ez a megkopasztott királyunk, de semmiképpen sem Hefnerre gondolok már. Őt nehéz lehetett volna megkopasztani, még az időnek sem sikerült, de ezzel kapcsolatban vannak fenntartásaim. Tegyünk egy sámlit a korona nélküli királyunk alá, és lassan máris szánni kezdjük. Itt láthatjuk, hogy ezek az emberek pont ugyanolyan senkik, mint mi, ha leradírozzuk körülöttök a díszletet. Ugyanúgy esznek, isznak – maximum finomabbat –, és ami a legfontosabb, hogy ők sem virágillatút finganak. Hiába sok rege, monda, ének és vers, mert hiába hívták a fáraókat a Nap gyermekeinek, ettől még nem voltak azok."

Ez nincs másképp Edward Greenfielddel sem, mert feleslegesen látható az arca az utcákon, hallható, hogy milyen odaadó, gondviselő ez a kormányzó. Mi tudjuk, hogy nem az, mert mi ismerjük, olvastunk róla, hogy igazából kegyetlen, könyörtelen, telhetetlen és gyarló ember. És ez a legjelentősebb dolog az egészben, hogy csak egy ember, aki – mint mindig – megint valami gonosz terven agyal éppen.

– Azt állítod, hogy gömbölyű? – kérdezte érdeklődve a vele szemben ülő szőke nőt.

– Pontosan – felelte Nikol büszkén, mert végre fontos dolgot fedezett fel –, ebben 100%-ig biztos vagyok, ami azt jelenti, hogy...

– A középpontja – vágott szavába Greenfield – érdekes célpont lehet. Tudjuk, hogy mi van ott?

– Azt nem. Viszont azt tudjuk, hogy pontosan hol kell keresni. A föld alatt van – mondta a kék szemű tábornok.

– Akkor legyél szíves és ásd ki nekem onnan, bármi is legyen ott! – utasította a nőt.

– Ahogy óhajtod – válaszolt, és enyhén gúnyosan hozzátette: – kormányzó!

Nikol nem szerette hivatalosan szólítani Edwardot, de néha csipkelődés céljából odaköpte neki, majd illedelmesen meghajolt, összecsapta bokáit és távozott. Sajnálatos módon már teljesen elfogadta azt a tényt, hogy hiába volt közte és Greenfield között testi, talán lelki kapcsolat, ő mindenben alárendeltje lett uralkodójának, így az akármit kért, Nikol alázatosan teljesítette, még akkor is, ha az néha fizikai fájdalommal járt neki.

5.

Elég könnyedén jutottak át a Digitális Nagy Falon, mondjuk fizikálisan nem is volt akadály egyáltalán. A legfurcsább az volt benne, ahogy átértek, az időjárás megváltozott. Sokkal melegebb és párásabb lett a túloldal az eddiginél. A látótávolság alig érte el az 5 métert és így a környezet kicsit horrorisztikussá formálódott. Winstonéknak fogalmuk sem volt, pontosan merre járnak, mint ahogy arról sem, hogy élnek-e még tigrisek a bolygó e tájain? Igaz, ők azt sem tudták, hogy régebben bizony éltek itt ilyen veszélyes állatok, ezért határozottan caplattak a ködös homályban. A növényzet itt is sűrű volt, de sokkal kegyesebb, mint előtte, aminek könyörtelensége egy életét megunt, mindenkire a legkeményebb büntetést kiszabó és valószínűleg impotens bíróra hasonlított, aki indokolatlanul szigorú az ítéletre várókkal. Az előző párezer kilométert kényelmesen tették meg Smith járgányával, de még nem feledték el az eddigi túrájuk megpróbáltatásait. A sokkal sűrűbb, tüskés növényvilág igen rossz házigazda volt a mostanihoz képest. A legkellemetlenebb körülménynek eddig a hatalmas levelek számítottak, melyek kedvesen és nedvesen olykor arcon simogatták őket. Nem mintha a párás, fullasztó levegő kimondottan turistacsalogató lett volna, de ez a tényező Smith-en kívül senkit sem viselt meg nagyon, merthogy átvizesedett bundája és hatalmas tömege, amit vonszolt, azt bizonygatta számára, hogy a grizzly medvéket nem erre az éghajlati övezetre találta ki a természet. Igen nagy távot tettek már meg, amikor Sophie – fitt és fiatalos teste lévén – társalgásba kezdett.

– Mr. Smith – szólította meg a haldokló medvét –, elmondaná, hogy miért is segít nekünk?

– Kisasszony – lihegte Smith, mint az aranyérmet nyert sportoló, akit közvetlen a 100 méteres síkfutás céljánál támadnak le a firkászok, hogy kifaggassák, milyen érzés győztesként befutni. Egy dolog biztos, hogy őket nagyon érdekelheti a téma, mert az látszik, hogy gőzük sincsen, min megy keresztül az emberi szervezet és elme, hogy ilyen teljesítményt elérjen, különben nem tennének fel ilyen ostoba kérdéseket, ennyire ostobán időzítve.

– Nagyra értékelem az érdeklődését, de ha kérhetem, egy másik alkalommal fejteném ki a témát, mert értesüléseim szerint a medvék rövid távon a leghatékonyabbak és kezdem elhinni, hogy ezek a kutatások pontosak – felelte, pedig ha látott volna már sportközvetítést, akkor tudná, hogy ilyenkor elég egy „hihetetlen" vagy valami hasonló egyszavas nyögést felelni.

Smith már a megszokott, civilizált, kétlábas járása helyett visszaereszkedett a medvék ősi, jól bevált, otrombán ingadozó cammogására. Talán ha spórolna a levegővel, mint az atléták a nyilatkozataik közben, akkor a cilinderét és a dohányzás gondolatát nem kellett volna már régen eltemetnie méretes hátizsákjába. Olykor rosszallóan Gábenre vetett egy-egy megvető pillantást, aki inkább úgy döntött, hogy a saját lábán folytatja az utat, mert szerinte az ázott matracok felettébb károsak az egészségre, és Smith gyógyszerei amúgy is jól helyre rakták sérült testét, ezért jó kedvvel hatalmasakat pöfékelt átnedvesedett szivarjából. Eközben fenségesen sétálgatott, ugyan kicsit sántítva, de félmeztelenül, és ezt mind úgy hozta össze – nyilván teljesen véletlenül –, hogy mindig Sophie látóterében legyen. Egyszer fel is hívta a lány figyelmét arra, hogy a vízcseppek úgy folynak le feszes mellkasán, mintha versenyt futnának, de érdeklődés hiányában berekesztette ezt a sportágat. A felsőjét azért nem húzta vissza, sőt próbálta a lányt is meggyőzni, hogy a trópusi séta így sokkal elviselhetőbb. A hatás annak ellenére elmaradt, hogy az érvek kitartó hurrikánja majdnem levetkőztette az ellenállás utolsó pilléreit, de a tisztuló ködben egy alak rajzolódott ki előttük, majd ez az alak hirtelen nagyon megijedt és fegyvert rántott, amitől egészen lenyugodott.

– Egy lépést se! – utasította őket a forma. – Kik vagytok? Miért vagytok és mit akartok? – kérdezte.

Winston megpróbálta elmondani, hogy mit keresnek ott, ami egész jól sikerült.

– Mitől van ilyen büdös? – érdeklődött az alak. – Megöltetek valakit?

Smith lépett előre.

– A kellemetlen szagokért én kérek elnézést – felelte, mert a medvék szépségét, erejét és tekintélyparancsoló kiállását távolról sem képviselte, inkább úgy nézett ki, mint egy elhanyagolt, rothadó halpiac, amin a napalm forró ölelése tudna csak segíteni, és közelről a szaga is pont olyan volt.

Gáben beleszippantott a levegőbe, de csak annyit mondott, hogy annyira nem vészes.

– Te meg mi vagy? – döbbent meg az emberi külalak.

– Ha megengedni – szólalt meg illedelmesen az ázott grizzly –, én Mr. Smith vagyok, egy medve testébe zárt emberi lélek.

– Medve? – riadt meg a jövevény. – Ez biztos? – hitetlenkedett.

– Teljes mértékben – próbálta meggyőzni a fura egyént Smith.

– Hogy lehet? Szép állatot ennyire elcsúfítaná emberi lélek? – lepődött meg rendesen a keleti.

– Uram, ez nem attól van – mentegetőzött Smith. – Tudja, az időjárás és a kosz megviselte dicső testem.

– Időjárás? Kosz? – kérdezett vissza, majd egy pillanatra elgondolkozott. – Lehet. Már rég nem éreztem azokat – mondta és meg is nyugodott annyira, hogy közelebb lépjen, majd bemutatkozott. – Nevem Yakahasi Tokohere.

Winstonék most döbbentek rá, hogy az alak, akivel eddig csak próbálgatták a társalgást, nem ember, hanem valami fura, fémvázas egyén, valószínűleg egy robot, de ettől függetlenül kedvesen bemutatkoztak neki és az így szólt:

– Gyertek velem! Kövessetek! Csúnya macit majd megfürdetjük.

Megindultak Tokohere után, aki az út során nem volt túl bő-
beszédű, mert nagyon figyelt valamire. Egyszer váratlanul meg-
állt, és óva intette a társaságot.

– Csendet! Valahol tigris van közelben. Érzem szagát! – mond-
ta és meredten figyelt, majd a semmiből egy mély, fülsiketítő
üvöltést hallatott, amitől még Gáben is összerezzent.

A hang, amit Tokohere kiadott, egy termetes hím bengáli
tigris üvöltésének felelt meg felerősítve.

– Elment. Mehetünk! – közölte a robot, és ismét némán ha-
ladt tovább.

Winstonék sokszor néztek egymásra értetlenül, de Sophie
nyugtató elmélete, miszerint jelenleg ez a legjobb esélyük fel-
venni a keletiekkel a kapcsolatot, meggyőzően hatott a ban-
dára. Smith volt a leglelkesebb támogatója az ötletnek, hogy
vakon kövessék a fura szerzetet, pedig az kellőképpen meg-
sértette, de cserébe valami fürdést említett, és ezekben a fá-
radt órákban legjobban arra vágyott, hogy egy hatalmas kádba
befekhessen és tisztálkodhasson. A robot végre megállt és né-
mán várakozott. A talaj megemelkedett és egy hatalmas két-
szárnyú ajtóvá formálódott, ami egy lifthez vezetett. Tokohere
könnyedén lépett be a felvonóba, de a többiek némi fenntartás-
sal követték. Az ajtó becsukódott mögöttük, és lezárta a visz-
szavonulás lehetőségét.

– Kedves Tokohere – törte meg Sophie a gépezet monoton
zaját –, köszönjük szépen, hogy segít nekünk!

– Csak munkámat végzem – felelte a tőle nehezen megszok-
ható kiejtéssel, ami abban mutatkozott meg, hogy hadart is
amellett, hogy helytelenül beszélt.

– Mégis mi a feladatod? – kérdezte Winston nyugtalanul,
mert nem volt teljesen kibékülve a helyzettel.

Valahogy ő nem volt kibékülve mostanában semmivel, mert
nem elég elfogadni a sok veszteséget, a megpróbáltatásokat, ha
az ember képtelen legbelül megbékélni a világgal. Nem hagyta
nyugodni az a felvetés sem, hogy fia talán még él valahol. Biz-
tosra akart menni, találkozni akart vele annak ellenére is, hogy
úgy tudta: a gyerek jó pár évvel idősebb nála. Talán tud valamit

feleségéről, aki talán teljes életet élhetett, talán nem volt boldogtalan. Talán...

– Begyűjteni, ami nem odavaló – válaszolt közben Tokohere.

– Kifejtenéd, kérlek? – kíváncsiskodott tovább Winston, mert nem volt lelkében semmi, amiért megöregedhetett volna. – Kicsit homályos ez az egész.

– Sokszor esik fémhulladék égből – kezdte magyarázni Yakahasi. – Ezek nem illenek bele természet rendjébe, ezért begyűjtjük. Néha jönnek át falon emberek és nekik sincs ott helyük, hanem föld alatt, ezért jöttök velem nagyvárosba, ahova ember való.

Mielőtt Winston félbeszakíthatta volna, a robot gyorsan leintette.

– Aggodalomra semmi ok! Nekünk nincs gonosz szándékunk.

6.

Amikor kiléptek a liftből, egy fényes, fémes, csempeszerű anyaggal díszített folyosóra értek. Nem volt túl nagy forgalom benne. Közel sem volt olyan zsúfolt és barátságtalan, mint egy bevásárlóközpont a nagy leárazások közepén, ahol a lelkes fogyasztóknak annyira felszökött a láza, hogy képesek legyenek komoly testi sérüléseket okozni embertársaiknak, nehogy lemaradjanak pár százalék kedvezményről. Nem voltak ijedtségtől izzadt biztonsági őrök sem, akik egy ilyen nap reggelén akkor is keresztet vetnek, ha nem vallásosak és hosszasan búcsúzkodnak el családtagjaiktól, mintha előre tudnák, hogy egy vesztett csatára készülnek. Gábenék kényelmesen követték idegenvezetőjüket a félig üres átjárókon. Tokohere felvilágosította közben őket, hogy merre járnak, hogy mélyen a föld alatt vannak már, hogy ez csak a város külső része, ahol nem élnek emberek, hogy innen indulnak a lebegő mágneses vonatok a település szívébe, hogy hamarosan fel is szállnak egyre, mert unalmas lenne azt a párszáz kilométert gyalogosan megtenni, és hogy nem szabad ennyi *hogy*-ot tenni egy mondatba. Felhívta a figyelmet Gáben állapotára, aki jól leplezi, de előtte nem titkolhatja, hogy az kritikus. Egyébként is leszokhatna a dohányzásról, de megdicsérte, hogy milyen erős lelke van, mert egyáltalán képes lábra állni egy ilyen leharcolt testben.

A vonat kényelmes volt, de elég szűk, szerencsére világos, hogy a klausztrofóbiát kicsit enyhítse. Mondjuk Smith alig fért be, és a szaga már nem csak a robotnak feszegette a tűréshatárát, amiért többször is elnézést kért, de ez nem javított a helyzeten. Tokoheréből nagyon készséges kalauz lett és sokat elmesélt a keletiek világáról, amit Sophie nagy érdeklődéssel hallgatott.

– Ez egyetlen város, már senki sem él felszínen – mondta Yakahasi. – Mi emberek leköltöztünk, hogy visszaadjuk természetnek teret. Fenti infrastruktúrát szépen lehoztuk föld alá, miután rádöbbentünk emberiség gyarlóságára, és semmit sem hagytunk fent. Miután kiváltunk Cégből, új energiaforrásra volt szükségünk, mert megvonták tőlünk amantint. Először persze létrehoztunk egy óriási generátort, mellyel Digitális Falat akartuk üzemeltetni, de túl jóra sikerült és köré költöztünk. Magot, így hívjuk e szerkezetet, hullámturbina hajtja, amit óceánok és tektonikus lemezek mozgása tartja életben. Mondjuk Hold kizsákmányolása óta e mozgások gyengébbek lettek, de így is elég. Termelt energiát többnyire egyből felhasználjuk, de ha marad, akkor sós vizes akkumulátorokban tároljuk. Nem túl hatékony, de sós vízből van rengeteg, és így nem lopjuk meg bolygónkat még jobban. Teljesen el akartuk zárni külvilágot, ezért is jöttünk mélyen talajba. Nem elfelejthető tény, hogy így időjárástól is védve vagyunk, könnyebb emberi szervezetnek megfelelő környezetet létrehozni és nem leszünk koszosak sem, főleg nem büdösek, mint grizzly maci.

A vonat beért egy olyan szakaszba, ahol sűrűbben villantak be nagyobb fények az ablakokon, ami azt jelentette, hogy gyakoribbak lettek a megállók.

– Megérkeztünk városba, Aiopoliszba.

A név hallatára Sophie felkapta a fejét.

– Aio Tongushiról kapta a nevét? – kérdezte lelkesen.

– Igen – felelte Tokohere. – Tiszteletből, mert felszabadított minket és ezért életében csak bántottuk, mert butának néztük.

– Szép gesztus – jegyezte meg a lány, mert Nelson emlékeivel tisztán látta, hogy akkor mi történt.

– Az – helyeselt a robot. – Neki köszönhetően viszonylag korán kiléptünk Jövő Profit Brigádból, és ahogy megláttuk emberiség romlottságát, visszatértünk természetközeli életvitelhez.

– Hát ez annyira nem sikerült – jelentette ki Gáben, és körbetekintett a fémfalak és elektronikai berendezések között.

– Még messze vagyunk kerületemtől. Térjünk vissza csodás lakhelyünkre! – terelt Tokohere Gáben szemrehányását kikerülve. – Mag körül van város. Körkörösen felépítve vagy leépítve, ahogy tetszik, és Mag sugározza ki energiamezőt, amit Digitális Nagy Falnak nevezünk. Belseje, legbelső kerülete városnak csodálatos, mert onnan látható Mag, aminek lenyűgöző kék fénye van. Ilyen lehet Föld lelke is. Legalábbis mi így gondoljuk. Egész szerkezet arra épül, hogy vonatokon tudunk eljutni különböző kerületek között, és fel felszínre is. Kicsit úgy néz ki, mint sündisznó.

A hasonlat nem volt teljesen helytálló, főleg azért nem, mert a vendégeknek, Sophie-t leszámítva, nem jelentett semmit.

– Mi az a sündisznó? – érdeklődött Winston.

– Aranyos állat, tüskékkel hátán – válaszolta Yakahasi, mintha ez lenne a világ legtermészetesebb dolga.

– Bocs, hogy félbeszakítalak! – szólt Gáben. – De mi volt fent, amitől félnünk kellett?

– Tigris? – kérdezte Tokohere lelkesen.

– Igen, az – helyeselt Gáben.

– Nagy cica – jött az értéktelen válasz.

– Mi az a cica? – faggatta Gáben, de a lelke mélyén valahogy érezte, hogy reménytelenül.

– Hát kicsi, aranyos tigris – bökte ki a robot. – Nem tudtok semmit világról – majd legyintett egyet. – Nyugatiak...

Yakahasi megnyomott egy gombot és a vonat lassítani kezdett. Megérkeztek a különös kísérőjük lakókörzetébe, ezért nem faggatták tovább. A környezet semmit sem változott, amióta lejöttek a felszínről. Ami szintén azt bizonyítja, hogy egy történetben, mint ebben is, csakis a mérnökök fantáziátlansága okozhatja, hogy egy nagyhatalomnak az agyonbiztosított erődje viszonylag könnyen sebezhető, ezért az írók nevében mosom kezeimet az egysíkú miliő miatt. A kölcsönkért tollak amúgy sem higiénikusak, tehát a kézmosás melegen ajánlott, nem hideg vízzel. Tokohere megállt egy ajtónak tűnő valami előtt, ami magától kinyílt. Beléptek egy még szűkösebb helyiségbe, ahova alig tudták begyömöszölni Smith ázott hátsóját. A kis térben egy különös gáz kezdett el kavarogni, de a robot megnyugtatta őket.

– Semmi baj, csak fertőtlenítünk, hogy tiszták legyetek.

Smith lelkesedése egy kicsit lelankadt, mert azt hitte, hogy a tisztálkodás az általa megszokott, kellemes fürdés formájában fog megtörténni, ahol egy hatalmas sarokkádban eljátszhatja kedvenc regényének fontosabb jeleneteit a gumikacsáival, de ez így túl gyorsan történt és kiábrándítóan közömbös volt. Kinyílt még egy bejáró és meglepetten észlelték, hogy a következő kis szobában még egy Yakahasi Tokohere tartózkodik.

7.

Az Elfeledtetett Lexikon 193. cikkelye:

A kultúrák

„Amikor különböző kultúrák találkoznak, sokszor nagyon nehéz az embernek átszellemülni a másik teljesen hagyományos szokásaihoz. Gondoljunk csak az angolvécé és a toalettpapír esetére! Valahol elengedhetetlen a használatuk, míg máshol tök hétköznapi módon egyszerűen nem is értik, hogy mire valók. Érdemes lelkileg felkészülni, ha ilyen helyen járunk, hogy a földből kiálló két rúd nem egy testépítő gyakorlat eszköze, hanem a klotyó. Ez esetben a budipapírt ne is keressük! Ha nagyon furcsállnánk és értetlenkednénk, hogy ilyen helyzetben mi a teendő, nyugodtan forduljunk a helyiekhez segítségért, de kielégítő visszajelzést ne várjunk, mert az kifulladhat annyiban, hogy „majd megszokod". Ugyanez érvényes akkor, ha vendégül látnak vacsorára valahol, távol a megszokott otthonunktól. Még véletlenül se kérdezzük meg, hogy miből van az étel, mert megeshet, hogy a realitás könnyedén megfoszthat az étvágyunktól. Ilyenkor célszerű kedvesen megköszönni a vacsorát és a lehető legjobb hozzáállással megkóstolni, mert az esetek nagy részében még a legvisszataszítóbb koszt is lehet finom. Ha a gasztronómiai anomália mellé még zenével is kedveskednek, jobb előre felkészíteni magunkat, hogy a dallam és a hangok benne nem hamisak, csak a mi fülünknek szokatlanok. Tehát nem azért tűnhet borzasztónak, mert rosszul játszanak a hangszereken vagy direkt módon terrorizálni szeretnék a hallójáratainkat – persze ez a lehetőség is fennállhat –, inkább az az igazság, hogy az ő kultúrájukban ezek a megszokott frekvenciák. A lényeg, hogy ha bárhova utazunk – főként ha ez a bárhol elég messze van a szokványos lakóhelyünktől –, mindig maradjunk nyitottak, mert a legtöbb esetben nem büntetni, megmérgezni vagy ártani akarnak nekünk, csak jószándékból kedveskednek, hogy minél többet megmutassanak magukból. Néha túl sokat is mutatnak, kezdve a helyi öltözködési szokásokon át a helyi vetkőzési szokásokig. Mindegy is, elvégre az utazás egyik legfontosabb része az, hogy minél több új dologgal találkozzunk. Ezúton szeretnék jó étvágyat kívánni a sült tücsökhöz és a pirított sáskaleveshez. Higgyék el, minden csak a fűszerezés kérdése, mert ha valamiért nem ízlett az étek, ne adják fel, hiszen a legegyszerűbb kaját is el lehet rontani! Összefoglalva tehát: ha végre kitörünk az otthoni kényelem óvó öleléséből, sokkal egyszerűbb felkészülnünk a váratlan, megszokottól logikailag is totál eltérő események sorozatára."

Ha olvastuk ezt a „remek" lexikont, akkor elkerülhetjük azokat a félreértéseket, melyek negatív élményekkel szegényíthetik meg utunkat, ez esetben Smith csalódottságát a tisztálkodással és megdöbbenését azzal az apró, különös helyzettel kapcsolatban, hogy éppen két Tokoherével állt szemben. Ráadásul az új Yakahasi anyaszült meztelen volt és egy nagyon fura székben ült. Láthatóan nem szégyellte testének bizonyos részeit amikor felkelt a székből, és kedvesen üdvözölte vendégeit.

– Vetkőzz le és ülj be székbe! – szólt Gábenhez, aki annyira nem lelkesedett az ötletért.

– Én ugyan nem! – jelentette ki határozottan.

– Muszáj lesz, mert tested haldoklik, és szék meg tudja gyógyítani! – unszolta a még mindig nudizó Yakahasi.

– Jól vagyok, köszönöm! – felelte Gában és próbált udvarias maradni, de egyre ingerültebb lett.

– Nincs jól! – vágta rá a keleti. – Személyi robotom megvizsgált mindannyiótokat. Többieknek semmi baja, csak kicsit kimerültek, meg maci bolhás volt, de neked felépülésre van szükséged, úgyhogy ülj bele székbe!

Gában elindult az éltető szék felé, de Tokohere ráparancsolt.

– Vedd le ruhádat!

A kijelentésre Gában egy hatalmasat nyelt, hogy dühét a parancsolgató, nála termetre feleakkora, meztelen házigazdájuk felé visszafogta.

– Jól érzem magam – mentegetőzött.

– Az lehet, hogy fejben jól, de testben rosszul – magyarázkodott Tokohere. – Testnek, amit még nyugatiak mindig nem tudnak, vagy csak elsiklanak felette, többféle energiája van. Akkor egészséges ember, ha ezek harmóniában vannak, egyenlők. Neked felbomlott egyensúly, mert súlyos sérüléseket szenvedtél. Nyugati gyógyszer nem csinál mást, csak elvesz energiát onnan, ahol még maradt, ezzel javít helyzeten, de legyengíti egész rendszert. Kész csoda, hogy talpon vagy! – mondta, de Gábent már nagyon irritálta, hogy mindezt olyan 30 centiméterre tőle egy szál tudjuk miben tette.

Smith megköszörülte a torkát, amit lehet, hogy a bolhás megjegyzés miatt tett vagy azért, mert ő még nem felejtette el, hogy hosszú kilométereken át cipelte Gáben könnyűnek éppen nem mondható testét.

– Úgyhogy ruhát le, és ülj bele székbe! – jelentette ki a vendéglátójuk határozottan.

– Tényleg nem szükséges – jegyezte meg Gáben, amikor Sophie lépett oda hozzájuk.

– Szerintem elég meggyőző volt az érvelése – mondta, és Gáben szemébe nézett odébb túrva Yakahasit.

Érdekes módon az ő közelsége nem zavarta a férfit.

– Mit veszthetsz, ha kipróbálod? – kérdezte, majd egy kaján mosollyal hozzátette. – Vagy talán Nagy Gábornak van valami titkolnivalója a feszes izmok alatt?

Gáben önérzete akkora pofont kapott a zöldszemű démontól, hogy mire az befejezte a gúnyolódást, már egy szál semmiben ült a székben és farkasszemet nézett Sophie-val, aki olykor máshova is pillantott.

– Gondoltam, hogy nincs szégyenkeznivalód – közölte mosolyogva Gábennel a felfedezését. Megjegyzem, hogy a fiatal léleknek volt összehasonlítási alapja, hiszen az emlékei nagy részének az előző gazdája egy férfi volt, sok-sok testet elhasználva és kikísérve a mellékhelyiségbe. Yakahasi becsatolta Gábent az éltető székbe és megkérte, hogy engedje el magát. Ez idő alatt a többi vendéggel a robot Tokohere foglalkozott.

– Hozok levest addig – közölte velük, majd elvonult.

– Hogyan működik a szék? – érdeklődött Winston a tőle megszokott kíváncsisággal.

– Ez egy gép – felelte Tokohere, a robot, aki most ért vissza levesekkel egyensúlyozva a kezében –, ami felel test teljes ellátásáról. Innen kapjuk megfelelő vitaminokat, ásványi anyagokat, és képes pillanatok alatt helyreállítani szervezet hibáit. Teljes biológiai folyamatokat ápolja, még az ürítést is.

Erre a kijelentésre Gáben felpattant volna, ha teste nem lett volna valami érthetetlen módon ellazulva, meg persze lekötözve, amitől képtelen volt mozogni.

– Salakanyagot – folytatta közben Tokohere, a robot – felszállítjuk tápanyagnak talajba.

Gában egyre kényelmetlenebbül kezdte érezni magát.

– Visszafizetjük természetnek, amit évszázadok alatt elvettünk tőle.

Szépen megterített mindenkinek, és tálalta a meleg ételt.

– Lehet, leves nem lett teljesen finom, mert már régen csináltam, mivel mi csak kedvtelésből készítünk már ilyeneket – mentegetőzött előre a robot.

Yakahasi, a meztelen, magára terített egy pokrócszerű tárgyat, hogy az étkezést megtisztelje.

– Jó étvágyat! – kívánta őszintén és a gépéhez fordult ismét, hogy befejezze Gában regenerálását, aki a kezelés végén olyan energetikusan pattant fel, amilyennek még soha nem érezte magát.

– Mintha kicseréltek volna – szólt vidáman.

– Mert kicseréltük energiáidat – válaszolta Tokohere, mind a kettő egyszerre.

Sophie mosolyogva intett Gábennek, hogy foglaljon helyet, aki erre boldogan elindult az asztal felé, de Yakahasi, a pokrócos, elé állt.

– Felöltözni! Asztalnál nincs himbilimbi!

Azt, hogy a himbilimbi az ő nyelvén pontosan mit is jelentett, senki sem tudta, de valami olyan szokásra utalhatott, hogy étkezés közben nincs meztelenkedés, pedig Gábennek egyre jobban tetszettek a zöldszemű angyal érdeklődő pillantásai, de végül nagy duzzogva felöltözött.

8.

– Sokat gondolkodtam, hogy vajon amit csinálunk az emberekkel, az jó-e, ezért egyre mélyebbre ástam magam a társadalmi rendszerünkbe, hogy megérthessem a működését. Mondom: fogalmam sincs, hogy ezt saját szándékból vagy Amanda befolyásától akartam-e. Láttam a hibákat, de megértettem az érveket, melyek a már működő rendszer mellett voltak. Meg akartam fejteni, hogy vajon az egyén vagy a tömeg érdeke fontosabb, mivel a tömeg az egyének sokaságából épül fel. Nem véletlen jártam rendszeresen az éjszakákat, hogy újabb és újabb megfigyeléseket végezhessek. Persze közben a saját igényeimet is kiszolgáltam. Azt vettem észre, hogy ami van, az stabil és nem nyomorúságos. Tudtam, hogy élnek nyomorban a Cég-birodalmon belül, de őket elkönyveltem a szükséges szenvedőknek. Nem is találkoztam velük, így vakon elhittem, hogy a kételkedéseimnek nincs helye ebben a világban. Feltételezem, hogy ez Amanda műve volt, mert amikor meghibásodott, köszönhetően Nelson akciójának, egyből kitisztult a fejem és láttam, hogy hatalmas hibákat követünk el mindenféle felelősségvállalás nélkül. Most már sajnálom, hogy megmentettem a kormányzó életét. Sajnálatos módon mire erre ráeszméltem, már felépülőben volt és jól védve. Nekem volt a feladatom, hogy Amandát sikeresen helyreállítsák, de közben egyre több kétely rombolta tisztánlátásomat, ami azt eredményezte, hogy legalább magamat nem akartam már újra a befolyása alatt tudni, ezért úgy állíttattam helyre, hogy én már ne legyek benne. Egyszerűen kiírtam Montgomery Smith-t a rendszerből, mert úgy véltem, így többet tudhatok meg a társadalom működéséről. Tovább kutattam és rátaláltam arra a tervezetre, ami felé terelni akarják az emberek életét. A kormányzó céltársadalma, a szerinte legtökéletesebb az, ahol a lakosság összes vágyát képes csakis a munka egyedül kielégíteni. A módszeren mindig is finomítgatott, hogy elérje ezt az állapotot. Ebben a legnagyobb akadályt a lélek jelentette, minden érzelem forrása, de valahol olvasta, hogy az embereket már úgy tenyésztették, hogy az adott társadalmi rétegben tökéletesen jól érezzék magukat; adott munkakörökre teremtették őket. Ezt a példát egy régi könyvben látta, valami Szép új világ vagy Rossz régi volt a címe. Szerintem ez csak fikció, de őt megihlette, hogy megvalósítsa. Ezzel már nem tudtam egyetérteni sehogy sem. Itt megijedtem, mert ráeszméltem, hogy még ennél is korlátoltabb, lelkileg szegényebb világot akar teremteni, hogy könnyebben, hatékonyabban irányíthatóvá váljanak az emberek. Egy hatalmas munkatábort akar létrehozni, ahol egyre kevesebb a fogyasztói szabadság, ahol bezárhatja a boltokat, szórakozóhelyeket, ahol a mechanoőrök segítségével elmenzásíthatja a társadalmat. Tömegkonyha, tömegmunka, tömegnyomor lenne a profit jegyében. Ehhez természetesen először teljesen el kell nyomnia a lelket, amit el is kezdett az új rendszerrel.

– Igaz, hogy az erősebb lelkű embereknek szívrohamot fog okozni? – kérdezte Sophie.

– Nem, ez nem igaz – válaszolt Smith. – A kormányzó ok nélkül nem mészárol le tömegeket. Kialakított nekik egy átnevelő intézetet, ahol a Verkinson-kamra segítségével kiégeti a lelküket, mert a munkásokra szüksége van. Most elkezdte begyűjteni őket – mondta Smith és egy monoklit helyezett fel, de nem olyan kocsmában szerezhetőt, csak simát, azt az unalmasan kerek üveget, majd folytatta. – Ahogy ezekre rájöttem, tenni akartam ellene, de már késő volt. Pont beindították az Amanda 2.0-át mire elindultam, hogy szétrombolhassam. Amikor a rendszer élesítve lett, tudtam, hogy nincsen maradásom. Összepakoltam a kutatásaimat az összes elérhető fegyverrel együtt és leléptem, hogy felkeressem a lázadókat és segítsek nekik. Sajnálatos módon, vagy éppen szerencsére, azok nagyon jól elbújtak és én is csak akkor tudtam meg, hogy hol kell keresni önöket, amikor már a Cég is tudta. Most viszont itt vagyok és segíteni akarok.

– Mr. Smith – szólította meg Winston. – Maga elég jól ismeri a Cég biztonsági rendszerét. Van valami rés rajta, amit kihasználhatnánk?

– Sajnos már nincs – felelte a monoklis medve kissé lehangolóan, és felvette a cilinderét is. – Amandához semmiképpen sem tudunk hozzáférni, viszont az Európa bányái még mindig elfoglalhatók.

– Azzal már nagyon sokszor próbálkoztunk – szólt közbe Sophie.

– Egyszer már feljutottak egy hajóra – jegyezte meg Smith.

– És rengetegen haltak meg, amikor az felrobbant – méltatlankodott Winston szomorúan, mert lelkében a sok veszteség mozgolódni kezdett.

– Ez igaz – helyeselt a medve és felkelt az asztaltól, majd lelkesítően magyarázni kezdett.

– Most annyival jobb helyzetben vannak, hogy itt vagyok én is. A birtokomban van egy olyan szerkezet, amivel elég nagy területen képesek vagyunk Amandát kiiktatni. Ezt a kormányzótól loptam el. Valószínűleg arra kellett neki, hogy ha a számítógép ellene fordul, akkor a környezetében likvidálja azt.

– Ezzel egy egész hajót képesek lennénk felszabadítani? – kérdezte Winston.

– Pontosan – helyeslt a medve és cimborájára nézett. – Gáben, adj egy szivart nekem, kérlek! Köszönöm.

– Persze, nyugodtan gyújtsanak rá mindannyian! – akadékoskodott a házigazda, de a szavaiban elrejtett iróniát – mint ahogy azt az esetek nagy részében szokták – félreértelmezték és szó szerint vették.

Három öngyújtó kattant egyszerre.

– Remek – fűzte hozzá szomorkodva. – Akkor én is kérek egyet!

A sűrű, időnként átláthatatlan fehér füst teljesen megtöltötte a kicsi lakás egészét. Tokohere az elején fel-felköhögött, de miután felvilágosították, hogy a szivart nem szabad tüdőre szívni, elkezdte élvezni.

– Így tényleg jobb – jelentette ki.

– Ha feljutnánk egy hajóra – vágott közbe Sophie, és szegény vágta ketté a füstöt is, hogy találkozhasson a többiek tekintetével –, képesek lennénk az egész legénységet magunk mellé állítani.

– Ha ez sikerülne – lelkesedett Winston is –, akkor könnyedén visszamehetnénk a bányába és elvághatnánk az amantin útját.

– Akkor menjünk! – szólt Gáben.

– Várj egy kicsit! – csapta le a feldobott labdát Winston. – Előbb kell egy terv, amivel feljutunk a hajóra!

– Tudod mi a véleményem a tervekkel kapcsolatban... – mondta, de ezt mi is pontosan tudjuk.

– Most már nincsenek embereink, akik segítenek – közölte cimborája és Sophie-ra nézett, de a lány szomorkásan csak helyeslt, hogy igaza van.

– Itt vagyunk mi! – jelentkezett Yakahasi, az ember, aki kezdett szédelegni az oxigénhiánytól, de ezt nagyon élvezte.

– Tényleg segítenétek? – kérdezte Sophie felcsillanó szemekkel.

– Hogyne! – válaszolt a házigazdájuk. – Ha meg akarjátok változtatni nyugati világot, mi benne vagyunk. Már szóltam is többieknek. Helyeseltek.

– Ez kezd egész jó lenni – szólt Smith. – A hajóra könnyedén feljutunk, mert a személyi páncélom képes egy embert láthatatlanná tenni. Ebből van még a hajómon. Viszont van egy kis gond, amiben a kedves keletiek segíthetnek.

– Hallgatjuk – jelentette be Yakahasi.

– Egy hajót nem elég elkötni, mert küldhetnek utánpótlást – magyarázta a cilinderes, monoklis medve. – Folyamatosnak kell lennie az akciónak. Ha csak egy hajót kötünk el, akkor örök harc lesz a bányán, feltéve ha egyszerűen nem hagyják kiszáradni ez embereket, mivel ott nincsen iható víz, se táplálék. Ebben nagy segítséget tudnának nyújtani, kedves Tokohere, mint abban is, hogy a páncélomból utángyártsanak, mert nincs elég.

– Nagyon szívesen, és semmi akadálya! – felelte a keleti.

Gáben bánatára egy elég kiforrott tervet sikerült kiagyalniuk, pedig ő felajánlotta, hogy egyszerűen végigsétál az utcákon Smith páncéljában, és a felerősített Antivenenummal, stílusosan szivarozva – Dieter Cainesen – felszabadítja a Cég polgárait. Vakmerőségét most nagyon kiröhögték, pedig okosan kitalálta, hogy az álcázó berendezést is használni fogja közben, de a hallgatóság leszavazta, mert ők ezt a technológiát inkább arra fogják használni, hogy felcsempésszék az új szövetségessel bővült ellenállást az Európa bányáira. Mi sem egyszerűbb ennél, nem igaz?

XIV.

Λ vég kifejlett

1.

Az Elfeledtetett Lexikon –1. cikkelye:

A tervek

„Előfordult már valamennyiünkkel az életünk során, hogy gondosan, részletesen kitaláltuk, hogy merre szeretnénk terelni az életünket. Elterveztük, hogy a továbbtanulás után miből, hogyan építjük fel a karrierünket? Láttuk magunk előtt a jövőnket, ahol biztos jövedelemből szép gyerekeket nevelünk szerető családi környezetben. Reggelente kiegyensúlyozottan beülünk a megálmodott autónkba, és jó kedvvel indulunk a munkába. Aztán jön ez a sorsnak nevezett gonosztevő, és mindent elront. Hamar ráébredünk, hogy ebben a szépen kitalált, hosszú távú tervben rengeteg a buktató. Már a továbbtanulás is nehezen, olykor meg sehogy sem megy és aggódva figyeljük, hogy az általunk felvázolt jövőképet igen sok elégtelen osztályzat veszélyezteti, pedig az egyetemi élet kimondottan tetszetős. A sok rossz érdemjegy lassan minket is elégedetlenné tesz, és kételkedni kezdünk az egész elképzelt történettel kapcsolatban. Megérkeznek a kételyek és már azon agyalunk, hogy mi lenne, ha szakot váltanánk? Mi lesz, ha az nem fér bele az eredeti tervbe? Sok agyalás és passzivált félév után megpróbáljuk tartani magunkat a megálmodott élethez és lediplomázunk, mert az idilli karrier erőt ad. Ezután az élet jókorát karmol az egónkba, amikor ráeszmélünk, hogy a kitartó munka, karöltve a tervezgetéssel, szinte hiábavaló volt, mert ettől még nem lett szerető családunk, az álomautó álom maradt, és a fizetésünk éppen arra elég, hogy a lakbérünket kifizessük. Ha nem készülünk fel eléggé arra, hogy a dolgok nem mindig úgy mennek, mint ahogy azt elképzeltük, akkor rengeteg kudarc érhet az életben, főleg ha ahhoz kidolgozatlan tervekkel állunk neki."

Ez nem csak az emberekkel van így, ugyanis valahol az Androméda-köd egyik lakható bolygóján élt egy sámán, aki rátalált, vagy hát elmondása szerint rájött, hogy van egy átjáró az univerzum két vége között. Gondosan kitervelte, hogyan is fogja ezt a többiek tudtára adni, de már az is évtizedekbe telt neki, hogy elmagyarázza, mit is jelent az univerzum vége. Azt meg végképp nehéz volt bebizonyítania, hogy ebből csak kettő van. Nem is sikerült ez igazán, mert időközben kiderült, hogy folyamatosan növekszik a számuk. Nem baj, mondta a sámán, mert ebből a végtelen halmazból személy szerint neki csak kettő volt érdekes, hiszen az egyik vég éppen az ő bolygójuknál volt, szerinte. Előre kidolgozta, hogy miként fogja meggyőzni a törzse többi lakosát erről a felfedezésről. Az ő terve is – mint a miénk az álomautóval – súlyos bukásnak lett kitéve azzal, hogy nem foglalkozott a fontos részletekkel. A sámán esetében az egyik az volt, amikor rákérdeztek arra, hogy ha tényleg sikerül is megnyitni az átjárót, mit nyer vele a közösségük? Mivel erre nem készült fel, sok-sok fölösleges évbe telt, mire kitalált valami bődületes baromságot csak azért, hogy támogassák. Végül ez öszszejött neki és megint úgy érezte, nincs már semmi akadály a felfedezése előtt. Pedig rengeteg volt. A legnagyobb nehézsége az volt – és most tegyük fel, hogy igaza van és létezik a kapu –, ahogy szerinte meg lehetett azt nyitni. A szellemek azt mondták neki, amikor nyáladzva, a földön remegve, valószínűsíthetően túladagolva mindenféle hallucinogén és pszichedelikus növénytől transzba esett, hogy ha meg akarja nyitni az univerzum két vége közötti átjárót, akkor a bolygóján minden élőlénynek egyszerre kell kimondania azt, hogy hibi-habi-haba-babi. Először ez nem tűnt nagy feladatnak, mert azt hitték, hogy ők az egyetlen életforma a világ e tájékán, de hiába a négy kar, a kék bőr és a hasláb, no meg a három szem, ez még az ő planétájukon sem meríti ki az élet összes változatát. Erre sajnos csak azután jött rá, miután már sikerült mindenkit a törzsében meggyőznie, és együtt próbálgatták a hibi-habi-haba-babit. Azonkívül nem történt semmi, hogy kezdték teljesen hülyének nézni. Ennek ellenére sem adta fel, pedig – és ezzel ő is tisztában volt – néha jobb váltani és újabb elfoglaltság után nézni. Én például, ha megírom ezt a könyvet, elmegyek kirakati bábunak. Próba szerencse, hátha jobban megy majd! A sámán új területeken kezdett kutatni, ami hatalmas felfedezésekhez vezetett, mint például megtalálta a szomszéd törzset, majd a következőt stb. Ez mindenki más számára nagy jelentőséggel bírt. Újabb tervet szőtt, de az sem lett sikeresebb, mert végül be kellett látnia, hogy a vízben élők nem tudnak beszélni, a szuperintelligens amőbák rezgésekkel kommunikálnak és képtelenek kimondani, hogy hibi-habi-haba-babi. A bolygó összes lénye irigykedni kezdett a sámán kitartására és végül segítettek neki, mert ha sikerrel jár, akkor arra lettek volna irigyek, hogy nem vettek részt benne. Miután megtanultak egymással kommunikálni, köszönhetően a sámánnak, az égitest lakosságát összekovácsolta az az erő, hogy mindenre és mindenkire irigyek lettek, de ezt sohasem közölték vele. Hatalmas fejlődésnek indultak az élők, mert a különböző kultúrák és létformák rengeteget tanultak egymástól, de a már idősödő sámán szomorú maradt, mert sohasem sikerült végrehajtania a tervét, hogy megnyisson egy átjárót az univerzum két vége között. Állítólag a másik vége valahol a Tejútrendszerben, egy apró, kék bolygó mellett található, aminek lakosai éppen tök mással foglalkoztak, sokkal kiforrottabb és véghezvihetőbb tervek alapján.

– Felkészültek a csapataink – közölte büszkén Nikol. – Már csak a parancsodra várnak.

– Hogyan is szeretnéd ezt kivitelezni? Hogy jutottunk idáig? – érdeklődött Greenfield, és egy szivarra gyújtott a változatlanság kedvéért.

– Jó, akkor kezdem az elején – mondta nagyot sóhajtva a nő, és kezdte az elején. – A lázadók hadiszállásán találtunk egy alagutat. Mivel az elfogott hajón nem tartózkodott se Winston Salmon, se Nagy Gábor, ezért feltételeztem, hogy ezen az úton menekülhettek, és valahol Keleten kérhettek segítséget. Ebben te is egyetértettél – magyarázkodott Edwardnak, mint egy pedáns kisgyermek a szüleinek.

– Később az egyik lázadó elméjében találtunk is egy ilyen tervet. Sőt, de ezt te is tudod, utalásokat is arra vonatkozóan, hogy Nelson Pitt valamilyen formában élteben maradt. Muszáj ezt csinálnunk? – kérdezte kék szemeit a férfira villantva.

– Igen. Szeretem hallgatni a hangodat, főleg ha értelmesen beszélsz – utasította gúnyosan a lányt, aki erre ismét egy mély levegőt vett.

– Mivel nem tudtunk többet kivenni a megtalált lázadók agyának maradványaiból, csakis a keletiekre gyanakodhatunk, amit én már nagyon régóta mondogatok neked – vetette oda szemrehányás végett a vitathatatlan tényt, mert már igazán jó ideje rágta ezzel a témával Edward fülét.

– Elég! – harsant fel Greenfield. – A lényeget mondd! Nem kellenek ezek a személyes megjegyzések!

– A bocsánatodért esedezem! – felelte Nikol, de a hangjában elrejtve motoszkált egy apró szarkazmus, miszerint kezdett belefáradni a folyamatos, de főként fölösleges megaláztatásokba.

– Tehát, mivel a világ minden társadalmára kiterjed a befolyásod, a keletieket leszámítva, most kapóra jöttek a kutatásiam velük kapcsolatban. Ezekből megtudtuk, hogy a Digitális Fal egy gömb alakú erőtér, ami a rajta áthaladó elektronikát tönkreteszi. Ezért úgy gondoltam...

– Gondoltuk! – vágott közbe Edward, utalva a fennálló hierarchiára.

– Gondoltuk – javította ki magát a lány –, hogy a forrása, ami működteti, az a középpontja lehet, amit ha kiiktatunk, akkor újra térdre kényszeríthetjük a keletieket. Erre az a tervem, hogy nagy hatótávú bombákkal addig lövetjük a felszínt ott, ahol a legközelebb van ehhez a ponthoz, ameddig ki nem ássuk azt. Mindezt a falon kívülről, földön és levegőben egyaránt. Utána meg egyszerűen lerohanjuk őket.

– Igen, ez egy jó terv – jegyezte meg Greenfield, ami sokak számára szomorú dolog, hogy tényleg nem volt rossz. – Indíthatod a támadást! – adta ki az utasítást, és gonoszul mosolyogva hátradőlt a székében.

2.

Ami most következik, az a modern emberek egyik legjobban utált, leghorrorisztikusabb jelenete, ami elől a világtörténelem során nagyon keveseknek sikerült elmenekülnie. Megszólalt egy ébresztőóra. Azt hiszem, a legjellemzőbb tulajdonsága ennek a szerkezetnek, hogy kegyetlen, mert még akkor is képes fenyegetni, amikor nem szól. Most arra a fajtára gondolok, ahol az idő mellett azt is jelzi valahol, hogy fel van húzva. Előre közli, hogy éppen a legmélyebb, legszebb álmunk közepén fog rikácsolni. Kegyetlen, hiszen kompromisszumokra is csak úgy képes, hogyha egyezkedünk vele, akkor sokkal rosszabbul járunk. Most a szundi-funkcióra gondolok. Igen, még 8-10 perc... Ez pont arra elég, hogy visszaessünk a szép álomvilágunkba és megint átélhessük a terrort, hogy megszólal egy ébresztőóra. A legviccesebb az, hogy ezt a végtelenségig játszhatjuk vele addig, amikorra már értelmetlenné válik az ébresztés, mert elkéstünk. El tudom képzelni, hogy a XIX. században, amikor az iparosodásnak köszönhetően kellett embertömegeknek egyszerre kelnie a gyárakba, bányákba, mennyire voltak közkedvelt személyek, akik hajnalban kövekkel dobálták az alvók ablakait, hogy „ébresztő". Azt is el tudom képzelni, hogy a közbiztonság megőrzése végett ezeknek az embereknek külön kocsmákat tartottak fenn. A kötelező ébredések semmi mást nem bizonyítanak, csak azt, hogy nem aludtunk eleget, máskülönben magunktól keltünk volna fel.

Ezen a reggelen John-t is egy ébresztőóra keltette. A vétkes a fent említett darab volt. Hogy ki is John? Ő egy egyszerű, szürke, hétköznapi polgára volt a Jövő PTT birodalmának, akinek az álmát egy ébresztőóra semmisítette meg. Azt álmodta, hogy a Cég kitüntette a kitartó és áldozatos munkájáért, de amikor a kormányzó köszönőbeszéde közben megszólalt egy kegyetlen időzített szerkezet, mindennek vége lett. Felébredt. John a közhelyek bajnoka volt. Élete, családja, társadalmi besorolása és még a neve is egy jókora, bárki által kitalálható közhely volt. Beosztása szerint az a fajta rendőr volt, aki nem próbálja meg használni a fejét, és csak a jogszabályokat fújja.

– Az nem az én dolgom, hogy eldöntsem – mondogatta, ha éppen valami dolga akadt.

A lázadókat kimondottan utálta, mert ők voltak az egyik, talán az egyetlen jelenség az életében, ami miatt ténylegesen dolgoznia kellett. Ő azt szerette, ha bement az őrsére és nem történt semmi. Igazán nem szeretett semmit se csinálni, de azt teljes erőbedobással tette. Mindezért a nagy semmiért cserébe viszont folyton várta az elismerést, hogy egyszer a Cég talán úgy véli, hogy túl kitartóan űzi a semmittevést. Ezen a reggelen sem várt többet, de amikor beért a rendőrségre, szokatlan dolog történt. Mindenkit behívtak egy fontos akció miatt. Felcsillantak a közhelyes szemei, amikor megtudta, hogy siker esetén nagy jutalomban részesülnek. Kicsit bánta, hogy elrontották az unalmas, átlagos napját, de talán az elismerés még fontosabb, az, hogy a Cég dicsérete majd kiengeszteli valahogy. A parancs úgy szólt, hogy a maradék lázadókat haladéktalanul ki kell füstölni és elfogni.

Na végre – gondolta magában, és erre a hírre a szürke lelke egy kicsit élénkebb lett.

Általában ilyen csak akkor történt vele, amikor a Cégre gondolt és arra, hogy milyen szerencsés ember ő, hiszen ezt a csodálatos rendszert szolgálhatja. A rajtaütésben a neki legmegfelelőbb feladatot kapta: várjon a parancsra, amíg a többiek ostrom alá veszik az ellenállás bázisát. Érezte a dicsőséget, amiért talán semmit se kell tennie, majd a többiek megoldják. A kinti csapatoknak, amik egyikébe John is be volt osztva, utánpótlást kellett biztosítania a szűkös helyen történő összecsapáshoz. John izgulni kezdett, hogy mi tart ilyen sokáig, mert lassan odaérnek, hogy rájuk is szükség lehet, és ő nem akart harcolni. Őt csak a kitüntetés érdekelte. Újabb csapatot élesítettek, ami után rajtuk lesz a sor. Lelki szemeivel látta maga előtt, ahogyan megbilincselve, megalázva kihozzák a lázadók utolsó romlott bagázsát, de nem hozták. Hirtelen megnyílt alattuk a talaj hatalmas morajlás és füst kíséretében. Emberek estek-keltek mindenfelé és John is elesett, nehogy kilógjon a sorból. Felpillantott az égre és meglátott egy gépet, ami tekintélyt parancsolóan suhant el felettük. Látott még pár harci repülőt, amik a nyomába eredtek amikor váratlanul egy erős kar markolt belé és talpra állította.

– Gyerünk! Befelé a szállítóba! Utánuk megyünk!

John tudta, hogy ez parancs volt, és jó rendőr lévén már futott is. Rádión hallották, hogy a gép, amit üldöznek, mérnöki csodával épülhetett, mert olyan manővereket képes végrehajtani, amit még nem láttak. John megint nem izgult, mert érezte, hogy ez már nem az ő harca, mivel földi egységhez tartozott és maximum akkor lesz rá szükség, amikor lelőtték a gépet. Ott meg nagy küzdelemre talán nem kell számítani. A rádió ismét jelentett, hogy egyre több harci gépet veszítenek, de megérkezett a várva-várt üzenet.

– Sikerült! Készüljenek a gyalogosok! A célpontot leszedtük, ismétlem: a célpontot leszedtük!

John érezte, hogy eljött az ő pillanata, amire oly régóta várt, hiszen az ő egységüket vezényelték ki a roncshoz.

Itt már úgysem kell harcolni – gondolta magában.

A csapatszállítójuk könnyedén landolt a füstölgő, itt-ott kiégett hajó romjai mellett. Kiszálltak, és kettes sorokba rendeződtek. Felcsatolták az oxigénmaszkokat és büszkeséggel feltöltve elindultak a dicsőség kapuja felé. Amikor beléptek a lezuhant gép roncsába, John belátta, hogy tényleg nem ütköznek ellenállásba. Találtak pár megégett tetemet, amikre lenéző és megvető pillantásokkal néztek. John nyitott be a pilótafülkébe és megdöbbent. Egy haldokló egyénre bukkant, aki jól láthatóan adott az öltözködésére. Ez az úr kedvesen rámosolygott a közhelyek világbajnokára, majd mintha barátilag üdvözölné, intett egyet, és megnyomott egy piros gombot. John életében talán először nem egy banális dolgot művelt, ugyanis atomjaira hullott a robbanástól, amit az önmegsemmisítő okozott. Az elegáns egyén jól tudta, hogy ha épségben kapják el őket, akkor a kormányzó túl sok hasznos információhoz juthat, amikor leolvassa az agyukat, ezért a lehető legrosszabb állapotban kívánta átadni magukat a hatóságoknak. Ha az utókor tudná, hogy ez az ember mit mentett egy ilyen reménytelen helyzetben, akkor a nevét valószínűleg Mr. és Sir-ként is beleírnák a történelemkönyvekbe, pont, ahogyan mindig is szerette volna.

3.

Kop-kop-kop. – Mi lehet ez? Talán az ajtónál várakozik valaki? – Kop-kop-kop. – Lehet, az eső veri a tetőt. Képtelenség... – Kop-kop-kop. Winston fordult egyet az ágyában és próbált tovább aludni, mert nagyon fáradt volt az elmúlt hetek, hónapok megpróbáltatásaitól. Kop-kop-kop – hallatszódott ismét. – Ha ennyire kitartó, akkor talán be kéne engedni. Áh... majd máskor, most pihenni kell! – gondolta magában félálomban, de a zaj nem hagyta nyugodni. Kop-kop-kop. Úgy érezte, mintha egy rakoncátlan kisgyerek kitartóan a fejét ütögetné. Jobban magára húzta a takarót, mintha ezzel a külvilágot akarná elzárni, de pechére a vékony szövetek nem híresültek el hangszigetelő hatásukról, a fránya ritmus csak zengett kitartóan valahol. Kopkop-kop. Egyszer csak egy erős marok ragadta meg, melynek tulajdonosa azt mondta neki:

– Ébredj! Sietnünk kell!

Megpróbálta összeszedni a gondolatait, de hamar rájött, hogy bárcsak ne tette volna. Kop-kop-kop, hallatszott ismét, amit nem az eső, hiszen a föld alatt voltak, nem az ajtónál egy felpaprikázott, rosszkor érkező cimbora vagy még rosszabbkor egy adóellenőr dörömbölése adott ki. Nem mintha az adóellenőrök bármikor is jól jönnének, de még ezeknél is sokkal megrázóbb volt a megfejtés. A sors ismét kegyetlenül csapott le, középső ujját felmutatva és háborúnak öltözve kopogtatott felettük bombákkal megrakott, acélkarmos halálmadaraival. Az egész város szerkezete beleremegett, olyan robajjal türelmetlenkedett odakint a kaszás. A kop-kop-kop mellé most egy ismerős zaj is megszólalt, amit Winston személy szerint örömmel kihagyott volna az életéből. Riadót fújtak Aiopoliszban. Alig tudta összekaparni magát, miután az izgatottság, mint váratlan rendőr egy koszos házibuli közepén, hívatlanul becsörtetett elméjébe. A nadrágját először teljesen rossz irányból közelítette meg. Nagy nehezen végre határozottan lépett fel a zűrzavarral szemben, mint a jó házigazda a kellemetlenkedő rendőrökkel, és elküldte melegebb éghajlatra izgalmát. Talán a francba, amit már megtudtunk, hogy nem egy sziget, de ennek ellenére egy sűrűn látogatott desztináció. Kitántorgott a közösségi helyre, ahol úgy vakította el a hirtelen lámpafény, hogy majdnem hanyatt vágta magát, mint a részeges jeti a tavaszi napsütéskor, mert iszákosságának köszönhetően nem tudott időben nyári álomba szenderülni. Ahogy kezdett hozzászokni a körülményekhez úgy látta, mintha barátai valami különös játékot játszanának az asztal körül, de egy kicsivel később rájött, hogy az újratervezés nem tartozik a szórakozás kedvelt formái közé.

– Ti mentek vissza! Mi itt maradunk védeni várost! – közölte Yakahasi nem túl játékosan, és arcfestékkel két fekete csíkot húzott szemei alá, melyek egyben az öltözékét is kimerítették, majd beleült az éltető székbe. – Kész szerencse, hogy nemcsak személyi robot van, hanem harci is. – Ahogy kimondta ezt, leereszkedett a fejére egy spéci sisak, és a kezeit valami kesztyűszerű dologba dugta. – Járjatok sikerrel a Cég megdöntésében! Örültem találkozásnak. Minden jót kívánok, és több tisztálkodást macinak! – Váratlanul egy nagyon hangosat és annál érthetetlenebbet ordított, amivel érezhetően kilépett a társalgásból. – YANMAKAHARATÁTÁ!!! – dördült el kb. a csatakiálltás, ami megdöbbent tekinteteket eredményezett.

– Most mi lesz? – kérdezte Winston.

– Improvizálunk! – felelte Gáben tök nyugodtan, talán túl lelkesen is a helyzethez képest.

– Ezzel nem segítesz – közölte Winston nyugtalanul. – Próbálj végre valamit komolyan venni!

– Én mindent komolyan veszek – mentegetőzött Gáben. – Max nem úgy gondolom, de komolyan mondom, mint ezt is – filozofált az óriási ember, de Winston csak legyintett.

– Akkor menjél, rögtönözzél! – hagyta rá. – Mi addig valahogy megmentjük az emberiséget.

Az apró nézeteltérésbe a robot Tokohere lépett be, de Gábenék ezzel nem foglalkoztak.

– Leszállítottunk 42 darab személyi páncélt gépükre – közölte.

– Mi? – lepődött meg Smith. – Tudnak álcázni, repülni, meg minden? – érdeklődött.

– Pontosan ugyanolyanok, mint eredeti példány – felelte a robot.

– Azt hogyan csináltátok? – hökkent meg Sophie, és erre a hírre egy lelkesítőt dobbant a szíve.

– Rengeteg üres gyártósorunk van – magyarázta Tokohere, a robot. – Mindig arra használjuk, amire szükségünk van. Most éppen lőszert gyártunk csatához, úgyhogy sajnos egyelőre nincs több páncél.

– Egy este alatt sikerült megfejteni a működését és a gyártását is? – értetlenkedett a lány.

– Másolásban mindig is jók voltunk – válaszolt a fémember –, és munkaerőből is akad bőven, mivel csak robotok dolgoznak, nem elfáradó emberek.

– Akkor induljunk vissza, és toborozzunk embereket a Cégen belül! – vágott közbe Smith.

– Aztán irány az Európa! – tette hozzá Sophie, és amikor egymásra néztek, egyetértően bólintottak, majd a lány a vitatkozó Gábenékre nézett.

– Fiúk, megyünk, megdöntjük a kormányzót! Csatlakoztok? – kérdezte, de azok csak nagyon nehezen tudták abbahagyni a mély filozófiai nézeteltérésüket a felelősségvállalás és a felelőtlenségvállalás kapcsán.

A robot Tokohere elkísérte őket egészen Smith gépéig, amiben az egyetlen különös dolog az volt, hogy az elektromos gép simán, gond nélkül átsétált a Digitális Falon. A repülő ajtajánál voltak már, amikor ez Smith-nek feltűnt.

– Ezt hogyan csinálta? – kérdezte Tokoherétől, a robottól.

– Mi úgy alkottuk meg falat, hogy legyen módunk átjutnunk rajta – válaszolta, és amikor Smith érdeklődve ránézett, gyorsan lelombozta a kedvét.

– Nem, nem mondhatom el, hogy hogyan.

Megköszönték a keletinek a segítséget és elbúcsúztak a fura ismerősüktől, de Smith, mielőtt bezárta volna maga mögött az ajtót, odaszólt a távozni készülő robotnak:

– Most jut eszembe. Ezzel megzavarhatják a Cég haderőit, csak jussanak elég közel hozzájuk! Nekünk van még egy belőle – majd odadobott egyet a Területi-Antivenenumból. – Ha esetleg gyártanának belőle jó sokat, esetleg még jobban felerősítenék a hatótávját, az nagyot fordíthatna a harc végkimenetelén.

A robot megköszönte és jelezte, hogy érti, mire gondol a medve, majd némán visszaindult a Digitális Fal másik oldala felé.

Smith gépe ismét szépen siklott az égen. Itt-ott véghez vitt egy-két merész manővert, hogy elkerülje a Cég seregeit, mert a falat szinte teljes egészében körbefogták a Jövő PTT hadosztályai. Kitartóan bombáztak földről és égből egyaránt. Laikus szemnek a látvány páratlan tűzijátéknak tűnhetne, ahogy a keletiek próbálták szétlőni a levegőben e gyilkos szerkezeteket. Ezzel elkezdődött a XXVI. század végén a világtörténelem legpazarlóbb és legnagyobb állóháborúja. Smith-ék hamar úgy döntöttek, hogy minél messzebbről elkerülik a további érintkezést az ellenséggel, ezért útjukat egy nagy kerülővel akarták megtenni a Cég-birodalom határa felé, de valahol a semminek hitt közepén megszólalt a fedélzeti rádió.

– Azonosítsák magukat! – érkezett egy zavaros üzenet.

Smith bemondta a gépe adatait, saját nevét, mint tulajdonos, de talán jobban tette volna, ha ez egyszer hazudik valamit.

– Engedély nélküli behatolás! – válaszolt a zavaros hang.

– Megmagyarázom – próbálkozott Smith, de ezúttal nem járt sikerrel.

Ha az ember fél a repüléstől, akkor egy fontos dolog mindig legyen a szeme előtt! Aggodalomra semmi ok, repülő még nem ragadt fent! Nem volt ez most máshogy Smith-ékkel sem, ugyanis egy váratlan pillanatban leállt a gép vezérlése, és mint egy hanyagul elhajított bowling-golyó, a földhöz csapódtak.

4.

Ahogy az Elfeledtetett Lexikon is írja: „A világban a legtöbb dolgot ki lehet fejezni számokkal. Persze nem mindent, hát szép is lenne, ha az érzelmeket is megpróbálnánk beskatulyázni. Ámde ebben az esetben is van egy kiskapu, és ez a 10-es skála. Ha megkérdezünk valakit, hogy mennyire haragszik ránk, akkor annak mértékét elég nehéz számokkal kifejezni, de ha azt feleli, hogy 10-es skálán 15, akkor az elég jól szemlélteti, hogy az illetőnél valamivel nagyon kihúztuk a gyufát és bizony pimaszul, túlságosan közel, többször is meglengettük az égő foszfort a szempillái előtt. Ha felülkerekedünk az egyszerű számtanon és megismerkedünk a matematikával, ami a néphiedelemmel ellentétben nem merül ki a Pitagorasz-tételben, az egész körülöttünk lévő világ először kezdi teljesen értelmét veszteni, majd amikor megértjük ezt a bonyolult tudományt, újra értelmet nyer minden. De tényleg minden, hiszen képesek vagyunk, köszönhetően a számítógépeknek, gyakorlatilag lemodellezni a környezetünket. Sokan azt is elfelejtik, amikor kérdezik, hogy minek kell nekünk megtanulni a háromszög szögeinek összegét, hogy az informatikát azoknak köszönhetjük, akiknek ez megtetszett és voltak elég elborultak, hogy jobban beleássák magukat. Az okostelefont, az okosórát, no meg az okosszemüveget persze függőséggel használjuk. Hát ezért kellett megtanulni, hátha valakinek megtetszik. A matematikával ki tudjuk számolni, hogy a falevél milyen sűrűségű, hogy ezzel mekkora erőhatást fejt ki az ágra, amin lóg. Képesek vagyunk hozzászámolni, hogy a szél miként változtatja meg a falevél helyzetét – direkt nem írtam tehetetlenséget –, hogy ez a szél hányféleképpen képes hatni a falevélre, és ezek a hányféleképpen létrejött hatások hogyan befolyásolják a levél ágra kifejtett hatását. Ezekből és még sok-sok bonyolult számításból – például sok-sok falevél van – kifejezzük a faág erőhatását a fatörzsre, amihez ismét hozzárakjuk az ágra hatószelet, Pistikét, aki rendszeresen szeret fára mászni stb. A lényeg, hogy egy idő után láthatjuk a világunkat folyamatosan változó számokban, egyenletrendszerekben, melyekkel jobban megérthetjük annak működését, köszönhetően a matematikának, amit köszönhetünk az embereknek, akiket köszönhetünk a világnak, amit még mindig nem tudunk, hogy kinek köszönhetünk. De a számokat és a matematikát az ember találta ki, ezért érdemes vigyázni velük, mert amit az ember alkotott, abban igen sokszor tapasztalhattuk annak tökéletlenségét. Vegyük példának a heti kötelező munkaidőt napi szintre lebontva, amit szintén ez a fáról leszökött életforma alkotott! Ez a mesterkélt kreálmány egy borzalmas konstrukció. Nézzük meg, az állatvilágban hogyan is működne! Az oroszlánok nem kérdezik meg egymástól, hogy „Figyi, te megvadásztad már a mai 3 órádat? Én nem, de mindenki jóllakott már. Nem baj, azért csak menj vissza és tegyél úgy még egy félórán keresztül, mintha vadásznál!"

Ilyen logikátlan baromság csak az embereknél fordulhat elő. Az emberi alkotások, így valószínűleg a társadalmaik is, bukásra vannak ítélve, mert túlgondoljuk, vagy éppen bele sem gondolunk azok létjogosultságába. A számokkal sincs ez másképp, pedig csodálatos dolgokra lennénk képesek velük, de az 1+1 az akármennyi, és ezzel pont azt az értelmüket vesztik el, hogy mértékkel szolgáljanak a világ meg nem értett dolgaihoz, amiért kitaláltuk őket. Ott van a ledolgozott 1 óra-szindróma. Valahol – és szerencsére legalább az 1 óra az 60 perc – 500-at ér, máshol 1,8-at, de akad, ahol 1500-at vagy 10-et. Aztán döbbenten látjuk, hogy az 500 nem ér annyit, mint máshol az 1,8 és így tovább. Hogy lehet az emberiség egységes, ha még a számaik sem annyit érnek, amennyinek kitalálták őket? Így az egész művé válik és nem illik bele a természet rendjébe, mint az úsz-káló PET-palack az óceánba."

Történt egyszer – igazából lehet, többször –, hogy ezekből a műanyag palackokból olyan sok gyűlt össze, amennyiből egy egész szigetet gond nélkül össze lehetett tákolni, dombokkal és tengerparttal. Ha nem tudjuk, merre van ez a hely, könnyen úgy járhatunk, mint Gábenék, és egy be nem tervezett zuhanással földet vagy műanyagot érhetünk. Egy apró vigaszt talán nyújthat az a ráeszmélés, hogy választ kaphatunk arra a régi, komplikált kérdésre, hogy mi a franc. Ezen a helyen a látogatók hamar azon kezdenek el töprengeni, hogy az bizony mégiscsak egy sziget, és sikeresen meg is találták. Gábenék alig tértek még magukhoz, amikor talpra állították és erővel lökdösni kezdték őket valami ismeretlen világban. Amikor körbenéztek, legalább az egy apró vigaszt nyújtott nekik, hogy mindannyian egyben voltak. Lassan bandukoltak egy utcának vélhető helyen, amire abból következtettek, hogy mellettük sorokban álltak a PVC-épületek. A lábuk alatt minden lépésnél ropogott az öszszesajtolt műanyag, és minden irányból barátságtalan tekintetek néztek le rájuk. Ugyanolyan fejek, ugyanolyan megvetéssel az ugyanolyan szemükben.

– Na, ennyit a tervekről! – méltatlankodott Gáben, amikor próbálta szétfeszíteni a karját összeszorító gyorskötözőt.

– Várjuk ki a végét! – súgta oda Sophie a szomorkodó óriásnak.

– Nem-nem. Erről a helyről olvastam – mondta lehangoltan. – Ebből semmi jó nem fog kisülni!

– Gáben – szólt Winston –, te pesszimista vagy? Inkább kosaraztál volna, mint hogy badarságokat olvasol – közölte szórakozottan, mert nagyon beverte a fejét a nem túl jól sikerült landoláskor.

– Azt már meséltem, miért nem erőltettem – felelte Gáben egy szomorkás mosollyal az arcán. – Itt a vége, gyerekek! – jelentette ki, de nem tudta kifejteni az álláspontját, ugyanis eldobott éthordók fedelének ezrei kezdtek hangosan dübörögni, amiken egyszer használatos villákkal, késekkel és kanalakkal doboltak.

– Egész jó ez a ritmus – jegyezte meg Winston, és átadta testét az ütemnek. – Ti nem nyomjátok? – kérdezte a többieket, de azok csak megvető pillantásokat vetettek a láthatóan enyhén megbolondult ember felé. – Ha nem, hát nem – tette hozzá és tapsolt is volna, de a kezeit neki is gondosan összekötötték.

A Hold fénye, ahol éppen nem takarta ki az űrszemét, lágyan világított át az épületek itt-ott átlátszó falain. Az óceán sós levegője, a sűrű pára és a rothadó műanyag szaga valami elképesztő, világvégi környezetet hoztak létre. Olyan volt ez a miliő, mint egy szemétből összetákolt művészeti alkotás, mely a művészi érzék teljes hiányával készült.

– Mit tudsz ezekről a fura emberekről? – kérdezte Smith Gábent. – Én nem találtam feljegyzést ehhez hasonló helyről.

– Ezek valami rosszul elsült kísérlet eredményei – válaszolta némi undorral fűszerezett hangon. – Nem igazi emberek, ugyanis a felmenőik kidobott klónok voltak. Ezeknek nincs lelkük.

– Olyanok, mint a takarmányállatok? – tippelt Smith.

– Pontosan, csak ezeket nem ette meg senki – válaszolta Gáben és aggódva nézett barátjára, aki mosolyogva vonaglott a monoton zenére.

– Szerintetek így marad? – érdeklődött Sophie, amikor meglátta Gáben baljós arcát.

– Remélem, nem – felelte –, ha sikerül kiszabadítanom a kezem valahogy, barátilag adok neki egy józanító pofont.

– Vannak dolgok, mint az elmebaj, melyeken nem segít az erőszak – vélekedett Smith.

– Türelem! – szólt Sophie. – Talán nem maradandó.

Elsétáltak egy büdös tavacska mellett, amiben zöldesen világított a víz.

Ez a hely se kerül fel soha a legkedveltebb turisztikai desztinációk listájára – gondolta Winston magában, amikor egy röpke pillanatra megtorpant és elbambult, mint amikor valaki valami igazán különöset lát, de sokáig nem élvezhette azt, mert kísérőjük hátba lökte.

Fejében a tompa fájdalom mellett valami eldugottan derengett erről a rég elfeledett kifejezésről, hogy *turizmus*. Ha jól emlékszik, arra használták, amikor az emberek kedvtelésből, jó pénzért ellátogattak egy általunk szokatlan környezetbe. Nem virtuálisan, mint mostanában, hanem fizikálisan. Igen, volt ilyen fogalom, már tisztábban emlékszik rá, de azt a Jövő Profit Termelő Társaság lexikonjából kitörölték. Ebben biztos volt, mert ezt ő tette. Winston munkája viszonylag egyszerű volt, mielőtt a bányába küldték. Begyűjtötték a régi világ fennmaradt írásait, és a Cég szájízének nem tetsző történelmet eltüntették. Ennyi lett volna a dolga, de a túlfűtött lelke egy idő után kételyekbe kergette, miután egy ősi könyv került a kezébe, amiben az elnyomó hatalom nagyon hasonlóan próbálta kedvére formálni a híreket. A főszereplőjét – talán a puszta véletlennek köszönhetően – pont Winstonnak hívták. Lehetséges, hogy az is a sors furcsa fintora, hogy még a munkájuk is hasonló volt, ami miatt a mi Winstonunk meg akarta menteni a szerinte fontos dokumentumokat, hogy az utókornak is megmaradhassanak. Így maradhattak fent az Elfeledtetett Lexikon részletei is, amit, gondolom, most sokan bánnak. Egy dolog viszont 100%-ig biztos, és ezt a 100-at értsük 100-nak, nem 12-nek, 64-nek vagy 23-nak, tehát nem a véletlen műve, hogy lebukott. Egyre több olyan számlát kellett befizetnie, amit nem tudott kifizetni. Ezek a hirtelen megemelkedett kiadások karöltve, egyenes arányban voltak az el nem végzett munkákkal, melyek végül Winstont is karon ragadva eltanácsolták a Jupiter mellé. A könyv címe egyébként valami évszám volt, de azt nem tudta felidézni, hogy pontosan milyen, mert amit látott, nagyon felzaklatta.

– Haladjunk! – parancsolta a hátbalökő egyén.

– Otromba! – közölte elégedetlenül és továbbsétált, majd a barátaihoz szólt: – Ott volt egy fekete folt – mondta, de tekintettel az állapotára nagy figyelmet nem kapott, mert tudniillik a fejsérülések egyik velejárója tud lenni a képzelgés és az ember idegeire menő össze-vissza beszélés.

Egy téren állították meg őket és rájuk világítottak indokolatlanul sok, nagyon erős reflektorral, melyek mellett egy-egy klón hajtott szobabiciklikből átalakított áramtermelőt. Mindenfelől ugyanolyan szempárok néztek le rájuk. A dobok elhallgattak, amikor a tömegből kilépett eléjük valaki – vagy inkább valami.

– Behatolók! – szólította meg őket és kezdett bele mondandójába. – Elérkezett az ítélet órája. Most elmondjátok nekünk, mik is vagytok!

A jelenet nem volt igazán színpadias, inkább csak félelmetes. Még ruha is alig volt a klónokon. Mindegyiken ugyanolyan alsónadrág ékeskedett. Amelyik kilépett a sorból sem volt különb, pont mintha a többiek pontos mása lett volna.

– Kössük rájuk az Igazmondót!

Gáben és Smith hiába ellenkeztek, méltatlankodtak, a klónok zsinórokat csatlakoztattak a fejükre, nyakukra és a hátukra. Winston még segített is volna, ha nincsen lekötözve és nem haragudna azért, hogy nem figyelnek rá.

– Ez micsoda? – érdeklődött Gáben ingerülten, és a miheztartás végett odébb lökött a testével egyet-kettőt a körülötte sertepertélő klónokból.

– Hazugságvizsgáló – felelte az egyik a földről felkelve. – Nem vagyunk kíváncsiak a félelmetek által generált képzelgéseitekre.

– Szólítsatok T-160-nak! – közölte az, amelyik az imént kiállt a sorból.

A klónoknál az elnevezés csak egyszerű sorszám volt, hogy valamilyen módon azért meg tudják egymást különböztetni. Na, nem mintha erre olyan hatalmas szükségük lett volna! Az ABC betűit szépen sorban használták. A-1, B-1, C-1 és így tovább, majd ha körbeértek, akkor folytatódik A-2, B-2, C-2-vel és így tovább. Ha valamelyik meghal közülük, akkor a helyére „gyártanak" egyet, ami ebben az esetben is szex útján történik, mint a normális embereknél, majd az új klón megkapja annak a nevét, akinek a helyére „készült". Nem akarnak ők vagy ezek se többen, se kevesebben lenni, mint amennyien szerintük jól működik a szigetük. Tökmindegy, hogy fiú vagy lány az új klón, mert azonkívül, hogy más ékeskedik a lábuk között, valahogy mindig pont ugyanolyanokra sikerülnek, mint a többiek. Lélek híján ezek nem igazi emberek, csak afféle biorobotok, tökéletes genetikai hulladékok. Szóval ha tehetjük, ne randizzunk klónokkal, mert az olyan lenne, mintha az összessel együtt lettünk volna, és érzelmek hiányában igencsak rideg aktusra számíthatunk! Ráadásul ők nem kötődnek senkihez, amivel komoly csalódásokat képesek okozni a felkészületlen kalandvágyóknak.

– Most kérdéseket fogok feltenni – mondta T-160 –, hogy kiderítsük, kik vagytok és mit fogunk veletek csinálni.

– Mi lenne, ha elengednétek? – kérdezte Gáben, pedig ha jól olvasta, akkor reménytelen próbálkozást tett, de a lelke mélyén ott pislákolt egy apró reménysugár, ami azzal győzködte, hogy talán az írók tévedhettek, főleg azok, akik azt állították, hogy erről a helyről még senki sem távozott.

Elég sok feljegyzést talált már ahhoz, hogy ebben erősen kételkedjen. Érthetetlen, hogy milyen sokféle arcát tudja mutatni a világ felé, hiszen volt már úriember, alpári bunkó, hű/hűtlen szerető, pankrátor, mezei és utcai harcos, elítélt bányász, csak simán elítélt, hogy egy párat említsek, és most a társadalomkutató énje bújik elő Gáben homályos és összetett múltjából. Teljes mértékben igaz rá a mondás, hogy volt ő már minden, csak akasztott ember nem. Oh, elnézést kérek, hiszen volt már többször is... Mindenesetre eddig azt hitte, hogy ez a hely csak a tanulmányírók fantáziájában létezik.

– Logikus kérés – felelt T-160 –, de ennek ilyen egyszerűen nem tudunk eleget tenni.

– Meg fogtok enni minket? – jött az újabb kérdés Gábentől, mert az egyik tanulmány szerint a klónok azzal akarnak lelket szerezni maguknak, hogy elfogyasztják, szigorúan rosszul megfűszerezve, azokat, akiknek van lelkük, tehát a normális, hétköznapi embereket.

Olvasott olyat is, ami szerint ezt közösülés útján teszik, de ez a verzió kevésbé aggasztotta. Mindenesetre Winstonnak teljesen igaza volt abban, hogy nagyon hosszú azon indokok listája, melyek szerint nem lett közkedvelt turistaparadicsom a klónok műanyag szigete.

– Nem fogunk – érkezett a nyugtató válasz T-160-tól. – Hosszú kutatások, számos kísérlet bizonyítja, hogy nem kaphatunk lelket, ha megesszük a ti fajtátokat. Egyébként is rájöttünk, hogy mi tökéletesek vagyunk, és a lélek hordozása csak gyengeség. Például senki sem látott még klónt sírni – büszkélkedett, de ez nem a büszkeségéből fakadt, csak mint puszta tényt közölte, és ezzel eloszlatta Gáben fejében a napokig tartó orgiáról szőtt ábrándokat. – Most mi fogunk kérdezni! – jelentette ki végül.

– És mi van, ha nem akarunk válaszolni? – kötekedett Gáben, mert kezdte belátni, hogy a tanulmányok olykor nem a tudomány fejlődését, az ismeretlen megismerését, hanem csakis az alkotója szakmai karrierének előrelépést szolgálják.

– Nekünk az még egyszerűbb – válaszolt a klón. – Akkor csak felnyitjuk a fejeteket, kivesszük az agyatokat, és leolvastatjuk a számítógéppel.

Erre a kijelentésre Mr. Smith az egyik szabad mancsával oldalba bökte Gábent.

5.

A medvék nagyon nehezen tudnak kacsintani. Általában nem is szoktak, de Smith kitartó edzései a tükör előtt leszakították a munka gyümölcsét, ami arcmimikával ajándékozta meg a grizzly merev fizimiskáját. Ezzel az apró mozdulattal jelezte, hogy az olcsó műanyag gyorskötözők – amik az eredeti rendeltetésük szerint nem erre lettek kitalálva – az erős emberi kart képesek szorított helyzetben tartani, de hamar csődöt jelentenek egy medve vastag csuklójával szemben. Az alkotók és a klónok azt végképp nem vették számításba, hogy a hosszú karmokat a műveltebb és kifinomultabb négylábúak könnyedén be tudják akasztani a két plasztik huzal közé, hogy ráfeszítve erős nyomást gyakoroljanak arra. A kábelkötegelő hiába volt típusának egyik legteherbíróbb példánya, Smith karján úgy pattant szét, mintha vékony, gazdaságos papírmasni lett volna. A klónok pechére ez a medve kacsintott, és gondosan eloldotta barátait.

245

Gáben az első mozdulattal nekirontott T-160-nak, aki egy gyönyörű hátraszaltót mutatott be a fejét ért hatalmas ütésnek köszönhetően. A klónok őrült hiénafalkaként ugrottak neki a nyílt terepen lévő társaságnak.

– Erre most mi szükség volt? – értetlenkedett Winston, majd nehogy kilógjon a sorból, könyökével úgy tarkón csapott egyet a támadók közül, hogy annak egészségi állapota bizonytalanná vált a közeljövőre nézve.

Választ nem kapott, mert a túlerő lefoglalta a hallgatóság figyelmét. Smith súlyos csapásaitól a gravitációt meghazudtolva röpködtek a műemberek. Szépségszalonok üzemeltetői külön felhívják a figyelmet arra, hogy jobb távol maradni az ilyen jellegű testmozgástól, mert hiába a sok pénz, vannak olyan esetek, amikor nem képesek csodát művelni. Kihangsúlyozzák, hogy a medve nem játék, és ha tehetjük, kerüljük el a nézeteltéréseket a természet eme remekművével szemben, mert az tipikusan az ilyen esetek kategóriájában foglal helyet. Gáben karját egyszerre ketten is próbálták lefogni, de jól megfontoltan szépen sorjában lefejtette őket onnan. Az elkövetők nem kértek ismétlést. Smith-re vagy hatan ugrottak rá, de olyan könnyedén rázta le a lelketlen kétlábúakat, mint a hajnali vízpára cseppjeit bundájáról egy másnapos reggelen.

– Említettem egy fekete foltot – próbálta a külvilággal felvenni a kommunikációt Winston két eltört állkapocs megalkotása közben, de a közönséget túlságosan lekötötte a testnevelés.

Egész kiegyenlített küzdelem alakult ki, mivel a klónoknak halványlila gőzük sem volt, hogy hogyan vegyék fel a harcot elszabadult foglyaikkal szemben, viszont annál több ragyogó lila foltjuk keletkezett. Legalább jó sokan voltak, amivel egy kicsit kompenzálták ezt a hátrányukat. Ha a fogtündér meglátogatná most a szigetet, könnyen őt is nyakon csíphetné valami. Név szerint ez a totális anyagi csőd lenne. Smith nekiiramodott, hogy utat törjön a helyiek vendégszeretetén, ami kezdett elhatalmasodni felettük. A házigazdák szanaszét repkedtek, mint az önkéntes tekebábuk egy 10/10-es gurításkor. Amikor Winston egy félig ájult klónnál próbált érdeklődni, hogy nem tud-e valamit a különös fekete foltokról, Sophie kétségbeesett kiáltása törte meg a küzdelmet.

– Elég! – üvöltötte, mert több igen rossz bőrben lévő egyén vagy valami lefogta, és az egyikük vagy valamelyik a torkához szorított egy éles műanyag tárgyat.

Gáben dühösen eldobta a kezében lévő két önkívületi állapotban lévő illetőt vagy izét, akik vagy amik nem köszönték meg neki a kedvességét. A harci láz ennek fényében szomorúan bandukolt el a francba. Nem kellett messze mennie...

– Kötözzük meg őket! – jelentette ki T-160, miután visszahelyezte álkapcsát annak méltó helyére.

Ezegyszer nem bízták a véletlenre és a három férfi úgy nézett ki, mint az ünnepi kötözött sonka. A földön hevertek kiszolgáltatottan, kezeik a lábaikkal és lábaik a kezeikkel összecsomózva.

– Na, mi most legyen? – kérdezte T-160, de nem volt ideges.

– Halljuk a kérdéseket! – felelte Sophie.

Szerencsére a szigetlakók nem voltak igazán haragtartó szerzetek vagy valamik. Lélek híján nem tudták, hogy mi az, így hát mintha mi se történt volna, jöttek a kérdések.

– Hogy hívnak? – fordult Gáben felé a klón.

Nem fenyegetően, csak jelezte, hogy ő a címzettje a kérdésnek.

– Dieter Cain – hazudta, gondolván, hogy leteszteli az Igazmondó működését.

A visszajelzést meg is kapta egy fület nem kímélő, hátborzongató sikítás formájában, amitől összerezzentek.

– Helytelen válasz – mondta T-160 kimérten. – Próbáljuk meg újra! Hogy hívnak?

– Alamuszi Pamacs Puli – felelte Gáben, és a szőrök a hátukon most sem maradtak fekve, inkább felálltak, mert az éles hang ismét agyukba szúrt.

– Értem – reagált T-160 nyugodt hangon. – Akkor máshogy kérdezem. Hogy nem hívnak? – kérdezte máshogyan.

Gáben tétovázott egy kicsit azon, hogy most mitévő legyen? Tekintetével próbált segítséget kérni a többiektől, de csak megemelkedett vállakat kapott. Elkezdett véletlenszerűen neveket sorolni, amiket az Igazmondó némán hallgatott. Félúton az elnevezések végtelen kavalkádjában közölte a kérdezővel, hogy ez botrányosan sokáig fog tartani így, de ő vagy ez csak annyit mondott erre, hogy ez igaz, hiszen a gép se rikácsolta az ellenkezőjét. Azt is hozzátette, hogy nekik pont van botrányosan sok idejük, tehát ha volna szíves és folytatná, az sokat rövidítene ezen.

– Elnézést! – vágott közbe Winston. – Az imént láttam egy fura fekete foltot! – címezte a felfedezését bárkinek, aki figyel rá, mert képtelen volt az agyát mozgató rugók kattogásától elvonatkoztatni.

– Előfordul az ilyesmi – közölte a klón egykedvűen.

– Ez nem egy hétköznapi fekete folt volt! – csapott le Winston ingerülten, de szavait egyedül az Igazmondó figyelte némán, ami T-160-nak is feltűnt.

– Mit láttál pontosan? – kérdezte végül, mert úgy érezte: a rengeteg idő ide vagy oda, ezen jobb lesz gyorsan túlesni.

– Azt hittem, egy árnyék – magyarázta Winston –, de nem láttam semmit, amihez köthetném. Éppen odaszállt egy bogár, ami ilyen zöldes színben verte vissza a Hold sugarait, de ahogy elérte a fekete, sötét foltot, feldobta a talpát – mesélte közbeszólást nem tűrve a szerencsétlen ganajtúró históriáját. – Amikor visszanéztem – folytatta, és megvetően a mellette álló klónra biccentette a fejét –, ez az úriember hátba vágott, de a lényeg: a bogár már mattfekete volt, felkelt és elröppent. Csak úgy mondom, hogy a páncélja a fényt már nem tükrözte vissza. Nem különös? – kérdezte, hátha figyel rá valaki vagy valami.

– De, különös – felelte végül T-160 és közben azon gondolkozott, hogy talán az elmebaj győzhette meg ennyire ezt az embert, mivel olyan erős képzelgései vannak, hogy még az Igazmondó se fülelte le a tévedését.

Esetleg a gép adhatta fel a tisztes szolgálatot, mert a mai tudomány állása szerint, amit Winston állít, az teljes képtelenség. A megoldás végül a józanész pártjára állt, és egyszerűen lecsatolták róla a szerkezetet, majd gondosan leragasztották a száját szigetelőszalaggal.

– Folytasd a neveket! – szólt Gábenhez a klón, aki erre egy mélyet szívott a levegőből és azon törte a fejét, hogy csöndben marad, de beugrott neki T-160 javaslata, miszerint ebben az esetben kilakoltatják koponyaüregének egyetlen jogos bérlőjét.

Ez a megoldás most sem nyerte el a tetszését, na nem mintha a nevek sorolgatása imponáló lett volna, de időhúzásnak jelenleg megfelelt. Hosszú, kellemetlen percek teltek el így.

– Nagy Gábor! – vágott közbe egy kedves, de türelmetlen női hang, amire sikoltott egy közel sem kedves gépi hang, hogy jelezze: a kérdésre nem megfelelő a válasz, tehát igaz.

T-160 gondosan felépített módszere könnyedén kihúzott belőlük minden hasznos információt, még azt is, hogy Gáben fülig – vagy más szervéig – szerelmes a mellette álló lányba, akit ez a tény annyira nem ért váratlanul, de valahogy mégis meglepő volt számára. A klónnak ebben nagy segítséget nyújtott az Igazmondó azon tulajdonsága, hogy akkor is óbégat, ha valaki el akar titkolni valamit.

– Összegezve, ti nagyon sokat értek – vélekedett T-160.

– Szerintem ez csak túlkapás – győzködte Gáben, akire jelenleg hosszasan és kérdően, de főként folyamatosan egy zöld szempár tapadt éppen.

– Ezt te is tudod, hogy hazugság. Ne kicsinyítsd le az érdemeiteket! – közölte T-160, majd a klónok egymásra néztek és egyöntetűen bólintottak. – Egy jó alkuért cserébe kiadunk titeket a Jövő Profit Termelő Társaságnak.

– Ne! – vágott közbe Sophie. – Kérlek szépen, ne tegyétek!

– Miért ne? – értetlenkedett a klón. – Nincs semmitek, amit fel tudnátok ajánlani a szabadságotokért cserébe, és a szépen kérés az értéktelen váltó.

– A lelked mélyén tudod, hogy ez egy helytelen döntés – jegyezte meg Smith, teljesen megfeledkezve arról, hogy a világnak éppen melyik táján is vannak.

– Ha azzal járna, hogy ilyen ostoba döntést hozzunk, hogy elengedjünk titeket, akkor kész szerencse, hogy nincsen lelkünk. – Ezen a ponton majdnem nevettek. – Ez is csak azt bizonyítja, hogy a lélek a gyengeség forrása.

– Kérlek, hallgass a szívedre! – könyörgött csillogó szemekkel a lány. – Értsd meg, hogy az egész emberiség jövője múlik ezen!

– Az emberiség jövője pont nem érdekel, csak a miénk. Ha a szívemre hallgatok, akkor meg halk dobogást hallok, kb. 100-at percenként. Nem értem, hogy jön ez ide? – Egy picit elgondolkodott, majd meghozta az ítéletet. – Zárjuk el őket! Holnap meg üzletelünk.

Ahogy kimondta, Sophie-ból erős indulatokkal tört elő a gyűlölet.

– Kegyetlen! Mészáros! Ostoba! Primitív! Gyilkos! – üvöltötte, amikor megragadták és elvezették.

– Fura dolog ez a lélek – jegyezte meg maguk között T-160. – Biztos nem kéne ilyen. Az előbb még értelmesen beszélgettünk, aztán most meg teljesen kikelt magából. Érthetetlen.

6.

– Gratulálok! – lépett be Edward Greenfield egy hiányosan berendezett helyiségbe, ahol a bútorzat kimerült 5 székben, 2 fegyveres őrben, 1 üvegfalú kamrában, 3 lekötözött emberben és egy szintén jól leszíjazott grizzly medvében.

A belépője mellé öntelten tapsolt.

– Azt hittem, magasabb – szólt Winston –, hogy nem egy ilyen sovány, gyenge ember.

– Nem kell felállni! – gúnyolódott Edward, meg sem hallva Winston szavait. – Ez szép meccs volt. El kell, hogy ismerjem: voltak szorult helyzetek, de minden jó, ha a vége jó – közölte a foglyaival, akikből az egyik, remélem mondanom sem kell, hogy melyik, köpött egyet a kormányzó felé. – Ezt megérdemeltem. Elismerem.

Mosolyogva helyet foglalt és töltött egyet a kedvenc whisky-jéből a direkt erre az italra szánt poharába.

– Áruljátok el, nem lett volna egyszerűbb nyugodtan visszamenni a bányába abban a tudatban, hogy a Földön minden szép és jó? Tudjátok, az volt az eredeti terv veletek kapcsolatban, hogy megbocsátom az engedetlenségeteket, vagyis inkább a hasznomra fordítom azt. Mivel ott a bányában túl sok a balhés egyén, jól jött volna, ha két ilyen karizmatikus legény megerősíti őket a Cégbe vetett hitükben. Az Első és Második úgy tér vissza a veszett falkába, hogy a Jövő Profit Termelő Társaság egy igaz és gondoskodó hatalom. Azt hittétek, hogy ilyen egyszerű kijátszani a rendszert? Előbb tudtam, hogy szökni akartok, mint ti magatok. Ennek ellenére én, a jószándékú kormányzó elintéztem, hogy a Földre jussatok, hogy legyen pénzetek bulizni. Gábor, a holdis fedősztorid kimondottan tetszett! Jó húzás volt, de normális helyzetben az is kevés lett volna. Winston, neked még a családodat is visszaadtam, de ti elszúrtátok! Azaz pontosabban ők rontották el – mutatott megvetően Sophie-ra, és egy szivarra gyújtott. – Megölték a családod, Winston! – vágta oda a megtört, enyhén megbolondult embernek.

– Hazugság! – mordult rá a volt családapa olyan gyűlölettel, hogy egy pillanatra azt lehetett hinni, hogy rögzítésestül kitépi a széket a talajból. – Tudom, hogy ők már régen meghaltak!

– Nem olyan régen – felelte nyugodtan Edward. – Téged átvertek. A feleséged kb. 20 évvel ezelőtt, átlagos kort megélve hunyt el, a fiad még mindig életben van valahol és éppen nekem dolgozik. Az igaz, hogy nagyon keményen, de ez a te érdemed is.

Winston szeretett volna mondani valamit, de képtelen volt ezt önszántából megtenni, mert rájuk kötöttek egy olyan szerkezetet, ami gombnyomásra bénította a hangszálaikat. Ne higygyük, hogy Gáben ezt szó nélkül hagyta volna, ha rajta múlna!

– Mondhatnám, hogy boldog életet éltek, élnek, de miután megtudták, hogy egy üzemi balesetben az életedet vesztetted, igencsak összetörtek. Ezt természetesen emberi mulasztás okozta. Valamit kellett mondani, nem tehetek róla! Tudjátok, ez a fránya idő olyan furcsán telik arrafelé.

Edward odasétált a gyászoló családapához és letérdelt elé.

– Winston, én őszintén sajnálom. Nem így akartam! – mentegetőzött, de miután mélyen egymás szemébe néztek, Greenfield felkelt, mert valami olyasmit olvasott le Winston szájáról, hogy kegyetlen zsarnok, és nem szerette a túl igazságos kritikát. – A te fejedben, a te világodban még mindig élnének, de közbeléptek Nelson Pitték és még arra is képesek voltak, hogy rávegyék a legjobb barátodat, hogy a saját szemed előtt kivégezze őket. Ott haltak meg a szeretteid, nem fogod fel? – emelte fel hangját Edward. – Hát milyen ember az ilyen? – kérdezte ingerülten. – Oh, mondani szeretnél valamit?

Ismét visszament Winstonhoz közel, egészen közel.

– Halljuk, tessék csak, mondjad!

– A lelked rohadjon ki, te... – mondta volna, de közben elment a hangja, és lezárásként tökéletesen szemen köpte a kormányzót, mert a lelkében a gyűlölet erősebb volt, mint az elmebaj.

– Ültessétek be a kamrába! – utasította az őröket dühösen Edward, akik szó nélkül fogták Winstont, először lebénították teljesen és átcipelték az üveges falú helyre, melyen jól olvasható betűkkel az volt írva, hogy Verkinson-kamra.

Gáben az agyvérzés határán volt a tehetetlenségtől, mert pontosan tudta, hogy mi vár barátjára, mi lehet vele, ha nem kapcsolják ki időben azt a kegyetlen kínzószerkezetet.

– Nagy Gábor, a többszörösen meggyógyíthatatlan, ne aggódj a barátodért, nemsokára mehetsz utána! – közölte szórakozottan Edward.

Ahogy kimondta ezt, egy szivart rakott Gáben szájába és kedvesen meggyújtotta. Gáben próbálta úgy ráköpni az égő rudat, hogy felgyújtsa vele, de az könnyen hárított. Egyébként sem Cain-szivar volt, így nem illett a szorult helyzethez.

– Jól van. Értek én a szép szóból – közölte Greenfield és a medvéhez lépett. – Mr. Smith, hát maga meg mi a szart művel itt? Kitüntetések, hosszú élet várt volna önre és ezt maga is jól tudta. Mégis mi a picsáért kellett ezt így elszúrni? – kérdezte emelt hangon, de Smith nyugodt válasza meglepte.

– Változunk. Ez egy természetes folyamat. Megváltozott a Cégről alkotott véleményem. Most is, hogy itt ülök, úgy gondolom, kegyesebb a kínhalál, minthogy tovább szolgáljam – felelte.

– Tudja mit? – mondta Edward. – Mivel megmentette az életem és évtizedekig jó szolgálatot tett, megígérem, hogy gyors halála lesz.

– Így még jobb – közölte a grizzly. – Azért meg nem köszönöm! Hirtelen mindannyian az üveges kamra felé néztek, amikor Winston egy hatalmasat üvöltött kínjában. A Verkinson-kamra megkeresi az ember legrosszabb, legkegyetlenebb emlékeit és összegyűjti ezeket, majd egyszerre zúdítja rá az elmére és lélekre egyaránt. Mindemellett a testet abba a pillanatba zárja, amikor a lélek pont elhagyná azt, abba a másodpercbe, amikor meghalna, a leghosszabba, amikor lepörög az ember előtt az élete, amiben ez a mozifilm a válogatott rossz drámája. Ezt az egészet ciklikusan ismételgeti, amíg az alany bírja. Nem szokott sokáig tartani.

– Ilyen csodás napom régen volt már – törte meg Edward a feszült hangulatot. – Jaj, kislány, nem kell sírni! Nincsen semmi baj! – mondta, amikor Sophie-ra nézett. – Tudom, hogy sokszor nehéz elfogadni a valóságot. Nekem is nehéz volt belátnom, hogy eddig nem lehetett legyőzni a pénz hatalmát, mert mindig az irányított, akinél sok volt belőle. Mondjuk egy idő után ez én lettem. Most is nálam van a legtöbb belőle, de a mai napon végre térdre kényszeríthetem ezt a mesterkélt istent. Így, hogy legyőztem a legveszélyesebb ellenségemet is, nem lesz rá többet szükségem. Felszabadítom az embereket a monetáris elnyomás alól. Idővel a keletiek is beadják a kulcsot, és nyugodtan folytathatom örök uralmam. Hát nem gyönyörű? – kérdezte diadalittasan, pont olyan öntelten, mint egykor az áruló Peter tette. – Vagy mégsem? – kérdezte zavartan. – Mi volt ez? Ti is éreztétek? Ti is láttátok?

Edward Greenfield egy darabig meglepetten álldogált, majd leült a székébe és arcát a két kezébe tette.

– Nem tudhattam – mentegetőzött –, honnan is tudhattam volna? Kérlek, bocsáss meg! – mondta szégyenkezve a plafonnak, ami hirtelen nem értette a dolgot, és nem is foglalkozott sokat Edward szavaival.

Kinyílt egy ajtó, amin Nikol lépett be, eloldozta a foglyokat, és a két őrrel a kormányzóhoz lépett.

– Fogjátok el! – utasította őket és érezte, hogy a lelke mélyén ez a mondat nagyon régóta ott bujkált, de valamiért nem tudta elereszteni.

Most, hogy egy megmagyarázhatatlan jelenségnek köszönhetően Amanda egy rövid időre elnémult a fejében, végre szabad utat kaphatott. Közben Smith végtelenül nyugodtan felvette a földre köpött szivart és meggyújtotta. A helyzetet kihasználva megnyomott egy piros gombot. Ez a kapcsoló nem abból a fajtából származott, amit arra az alkalomra terveztek, hogy nyugodjunk békében. Nem robbant fel tőle semmi, csak jelképesen pár ember feje az erős migrénnek köszönhetően, mely mellékhatásként kíséri e szerkezet élesítését. A medve eme pillanatban egyedül a cilinderét hiányolta. Ezalatt Gáben és Sophie, ahogy szabadok lettek, átölelték egymást és Winstonra néztek, aki bár halott volt, de egy élettel teli mosollyal ült a Verkinson-kamra székében.

– Wini... – mondta Gáben szomorúan.

– Már együtt vannak – szólt Sophie nyugtatóan, és a férfi szemébe nézett.

– Igen, tudom. Újra együtt vannak – helyeselt Gáben, majd szenvedélyesen és még annál is hosszabban csókolták egymást ezután.

XV.

Ja igen, persze, és még valami...

1.

Az Elfeledtetett Lexikon utolsó cikkelye:

A létezés

„Az életünk folyamán rengeteg kérdés merül fel. Ezek egy része teljesen értelmetlenül foglalkoztatja az embert, mert vannak olyanok, melyekre a választ fölösleges siettetni, vagy éppen nem létezik rá megfelelő. Mi az élet értelme? Kinek mi? Ez egyénfüggő, és lehetetlen általánosságban megválaszolni. Van-e élet a halál után? Majd megtudjuk. Nyugalom, ezt senki sem tudja elkerülni, mégis az elmúlásunk előtt vetődik fel legtöbbször. Senki sem él örökké."

Igaz, vannak, akik képesek évszázadokig létezni, de Nelson Pitt élete jól bizonyítja, hogy még velük is megeshet, hogy megkapják a végső választ.

– Van-e értelme élni? – veti fel a témát a lexikon.

– Szerintem minden élőlénynek van! – jelentem ki a felelősségem teljes tudatában.

„Miután ezeknek a kérdéséknek sorozata megválaszolatlan – olvasható tovább a lexikonban –, valamivel ezt az űrt ki kellett tölteni. Az emberiség oly' régóta kutatta az eredetét, létezésének mivoltát, hogy képesek voltak mítoszokba, isteneket kitalálva imádságokba menekülni, mert az ismert racionalitás, a tudomány által leírt világ kevésnek bizonyult. Pontosabban maga az egyén, az Én-tényező vált túl apróvá, mert nem tudták elfogadni, hogy egyszerű, szénalapú élőlények vagyunk, és az végképp kiverte a biztosítékot, hogy testünk elmúlásával semmivé leszünk."

Végre megtalálták a lelket, sok csúnya dolgot is műveltek vele ennek köszönhetően, de képtelenek voltak rájönni, hogy az honnan jön és hova tart. Egy a szép napon viszont végre megkaptuk a válaszokat. Mindenre.

Egy legyengült alak feküdt az ágyában, akiknek teste izzadt volt a láztól és kezei remegtek. Kinyitotta szemeit és nagy erőt vett magán, hogy felüljön, és a fekhelye melletti kandallóhoz közelebb kerüljön. Ez az egyén nagyon öreg volt már, de az idő nem látszott rajta, mint ahogy az arcán semmilyen jellemvonás sem. A szervezete viszont nagyon gyenge volt már, mert valami különös kór emésztette belülről. Nagyot nyögött, de végre sikerült felülnie. Egy másik ágyon ülő alak aggódva figyelte a saját kandallója mellől. A beteg halvány, szürkés szemeivel a tüzet bámulta meredten, szomorúan és közben azon gondolkozott, hogy meddig bírja még. Egy harmadik ágyon és annak tüze mellett egy alak vidáman dudorászott, de élénkzöld szemeit most a betegre meresztette.

– Nem nézel ki jól – mondta. – Nagyon szenvedsz? – érdeklődött.

– Egyre rosszabb – felelte a szürke szemű. – Olyan, mintha valami belülről... – ebben a pillanatban a mellkasához nyúlt és elgondolkozott –, vagyis mintha itt bent elromlott volna valami. Alig kapok már levegőt. Azt hiszem, külső segítségre szorulok.

– Nincs külső segítség! – vágott közbe egy piros szemű egyén, aki szintén egy ágyon, egy kandalló mellett ült. – Hogyhogy nem tudod magad megoldani? Senkinek sem volt még itt olyan baja, amit ne lett volna képes maga orvosolni. Szedd össze magad! – mordult rá ingerülten.

– Persze, neki lehet baja – méltatlankodott egy sárga szemű alak az ágyán tespedve elterülve. – Nekem még bajom sem volt soha. Neki miért lehet? – irigykedett, de közbeszólt egy nyugodt illető, és kék szemeit felnyitotta.

– Nem látjátok? Haldoklik – jegyezte meg.

– Nem halhat meg! – vágta rá dühösen a piros szemű. – Itt még senki sem halt meg, ne idegeljetek ki!

– Nézzétek meg a szemét! – mondta a kékes tekintetű. – Kifakult belőle a szivárvány. Nem hinném, hogy ez jó jel – vélekedett nyugodtan, de némi aggodalommal.

– Persze, neki eddig lehetett szivárvány szeme, míg nekem csak egyszínű – irigykedett megint a sárga íriszű.

A teremben egyre többen lettek figyelmesek a szenvedőre. Nem volt itt más, mint rengeteg ágy, mindegyiken egy-egy arctalan forma, mindegyikük mellett egy-egy kandalló. Egyre többen ültek fel és nézték a szenvedőt, aki hirtelen elterült és elájult, de nem keltek fel, hogy megvizsgálják, csak megjegyezték, hogy ez így nem lesz jó. Keresztbe tették a lábaikat, és egyenes háttal ültek tovább. Mikor egyszerre becsukták a szemeiket, a plafonon felvillant egy pislákoló izzó. Nem úgy világított, mint szokott: folyamatosan erős fénnyel, csak halványan villogott. Megszólalt egy hang, ami az egész termet betöltötte.

– Nagyon nagy szükség van most a teljes erőmre. Az egész univerzum sorsa múlik rajta. Minden életet veszélyeztet a sötétség és fényt kell gyújtanunk, hogy megállítsuk! Ehhez elengedhetetlen, hogy ti mindannyian életerősek legyetek. Én nem tudom meggyógyítani és sajnos ti sem, ezért felhatalmaztak, hogy megengedjem neki, hogy ez a szenvedő lélek elmerülhessen a gyermekei között!

– Ha ő is – vágott közbe a sárga szemű –, akkor mi is! Ez a kérdés már régóta probléma, és mindig is tiltott volt. Mi az, hogy csak ő? – követelte irigyen.

– Elég! – hordta le a hang. – Amíg ti a saját képmásotokra teremtettetek világokat, amik arról szólnak, hogy titeket imádjanak, szolgáljanak, addig Gaia gondolt egy merészet, és szabad utat engedett az élet kialakulásának. Ő csak elindította, megágyazta a létezés alapjait. Amit ezzel alkotott, az sokkal gazdagabb, mint ti együttvéve, de sajnos tévedett. A káosz, a rengeteg véletlen rossz irányba terelődött, és megjelentek a gondolkodó lények, mint mi. Embereknek hívják magukat, és szépen lassan megölik a gazdatestet. A kísérlet megbukott, mert gyermekei letértek az útról, túlfejlődték azt, és ezáltal most az egész szervezet haldoklik. Sajnálom, mert jómagam is nagy reményekkel álltam az egész elé. – Próbáltak többször is a szavába vágni, de megtartotta az irányítást. – Gaia, én, Via Lactea, ahogy a gyermekeid hívnak, a rám ruházott hatalmammal engedélyt adok, és egyben kérlek, hogy tegyél rendet a világodban, hogy gyógyulásoddal erőt adj nekem, hogy az energiáimat továbbadhassam és fényt vigyünk a sötétség helyére! Ha ez nem sikerül, először fekete foltok jelennek meg a világokban, elterjednek, összenőnek, és utána minden élet elvész.

2.

Valahogy így történhetett odafent, de én halandó emberként nem tudom pontosan, hogy volt. Azt legalább már megértettem, hogy mielőtt megszületünk, egy új lélek kiválik Gaiából, testet talál magának, hogy elindulhasson az élet kiszámíthatatlan, rögös útján. Ezen az elágazásokkal teli ösvényen feltölti magát, tapasztal, és a végén megerősödve újraegyesül a Föld lelkével. Ez az a körforgás, mely életben tartja a bolygónkat. Így tápláljuk mi, emberek és állatok az időnk kezdete óta ezt a felsőbbrendű, csodálatos lényt. Megláthattuk, hogy az élet milyen lenyűgöző módon építi fel a többdimenziós világot. Azt, hogy a naprendszerek csupán a galaxisok sejtjei, amikben a bolygók csillagok körüli keringése nem más, mint eme sejt légzésének háromdimenziós megjelenése, ahol az élő bolygók, mint a Föld is, képviselik magát a sejtmagot. A galaxisok pedig nem mások, mint az univerzum létfontosságú szervei, amik a létfenntartó feladatokat egyenlően elosztva látják el, így éltetve a folyamatosan fejlődő, hétköznapi megfogalmazásban táguló világegyetemet. Ami vagy aki, ha így vesszük, akkor szívtelen, de ezt nem a jellemére kell érteni! Azt pontosan nem tudjuk, hogy mindeközben ez a végtelen univerzum mit is csinál, de könnyen lehet, hogy bölcsen, békésen valami nyugodt vízpart mellett csodálja az ő naplementéjét, ahogyan az égbolt kékes színe vöröses árnyalatokat vesz fel, majd elsötétül. Megjelennek a csillagok trilliárdjai, amelyek alatt azon töpreng, hogy vajon mi is lehet odafent, vajon hova tarthat ez a végtelennek tűnő nagyság, mely beragyogja az éjszakákat? Talán csak fáradtan a WC-n ülve azon gondolkozik, hogy mit fog kezdeni magával? Talán fogat mos, talán iszik egy kávét, de az is megeshet, hogy egyszerűen csak ledönti a frissen csapolt hideg sörét és a többi végtelen, párhuzamos énjével bowlingozik egyet. Talán az ő világában ezek a dolgok semmit sem jelentenek. Amit viszont biztosan tudunk, hogy kiderült: mi, emberek, nagyon rossz irányba fejlődtünk. Egyre szürkébb lelkünkkel már nem adtunk elég energiát, és az egész bolygó kezdett kimerülni. A sok lelketlen klónról és kiirtott állatról már nem is beszélve! Nagyon rossz tápanyag lettünk, de szerencsére Gaia megszólított bennünket, megmutatta az élet menetét, hogy milyen apró részecskék vagyunk az egészben, mint homoszemek a tengerparton. Talán bennünk is rengeteg kis galaxis van elrejtve? Talán minden sejtünknek külön naprendszere van, és minden atomunk egy kis világegyetem? Ez a pillanat megváltoztatott minket, ez a momentum mentette meg Gábenék életét is – no meg persze Smith Területi-Antivenenuma, amit a bundájában csempészett –, és ebben a másodpercben omlott össze Edward Greenfield, amikor Gaia felnyitotta a szemünket. A kormányzó tényleg elhitte, hogy az embereknek jobb, ha megszabadulnak a vágytól, ha eltűnik az életükből a kötődés, a fájdalom, hogy jobb lesz, ha elfojtja a lelket, minden érzelem forrását, de ezzel megszűnik a boldogság, az öröm, a szeretet is. Nem tudta, nem tudhatta, hogy ezzel mekkora kárt okoz. Most már tudjuk, milyen irányba kell haladnunk, de még rengeteg dolgunk van, mert még így sem gondolja mindenki ugyanúgy. Hiába látták ők is, egyszerűen hidegen hagyja őket az egész. A Megváltás óta elkezdtük átformálni az életünket, de sajnos még nagyon sok ember maradt Amanda irányítása alatt. Őt – már ha érdemes egy gépet megszemélyesíteni – nem hatotta meg az esemény, pedig embermilliók fején keresztül láthatta az egészet. Megértette, és pont ez volt a legnagyobb baja, mert nem találta benne a helyét. Értelmetlenné vált a létezése, és az elmúlás ellen küzdve háborút indított az emberiséggel szemben. Robotjaival még mindig próbálja tartani magát, de mi harcolunk. A központi számítógéphez nem tudunk hozzáférni, mert elzárta előlünk. A legfőbb dolog, amit tehetünk, hogy igyekszünk a legtöbb embert felszabadítani uralma alól, és a kételkedőket próbáljuk megtéríteni. Most azon munkálkodunk, hogy az emberiség végre közösen, az egyén által fűtött egónak mocskától megtisztulva egy élhetőbb világot teremtsen, ahol elfogadjuk, hogy minden egyes lélek számít, ahol mindenki boldog, teljes életet élhet. Hosszú még az út, de végre kaptunk egy célt, ami erőt adhat, mert értelmet adott és kiemelt az átkozott kételyek sötét örvényéből. Én eddig tudtam a történetet, ezért lejegyeztem az utókornak. Most megyek, mert Nagy Gábor és Sophie Pitt innen nem messze egy fontos szobor avatásán tart beszédet, és nem szeretnék lemaradni róla.

3.

Hatalmas élmény volt. Mikor kiléptem az utcára, annyira meghatott, hogy ilyen sok embert érdekelt a közös ügy, hogy majdnem elsírtam magam. Még nekem is újak az érzelmek, de idővel biztos sikerül majd kezelnem őket. Alig tudtam előrefurakodni a tömegben. Szép, termetes szobor előtt álltunk, és az öszszes épületen Gábenék fejét vetítették ki, aki nagyon elegáns volt. Egy piros, ujjatlan öltönyt viselt annyi gombbal, mint az irreálisan kitüntetett háborús veterán egyenruháján a plecsnik, és hozzá stílusosan egy szakadt rövidnadrágot húzott. A szandál-zokni-paroshoz már neki sem volt elég bátorsága. Kicsit meglepődtem, amikor elolvastam, hogy kit ábrázol a kőalkotás. Edward Greenfield neve volt belevésve.

– Itt van megint a világvége – kezdett bele Gében a beszédébe. – Most nem a nemzetek, nem a vallások, hanem a pénz világának, a Jövő Profit Termelő Társaságnak a vége.

Amikor ezek a szavak hagyták el ajkait, nem bírtam tartani a könnyeimet.

– Legfőbb feladatunk, hogy helyrehozzuk a kárt, amit okoztunk! Emberek, emberiség, gyógyítsuk meg közösen a bolygónkat, magunkat!

Hatalmas ováció fogadta, én is elordítottam magam boldogságtól ittasan, hogy „Gyógyítsuk meg"! Ezt a beszédet a Földön mindenhol sugározták, és én személyesen is ott lehettem.

– Legyen ez a szobor az újjáépülés jelképe! Ez a szobor, amibe elzártuk Edward Greenfield lelkét, hogy soha ne egyesülhessen a Földanyával és velünk!

Gáben hibátlanul, mintha ráírták volna, úgy adta elő a Sophie-tól kölcsönzött beszédet.

– Emlékeztessen minket az emberiség szégyenére és kudarcára! Álljon itt évszázadokig, évezredekig, hogy az új generációknak is megmutassa, milyenek voltunk, és amilyenek soha többé nem leszünk! Emlékeztessen minket arra, hogy se ember, se állat, se mesterséges gépezet, hogy senki és semmi sem uralkodhat a Föld felett!

A szerző

Szikszai Tamás Mohácson született, 1987. 04. 28-án. A turisztikai és vendéglátóipari képzettség megszerzése után több pozícióban is dolgozott a területen belül: szervezett diákszínjátszó fesztiválokat, volt idegenvezető, és szállodai recepciós. Kedvenc időtöltése a család, a zenélés, az írogatás, olvasás, sportok és a videojátékok. Írni 12 éves korában kezdett, főként verseket, első regényébe 2016-ban kezdett bele. Házas, négy gyermeke van.

A kiadó

> *Aki feladja,*
> *hogy jobbá váljon,*
> *feladta,*
> *hogy jobb legyen!*

E mottó alapján a novum publishing kiadó célja
az új kéziratok felkutatása, megjelentetése,
és szerzőik hosszútávú segítése. Az 1997-ben
alapított, többszörösen kitüntetett kiadó az egyik
legjelentősebb, újdonsült szerzőkre specializálódott
kiadónak számít többek között Ausztriában,
Németországban és Svájcban.

**Valamennyi új kézirat rövid időn belül egy
ingyenes, kötelezettségek nélküli kiadói
véleményezésen esik át.**

További információkat a kiadóról és
a könyvekről az alábbi oldalon talál:

www.novumpublishing.hu